JEAN-CHRISTOPHE RUFIN

Katiba

Zwischen zwei Fronten

Thriller

Aus dem Französischen
von Anne Braun

FISCHER Taschenbuch

Deutsche Erstausgabe
Erschienen bei FISCHER Taschenbuch
Frankfurt am Main, Februar 2015

Die Originalausgabe erschien 2010
unter dem Titel ›Katiba‹ bei Editions Flammarion, Paris
© Editions Flammarion 2010
Für die deutsche Ausgabe:
© 2014 S. Fischer Verlag GmbH, Frankfurt am Main
Satz: Dörlemann Satz, Lemförde
Druck und Bindung: CPI books GmbH, Leck
ISBN 978-3-596-19153-6

Ein Hund mag ja vier Beine haben,
aber er kann dennoch nicht auf zwei Wegen
gleichzeitig gehen.

Sprichwort aus dem Senegal

ERSTER TEIL

I

Auf den Straßen Mauretaniens kann man sich nicht groß verirren. Die in der Sonne violett schimmernde Asphaltlinie verläuft kilometerweit nur geradeaus. Sie zerteilt die mineralischen Steppen, auf denen man nur gelegentlich eine Ziege oder einen Jungen sieht. Der Wind hat Sand quer über die Straße geweht. Am Straßenrand gibt es hin und wieder Ausbuchtungen – Rastplätze, die mit Wrackteilen von Lastwagen, Spuren von Feuern und verwitterten Knochen übersät sind.

Der Kranke wartete sehnsüchtig auf diese Haltemöglichkeiten.

Der Achtzehnjährige, italienischer Meister im Weitsprung, war der Stolz seiner Heimatstadt Rimini. Er hatte den Körperbau eines Athleten, kurzgeschnittene Haare und blaue Augen. Doch gleich nach der marokkanischen Grenze war er an Dysenterie erkrankt und lag seither fast nur noch auf der Rückbank. Alle paar Kilometer bat er seinen Cousin Luigi anzuhalten, damit er sich am Straßenrand übergeben konnte.

Der Vater des erkrankten Jungen, der Leiter der Expedition, hatte die Sahara bereits fünfmal durchquert und saß mit seinem Bruder Carlo im zweiten Fahrzeug. Sie hatten den Kombi mit den beiden Cousins schon mehrmals aus den Augen verloren und ihn schließlich überholen lassen.

Erneute Krämpfe ließen den Kranken aufstöhnen. Er richtete sich unter größter Mühe auf und sah zu seiner Erleichterung einen Streifen am Straßenrand, an dem der Sand weggeweht worden war.

»Dort, Luigi, gleich! Bitte!«

Der Fahrer riss das Lenkrad herum und fuhr auf die Wüste zu.

Die Reifen wirbelten eine Staubwolke auf. Diese Wolke hüllte das Fahrzeug ein und quoll durch die offenen Scheiben ins Innere. Der Kranke rutschte vom Sitz und verschwand. Luigi hörte den Geländewagen seines Onkels hinter ihnen anhalten.

Er starrte auf die Sandkörner, die sich in einer feinen Schicht auf die Scheiben legten. Da sah er, dass ein anderes Fahrzeug vor ihnen parkte, das nun langsam aus dem Sandstaub auftauchte. Es war ein altertümlicher Renault, ein verbeultes, ehemaliges Taxi, mehrmals in unterschiedlichen Farben neu gestrichen, dessen Windschutzscheibe an mehreren Stellen sternförmig gesprungen war. Im Inneren saßen drei Männer. Sie stiegen nicht aus.

Luigi hörte hinter sich das dumpfe, unverkennbare Geräusch der Türen des Geländewagens. Carlo, sein Vater, ging lächelnd auf das fremde Fahrzeug zu, mit ausgestreckten Händen. Er war ein typischer Italiener, stets gutgelaunt, der hier in Afrika noch überschwänglicher war als sonst. Einige Meter vor dem Taxi blieb er jedoch abrupt stehen. Die drei Männer waren alle gleichzeitig aus ihrer Klapperkiste ausgestiegen. Luigi konnte sie nicht deutlich sehen. Er fuhr sich mit seinem hochgekrempelten Ärmel über die Augen. Völlig ungeordnet nahm er die verschiedenen Details wahr. Zuerst sah er das sehr junge Gesicht eines hellhäutigen Mauren, mit noch zartem Bartflaum und kurzgeschorenem Kraushaar. Die anderen beiden hatten afrikanische Züge und eine sehr dunkle Haut. Sie waren unterschiedlich gekleidet. Zwei trugen europäische Kleidung: Jeans, kurzärmlige Hemden. Der Maure dagegen trug einen blauen Kaftan mit umgekrempelten Ärmeln. Die Maschinenpistole sah Luigi als Letztes.

Er sprang aus dem Wagen. Der traditionell gekleidete Mann richtete die Waffe auf ihn.

»Nicht bewegen!«

Der Jüngste unter ihnen hatte Französisch gesprochen, zögernd und mit einem starken Akzent. Die Stille der Wüste senkte sich herab. Plötzlich übergab sich der junge Italiener krampfartig hinter dem Kombi, und die Angreifer zuckten zusammen. Einer der beiden Männer in Jeans ging zu dem Kranken, packte ihn im Genick und führte ihn vor die Autos. Luigis Onkel war inzwischen ebenfalls bei seinem Bruder und seinem Sohn. Sie standen nun alle vier in einer Reihe, der Kranke konnte sich nicht lange aufrecht halten und sank auf den Boden, wo er auf allen vieren kauerte. Der Maure in dem blauen Kaftan hielt sie mit der Maschinenpistole in Schach. Seine Augen huschten von einem Gesicht zum anderen. Er schien zu zögern.

Plötzlich donnerte ein Sattelschlepper, den keiner von ihnen hatte kommen hören, in vollem Karacho auf der Straße an ihnen vorbei. Der Luftzug trug den warmen Dieselgeruch in ihre Nasen. Der junge Mann, offenbar der Anführer, ging auf Carlo zu. Er hatte etwas in der Hand, das man nicht genau erkennen konnte. Es waren zwei mit Plastik ummantelte Stromkabel. Er fuchtelte damit herum. Er konnte seine Angst kaum verbergen. Im Gegensatz zu ihm wirkten die Italiener erstaunlich ruhig. Der Kranke, immer noch auf dem Boden, schüttelte vorsichtig den Kopf, wie ein Boxer, der noch groggy war.

»Sie«, knurrte der Junge mit dem Stromkabel. »Hoch!«

Das war an Carlo gerichtet. Mit seinen rudimentären französischen Sprachkenntnissen konnte der junge Mann nicht ausdrücken, was er wirklich meinte. Er wollte, dass Carlo die Hände ausstrecke, damit er sie zusammenbinden konnte. Hoch, dachte Luigi zu Recht, bedeutet, sein Vater solle die Hände hochheben, weil der Fremde sie fesseln wollte.

Carlo schaute dem jungen Mauren in die Augen. Er schien den ersten Schock überwunden zu haben. Seine Miene hellte sich auf. Doch dann kam es zu einem tragischen Irrtum, einem absurden Missverständnis, wie es in Momenten äußerster Anspannung vorkommen kann. Carlo wandte sich seinem Fahrzeug zu, weil er dachte, der Maure hätte ihm befohlen, einzusteigen.

Der Anführer der Angreifer schrie etwas auf Arabisch. Er glaubte, der Italiener wollte fliehen. Der Mann mit der Maschinenpistole drückte ab. Carlo fiel nach vorne. Sein Bruder und Luigi machten unwillkürlich einen Schritt auf ihn zu. Eine zweite Salve traf sie mitten in die Brust und mähte sie nieder.

Der Kranke, durch seinen unbändigen Zorn plötzlich genesen, richtete sich auf. Das Donnern eines weiteren Lastwagens wurde vom Wind herübergetragen und erfüllte die Stille. Da schoss der Maure ein letztes Mal.

Die drei Männer sprangen in ihren Wagen und fuhren mit Vollgas auf die geteerte Straße zurück.

II

Durch die hohen Fenster des Palais konnte man weder die Seine noch die Bäume auf dem Quai d'Orsay sehen. Die Dunkelheit war hereingebrochen. Dutzende von Glühbirnen in den drei Kronleuchtern erhellten diesen Raum im französischen Außenministerium.

Willy polierte den kunstvoll gearbeiteten Henkel eines silbernen Leuchters. Er war der älteste Maître d'hôtel des Ministeriums. In den einunddreißig Dienstjahren war die schwarze Uniform wie eine zweite Haut für ihn geworden. Er stand sehr gerade, den Bauch herausgestreckt, und die Rockschöße seines Jacketts fielen senkrecht herunter. Sein mit dem Tuch umwickelter Zeigefinger fuhr die komplizierten Krümmungen der Löwenklauen nach.

Doch in Gedanken war er nicht bei seinem Tun. Hinter dem monumentalen Leuchter verborgen sah er alles, was vor sich ging.

Die Diener spannten gerade ein Seil auf beiden Seiten der offiziellen Tafel, um die dreifache Reihe der Stielgläser millimetergenau aufzustellen; eine Putzfrau fegte das Parkett, um die Splitter einer heruntergefallenen Karaffe zusammenzuwischen; Floristen brachten das Gesteck des Tages. Doch diese Leute waren es nicht, die Willy interessierten. Die Person, die er beobachtete, war eine junge Frau Anfang dreißig, die die Sitzordnung studierte und kleine Kärtchen mit Goldrand, auf denen die Namen der Gäste standen, zu den einzelnen Gedecken stellte.

Sie trug ein schlichtes, gerade geschnittenes Kleid. Doch ihre sorgfältig frisierten, dichten, schwarzen Haare, der intensive Blick ihrer ebenfalls dunklen Augen oder vielleicht auch ihr Gesichtsausdruck standen in einem seltsamen Gegensatz zu ihrem strengen Äußeren. Das verlieh ihr eine seltsame Aura, die Willy faszinierte. Die Frau erinnerte ihn an einen Vulkan mit begrünten Abhängen, der jeden Augenblick ausbrechen konnte.

Jasmin hob den Kopf und sah, dass Willy sie aus der Ferne beobachtete. Das mochte sie nicht. Sie war es natürlich gewohnt, bei der Arbeit von Männern angestarrt zu werden, häufig recht aufdringlich sogar. Die Pförtner starrten sie an, die Köche, die Floristen, die Weinkellner, die Berater des Ministers … Es waren gierige Blicke, Blicke des Begehrens oder der Eifersucht. Willy aber begehrte nichts. Er beobachtete sie mit der Genugtuung eines Ästheten. Früher war er homosexuell gewesen. Jetzt aber war er, wie er sich selbst eingestand, überhaupt nicht mehr sexuell.

Sie winkte ihn zu sich. Er lief vor Verwirrung rot an, als er zu ihr eilte. Sein rundes Gesicht verriet, dass er Gaumenfreuden nicht abgeneigt war, und die Gutmütigkeit besaß, die man dicken Menschen zu Recht oder Unrecht nachsagt.

»Sag mir, ob ich einen Fehler gemacht habe«, bat ihn Jasmin.

Sie arbeitete erst seit fünf Monaten im Ministerium. Willy war wesentlich länger im Dienst als sie. Doch er respektierte die Entscheidungen seiner Vorgesetzten, zu denen auch sie gehörte, voll und ganz. Sorgfältig rückte er seine Brille zurecht, um den Aufruhr seiner Gefühle zu verbergen.

»Du hast den Kabinettschef neben die Frau des Präsidenten der turkmenischen Nationalversammlung gesetzt?«, sagte er vorsichtig.

Die beiden Floristen waren inzwischen auf allen vieren auf dem Tisch, um die Lilien und die Rosen, Blüte um Blüte, anzuordnen, ohne dabei Flecken auf dem Tischtuch zu hinterlassen. Jasmin hatte den peinlich genauen Aufbau der französischen Tafeln schon immer bewundert. Sie hatte lange Zeit selbst ein großes Haus geführt, ehe sie im Palais der Republik Unterschlupf fand.

»Ja und?«

»Der Präsident der Versammlung steht rangmäßig über dem Kabinettschef. Seine Frau muss folglich weiter in die Mitte, neben den Senator.«

»Danke, ich werde es ändern.«

Jasmin beugte sich vor und stellte die Platzkarten um. In diesem Moment betrat der stellvertretende Protokollchef die Salons. Willy zuckte zusammen. Er hatte Angst um Jasmin. Dagegen konnte er nichts tun. Das Wenige, das er über ihr Leben wusste, reichte schon aus, dass sie ihm leidtat. Wäre sie noch ein Kind gewesen, hätte er sie vielleicht sogar in den Arm genommen, um sie zu beschützen. Aber gleichzeitig hatte er das unangenehme Gefühl, dass ihm das eigentlich Wesentliche entging.

Cupelin, der stellvertretende Protokollchef, war gekommen, um die Arbeit jener Frau zu kontrollieren, die er mit einem hämischen Lächeln immer noch »die Neue« nannte. Er war ein Diplomat, für den das Protokoll eine nebensächliche, aber doch absolut grundlegende Kunst war. Er hatte Jasmin gegenüber von Anfang an nur kühle Verachtung übrig gehabt und hielt nicht damit hinter dem Berg, dass ihre Ernennung ihm von oben vorgeschrieben worden war.

Automatisch griff sie nach ihren Ohrringen, wie ein Soldat, der die Knöpfe seiner Uniform kontrolliert, und wartete, äußerlich gelassen. Plötzlich klingelte ihr Handy. Willy dachte, sie würde den Anruf wegdrücken, weil Cupelin kam. Doch sie hatte die Zeit gehabt, die Nummer im Display zu lesen, und sie offenbar erkannt. Sie nahm den Anruf an. Willy, der neben ihr stand, konnte hören, dass es eine Männerstimme war. Sie sagte nur einen einzigen Satz. Jasmin drückte auf den Ausschaltknopf und wandte sich wieder an Willy.

Auf einen Schlag waren für sie alle Lichter, alle Spiegel im Quai d'Orsay verschwunden. Für sie gab es offenbar auch keinen Protokollchef, keine Bediensteten und keine Floristen mehr.

»Es geht los«, sagte sie lautlos und mit großen Augen. Ihr Gesicht brannte.

Dann erst wandte sie sich Cupelin zu, lächelnd und ganz natürlich.

Der alte Maître d'hôtel entfernte sich kopfschüttelnd. Im Grunde genommen wusste er nicht, wer sie wirklich war.

III

Der Wachposten stand ein letztes Mal auf, die offenen Hände zum Himmel gewandt. Dann richtete er, wie nach jedem Gebet, langsam die zehn Meter lange Stoffbahn seines Turbans. Die rote

Scheibe der Sonne hatte sich aus dem Staub erhoben. Je höher sie stieg, desto heller wurde sie. Bald würde man sie kaum mehr vom vor Hitze flirrenden, weißen Himmel unterscheiden können.

Mindestens ein Kilometer trennte den Späher von seinem Gegenüber auf der gegenüberliegenden Seite der Schlucht. Dieser hatte gerade dieselben Gesten und Bewegungen gemacht, den Kopf in dieselbe Richtung gerichtet, wie Hunderte von Millionen weiterer Gläubiger auf der ganzen Welt. In dieser kargen, lebensfeindlichen Wüste fühlt man sich selbst in der Einsamkeit während der Minuten des Gebets nicht allein, sondern als Teil einer riesigen Schar Gleichgesinnter.

Der Wachposten griff wieder nach seiner Kalaschnikow, einem Modell mit kurzem Lauf, die schon ziemlich abgeblättert war. Er legte sie über die im Schneidersitz gekreuzten Beine. Die Schlucht unter ihm war zum Teil noch in Dunkelheit getaucht. Wenn den Wachposten auf den Bergkämmen die Hitze der Wüste schon zu schaffen machte, fröstelten die weiter unten noch in den letzten Schatten der eisigen Nacht.

In der unbewegten Luft des Lagers hörte man die Türen von Fahrzeugen quietschen, die unter einem natürlichen Felsvorsprung verborgen waren. In der Regensaison hatten die reißenden Wasser des Wadi den Fuß des Felsens ausgehöhlt, und während des restlichen Jahres hatten die Sandwinde weiter oben in der Schlucht das ihre getan und das Versteck glattgeschliffen. Unter diesem Schutz waren die Autos vom Himmel aus nicht zu sehen.

Ein islamistisches Trainingslager oder Terroristencamp, in Nordafrika »Katiba« genannt, ändert ständig seinen Standort und seine Mitglieder. Abgesehen von den Terroranschlägen, die hier geplant werden, dient eine Katiba vor allem als Ausbildungslager für neue Untergrundkämpfer, die in ganz Westafrika rekrutiert werden. Die meisten wollen nach ihrer Ausbildung wieder in ihr Land zurückkehren und dort für den Dschihad, den Heiligen Krieg, kämpfen.

Diese in der Unendlichkeit der Wüste gelegene Katiba zählte etwas mehr als hundertfünfzig Mann. Ihr Schlaflager befand sich unter demselben Felsvorsprung, der auch den Fahrzeugen Schutz bot. Auf dem Boden verstreut lagen ein paar raue Decken, Tierfelle, erdfarbene Rucksäcke.

Etwas weiter entfernt, fast mitten im ausgetrockneten Flussbett, stand ein riesiges Beduinenzelt unter einer Gruppe von Schirmakazien. An den Rändern lugten die auf dem nackten Boden liegenden Teppiche hervor. Dieses Zelt war Abu Mussas Hauptquartier. Er war der Chef der Gruppe und trug den Titel Emir.

Sobald das Gebet beendet war, fing ein unübliches Gerenne an, und eine plötzliche Unruhe verbreitete sich rund um das Zelt. Die Rebellen beobachteten dieses Hin und Her mit erstauntem Interesse. Je nach Herkunft legten sie dem Emir und der Führungsgruppe gegenüber ein anderes Verhalten an den Tag. Die Araber, besonders die Algerier, wahrten strenge militärische Disziplin, die jeden Anflug von Neugier ausschloss. Die Mauretanier hingegen entstammten einer Sippenkultur, in der die Themen von allgemeinem Interesse gemeinschaftlich ausdiskutiert wurden. Ihnen merkte man eine gewisse schlechte Laune an.

Unter dem Vorwand, sich nützlich zu machen, versuchte der Nigerianer aus der Gruppe, sich ins Allerheiligste einzuschleichen. Er brachte Wasser, schleppte mit den anderen Holz herbei und lungerte im Zelt herum, bis der Emir oder einer seiner Gefolgsleute ihn bemerkte und ihn wegschickte. Da brachen die Malier, die sein Theater zwar beobachtet, sich jedoch resigniert abseits gehalten hatten, in Gelächter aus und machten sich über ihn lustig.

An diesem Morgen jedoch waren fremde Ohren absolut unerwünscht. Spät in der Nacht war ein alter, verbeulter Jeep im Camp eingetroffen. Er war aus dem Nordosten gekommen, und es sah aus, als hätte er die ganze Sahara durchquert.

Gleich am frühen Morgen waren die beiden Insassen des Jeeps im Zelt des Emirs erschienen, um mit ihm und seinen Stellvertretern zu reden. Zwei Männer von Abu Mussas Leibgarde hatten sich links und rechts des Zelteingangs aufgebaut, um allen anderen den Zutritt zu verweigern.

Die durch die groben Zeltplanen gefilterte Sonne tauchte das Innere in ein milchiges Licht. Fünf Männer saßen auf dem roten Langflorteppich. Dem Emir und seinen Leuten gegenüber saßen die beiden Besucher. Niemand hatte sie je gesehen, zumindest keiner der einfachen Mudschahidins. Sie sprachen Arabisch mit algerischem Akzent. Beide hatten einen langen Kinnbart und gestutzten Oberlippenbart wie es die islamische Tradition verlangte, die bei den Widerstandskämpfern wieder in Mode gekommen war. Ihr Auftreten war allerdings völlig unterschiedlich. Der größere trug eine dicke Militärweste. Wäre da nicht die Djellaba gewesen, die darunter hervorlugte, hätte man ihn für einen Soldaten halten können. Der andere mit seinen kleinen runden Brillengläsern und den schmalgliedrigen Fingern war sicher ein Intellektueller. Er hielt sich etwas hinter seinem Kameraden, als wollte er sich von ihm beschützen lassen.

Die beiden Wachen vor dem Zelt erfuhren mehr als die anderen, denn sie konnten alles hören. Von den Maliern geschickt bedrängt, gaben sie schließlich preis, dass der größere Abgesandte Zyad hieß, der andere Ayman. Sie kamen von einer anderen Katiba. Dank einiger unbeabsichtigt entschlüpften Details wussten nun alle, dass sie von der Katiba des Konstantiners kamen, des Rebellencamps, das man gemeinhin die Zentralzone nannte. Dort hatte Abdelmalek Drukdal, der oberste Anführer aller Dschihad-Gruppen in Algerien das Sagen. Er trug den Titel »General-Emir« und ihm unterstanden alle lokalen Emire.

Abu Mussa saß Zyad und Ayman gegenüber und lächelte. Der Emir der Südzone war um die dreißig, ein ehemaliger Dorfschullehrer, der seine Herkunft aus den Bergen noch in sich trug. Seine tiefliegenden Augen schienen ständig zu lächeln, doch seine Begleiter hatten gelernt, diesem Anschein zu misstrauen. Er lächelte, wenn er zufrieden war. Das gleiche Lächeln hatte er jedoch auch, wenn er eigenhändig jemanden exekutierte. Beim Sprechen machte er den Mund weit auf und enthüllte dabei sein komplett aus Metall bestehendes Gebiss. Vielleicht als Anzeichen dafür, dass sich seine Besitzverhältnisse irgendwann geändert hatten, war nur die Hälfte der Zähne aus Gold. Die anderen waren aus einer stahlähnlichen, glänzenden Legierung.

Einer seiner Gefolgsmänner stellte eine blau emaillierte Teekanne in ihren Kreis und begann, die fünf Gläschen schäumend aufzugießen. Zyad jedoch schien die Zeremonie abkürzen zu wollen und wandte sich an den Emir.

»Die neuesten Nachrichten?«

Abu Mussa bewegte sein kochend heißes Glas zwischen den Fingern, ohne dass sein Lächeln erlosch.

»Heute morgen gegen vier haben sie angerufen.«

Er warf einen kurzen Blick auf seine Gesprächspartner. Der tiefe Haaransatz, die in ihren Höhlen liegenden Augen und das rätselhafte Lächeln gaben ihm etwas von einem gerissenen, grausamen Bauern.

»Wo sind sie?«

»Im Senegal. In der Nacht haben sie den Fluss auf einer Piroge überquert.«

»Halten sie die Sicherheitsvorschriften ein, wenn sie anrufen?«

Abu Mussa hob die Schultern.

»Die Vorschriften! Vierzehn Tage Ausbildung, haben sie wahrscheinlich vergessen. Ja, wenn man so will: Sie befolgen die Sicherheitsvorkehrungen: Schalten ihr Handy so selten ein wie möglich. Schicken meist kurze Textnachrichten. Das übliche Blabla.«

»Das ist schon mal nicht schlecht.«

Abu Mussa straffte die Schultern, und einen Augenblick lang glaubte Zyad, er würde ihm die Teekanne ins Gesicht schleudern.

»Nicht schlecht? Ist dir klar, wie dumm sie sich angestellt haben?«

Am Vorabend hatte die ganze Katiba dank der hier wie in allen Lagern aufgestellten Parabolantenne mitverfolgen können, was die Nachrichtensender Al-Jazeera, TV Algerien und das arabische France 24 permanent brachten.

»Die stümperhafteste Operation aller Zeiten: miserabel vorbereitet, miserabel durchgeführt. Ein absoluter Misserfolg. Mindestens drei Lastwagen fuhren vorbei, während sie die Italiener am Straßenrand erledigt haben. Die Fahrer haben alles gesehen.«

»Meinst du, die Polizei kann das Netz aufdecken?«

»Die mauretanischen Bullen wissen bereits ganz genau, wer die vier Touristen getötet hat, wer die Killer beauftragt hat und mit wem sie in Verbindung stehen. Die Polizei hat sogar schon ihre Fotos verbreitet.«

Ayman schüttelte bedauernd den Kopf. Diese Reaktion machte Abu Mussa allerdings noch wütender.

»Das spielt absolut keine Rolle! Von mir aus können sie sie alle einsacken. Das Nouakchott-*Netz*. Dass ich nicht lache! Drei Schwachköpfe, das sind sie! Unfähige Amateure, kleine Jungs, sonst nichts.«

Ayman steckte die Nase in sein Teeglas, aber sein Gefährte war nicht bereit, sich beleidigen zu lassen, ohne sich zu verteidigen.

»Ich bin mir sicher, dass sie nicht ohne Grund geschossen haben. Die Typen müssen sich gewehrt haben. Die Operation war ganz schön riskant.«

»Riskant?! Vier bescheuerte Italiener im Urlaub. Hast du die Reportagen nicht verfolgt? Keiner von ihnen war bewaffnet. Einer war sogar krank. Er war auf allen vieren, um zu kotzen. Nein, die Wahrheit ist, dass sie die Nerven verloren.«

»Wie lautete der Auftrag?«

»Vier Geiseln. Schnell und sanft, ohne irgendwas kaputt zu machen, außer im Falle heftiger Gegenwehr.«

»Selbst wenn es nicht so lief wie geplant, ist die Geschichte doch in allen Medien. Das dient der Sache.«

Abu Mussa unternahm nicht einmal den Versuch, seine Verachtung zu verbergen, als er Ayman ansah.

»Es dient der Sache, wenn man wie Amateure vorgeht? Die Konsulate werden ihren Touristen empfehlen, nicht mehr dorthin zu fahren und fertig! Aber die Leute, die Bescheid wissen, die Bullen, die Militärs, die Sicherheitsdienste, lachen sich sicher ins Fäustchen. Mit Operationen wie dieser brauchen wir uns nicht zu wundern, dass man uns nicht ernst nimmt!«

Der heiße Wüstenwind drang unter den Zeltplanen durch und ließ das Segeltuch behäbig klatschen. Auf der Stirn der fünf Männer standen Schweißperlen. Einer der beiden Gefolgsmänner von Abu Mussa erhob sich, um Wasser aus dem ziegenledernen Wasserbeutel zu holen, der vor dem Zelt hing. Es war ein großgewachsener Araber aus dem Aurès-Gebirge im Nordosten Algeriens, mit rotem Bart und grünen Augen. Man nannte ihn »Nabil der Afghane«, weil er trotz seines jungen Alters schon in Kandahar gekämpft hatte. Er stellte eine zu zwei Dritteln mit Wasser gefüllte Plastikflasche neben die leere Teekanne.

»Unsere Jungs«, begann Ayman leise, »also die, die den Coup

durchgeführt haben – wie hoch ist ihre Chance, dass sie davonkommen?«

»Keine Ahnung, und es ist mir auch egal.«

»Wenn sie es schaffen, sich wieder bis Mali durchzuschlagen, können sie dann hierher kommen?

»Ich sag dir doch, es ist mir egal«, wiederholte Abu Mussa.

Schweigend saßen sie alle fünf da, mit ihren Turbanen und ihren Bärten, über eine kleine Teekanne gebeugt. Alle hatten sie ein erstes Leben gehabt. Sie waren Soldaten gewesen, Lehrer, Ärzte. Damals rasierten sie sich jeden Morgen, zogen ihre nach westlicher Mode geschnittenen Anzüge an, banden ihre Krawatten. Jetzt aber verband sie ihr islamisches Erscheinungsbild. An guten Tagen empfanden sie diese Gleichheit als Ablehnung der Oberflächlichkeit des Westens, als Rückkehr zu ihrem eigentlichen Wesen, zum Frieden des Propheten. Heute aber, mit dieser fast greifbaren Atmosphäre von Gewalt, wirkten ihre Bärte und Gewänder eher wie Uniformen, ja sogar wie eine Verkleidung, die ihre individuelle Wahrheit, ihre grundlegenden Ungleichheiten nur schlecht zu verbergen vermochte.

Abu Mussas tiefe Stimme setzte dem Schweigen ein Ende.

»Ich habe Kader zurückgerufen«, sagte er sehr ernst.

Er musterte seine beiden Besucher, einen nach dem anderen. Wieder folgte ein langes Schweigen, nur durchbrochen vom leisen Summen eines Insekts oben im Zelt.

»Kader Bel Kader?«, sagte Ayman schließlich und rückte seine Brille zurecht.

Niemand beachtete die Frage, alle wussten, worum es ging.

»Du kennst Abdelmaleks Order?«, fragte Zyad.

Wenn jemand das ranghöchste Mitglieds der Organisation erwähnte, so war das normalerweise ein ernstzunehmender Appell zur Disziplin. Jedem Kämpfer war klar, mit welchen Sanktionen er rechnen musste, wenn er es wagte, dessen Autorität in Frage zu stellen.

Doch trotz Zyads Zwischenfrage blieben der Emir und seine Männer ruhig und entschlossen. Zyad sah sie einen nach dem anderen an, und sie hielten seinem Blick stand. Am längsten starrte er den Dritten an, der während der ganzen Unterredung weder den Mund aufgemacht noch sich bewegt hatte. Ein kleiner, hagerer Mann mit extrem faltiger Haut. Er sah alt aus, obwohl er nur wenig über fünfzig war. Von diesen fünfzig Jahren hatte er fast dreißig mit Verfolgung zugebracht, sowohl als Jäger als auch als Gejagter, voller Unbequemlichkeiten und Gefahren, in der Eiseskälte der Wüstennächte und tagsüber in sengender Hitze. Er hatte sich in den achtziger Jahren der allerersten algerischen Untergrundbewegung von Bouyali angeschlossen und war seitdem nicht mehr aus dem Untergrund herausgekommen. Er wurde Saïf der Säbel genannt, vermutlich weil er Schnittwerkzeuge liebte und seine Zeit damit zubrachte, seinen Dolch zu schleifen und zu schärfen. Er tötete ausschließlich mit Stichwaffen. Zyad hatte das sichere Gefühl, dass er ihm zulächelte.

»Ich brauche Kader«, erklärte Abu Mussa mit Nachdruck. »Was diese Blödmänner vermurkst haben, wäre für ihn ein Kinderspiel gewesen.«

»Aber du kennst die Befehle, oder?«, gab Zyad zu bedenken. »Abdelmalek will nicht mehr, dass wir mit Kader Kontakt haben. Er ist ein Drogenhändler, er hat mit den hohen Zielen des Dschihad nichts gemein.«

»Die Katiba muss autonom sein, oder?«, warf Abu Mussa gelassen ein. ›Das hat der Oberste Rat doch entschieden, oder?«

Er wandte den Kopf nach rechts und nach links, um sich der Zustimmung seiner Getreuen zu versichern. Dann lächelte er mit seinem ganzen Metallgebiss.

»Hier gibt es nur zwei Möglichkeiten, um autonom zu sein und zu Geld zu kommen: Entführungen oder Schwarzhandel.«

»Genau aus diesem Grund hat man dir geholfen, ein Netz in Mauretanien aufzubauen.«

»Komm mir nicht mehr mit deinem Netz! Es ist gestorben! Gleich beim ersten Coup, so schlecht waren sie, diese verfluchten Kerle. Eine Handvoll Mamasöhnchen, Träumer, Junkies, die an ihren Zigaretten kleben. Du weißt, was dabei herauskam: die erste Operation, keinen Sou, vier Tote!«

»Man muss ihnen eine weitere Chance geben.«

Aber Abu Mussa murmelte mit gesenktem Haupt in seinen Bart: »Man improvisiert nicht bei solchen Dingen. Kader, der hat seine Sache immer gut gemacht. Er kennt alle Schmuggler und Schlepper, die in der Wüste unterwegs sind. Der ist schlauer als ein Fuchs. Diese italienischen Touristen wären ihm sogar freiwillig gefolgt! Ich sag's euch, er hätte sie mir hierhergetrieben wie eine Herde Schafe! Und wir hätten einen guten Preis erzielt.«

»Abdelmalek will Kader nicht mehr«, wiederholte Zyad eine Spur lauter.

»Er schätzt ihn falsch ein. Ich bin mir sicher, dass er auf unserer Seite ist.«

»Was du denkst, spielt keine Rolle. Seine Entscheidung steht fest. Du musst sie akzeptieren.«

Mit einem Satz war Abu Mussa bei Zyad und packte ihn am Kragen. Ayman wich einen Schritt rückwärts, an die Zeltwand. Abu Mussas Metallgebiss klappte mit einem Klicken vor der Nase des Mannes zusammen, den er fest im Griff hielt.

»Ich will nicht, dass diese Katiba kaputtgeht, verstehst du? Abdelmalek lässt mir keine Wahl. Entweder ich tue, was er sagt und wir sind in zwei Monaten am Ende, oder ich halte mich an Kader.«

Unvermittelt ließ er sein Opfer los, und Zyad taumelte ein paar

Schritte rückwärts, ohne ihn jedoch aus den Augen zu lassen. Er hatte das Gefühl zu ersticken, nicht aber wegen des Würgegriffs vorhin, sondern vor Zorn. Langsam richtete er sich auf und drückte die Schultern zurück, und Ayman folgte seinem Beispiel. Abu Mussa hatte sich wieder hingesetzt und gab seinen Gefolgsmännern mit einer fast unmerklichen Geste zu verstehen, sich nicht zu rühren.

»Überleg es dir gut, Abu Mussa«, sagte Ayman mit seiner schrillen Stimme, wieder ein Stück hinter seinem Gefährten stehend. »Ist dir klar, was für Folgen deine Entscheidung haben wird?«

Er wartete kurz auf eine Antwort, doch als Zyad ohne ein weiteres Wort und mit großen Schritten aus dem Zelt stapfte, beeilte er sich, ihm zu folgen.

Schweigend rührte Abu Mussa ein paar Teeblätter in seiner Tasse um. Nabil war den beiden Gesandten gefolgt, um sicherzustellen, dass sie das Lager ohne Zwischenfall wieder verließen. Ihr Jeep war mit Wasser und Proviant beladen und auch aufgetankt worden, so dass sie gleich losfahren konnten.

Die Wachposten schauten dem Wagen noch lange nach, als er mit Vollgas in Richtung Nordosten fuhr und schließlich am Horizont verschwand.

IV

Es hatte mehrere Monate gedauert, bis Jasmin ihr Apartment fand. Damals hatte sie noch keine offizielle Arbeit gehabt. Die hohe Kaution, die sie als Garantie in bar anbot, erregte Argwohn. Schließlich hatte sie sich an eine spezielle Agentur gewandt. Dort traf sich alles in Paris, was Geld, aber keine Papiere hatte, mit zweifelhaften Dingen dealte, Neureiche aus den unwahrscheinlichsten Ländern. Junge Frauen aus guter Familie (die sich zumindest als solche ausgaben) verhandelten mit den potentiellen Vermietern. Die wahren Kunden zeigten sich erst, wenn die Sache abgesprochen war. Die daraus resultierenden Mieten lagen natürlich weit über den üblichen Sätzen.

Jasmin hatte sich für ein Maisonette-Studio entschieden, hinter dem Palais-Royal gelegen. Das Gebäude im Stil von Ludwig dem XIV. hatte großzügige Proportionen, eine gewaltige Treppe und einen stilechten Marmorboden. Inzwischen wohnte sie seit eineinhalb Jahren dort. Doch seit sie im Quai d'Orsay arbeitete, hatte sie kaum noch Zeit, es zu genießen. Sie kam spät nach Hause und ging früh weg. Drei- oder viermal pro Woche musste sie bei offiziellen Empfängen dabei sein, die bis tief in die Nacht dauerten.

So auch an diesem Abend. Ein Cocktail zu Ehren einer Delegation russischer Parlamentarier hatte sich bis dreiundzwanzig Uhr hingezogen. Sie hatte auf dem Pont Alexandre-III ein Taxi angehalten und kam zehn Minuten später bei sich zu Hause an. Die kleine Straße war menschenleer. Sie bemerkte den Mann erst, als sie ihren Code eingetippt hatte und die Haustür aufstieß. Er drängte sich hinter ihr ins Haus und baute sich vor ihr auf. Ihr Atem ging schneller, als sie ihn anstarrte. Er musste doch mehr oder weniger damit rechnen, dass sie schrie, oder? Doch sie fasste sich wieder und fragte mit ruhiger Stimme:

»Wer sind Sie?«

Der Mann war groß. Er trug einen blauen, schlecht geschnittenen Anzug, der ihm viel zu weit war. Seine Haut war dunkel, er hatte feine Gesichtszüge und schmale Lippen. Jasmin erkannte auf den ersten Blick, dass er aus Mauretanien stammte.

»Ich komme von Kader.«

Sie wandte den Kopf ab.

»Ich dachte, das sei vorbei«, sagte sie und blickte ihm erneut in die Augen.

»Wir müssen reden. Kann ich mit reinkommen?«

»Ich bin müde. Und ich habe nichts zu sagen.«

Der Mann blieb weiter vor Jasmin stehen und versperrte ihr den Weg zur Treppe. Sie machte einen Bogen um ihn herum und er tat nichts, um sie daran zu hindern. Als sie in umgekehrter Position standen, drehte sich Jasmin, eine Hand bereits auf dem Geländer, noch einmal um.

»Na gut. Kommen Sie mit hinauf!«

Sie schloss ihre Wohnungstür auf und trat als Erste ein, um das Licht anzumachen. Am Morgen war sie in aller Eile aufgebrochen. Ein zerknitterter Rock und ein Büstenhalter lagen auf einem Stuhl. Sie ließ die Sachen unauffällig in einer Ecke verschwinden. Die Badezimmertür stand offen, und sie machte sie zu.

»Setzen Sie sich!«

Der Mann nahm auf einem der beiden Sessel Platz. Jasmin ging unter die Zwischendecke, hinter die Theke, die das Wohnzimmer von der Küche trennte. Hier gab es definitiv weder einen Maître d'hôtel noch einen Koch, doch die Reflexe des Protokolls waren ihr bereits in Fleisch und Blut übergegangen. Sie stellte zwei Gläser und eine Karaffe mit Grapefruitsaft auf ein Silbertablett, das sie für fünfzig Euro auf dem Flohmarkt von Vanves erstanden hatte.

»Sie sind also ein Freund von Kader«, sagte sie, als sie das Tablett auf den Couchtisch vor den Sesseln stellte.

»Er schickt mich.«

Jasmin betrachtete den Mann und nahm die kleine Nuance wahr. Im mauretanischen Kastensystem weiß jeder genau, welchen Platz er innehat, und ist sorgfältig darauf bedacht, die Grenzen nicht zu übertreten, in die er hineingeboren wurde. Wie immer seine Bekanntschaft mit Kader auch gestaltet war – der

Emissär fühlte sich Kader mit Sicherheit nicht gleichrangig. Das Wort »Freund« konnte er deshalb nicht gelten lassen.

»Wie heißen Sie?«

»Moktar.«

»Saft?«

Sie war bereits am Einschenken und merkte plötzlich, dass er ihre leichte Nervosität spürte.

»Wie geht es ihm?«

»Er erfreut sich bester Gesundheit, Allah sei gedankt! Und er schickt Ihnen seine besten Grüße.«

»Überbringen Sie ihm die meinen.«

Immer diese Langsamkeit der Wüste, selbst hier, mitten in Paris! Sie musste ein Gähnen unterdrücken. Wenn sie abends nach Hause kam, ging sie normalerweise sofort ins Bad, ließ die Wanne volllaufen, goss einen Spritzer Schaumbad ins Wasser und zog sich aus. Nach dem Baden setzte sie sich auf den Teppich, rauchte in aller Ruhe und ging dann nach oben, um sich schlafen zu legen.

»Können wir vielleicht gleich auf den Punkt kommen«, sagte sie und stellte ihr Glas auf den Tisch. »Ich arbeite sehr viel und bin hundemüde. Was haben Sie mir zu sagen?«

Moktar versteifte sich, zeigte seine Irritation aber nur durch ein einmaliges Blinzeln. Jasmin fragte sich, ob er in Frankreich lebte oder ob sie ihn eigens hergeschickt hatten.

»Kader braucht Sie. Er hat gesagt, Sie wüssten, worum es geht.«

Jasmin drückte sich in ihren Sessel.

»Sagen Sie ihm, dass es mir leidtut, aber es geht nicht mehr.«

Mit einer ausladenden Geste legte Moktar einen Zipfel seines zu weiten Jacketts über das Bein, als würde er einen Kaftan drapieren. Er schaute Jasmin in die Augen und sagte:

»Sie haben noch nie bereut, Folge zu leisten, wenn er Sie ruft, nicht wahr?«

»Ihre Anspielungen sind etwas plump. Ich weiß, was ich Kader verdanke. Beim Tod meines Mannes war er der Einzige, der mir geholfen hat, das steht fest. Ich kann sogar sagen, dass er mich gerettet hat. Genau, sagen Sie ihm das: Ich weiß, dass er mich gerettet hat.«

Sie stand auf, ging bis zur Wand und kam dann wieder zu ihm zurück.

»Aber was ich für ihn getan habe, habe ich gut gemacht. Ich habe meinen Teil unserer Abmachung erfüllt und er den seinen. Wir sind quitt. Ich kann diesmal ablehnen. Und das tue ich hiermit.«

»Er braucht Sie noch einmal.«

»Verstehe, aber ich kann ihm nicht helfen. Sagen Sie ihm das bitte. Ich habe eine Arbeitsstelle, die ich liebe, eine Wohnung. Sie ist zwar klein, aber ausreichend, und ich fühle mich hier wohl. Ich habe mir ein neues Leben aufgebaut. Können Sie mir folgen?«

Sie hatte nervös aufgelacht, als sie ihre Wohnung erwähnte. Ihre letzten Worte, viel zu schnell gesprochen und zu laut, verrieten, dass sie Angst hatte.

»Das sind zusätzliche Gründe, um zu tun, worum er Sie bittet.«

Moktars Stimme war sanft, doch es schwang etwas Bedrohliches mit.

»Was wollen Sie damit sagen?«

»Nun, sagen wir ... dass Sie etwas zu verlieren haben.«

Sie erstarrte. Es lag auf der Hand: Mit einem einzigen Wort konnte Kader die Welt zum Einstürzen bringen, die sie sich aufgebaut hatte. Sie rieb sich die Augen, als hätte sie eine Träne gespürt. Ihr Mund zuckte, und diese Bewegung drückte zugleich Abscheu, Bedauern über ihre Schwäche, einen Eindruck von Ohnmacht und Niederlage aus.

»Und was soll ich diesmal für ihn tun?«

Der Mann ließ sich seinen Triumph nicht anmerken, weder

durch eine veränderte Haltung noch einen anderen Tonfall. Er ließ sich nur deutlich mehr Zeit, bevor er antwortete.

»Nein«, sagte er und wedelte mit der Hand, als wolle er ein lästiges Insekt verscheuchen. »Es hat nichts mit Ihren früheren Reisen zu tun, keine Angst.«

Jasmin zuckte die Schultern.

»Er hat gefragt, ob Sie noch in dieser Organisation tätig sind ... die Kinder vom Weißen Kap, richtig?«

»Sie sind offenbar gut informiert. Wie immer. Ja, ich bin noch Mitglied, zusammen mit anderen.«

»Aber nicht irgend*ein* Mitglied! Sie haben diese Organisation gegründet, nicht wahr? Im Übrigen war sie nie sehr groß und umfasst im Wesentlichen Sie und die Familie Ihres Mannes.«

»Er war der Gründer. Eine seiner Cousinen aus Straßburg übernahm den Vorsitz, als ich wieder anfing zu arbeiten.«

»Und welche Funktion haben Sie jetzt?«

»Ich bin stellvertretende Generalsekretärin«, sagte sie mit einem weiteren Schulterzucken. »Aber das hat nichts zu bedeuten. Es ist eine sehr kleine Organisation.«

»Sie engagiert sich für die Gesundheit von Müttern, richtig?«

»Ja, von Mutter und Kind.«

Moktar nickte und blieb stumm, als nähme er sich die Zeit, über die Bedeutung eines Sprichwortes nachzudenken.

»Mutter und Kind, ich verstehe. Also, Kader will Folgendes: Nur, dass Sie eine letzte Reise nach Mauretanien machen, im Namen Ihrer NGO. Eine Reise von acht, höchstens zehn Tagen.«

»Wann?«

»So bald wie möglich. Sobald Ihre Organisation Sie offiziell damit betraut. Das dürfte nicht allzu schwierig sein.«

Jasmin musterte den Mann. Sie versuchte zu ergründen, was genau von ihr erwartet wurde.

»Diesmal gibt es nichts zu transportieren.«

»Dann nehmen Sie doch jemand anderen!«, fauchte sie. »Ich habe eine neue Arbeitsstelle angetreten, begreifen Sie? Wenn ich jetzt schon eine Woche Urlaub nehme, um nach Mauretanien zu fliegen, riskiere ich, dass sie mich vor die Tür setzen!«

Dass Moktar es lächelnd und unbewegt zur Kenntnis nahm, bedeutete, dass er bestens informiert war. Er wusste, dass ein einwöchiger Urlaub kein Problem darstellen würde, nachdem sie sich fünf Monate lang kein Wochenende gegönnt und häufig bis spätabends gearbeitet hatte.

»Antworten Sie mir!«, verlangte sie. »Warum unbedingt *ich*?«

»Das wird Kader Ihnen persönlich sagen.«

Sie beruhigte sich schlagartig.

»Er will mich sehen?«

»Das versuche ich Ihnen schon die ganze Zeit zu erklären«, sagte Moktar mit Nachdruck und kniff die Augen zusammen.

»Aber ich dachte ...«

»Dass er sich versteckt hält? Dass niemand zu ihm kann?«

Jasmin nickte.

»Sie haben recht: Er kann nicht überall hin reisen. Deshalb bittet er Sie auch, nach Mauretanien zu kommen. Dort unten werden Sie ihn sehen.«

Jasmin erhob sich, ging in ihre schmale Küche und holte einen Beutel Trockenfrüchte aus dem Schrank. Es dauerte eine Weile, bis sie den widerspenstigen Beutel geöffnet und den Inhalt auf einen Keramikteller geschüttet hatte. Dann setzte sie sich wieder zu Moktar.

»Wohin soll ich genau fliegen?«

»Nach Nouakchott. Erinnern Sie sich an das dortige Kinderkrankenhaus?«

Sie schloss kurz die Augen, um zu bejahen.

»Dort wurde ein Hilfsprogramm zur Bekämpfung der Übertragung von Aids von Mutter auf Kind initiiert.«

Moktar griff mit der rechten Hand in die Innentasche seines weiten Jacketts und zog einen Zettel heraus. Jasmin nahm ihn entgegen und faltete ihn auf.

»Das ist ein Schreiben mit der Bitte um Hilfe. Das letzte Hilfsprogramm Ihrer Organisation in Mauretanien datiert von 2007. Das Ärzteteam des Krankenhauses hat sich an euch erinnert und appelliert an eure Großzügigkeit.«

Das Schreiben trug ein Datum vom Vormonat. Die Unterschrift war unleserlich und im Briefkopf waren unter dem Namen des Leiters fünf weitere Ärzte aufgeführt.

Um Jasmins Frage vorzugreifen, reichte Moktar ihr ein weiteres Blatt Papier.

»Ihre Kontaktperson ist Doktor Sid'Ahmed Vall. Er hat diese Anfrage auch unterzeichnet. Hier haben Sie seine E-Mail-Adresse und seine Telefonnummer. Teilen Sie ihm mit, wann Sie ankommen werden. Wohnen werden Sie im Hotel Qsar. Das Zimmer wird für Sie gebucht werden, sobald Sie die genauen Daten übermittelt haben.«

Jasmin stellte weitere Fragen. Diese Reise versprach in ihren Augen plötzlich ganz aufregend zu werden, wenn auch nicht unbedingt angenehm. Sie dachte unwillkürlich an ihren ersten Aufenthalt in Nouakchott zurück, zusammen mit ihrem Mann. Das Flugzeug war zweimal um die Piste geflogen, dicht oberhalb der Dünen, direkt an der Küste und am Meer, in einem Umfeld, das eines Jean Mermoz würdig gewesen wäre. Auf einmal schien Moktar derjenige zu sein, der es eilig hatte, denn er stand auf.

»Sie sind sicher müde. Entschuldigen Sie die Störung.«

Mit zwei Schritten hatte er in dem kleinen Apartment die Tür erreicht.

»Kader wird sich freuen, wenn er hört, dass Sie kommen.«

Seine maurische Selbstsicherheit, unerträglich und bewundernswert zugleich, entlockte Jasmin endlich ein Lächeln.

»Ich habe noch nicht zugesagt.«

»Wenden Sie sich direkt an Dr. Vall. Er wird alles vorbereiten.«

Er legte die Hand an sein Herz und verneigte sich. Erst da bemerkte sie die feine Bartlinie, fast nur ein Schatten, aber gut geschnitten und gepflegt. Sie begriff, dass sie ihm nicht die Hand geben sollte. Sie ließ ihn hinausgehen und schloss die Tür hinter ihm.

Einen Augenblick lang blieb sie mit dem Rücken an der Tür stehen, den Kopf an das Holz gelegt. An diesem Abend rauchte sie lange, bevor sie sich schlafen legte.

V

Das neue Camp der Katiba befand sich in Mali. Doch nichts in der Wüste ließ darauf schließen, dass man eine Grenze überschritt. Die Vegetation war nur noch etwas spärlicher als auf der algerischen Seite. Der flache Boden bebte leicht, wenn man darüberging. Gewaltige Felsblöcke, mehrere Meter hoch, ragten aus diesem Sockel. Infolge der Erosion sahen sie fast wie überdimensionale Champignons aus. Etwa ein Dutzend Zelte waren diesmal im freien Gelände errichtet worden. Für Flugzeuge und Satelliten sah es wie ein harmloses Nomadenlager aus.

Abu Mussa war nervös. Er war von Gruppe zu Gruppe gegangen, dann wieder in sein Zelt zurückgekehrt.

»Hol mir Saïf her!«, befahl er einem seiner Leibwächter.

Der Mann kam wenig später zurück, in Begleitung des alten Kämpfers.

»Was sagen die Männer?«, fragte Abu Mussa, ohne ihn zu begrüßen.

»Sie sind ruhig.«

»Wissen sie, dass wir mit Abdelmalek gebrochen haben?«

»Ich denke, das haben sie begriffen.«

»Und weiter?«

»Was weiter?«

»Akzeptieren sie es?«

Saïf wirkte erschöpft und unerschütterlich zugleich. Bei jeder Prüfung des Lebens hatte die Angst eine Falte mehr in sein Gesicht eingegraben. Inzwischen gab es darin keinen Platz mehr für Angst.

»Du bist ihr Chef. Sie folgen dir.«

Saïfs Worte waren einfach, wie immer. Dennoch hatte Abu Mussa den Eindruck, als läge ein tieferer und versteckter Sinn darin. *Du bist ihr Chef.* Natürlich betrachteten ihn alle als den Chef dieser Katiba. Aber war er es wirklich? Seit Abu Mussa in den Untergrund gekommen war, hatte er immer Abdelmalek gehorcht. Dieser hatte ihn zum Chef der Saharagruppe ernannt. Jetzt, wo sie sich entzweit hatten, fühlte er sich allmächtig und verwaist zugleich, Herr seiner eigenen Gruppe, aber auch verletzlich. *Sie folgen dir.* Das mochte ja stimmen, aber wohin genau?

»Sind unter uns Männer von Abdelmalek?«, fragte Abu Mussa.

»Wenn ich etwas erfahre«, sagte Saïf mit würdevoller Stimme, »werde ich es dich sofort wissen lassen.«

Die Sonne sank am Himmel. Im Camp machte sich Nervosität breit.

Alle versammelten sich im Freien, um zu beten. Ein kleiner Mann namens Anuar ging vor die Gruppe, um sie anzuleiten. Er galt als der Weiseste der Gruppe und war eine Art spiritueller Führer. Er besaß mehr Glauben als Bildung. Doch die Männer respektierten ihn.

Von allen Gebeten liebte Abu Mussa das Abendgebet am meisten. Es fand statt, wenn die Hitze des Tages abnahm. Am Horizont löste sich die Sonne in rötlichen Staub auf. Die Zeit verging langsamer, einen Augenblick lang war ihnen Ewigkeit vergönnt. Die Einheit, in die sich alles Irdische eines Tages auflösen würde, enthüllte sich in ihrer ganzen Fülle.

Kaum war das Gebet zu Ende, da schallte der Ruf eines der Wachposten durch das Lager. Er verkündete, dass sich ein Konvoi näherte, und bestätigte, dass es der war, den sie erwarteten. Wenige Minuten später näherten sich mehrere Jeeps mit lautem Motorengebrumm dem Camp.

Der erste Wagen hatte keine Türen. Der Mann, der vorn auf dem Beifahrersitz saß, sprang heraus. Er ging auf Abu Mussa zu und umarmte ihn feierlich. Dann schritten sie die Reihe der Kämpfer ab und begrüßten sie. Schließlich gingen sie Hand in Hand zu Abu Mussas Zelt. Nabil und Saïf folgten ihnen.

»Wir haben dich nicht so früh erwartet«, sagte Abu Mussa. »Du warst schnell.«

Sein Lächeln wirkte ausnahmsweise so, als käme es von Herzen.

»Als dein Anruf kam«, sagte Kader, »war ich schon unterwegs.«

Kader Bel Kader war ein noch junger Mann, recht groß, hektisch und immer in Bewegung. Ein lockiger Bart spross auf seinen Wangen, aber noch so spärlich, dass er sein jugendliches Aussehen unterstrich. Die Adlernase und die glänzenden schwarzen Augen verliehen ihm etwas Erhabenes, wie es bei Angehörigen von Wüstenstämmen oft der Fall war.

»Ich war im Norden von Niger, als ich erfuhr, dass der Überfall schieflief und sie die Touristen getötet haben. Du hattest gesagt, das sei das Signal.«

Der Emir nickte.

»Gott ist mein Zeuge«, ergriff Kader erneut das Wort, »dass ich gehofft hatte, es liefe anders ab. Ich hätte mich aufrichtig gefreut, wenn es ihnen gelungen wäre. Aber ich war mir sicher, dass es genau so kommen würde.«

Er ließ Abu Mussa nicht die Zeit, darauf zu antworten, sondern wechselte nahtlos zu einem anderen Thema über: eine Anekdote über eine Karawane, die er in Niger traf und die Uran schmuggelte. Genau wie sein Körper war auch Kaders Geist ständig in Bewegung. Er sprang von einem Thema zum nächsten, und für gewöhnlich genoss Abu Mussa seine Gesellschaft. Die Endlosigkeit der Wüste isoliert einen noch mehr als das Meer. Die Gruppen, die hier umherziehen, Widerstandskämpfer, Schieber, Nomaden mit ihren Herden, Händler, militärische Sondertrupps sind von der Welt abgeschnitten. Sie ersticken vor Einsamkeit im Gefängnis dieser unermesslichen Weite. Kader Bel Kader war berufsmäßig von einer Gruppe zur anderen unterwegs. Er überbrachte ihnen Zeugnis davon, dass noch andere existierten. Er brachte ihnen so ziemlich alles, was eine Gruppe so brauchte: geschmuggelte Zigaretten, erstklassiges Haschisch aus dem Rif-Gebirge, Salz von den Küsten Mauretaniens, elektronische Geräte aus Fernost, und natürlich auch Waffen aller Art. Vor allem aber brachte er immer einen unerschöpflichen Vorrat an Geschichten mit – lange und kürzere, alte und neue, wahre und falsche. Sie waren es, die aus der Wüste ein Dorf machten.

Doch an diesem Tag war Abu Mussa nicht danach, sie sich anzuhören. Kader verstummte und musterte ihn. Er drehte den Kopf zu den Gefolgsmännern des Emirs. Nabils Blick war unverhohlen misstrauisch, feindselig.

»Abdelmalek hat Zyad hergeschickt«, sagte Abu Mussa düster. »Ich habe ihm gesagt, dass ich dich hergerufen habe.«

»Er hat keine Zeit verloren.«

»Jetzt sind wir allein.«

Dieser Satz klang weniger wie eine Aussage, sondern vielmehr wie eine Frage. Abu Mussa hatte getan, was sie vereinbart hatten. Doch nun brauchte er dringend einen Rat.

»Ich habe noch viele Freunde im Untergrund im Norden«, sagte Kader, »auch wenn Abdelmalek selbst mich nicht mehr sehen will. Wie es aussieht, läuft es bei ihnen nicht sehr gut.«

Er setzte zu einer langatmigen Beschreibung der hygienischen Bedingungen an, der Probleme mit der Versorgung mit Lebensmitteln und mit der Sicherheit in der nördlichen Zone. Kader war ein guter Erzähler. Er konnte seine Zuhörer fesseln und verlieh seinen Berichten Farben, Humor und Spannung. Aber er merkte auch, wenn seine Gesprächspartner ermüdeten. Plötzlich beugte er sich vor und griff nach Abu Mussas Ärmel.

»Abdelmalek ist ein schlechter Chef! Du tust gut daran, ihm nicht mehr zu gehorchen!«

Er ließ den Ärmel los und richtete sich wieder auf, plötzlich ganz konzentriert und mit undurchdringlicher Miene.

»Wer ist er, dass er dir vorschreiben kann, wen du treffen darfst und wen nicht? Er misstraut mir. Warum? Weil ich ein Händler bin. Na und? Kann man einem Händler nicht trauen? Ich glaube nicht, dass das im Sinne des Propheten ist.«

Er lächelte von einem Ohr zu anderen. Er strahlte eine Offenheit und Kraft aus, die ihm spontan die Sympathie der einfachen, rauen Wüstenbewohner einbrachte.

»Ich fürchte Gott, bete fünfmal täglich, übe mich in Nächstenliebe, faste an Ramadan und irgendwann bald, Inch'Allah, werde ich nach Mekka pilgern. Du auch, nicht wahr? Wir sind genauso gute Muslime wie Abdelmalek. Wenn wir tun, was ich dir vorgeschlagen habe, werden wir ihm sogar beweisen, dass wir besser sind. Das Opfer, das wir Gott bringen werden, kann er sich nicht einmal *vorstellen*, geschweige denn in die Tat umsetzen.«

Kader schwieg kurz und griff nach seinem Teeglas, dessen Inhalt allerdings bereits kalt geworden war.

»Tatsache ist«, fuhr er leise fort, »dass er Angst hat. Er hat Angst vor dir und Angst vor mir. Dazu hat er allen Grund, denn das, was wir vorhaben, wird seine Unfähigkeit beweisen. Er hat sich in seinen Bergen verschanzt, von der Armee umzingelt, von der Bevölkerung bedroht. Während du, Abu Mussa, frei bist. Gott hat die Grenzen nicht erschaffen. Er hat sein Volk über die ganze Erde verteilt. Marokko, Algerien, Mauretanien, Mali, Niger, Libyen ... all diese von den Kolonialstaaten erfundenen Länder existieren in seinen Augen gar nicht. Und in deinen auch nicht, weil du hier ein freier Mann bist. Du und deine Männer, ihr tretet diese lächerlichen Grenzen Tag für Tag mit Füßen. Du allein kannst die wahre Schlacht kämpfen. Du bist der wahre Erbe des Geistes der Al-Qaida.«

»Abdelmalek hat mir keine andere Wahl gelassen«, sagte Abu Mussa, als müsse er sich vor sich selbst rechtfertigen.

Kaders Miene verfinsterte sich auf einen Schlag. Er sprang auf und ging mit großen Schritten im Zelt hin und her. Nach einer Weile blieb er vor Abu Mussa stehen, den er um einiges überragte.

»Abu Mussa, ich sage dir feierlich: Deine Entscheidung muss eine echte Entscheidung sein. Ich will nicht, dass du mich gerufen hast, weil Abdelmalek dir keine andere Wahl lässt. Er und ich haben zwei unterschiedliche Auffassungen über die Vorgehensweise, die sich dir bietet. Ich will, dass du dich entscheidest, weil du davon überzeugt bist, den rechten Weg zu gehen.«

Nabil, der seinen Zorn seit einiger Zeit nur noch mit Mühe zügeln konnte, mischte sich plötzlich in ihr Gespräch:

»Es gibt nur einen Weg«, fauchte er. »Der Weg, den Gott uns vorgezeichnet hat. Wir sind keine ungläubigen Politiker.«

Kader warf dem jungen Mann einen finsteren Blick zu. Er riss sich aber sofort wieder zusammen und schaffte es, äußerlich ruhig zu erwidern:

»Du hast hundertmal recht, Nabil. Doch einen Kampf gewinnt man nur, wenn man die Waffen, den Tag und den Gegner mit Bedacht auswählt. Bist du, Abu Mussa mit meinem Vorschlag einverstanden?«

Abu Mussa wollte etwas erwidern, doch Kader war noch nicht fertig:

»Hast du sämtliche Konsequenzen deiner Entscheidung bedacht? Bist du bereit, sie zu tragen? Bist du dir sicher, dass du deine Männer auf diesem Weg führen kannst? Bist du in der Lage, ohne Mitleid jene zu eliminieren, die einen anderen Weg gehen möchten? Überleg es dir gut, Abu Mussa. Ich verlange nicht, dass du mir sofort eine Antwort gibst.«

Diese warnenden Worte erzielten die beabsichtigte Wirkung: Sie zeigten, dass Kader eine klare Vorstellung davon hatte, was er wollte. Und genau das wünschte sich Abu Mussa ebenfalls von ganzem Herzen. Er brauchte vor allem einen Weg, dem er folgen konnte, ein Ziel, das es zu erreichen galt. Nur unter dieser Bedingung würde er ein Chef bleiben. *Sie folgen dir.*

»Ich bin einverstanden«, sagte er mit fester Stimme.

Und um der Last dieser Verpflichtung ein größeres Gewicht zu verleihen, fügte er hinzu: »Du kannst damit anfangen, unsere Operation in die Wege zu leiten.«

Kader ließ sich etwas Zeit, den Kopf gesenkt, als würde er diese Entscheidung sorgsam speichern. Dann begann er unversehens zu lachen.

»Sei unbesorgt.« Er lachte noch mehr und sagte dann: »Das ist bereits geschehen.«

VI

Zwei Männer saßen sich entspannt an einem etwas abseits stehenden Tisch im besten französischen Restaurant Washingtons gegenüber. Man hätte sie für friedliche Geschäftsleute oder Regierungsbeamte im Ruhestand halten können, die über die guten alten Zeiten plauderten. Doch weder Archie noch sein Gegenüber waren das auch nur annähernd.

Ganz im Gegenteil – Archie fühlte sich sogar zunehmend jünger, in einem Ausmaß, das ihn manchmal beunruhigte. Erst letzte Woche war ihm ein irritierender Gedanke gekommen: dass dieses Gefühl, immer jünger zu werden, vielleicht das erste Anzeichen fürs Altwerden war. Auf jeden Fall hatte er einen geschmeidigeren Gang, flinkere Bewegungen und war schlanker als vor zehn oder fünfzehn Jahren. Sein weißes Polohemd unter dem Blazer mit Wappen verlieh ihm das Aussehen eines Yachtbesitzers auf Landgang. Er leitete eine der bedeutendsten privaten Geheimdienstorganisationen, die inzwischen auf vier Kontinenten vertreten war. Seine Agentur trug den Namen der Stadt, in der sie vor zehn Jahren gegründet worden war: Providence im US-Bundesstaat Rhode Island, und sie hatte mehrere hundert Beschäftigte. Der Hauptsitz war inzwischen nach Europa verlegt worden, wo sich Archie, geboren in Brooklyn als Sohn einer jüdischen, aus Ungarn eingewanderten Familie, schon immer zu Hause gefühlt hatte. Der große Traum des leidenschaftlichen Anglomanen wäre London gewesen, doch in steuerlicher und politischer Hinsicht war Belgien die bessere Wahl, und das hatte den Ausschlag gegeben.

Archie musste nicht mehr befürchten, von irgendeinem Gesetz in den Ruhestand versetzt zu werden: Er war sein eigener Herr, der alleinige Boss. Das Einzige, das ihm noch Sorgen machte, war die

Wirtschaftskrise, die Providence in vollem Ausmaß zu spüren bekommen hatte. Andrew K. Hobbs, sein Gesprächspartner, schien seinen bitteren Pessimismus zu teilen, der in seinem Fall jedoch eher politisch motiviert war.

»Ich habe während des Wahlkampfs auf diese Flasche McCain gesetzt«, sagte Hobbs und füllte plätschernd sein Rotweinglas. »Und als er sich diese Sarah Palin als Vize-Präsidentin holte, glaubte ich doch tatsächlich, er würde es schaffen ... Sie ist wunderbar, diese Sarah Palin. Sehen Sie sie sich manchmal auf Fox News an?«

»Die Republikaner mussten für Bushs Fehler büßen«, sagte Archie, während er finsteren Blickes eine Erdnuss beäugte.

Sein Arzt hatte ihm fast alles verboten. Deshalb waren die verbotenen Nahrungsmittel für ihn so etwas wie persönliche Feinde. Sein Gesprächspartner stellte sein Glas ab und beugte sich abrupt vor.

»Hören Sie, wir wissen beide, was wir von George Double-You zu halten haben. Wir müssen zugeben, dass wir ihm viel zu verdanken haben. Ich glaube sogar, dass seine Regierungszeit zu Goldenen Jahren verklärt wird. Ihre Agentur hätte nie in *dem* Maß floriert, wenn Sie nicht auf der Antiterror-Welle mit geschwommen wären. Und das war Bush, richtig?«

»Nicht er, seine Verwaltung. Ich weiß, was ich *Ihnen* verdanke, falls Sie darauf anspielen.«

»Es geht nicht um mich. Ich spreche vom Land. Solange ich im Pentagon war, hatte ich nur eines im Sinn: das Wohl Amerikas. Und das habe ich immer noch, nur eben von außen, zusammen mit all jenen, die ebenfalls ausgebootet wurden.«

Ein farbiger Kellner brachte ihnen die Vorspeisen. Sie schwiegen, während er die Teller vor sie stellte, die Gläser nachschenkte. Einen Augenblick später brachte er einen Korb mit einem Dutzend

Brotsorten. Die beiden Männer wählten missmutig je eine Scheibe aus. Endlich ließ der Kellner sie wieder in Ruhe.

»Obama setzt unsere Sicherheit aufs Spiel«, erklärte Hobbs in schulmeisterlichem Ton.

Der Anblick des Kellners hatte in ihm vermutlich Assoziationen erweckt. Aus der Art, wie er den Namen des neuen Präsidenten aussprach, wurde klar, dass er oft und ohne Sympathien über ihn nachdachte.

Hobbs war kahlköpfig und hatte ein rundes Gesicht. Man konnte es sich unmöglich ohne Brille vorstellen, und er trug tatsächlich eine Brille mit einer Metallfassung. Die runden Gläser ruhten auf einer breiten, flachen Nase. Es wirkte wie ein Leihgesicht, das sich den jeweiligen Umständen anpasst, wie ein Smoking, den man sich eigens für einen Galaabend ausleiht, ohne Charakter oder Persönlichkeit. Nur die blassen Augen mit der von einer feinen Cholesterin-Linie umgebenen Iris brachten etwas Leben in diese absichtlich anonyme Fassade.

»Er ist dabei, sich an allen Fronten zurückzuziehen: Rückzug aus dem Irak, geschäftiges Getue im Jemen, Status quo in Afghanistan. Es ist nur so, dass die Amerikaner es vor dem Hintergrund der Finanzkrise leider gar nicht bemerken.«

»Sie sind ihm im Gegenteil noch dankbar dafür«, setzte Archie noch eins drauf, während er seine Jakobsmuscheln in Angriff nahm, nachdem er widerwillig die Sauce abgeschabt hatte.

»Als wenn die Gefahren, die uns drohen, weniger groß wären, nur weil wir geschwächt sind! Das ist sonderbar. Diese Leute denken vermutlich, unsere Gegner bekämen dann Mitleid mit uns.«

»Ein Glück, dass es diesen Typen mit dem Sprengstoff in seiner Unterhose gab«, sagte Archie hämisch.

»Das war ja noch schlimmer«, stieß Hobbs hervor. »Dank dieser Geschichte konnte Obama wunderbar vom eigentlichen Thema ablenken. Und ihm ist nichts Besseres eingefallen, als den ehrlichen kleinen Leute das Leben auf den Flughäfen noch schwerer zu machen.«

Meeresfrüchte ohne Sauce schmeckten definitiv nach nichts, wie Archie feststellte, während er lustlos kaute.

»Trotzdem müsste er begreifen, dass man den Terrorismus nur vor Ort bekämpfen kann. Überall dort, wo er entsteht. Man muss den armen Leuten helfen, die sich in ihren Heimatländern mit den Bärtigen herumschlagen. Doch stattdessen machen wir Türen und Fenster zu und reichen dem Iran die Hand.«

»Zum Glück gibt es aber noch Patrioten wie uns, die wachsam bleiben«, merkte Archie an.

Er musterte sein Gegenüber verstohlen und hoffte, dass diesem die Ironie seiner Bemerkung entgangen war. Doch bei Hobbs konnte man Schmeicheleien ruhig dick auftragen. Obwohl er durchaus einen gewissen Humor hatte, wenn es seine Mitmenschen betraf, war er mit absoluter Blindheit geschlagen, wenn es um *seine* Person ging.

»Ja«, bestätigte er. »Zum Glück!«

Er nahm einen tiefen Schluck Sancerre und legte sein Besteck weg.

»Also«, sagte er dann, »wie weit sind Sie mit unserer Sache?«

»Unser Mann ist vor Ort.«

»Gut, Sie haben keine Zeit verloren.«

Archie enthielt sich zuerst jeder Reaktion. Klar doch! Warum hätte er Zeit verlieren sollen bei einem so gut bezahlten Auftrag? Die Aufträge, von denen seine Agentur in früheren Jahren gelebt hatte, waren seit dem Regierungswechsel in den Vereinigten Staaten praktisch auf null zurückgegangen.

»Wir fahren das volle Programm. Von der Firmenzentrale aus wird alles direkt von Helmut verfolgt, unserem neuen operativen

Leiter. Bei ihm laufen alle Fäden zusammen, und er wird ständig von unseren verschiedenen Abteilungen auf dem Laufenden gehalten: Recherchen, Abhöraktionen, Dekodierung und so weiter. Und er hat Agenten, die jederzeit von unseren Büros in Europa und Afrika einfliegen können, wenn weitere Informationen gebraucht werden.«

Für Archie war es immer ein großes Vergnügen, damit zu prahlen, über welche Ressourcen seine Agentur verfügte. Bei ihrer Gründung am Ende des Kalten Kriegs hätte er ehrlich gesagt niemals mit einem solchen Erfolg gerechnet. Seit der Sache mit den Ökoterroristen damals, die er brillant gelöst hatte, war seine Agentur zum Symbol der neuen privaten Geheimdienstagenturen geworden, flexibel, effizient, jeder Kontrolle entzogen, aber dennoch einer strengen Berufsethik verpflichtet, zumindest den Auftraggebern gegenüber. Doch der Verlust der Aufträge vonseiten des amerikanischen Staates, dessen gutgehender Subunternehmer sie praktisch gewesen war, hatte sie praktisch in die Arbeitslosigkeit gestürzt. Doch auch mit der Operation, mit der Hobbs ihn nun betraut hatte, konnte er längst nicht wieder all seine Leute beschäftigen. Allerdings rechnete Archie fest damit, seiner Agentur wieder zu mehr Macht zu verhelfen, und das war für ihn das hauptsächliche Ziel dieses Mittagessens.

»Ja«, sagte er nickend, »alles ist bereit. Auch wenn wir zugeben müssen, dass bis zum gegenwärtigen Zeitpunkt noch nicht viel passiert ist.«

»Und ... wen haben Sie als Kontaktmann hingeschickt?«

»Sie haben uns auf eine Gruppe islamistischer Ärzte angesetzt. Und deshalb haben wir natürlich ... einen Mediziner hingeschickt.«

Archie nahm seine gestärkte Serviette und betupfte sich sorgfältig den Mund. Jedes Mal, wenn er zu diesem Teil seiner Tätigkeit kam, gratulierte er sich insgeheim zu seinem genialen Einfall. Aber er kultivierte die britische Gelassenheit zu sehr, um es nach außen hin zu zeigen, und achtete peinlich genau darauf, dass weder seine Stimme noch sein Gesichtsausdruck verrieten, wie stolz er auf sich war.

»Sie wissen, dass wir die erste medizinische Abteilung, die dieses Namens würdig ist, in einer modernen Geheimdienstagentur gegründet haben? Ja, Providence verfügt über mehrere Labors und nun auch über Ärzte, die wir als vollwertige Geheimagenten vor Ort schicken können. Sie sind in allen Spezialtechniken ausgebildet: Beschattung, Abhören von modernen Kommunikationsmitteln und auch ... im Umgang mit Waffen.«

Hobbs nahm es nur mit einem Knurren zur Kenntnis, denn im Moment mühte er sich mit einem ziemlich widerspenstigen Langustenschwanz ab.

»Verstehe.«

Er lehnte sich zurück, denn der Wein und das Essen hatten ihn etwas müde gemacht.

»Finden Sie es nicht auch etwas merkwürdig«, sagte Hobbs schließlich, »dass die Islamisten so viele Leute aus dem medizinischen Milieu rekrutieren? Das verstehe ich irgendwie nicht. Für mich waren die Bärtigen immer Obskuranten, Typen aus dem finsteren Mittelalter. Doch allem Anschein nach haben sie großen Zulauf von Intellektuellen, besonders von Ärzten.«

»Ich denke, dass unser Agent uns bald mehr dazu sagen kann«, sagte Archie, um wieder auf seinen Geniestreich zu sprechen zu kommen.

»Auf jeden Fall ist sich mein algerischer Kontaktmann ganz sicher. Es gibt viele islamistische Mediziner bei ihm und in der ganzen Region. Aber gut, was haben Sie bisher herausgefunden?«

Hobbs war im Grunde seines Herzens ein waschechter Politiker. Die eingesetzten Mittel waren ihm egal. Was er wollte, waren Resultate. Aber in diesem Punkt war Archie sehr viel weniger gesprächig. Er musste ausweichend und trotz allem optimistisch bleiben.

»Wissen Sie«, begann er, »es sieht ganz gut aus. Unser Mann konnte sich bestens in die Zielgruppe integrieren. Er bestätigt, was Ihr Informant schon sagte. Es handelt sich tatsächlich um eine politisierte und fanatische Splittergruppe. Doch darüber hinaus passiert im Moment nicht viel.«

»Und die Ermordung der italienischen Touristen?«

»Ach ja – wir haben die Telefongespräche abgehört: kein verdächtiger Anruf an die Gruppe, weder davor noch danach. Die Sache ist weit weg passiert, und so wie es aussieht, war keine unserer Zielpersonen an den Vorbereitungen oder an der Ausführung selbst beteiligt. Im Übrigen sind die Täter auf der Flucht, und die Mauretanier wissen, wer sie sind: Sie haben weder direkt noch indirekt mit den Ärzten zu tun, mit deren Überwachung Sie uns betraut haben.«

Hobbs richtete sich auf. Das Eintreffen des Hauptgerichts, Lammkotelett medium, nahm er eher teilnahmslos zur Kenntnis. *Wie lange ist dieser Mann schon nicht mehr aus Washington herausgekommen?* Die Tatsache, dass sich ein derart sesshafter Mann seit so vielen Jahren mit Angelegenheiten befasste, die sich in einem ganz anderen Teil der Welt abspielten, rief in Archie genauso viel Bewunderung wie Entrüstung hervor. Er selbst hatte immer an Schnelligkeit, Bewegung, Verfolgung, schnelles Eingreifen geglaubt. Diese naive Überzeugung zerschellte an Hobbs wie eine Welle an einem Damm aus Granit.

»Dass ihr nichts gefunden habt, was mit dem Attentat in Zusammenhang steht, hat nichts zu bedeuten«, sagte Hobbs nach einer Weile, einen Bissen Fleisch in der Wangentasche, was sein

Gesicht deformierte. »Mein algerischer Kontaktmann hatte mich vorgewarnt.«

Er schluckte das Fleisch mit einiger Mühe und spülte es mit einem Schluck Wein hinunter.

»Das war sowieso nicht zu erwarten«, fügte er noch hinzu.

Archie blickte sich um. Sie saßen weit genug weg von den anderen Tischen und konnten sich von daher sicher fühlen. Doch das war seine Art, um seiner Frage mehr Nachdruck zu verleihen.

»Genau«, sagte er stimmlos. »Könnten Sie mir vielleicht sagen ...«

»Was?«

»Was Sie genau erwarten?«

Hobbs starrte auf seinen Teller und stellte sich taub.

»Denn, wissen Sie«, fuhr Archie fort, »unsere Jungs sind clever, ihnen entgeht nichts. Sie sind Tag und Nacht auf der Lauer. Sie haben dieses islamistische Ärzteteam in Mauretanien genau im Auge. Ihnen fehlt nur noch eines.«

»Was?«, fragte Hobbs und zog eine Augenbraue hoch.

»Sie sollten wissen, wonach sie genau suchen.«

Schweigen. Die beiden Männer blickten sich in die Augen. Zwanzig Jahre der Zusammenarbeit hatten ihre Beziehung ein für alle Mal festgelegt. Kein Geständnis konnte das Gefühl von Respekt, vermischt mit Angst, das Archie Hobbs gegenüber empfand, in Frage stellen. Hobbs war vermutlich der einzige Mensch auf der Welt, der ein solches Gefühl in ihm wachrief.

»Ich weiß, dass es sonderbar klingt«, sagte Hobbs ohne eine Miene zu verziehen. »Sie werden sehr gut bezahlt für diesen Job. Dennoch bin ich nicht in der Lage, Ihnen eine Antwort zu geben.«

»Sie wissen nicht, wonach wir suchen sollen?«

»Nein.«

Zum ersten Mal an diesem Tag lächelte Hobbs. Ein Lächeln war etwas, das gar nicht zu ihm passte und er wusste es. Sein Gesicht war dafür gemacht, unbeweglich zu bleiben, wie diese majestätischen Büffel, die jede Eleganz verlieren, sobald sie sich in Bewegung setzen.

»Ich weiß nur, dass es keine Rolle spielt«, fuhr er fort. »Und wenn Sie es gefunden haben, merken Sie es sofort.«

VII

Nach dem Tod ihres Mannes hatte Jasmin ein halbes Jahr lang vergeblich an alle Türen des Außenministeriums geklopft. Angefangen von der Sozialmission bis zum Kabinett des Ministers hatte sie etliche Personen kontaktiert. Sie hob Hugues' Tätigkeit in Nouadhibou hervor, die Ausgaben, die er aus eigenen Mitteln bestritten hatte, die Notlage, in der sie sich nun befand. Man hatte ihr freundlich und voller Mitgefühl zugehört. Und sie mit guten Ratschlägen überhäuft. Aber niemand schien bereit, ihr wirklich helfen zu wollen.

Sie musste selbst zusehen, wie sie überlebte. Erst neulich hatten sich die Türen des Ministeriums doch noch geöffnet, weil jemand von politischer Seite ein gutes Wort für sie eingelegt hatte. Jene, die Jasmins Bewerbung ursprünglich abgelehnt hatten, nahmen sie plötzlich mit offenen Armen auf. Auf diese Weise hatte Jasmin gelernt, nichts auf ein freundliches Lächeln zu geben, sich aber auch nicht abschrecken zu lassen, wenn jemand unfreundlich reagierte. Ihr Überleben im Quai d'Orsay hing allein von den Machtverhältnissen ab.

Sie hatte ihr Wochenende dazu genutzt, endlich wieder einmal Kontakt mit den Mitgliedern der Organisation »Die Kinder vom

Weißen Kap« aufzunehmen. Hugues' Schwester Aude hatte zuerst etwas pikiert reagiert.

»Du interessierst dich plötzlich für die Organisation? Das ist neu.«

»Ich habe vor einigen Monaten eine neue Stelle angetreten, weißt du … und musste viel Neues lernen. Und ich arbeite extrem viel.«

»Zum Glück haben wir den Laden die ganze Zeit am Laufen gehalten.«

Jasmins Schwägerin war mit einem Architekten aus Straßburg verheiratet. Sie hatte die Verbindung zwischen ihrem Bruder, den sie abgöttisch liebte, und dieser Frau, von der man nicht wusste, woher sie kam, nie gern gesehen.

»Dafür bin ich euch sehr dankbar. Diese NGO ist für mich immer noch ein Stück von Hugues …«

»Okay«, fiel Aude ihr ins Wort. »Was willst du genau? Am Freitag treffen wir uns in Vincennes. Falls du kommst, würden sich die anderen sicher freuen.«

Die Woche verging für Jasmin ohne nennenswerte Vorkommnisse. Sie hatte keinen nächtlichen Besucher mehr. Und wegen einer Reihe von offiziellen Dinnern hatte sie fast jeden Abend Überstunden gemacht.

Als Jasmin im Quai eingestellt wurde, hatte sie darauf bestanden, in den Zeremonial-Service aufgenommen zu werden. Zur Protokoll-Abteilung gehörten zwei weitere Sektionen. Das der diplomatischen und konsularischen Privilegien hatte die meisten Bediensteten; dort ging es für Jasmins Geschmack viel zu bürokratisch zu. Die Arbeitsgruppe PRO-LIT (Logistik, Dolmetschen, Übersetzung), die mit der Organisation von Konferenzen betraut war, war ihr zu langweilig. Das Zeremonial bot mehr Abwechslung. Außerdem hatten die Bediensteten Zugang zum ganzen Ge-

49

bäude, von den Küchenräumen bis zum Dachboden und konnten sogar mitten in der Nacht durch die imposanten Salons mit den roten Vorhängen schlendern, wenn diese menschenleer waren.

So kam es, dass Jasmin am Donnerstagabend mit Willy auf einer mit Samt bezogenen Bank in einer Nische saß, gegenüber der Tür des Ministers. Zwei riesige Wandteppiche zeigten ländliche Szenen. Jäger, beim Festgelage in einem Landgasthof vor einem großen Kamin. Im Halbdunkel wirkten die prachtvollen Stücke richtig romantisch.

»Willy, ich werde verreisen.«

»Fein«, sagte der Maître d'Hôtel und gähnte. »Endlich wirst du vernünftig.«

Ein Hustenanfall ließ den alten Diener verstummen.

»Es ist gefährlich, sich so ins Zeug zu legen wie du. Wer so viel arbeitet, ist fast immer jemandem ein Dorn im Auge. Jemandem, der lieber eine ruhige Kugel schiebt, zum Beispiel. Wo willst du hin?«

»Ich bin für eine NGO tätig, die ich mit meinem Mann zusammen gegründet habe.«

Willy schlug die Augen nieder. Wenn Jasmin ihren verstorbenen Mann erwähnte, war er jedes Mal zu Tränen gerührt. Er musste an seine Mutter denken, die nach dem Krieg als Witwe dastand, und in seinem alten Kopf vermischte sich alles.

»Und worum kümmert sie sich, deine NGO?«

Dieses Wort gehörte nicht zu seinem Wortschatz. Er betonte es fast so, wie die frühere Schauspielerin Arletty, wenn sie das Wort »Atmosphäre« nachsprach.

»Um Kinder, Mütter und ihre Kinder. Aids. Du weißt schon ...«

Willy verdrehte die Augen.

»Rede nicht lange herum, sondern nenne es einfach Urlaub. Und wohin geht die Reise?«

»Nach Mauretanien.«

»Soll sehr schön sein. Aber auch gefährlich. Hast du von den italienischen Touristen gehört, die neulich dort unten erschossen wurden?«

»Ich werde auf mich aufpassen. Außerdem kenne ich das Land gut.«

»Aber erzähl hier lieber niemandem, wohin du fährst.«

»Warum nicht? Sie erfahren es doch sowieso.«

»Nicht unbedingt. Es mag zwar seltsam klingen, aber eigentlich lässt man uns hier in Ruhe. Außenstehende glauben, dass dieses Haus mit Kontrollen, Abhörgeräten und allem Schnickschnack gespickt ist. Aber hast du dir den alten Palais mal genau angesehen? Wenn man von den Polizisten unten absieht, geht es hier zu wie in einem Taubenschlag.«

»Man wird überprüft, bevor man eingestellt wird.«

»Sieht so aus. Aber ich habe meine Zweifel. Wenn du hier anfängst zu arbeiten, wird dir kaum etwas erklärt. Aber dann, eines schönen Tages, erhältst du ein Stück Papier, das dir das Recht gibt, die Dokumente anzuschauen, die du ohnehin schon jeden Tag liest. Nein, glaub mir, kein Mensch wird nachprüfen, wo du deinen Urlaub verbringst ...«

Am darauffolgenden Tag hatte Jasmin an der Versammlung des Verwaltungsrats von »Kinder vom Weißen Kap« teilgenommen. Die Organisation war von Anfang an sehr bescheiden geblieben. Eine Sache unter Freunden. Einige waren Studienfreunde von Hugues. Weitere Freunde waren dazugestoßen. Die finanziellen Mittel setzten sich zusammen aus Fördergeldern, den Beitragszahlungen der Mitglieder und einer Subvention des *Conseil général* des Departements Hochrhein. Die Organisation leitete selbständig drei kleinere Missionen, eine vierte teilte sie sich mit einer anderen elsässischen NGO. Die Neuzugänge – zwei Versicherungsträger, ein Werbefachmann, ein Anwalt – hatten ihr Verantwortungsbewusstsein, ihre Kontakte, ihre persönlichen Präferenzen eingebracht. Das Tätigkeitsfeld hatte sich mehr nach Asien verlagert. Inzwischen betreuten sie ein Projekt in der Mongolei, ein zweites in Vietnam und ein drittes in Sri Lanka. In Afrika hatte nur ein bescheidenes Projekt in Burundi überlebt.

Alle schienen sich über Jasmins Kommen zu freuen. Niemand sprach sie auf Hugues an, doch er war in allen Köpfen präsent. Niemand war überrascht, als sie ihren Vorschlag unterbreitete.

»Ich würde gern mal wieder ein Projekt in Mauretanien unterstützen.«

Ein kurzes Schweigen folgte. Jeder dachte an Hugues. Jasmin spürte, dass der eine oder andere den Tränen nahe war. Um diesen rührseligen Moment nicht unnötig in die Länge zu ziehen, holte sie das Schreiben aus der Tasche, das Moktar ihr gegeben hatte.

»Ich habe ein Bittschreiben von einem Kinderkrankenhaus in Nouakchott erhalten.«

Das Dokument ging durch die ganze Gruppe, ehe sie es kommentarlos zurückerhielt. Die allgemeine Verlegenheit im Raum rührte vor allem von dem her, was die einen oder anderen für Takt hielten. Was kann man schon zu einer Witwe sagen, die sich anschickt, an den Ort zurückzukehren, an dem sie glücklich war und an dem ihr Glück zerbrach? Anschließend ging es um praktische Fragen. Man einigte sich darauf, dass Jasmin, wie es in der Organisation üblich war, selbst für ihren Aufenthalt aufkam, aber einen Zuschuss zum Flugticket bekommen würde. Das war kein Problem für sie. Aus Prinzip aber und auch zur Unterstützung der Person, die nach ihr verreisen würde, verhandelte sie erbittert über die Höhe. Da sie mit den Örtlichkeiten bestens vertraut war, konnte sie diese Sondierungsreise allein antreten. Sie versprach jedoch, keine Zusagen zu machen, bevor sie es nicht nach ihrer Rückkehr mit dem Verwaltungsrat besprochen haben würde.

Auf der Tagesordnung standen noch weitere Punkte, so dass Jasmin restlos erschöpft war, als sie um zwei Uhr in der Nacht nach Hause zurückkehrte.

Es gab noch ein letztes Hindernis: Sie brauchte die Erlaubnis von Cupelin, dem stellvertretenden Protokollchef, ihrem direkten Vorgesetzten. Sie bekam einen Termin bei ihm für Anfang der darauffolgenden Woche.

Das Büro des stellvertretenden Protokollchefs war komplett im Stil Directoire, dem Stil der Französischen Revolution möbliert. In den Bilderrahmen aus Bruyèreholz tollten sich Pferde aller Rassen und Arten. Niemand wusste, ob dieses Übermaß an Pferden einer Leidenschaft entsprang oder ob diese Reproduktionen Cupelins Vorstellungen von gutem Geschmack entsprachen. Er war stets nüchtern-elegant gekleidet, aber dieser Konformismus war nur aufgesetzt. Der stellvertretende Protokollchef wollte mit Gewalt als jemand erscheinen, der er nicht war. Um seine kleinbürgerliche Herkunft zu überspielen, hatte er die Botschafter lange und gründlich studiert und eiferte ihnen nun nach, weil er glaubte, sich auf diese Weise eine eigene Persönlichkeit zulegen zu können. Unglücklicherweise wies diese autodidaktische Persönlichkeitsbildung einige Lücken auf. An diesem Tag zum Beispiel sah man zwischen seinen Hosenaufschlägen und den farblich perfekt darauf abgestimmten Weston-Schuhen weiße Strümpfe, auf denen sich kleine gelbe Bärchen tummelten.

Dieser Touch von menschlicher Schwäche tat seinem verächtlichen Hochmut allerdings keinen Abbruch. Aber immerhin konnte sich Jasmin nach diesem Anblick etwas unbefangener an ihn wenden.

Wie Willy ihr geraten hatte, sprach sie von Urlaub. Das Eingeständnis, dass sie auch nur ein Mensch war und Urlaub brauchte, kam sehr viel besser an als all ihre bisherigen Versuche, ihren Arbeitseifer unter Beweis zu stellen. Denn dadurch, dass sie sich freiwillig zur harmlosen Gruppe der Faulenzer gesellte, bewies sie, dass sie kein ernst zu nehmender Gegner war und nicht schachmatt gesetzt werden musste.

Cupelin war fast jovial, als er sie anschließend zur Tür brachte und ihr die Hand reichte. Sie hatte um zehn Tage gebeten, er hatte ihr großzügig zwei Wochen genehmigt.

VIII

Um nichts auf der Welt hätte Dimitri auf das Vergnügen verzichtet, auf seinem Mofa nach Hause zu fahren. Auf den staubigen Straßen von Nouakchott, inmitten verbeulter Taxis, Esel, Handkarren, war diese Art der Fortbewegung alles andere als ungefährlich. Seine Agentur hatte es ihm natürlich ausdrücklich verboten. Doch das machte es für ihn umso aufregender. Im Krankenhaus verstand kein Mensch, wie er sich schutzlos dem chaotischen Verkehr der Hauptstadt aussetzen konnte, nachdem er den ganzen Tag Opfer von Verkehrsunfällen verarztet hatte.

Doch Dimitri dachte nicht im Traum daran, sich dafür zu rechtfertigen. Er hatte das alte, blaue Mofa gleich in der Woche seiner Ankunft gekauft. Man musste gut fünf Minuten noch auf dem Ständer in die Pedale treten, bevor der Motor hustend eine weiße Wolke ausspuckte und schließlich ansprang. Die Füße auf den Rahmen gestellt, lenkte Dimitri das keuchende Gefährt auf die Straße zu, in der er wohnte. Dort kam er erst an, wenn er die Spitzengeschwindigkeit erreicht hatte, die mehr oder weniger einem normalen Schritttempo entsprach.

Nouakchott war nur dem Namen nach eine Hauptstadt. Es war vielmehr eine gewaltige Ansammlung von Betonblöcken mitten in der Wüste. Die Stadt hatte in den fünfziger Jahren begonnen zu expandieren. Während der französischen Kolonialzeit hatte sich das *Gouvernorat* von Mauretanien in Saint-Louis befunden. Als dieses nach der Unabhängigkeit Senegal zufiel, musste in aller Eile eine neue Hauptstadt für das unabhängig werdende Land aus dem Boden gestampft werden.

Eine Verwaltungsachse, vom Präsidentenpalast ausgehend, bildete eine Art Rückgrat. Stadtbezirke wucherten gemäß einem geometrischen Plan, von keinem natürlichen Hindernis begrenzt, außer den Dünen, die die Stadt vom Meer trennten. Das Fehlen eines Denkmals oder geschichtlicher Wurzeln, der Stempel der Unordnung, den die Nomaden, die sich in dieser leeren Hülle versammelt hatten, ihm aufgedrückt hatten, geben dem Ort einen postmodernen Charme, dem Dimitri auf den ersten Blick erlegen war.

Nachdem er seit etwas über einem Monat hier war, hatten sich die Mauretanier daran gewöhnt, ihn mit hocherhobener Nase vorbeifahren zu sehen, während er die Gerüche von Frittierfett und Diesel in sich aufsaugte, immer lächelnd, den Wind in den Wuschelhaaren. Die Leute wussten, dass er Arzt im Krankenhaus war. Sie redeten ihn mit »Herr Doktor« an, wenn sie ihn trafen. Aber da er so wenig wie ein Arzt aussah, lachten sie nach ihrer Begrüßung schallend.

Dimitri hatte männliche Züge, ein markantes Gesicht, ein kantiges Kinn, eine breite Stirn und einen muskulösen Hals, doch seine tiefblauen Augen und seine blonden Locken verliehen ihm etwas Jugendliches. Eine Furche teilte sein Kinn. Kinder, die weniger zurückhaltend waren als die Erwachsenen, machten sich gern den Spaß daraus, hineinzufassen, weil sie so tief aussah. Seinen dichten Bart rasierte er oft zwei Tage lang nicht, und so sprossen helle Härchen auf seinen Wangen.

In Nouakchott wusste niemand, woher er kam. Sein Deckname Dimitri war ein Geniestreich Archies gewesen. Wie konnte man einen Kanadier aus Toronto besser tarnen als mit einem russischen Vornamen? Dieser war im Übrigen nicht ganz aus der Luft gegriffen, denn Dimitri hatte tatsächlich einen Großvater, der aus der Ukraine stammte.

Er sprach Französisch mit Quebec-Akzent, und im Ausbildungszentrum von Providence auf Lanzarote hatte er Spanisch mit französischem Akzent sprechen gelernt. Da er offiziell für eine tschechische humanitäre NGO arbeitete, die von der Prager Filiale von Providence gegründet worden war, wusste eigentlich niemand, wie er einzuordnen war. Er war einfach nur er selbst, der Doktor Dimitri mit seinem Mofa, dem grünen Käppi und seiner nicht brennenden Zigarre.

Er wohnte in einem Haus hinter dem großen Markt, das die Organisation für ihn gemietet hatte. Dort bewohnte er ein Eckzimmer, dessen Decke nach den letzten schweren Regenfällen teilweise abgebröckelt war. Insgesamt waren sie zu viert, vier Ausländer: ein Logistiker und zwei junge Frauen, von denen eine in der Finanzverwaltung der Mission arbeitete, die andere als Epidemiologin. Sie gehörte ebenfalls zur Agentur. Die beiden anderen waren über *Reliefweb* gefunden worden und wussten nichts über die wahren Ziele der Organisation. Das Mädchen von der Agentur hieß Marion und kam aus Guayana. Dimitri hatte nur wenig Kontakt mit ihr. Er verschickte seine verschlüsselten Berichte selbst.

Was die Berichte betraf, so gab es bisher nur wenig zu schreiben. Wie er vor seiner Abreise in einem Briefing in der Zentrale erfuhr, sollte er eine Gruppe islamistischer Ärzte infiltrieren. Soweit er verstanden hatte, war es das erste Mal, dass die Agentur auf diesem Gebiet tätig war. Das erklärte eine gewisse Nervosität im Führungsteam. Sie hatten die weltweit besten Spezialisten zusammengetrommelt, um die an dieser Operation beteiligten Agenten möglichst optimal auf ihre Aufgabe vorzubereiten. Im Laufe eines Lehrgangs hatte man ihnen den Kopf vollgestopft mit Namen afghanischer und tschetschenischer Rebellen, Londoner Moralprediger und persischer Ayatollahs. Dimitri hatte einen virtuellen Aufmarsch von allem über sich ergehen lassen müssen, was Pakistan, der Irak, Syrien und der Libanon an Fanatikern und Mördern zu bieten hatten.

Deshalb glaubte er zuerst an einen Irrtum, als er bei seiner Ankunft in Nouakchott auf die jungen Männer stieß, die ihm als Zielpersonen genannt worden waren. Die fünf Verdächtigen, junge Ärzte und Medizinstudenten, entsprachen in keiner Weise dem, was er erwartet hatte. Sie trugen Jeans, hatten kaum Bart, eine europäische Ausbildung und erwiesen sich den Kranken gegenüber als absolut kompetent. Sie waren freundlich zu Ausländern und redeten nie über Politik.

Es war ihm leichtgefallen, mit ihnen über praktische, medizinische Themen zu reden. Schließlich war Dimitri ebenfalls Arzt. Im ständigen Wechsel seiner Identitäten und auf seiner unaufhörlichen Suche, die ihn immer wieder dazu trieb, seine Wünsche zu hinterfragen und neue Interessen zu entwickeln, stellte er hier in Nouakchott zufrieden fest, dass er sich in diesem armseligen Krankenhaus, in dem es an fast allem fehlte, als Arzt sehr wohl fühlte.

Das mauretanische Gesundheitsministerium hatte westliche Organisationen gebeten, Spezialisten ins Land zu schicken. Dabei ging es nicht so sehr darum, den Ärztemangel außerhalb des Privatsektors auszugleichen, als vielmehr darum, die jungen Einheimischen nach Abschluss ihres Medizinstudiums bei ihren ersten beruflichen Schritten zu unterstützen. Die von Providence gegründete Organisation hatte ihre Dienste angeboten, und die Mauretanier hatten mit Freude zugesagt.

Dimitri war von Haus aus Narkosearzt. Nun aber war er in einem Krankenhaus gelandet, in dem es nicht mal eine Notaufnahme gab, die dieses Namens würdig gewesen wäre. Und während er versuchte, etwas Ordnung in die Abläufe zu bringen, war er gleichzeitig als behandelnder Arzt tätig. Anfangs hatte er sich stark zurückgenommen, um seine einheimischen Kollegen nicht vor den Kopf zu stoßen, indem er ihnen seine Methoden aufzwang. Aber er hatte rasch gemerkt, dass es nicht nötig war: Seine jungen Kollegen im Krankenhaus waren begierig darauf, Neues von ihm zu lernen. Er hatte mit jedem von ihnen viele Stunden damit zugebracht, Kinder mit zerebraler Malaria zu behandeln, Patienten, die durch infektiöse Durchfälle völlig dehydriert waren oder Sichelzellenanämie im Endstadium hatten. Inmitten der widerlichen Gerüche von schmutzigen Fliesen und Blut, Exkrementen und unsauberer Körper hatte er mit diesen jungen Medizinern, die kaum Geräte und Medikamente hatten, dafür aber gut ausgebildet und mutig waren, rasch eine menschliche Beziehung geknüpft.

Nun, genau diese Männer sollte er im Auftrag von Providence observieren. Die »gefährlichen Islamisten« waren diese jungen Männer, die seine mühseligen Tage teilten, inmitten sterbender und leidender Patienten.

Auf dieser professionellen Ebene war der Austausch leicht. Dennoch merkte Dimitri schnell, dass es schwierig werden würde, diese Beziehungen über das berufliche Umfeld hinaus auszudehnen. Einladungen zum Essen oder auch nur zu einem Tee lehnten seine Kollegen höflich ab. Niemand wollte sich außerhalb des Krankenhauses mit ihm treffen. Was diese Männer taten, die er beobachten sollte, entzog sich seiner Kenntnis, sobald sie das Krankenhaus verließen. Er sah sie auf ihren Gebetsteppichen unten im Hof beten. Sie gingen freitags in die Moschee. Doch Dim wusste nicht, wo sie wohnten, ob sie eine Familie hatten oder ob sie sich untereinander auch privat trafen. Ihm war nicht klar, ob die anderen Mitglieder von Providence, angefangen bei Marion, auf dieselben Zielpersonen angesetzt waren und eventuell ihre Telefongespräche abhörten und ihre Computer überprüften. Dennoch musste er versuchen, etwas mehr in Erfahrung zu bringen und über den rein technischen Rahmen hinauszukommen, in dem er eingesperrt war. Doch es gelang ihm nicht.

Nach längerem Nachdenken kam er zu dem Schluss, dass ihm irgendwo ein Denkfehler unterlaufen war. Anfangs hatte er geglaubt, dass eine Freundschaft mit diesen Ärzten möglich sein müsste, da sie alle Männer waren. Kurioserweise war es vermutlich leichter, mit den Frauen ins Gespräch zu kommen. Sein Augenmerk fiel auf eine junge Frau, die als Krankenschwester in der Notaufnahme arbeitete. Dunkelhäutig wie sie war, musste sie aus dem Süden kommen. Sie hatte sehr feine Gesichtszüge. Außerhalb des Krankenhauses trug sie den leichten Schleier, in den sich die Frauen Mauretaniens hüllten. Züchtig wickelte sie ihn um Haare und Hals. Wenn sie im Dienst war, trug sie einen etwas altmodischen weißen Schal. Vielleicht weil sie mit diesem strengen Outfit den muslimischen Vorschriften des Anstands Genüge tat, ging sie Gesprächen mit Dimitri nicht aus dem Weg. Hin und wieder, wenn der Patientenstrom kurz versiegte, setzten sie sich im Behandlungszimmer in eine Ecke und unterhielten sich.

Aïssatou war eine Sonike-Frau. Dieser Volksstamm aus dem Gebiet des Flusses Senegal rühmt sich, Nachfahren des alten Reiches von Ghana zu sein, das im achten Jahrhundert seinen Höhepunkt gehabt hatte. Sie sind sehr strenggläubige Muslime mit tief verwurzelten Riten, die ihre Traditionen bewahrt haben. Jede Autorität liegt bei den Clanchefs und den Marabus, den Islamgelehrten. Eines Morgens hatte Aïssatou die Zeit, Dimitri zu erklären, dass dieser alte Islam sehr viel gemäßigter war. Gemäßigter als was? Sie sprach es nicht deutlich aus, doch er glaubte zu verstehen, dass sie ihre tief verwurzelte Religion mit dem islamistischen Eifer jener verglich, die sich von ihren Riten und ihrem Glauben entfernt hatten, um neuerdings auf chaotische Weise dazu zurückzukehren. Damit hob sie sich von den jungen Ärzten des Krankenhauses ab. Sie bestätigte, dass die meisten von ihnen aus Familien stammten, die erst in neuerer Zeit in die Hauptstadt gekommen waren, von ihren Herkunftsclans abgeschnitten waren und sich von den traditionellen Werten ihrer Ahnen entfernt hatten. Bis zum Ende der sechziger Jahre war Mauretanien hauptsächlich ein Land von Nomaden gewesen. Doch innerhalb weniger Jahre hatten die langen Dürreperioden die Mehrheit der Bevölkerung in die Städte getrieben. Die Zelte waren verschimmelt, ihre Herden gingen ein. Diesen zwangsweise sesshaft gewordenen Menschen fehlte jede Orientierung.

Von Aïssatou erfuhr Dimitri sehr viele Details über die Stämme des Landes und ihre von den Marabus geprägten Glaubensrichtungen. Er war davon überzeugt, dass sie früher oder später auch auf heiklere Themen zu sprechen kämen, die ihm etwas mehr Klarheit über seine Kollegen verschaffen würden. Doch sobald er eine konkrete Frage über seine Kollegen stellte, wich sie ihm aus. Sie hatte ganz offensichtlich Angst, mehr zu sagen.

Eines Tages, als sie in ihrer Ecke im Behandlungsraum saßen, war einer von ihnen hereingekommen, ohne dass Dimitri ihn gehört hätte. Er wusste nicht, wie lange dieser Mann schon zugehört hatte. Sie hatten über die Heiler in den Dörfern geredet, also eigentlich nichts Kompromittierendes. Dennoch wirkte Aïssatou irgendwie beunruhigt. Und in den darauffolgenden Tagen ging sie ihm aus dem Weg.

ZWEITER TEIL

I

Sobald Jasmin ihr Reisedatum festgelegt hatte, schickte sie eine E-Mail an die Adresse, die Moktar ihr gegeben hatte. Sie wartete vergeblich auf eine Antwort. Zum Glück kannte sie sich in Nouakchott aus und brauchte niemanden, um dort eine Unterkunft zu finden.

Kaum war sie aus dem Flieger gestiegen, erkannte sie alles wieder: die trockene, warme Luft, selbst zu dieser späten Stunde, den in der Luft hängenden Sand, das Gefühl, dass ein rauer Wind die Haut streifte.

Früher, als sie noch einen Diplomatenpass gehabt hatte und etliche Zöllner wussten, wer sie war, waren ihr sowohl die Kontrollen als auch die Warteschlangen erspart geblieben. Diesmal aber musste sie sich wie alle anderen gedulden, inmitten einer bunt zusammengewürfelten Schlange, bestehend aus Geschäftsleuten, Touristen, Jägern und heimkehrenden Migranten.

Für die Mauretanier und selbst für die Mitreisenden war es schwierig, Jasmin in eine dieser Kategorien einzuordnen. Sie trug weder die Tropenkleidung der Touristen noch die obligatorische Jeans der Entwicklungshelfer oder das strenge Outfit der Geschäftsleute. Sie war gekleidet wie immer: legere Kleidung, die jedoch klassisch war und teuer aussah. Sie strahlte die Eleganz einer Tochter aus gutem Hause aus, die sich instinktiv geschmackvoll kleidet, egal bei welcher Gelegenheit. Das brachte ihre Schönheit noch mehr zu Geltung. Es war schwer zu sagen, zu welcher Welt sie gehörte. In Frankreich gibt es sehr unterschiedliche Menschentypen, und wenn man eine Französin erkennt, dann am ehesten an einer gewissen Eleganz in Haltung und Aufmachung. Hier in Mauretanien konnten Jasmins schwarze Augen und einige ihrer Gesichtszüge an die arabische Welt erinnern. In Lateinamerika hingegen hätte man diese als Indio-Züge eingeordnet, und in Asien war sie schon gefragt worden, ob sie Verwandte auf den Philippinen hätte ...

Sie holte ihren Koffer, der unter den letzten war, und schaffte es, die Formalitäten nach einer Stunde hinter sich zu haben. Vor dem Flughafengebäude stritt sich eine Meute nervöser Taxifahrer um die letzten Kunden des Abends. Jasmin wartete noch kurz, um zu sehen, ob jemand sie ansprechen würde. Doch als die Ausgangshalle fast leer war, entschied sie sich für einen klapperdürren, sehr würdevollen, alten Chauffeur, der sich etwas abseits gehalten hatte. Eine gute Entscheidung, wie sie schnell merkte: Die jüngeren Taxifahrer, die sich gegenseitig an die Gurgel gesprungen waren, gingen respektvoll zur Seite, damit der alte Mann Jasmins Koffer nehmen und steifbeinig und schweigend damit zu seinem Taxi gehen konnte.

Der Peugeot passte wunderbar zu seinem Besitzer: Er war alt und majestätisch langsam. Aus einem kratzigen Radio drangen knisternd Koranverse, die wegen der vielen Nebengeräusche fast wie eine Botschaft aus dem Jenseits klangen. Jasmin wartete, bis sie in der Nähe des Hotels waren, ehe sie ihren Trumpf aus dem Ärmel zog: einen höflichen Satz auf Arabisch. Doch der Mann war vermutlich taub, und ihr Versuch, mit ihm Kontakt aufzunehmen, scheiterte.

Das Hotel Qsar hatte sich nicht verändert, doch an der Rezeption wurde sie nicht erkannt. Vielleicht war es ein Zufall, doch sie bekam dasselbe Zimmer wie damals, als sie mit Hugues hier gewesen war, vor etlichen Jahren bei ihrer Ankunft in diesem Land. Wie lange war das genau her? Sie rechnete im Kopf nach, während sie aus dem Fenster auf das Meer von Flachdächern und die fahlen Neonlichter auf der Straße schaute. Er war seit über drei Jahren tot. Und sie waren zwei Jahre davor hierhergekommen. Folglich war es fünf Jahre her. Sie legte sich ins Bett und schlief fast augenblicklich ein. Mehrere Moscheen, ganz in der Nähe, auf denen in Abständen von nur wenigen Minuten zum ersten Gebet des Tages aufgerufen wurde, weckten sie um sechs Uhr morgens wieder auf.

Sie ging nach unten, um zu frühstücken. Es war noch nicht Tag. Ein unsichtbarer Kellner war hinter den Schwingtüren zur Küche am Werk. Auf dem Tisch in der Mitte, der offenbar als Büfett diente, standen mehrere Teller und halbleere Schüsseln. Der Kellner bequemte sich irgendwann, Kaffee und Tee zu bringen. Er fragte Jasmin, ob sie schon einmal in Nouakchott gewesen sei und nahm erstaunt zur Kenntnis, dass sie bejahte. Prompt setzte er zu einer Litanei von Klagen an.

»Seit diesen Attentaten«, stöhnte er, »kommen immer weniger Touristen. Die Geschäfte laufen schlecht.«

Mit seiner weißen Weste voller alter Flecken und den ausgefransten Ärmeln beschrieb der bereits ältere Mann resigniert diesen herben Verlust.

Jasmin hielt sich so lange wie möglich im Speisesaal auf und ging dann in die Hotelhalle, um eine Zeitung zu lesen. Es gab keine neue und sie musste sich mit einem Exemplar zufriedengeben, das schon zwei Tage alt war. Es war ein miserabler Druck, und den Fotos fehlte Druckerschwärze. Es gab keine Artikel, die für Ausländer interessant gewesen wären, außer einer Spalte auf der letzten Seite mit den internationalen Nachrichten, ganz zuoberst jene aus Mali.

Durch die offene Eingangstür des Hotels sah sie die Fußgänger und Karren auf der Straße. Ein paar rotznäsige Jungs hielten sich an den Schultern, spähten seitlich zur Tür herein und begafften sie ungeniert. Zwei- oder dreimal stand der Mann an der Rezeption auf, und prompt gaben sie Fersengeld.

Gegen halb elf hatte sie keine Ausrede mehr, um sich noch länger im Erdgeschoss aufzuhalten. Sie ging in ihr Zimmer hinauf, zog ihre knöchelhohen Leinenschuhe an, versteckte ihre Papiere und ihr Geld hinter einer der Fliesen der eingezogenen Decke im Badezimmer und ging wieder nach unten.

Sie erspähte die Gruppe schon vom oberen Treppenabsatz aus. Es waren vier Mauren, sehr jung, mit kupferfarbenem Teint und europäischer Kleidung. Alle waren bärtig oder versuchten zumindest, es zu sein, aber auf diskrete, gepflegte Weise. Einer von ihnen war offenbar der Wortführer.

Unten angekommen, ging Jasmin auf ihn zu und begrüßte ihn. Er stellte sich als Doktor Sid'Ahmed Vall vor, der Mann, von dem Moktar gesprochen hatte. Er sprach ein korrektes Französisch, jedoch mit einem so starken Akzent, dass Jasmin stellenweise Mühe hatte, ihn zu verstehen.

»Wir haben Ihnen die Hilfsanfrage geschickt«, erklärte er voller Stolz und schwenkte ein Blatt Papier.

Jasmin sah, dass es die Kopie des Schriftstücks war, das Moktar ihr gegeben hatte.

»Wir sind eine Gruppe von jungen Medizinern und versuchen, die Zustände in unserem Krankenhaus zu verbessern. Es ist unerträglich, die Kinder so leiden zu sehen. Und wir bedanken uns schon jetzt bei Ihrer Organisation, dass sie auf unser Gesuch reagiert hat.«

Irgendetwas stimmte nicht an diesen Sätzen und an der ganzen Person dieses Sid'Ahmed. Er sagte eine einstudierte Rede auf. Jasmin nickte. Sie rechnete damit, dass die Ärzte mit ihr irgendwohin gehen würden, wo sie in Ruhe reden könnten, oder dass er ihr wenigstens vorschlug, sich zu setzen, bevor sie sich weiter unterhielten. Doch Sid'Ahmed wollte seine kleine marktschreierische Ansprache offenbar unbedingt im Stehen und mitten in der Hotelhalle mit unnötig lauter Stimme weiter herunterleiern, während seine Begleiter von einem Fuß auf den anderen traten. Er hatte es eindeutig darauf angelegt, dass alle mithören konnten, was er sagte.

»Wir werden uns während Ihres Aufenthalts abwechselnd um Sie kümmern und Ihnen alles zeigen, was im Argen liegt. Wir fangen im Krankenhaus an, aber Sie werden natürlich auch Termine bei Behörden haben …«

Über diesen Punkt ging Sid'Ahmed allerdings schnell hinweg. Dieses Detail diente offenbar nur dazu, seine Version glaubwürdig zu machen, vor allem hier an diesem öffentlichen Ort. Er machte eine kurze Pause und blickte sich um.

»… und dann«, nahm er den Faden wieder auf, »bringen wir Sie natürlich auch in die Dörfer. Man muss aus Nouakchott herauskommen, um sich einen Überblick über die tatsächlichen hygienischen Zustände unseres Landes zu verschaffen.«

Jasmin blinzelte, um zu zeigen, dass sie begriffen hatte und einverstanden war. Diese Vorschläge stellten den Kern dessen dar, was Sid'Ahmed ihr mitzuteilen hatte. Er schien beruhigt, dass sie verstanden hatte.

»Aber jetzt lassen wir Sie sich in aller Ruhe vorbereiten. Wenn Sie einverstanden sind, holen wir Sie um vierzehn Uhr hier ab, um Ihnen unser Krankenhaus zu zeigen. Nachmittags haben wir keine Sprechstunde und folglich mehr Zeit.«

»Ich stehe ganz zu Ihrer Verfügung.«

Jasmin wusste jetzt, was sie an Sid'Ahmed störte: Er blickte immer leicht über ihren Kopf hinweg und vermied auf diese Weise jeden Augenkontakt.

Die Besucher verbeugten sich und drängten dann zur Tür.

Sid'Ahmed versuchte, als Erster das Hotel zu verlassen, um seine Stellung zu unterstreichen. Doch das war seinen Begleitern nicht klar, und er musste seine Ellbogen einsetzen, um gegen diese Tollpatsche anzukommen.

Nachdem die jungen Ärzte das Hotel verlassen hatten, bemerkte Jasmin, dass alle das Gespräch verfolgt hatten: der Portier hinter seiner Theke, ein Zimmermädchen, auf seinen Besen gelehnt, das junge Pärchen in dem Restaurant mit der offenen Tür sowie der ältliche Kellner. Sie schmunzelte über diese kleine Inszenierung, nahm ihren Schlüssel vom Haken und kehrte in ihr Zimmer zurück.

*

Zwei Mitglieder der Gruppe kamen um Punkt vierzehn Uhr ins Hotel und erwarteten sie in der Halle. Jasmin überraschte sie, indem sie von draußen kam, denn sie hatte in einer kleinen Bar um die Ecke zu Mittag gegessen.

Sie gingen zu Fuß ins Krankenhaus, da es nicht weit weg lag. Die beiden Männer an Jasmins Seite genügten, um die kleinen Jungen von ihr fernzuhalten, die normalerweise ihre Dienste als Stadtführer anboten oder Passanten anbettelten.

Im Krankenhaus fand sie das komplette Empfangskomitee von morgens im Hotel vor, unter der Leitung von Sid'Ahmed. Eigentlich waren sie nur eine Bande großer Jungs, die mit ihren weißen Arztkitteln und ihrer akademischen Ernsthaftigkeit Eindruck schinden wollten. Ihre Aufregung über Jasmins Besuch war fast schon komisch.

Sie hatte einen kleinen Block und einen Stift mitgebracht und tat so, als mache sie sich Notizen. Sie schleusten sie durch alle Abteilungen. Überall hing derselbe dumpfe Geruch feuchter Fliesen in der Luft, mit einem Nachgeschmack von Blut und Erde. Jasmin blieb lange in der pädiatrischen Abteilung, einem massiven Backsteingebäude mit Müttern, die im Schneidersitz auf Betten ohne Matratzen saßen und kleine Kinder im Arm hielten, die fast in den Falten ihrer Gewänder verschwanden.

Jasmin war richtiggehend erleichtert, als sie danach in eine andere Abteilung gingen. Die Besichtigung endete in der Notaufnahme. Ein Kranker mit zerebraler Malaria war gerade eingeliefert worden. Jasmin sah aber nur, wie sich das Personal um einen liegenden Körper scharte. Sie glaubte, auch einen Weißen unter ihnen zu sehen, aber niemand hatte einen Blick für sie übrig. Eine Krankenschwester in einem Hidschab sagte etwas auf Arabisch zu Sid'Ahmed. Er gab Jasmin zu verstehen, dass sie besser gehen sollten.

Wenig später standen sie wieder im Freien und staunten, als sie die Farben der Natur und des Lebens wiederfanden, wie alle, die die Krankenhauswelt hinter sich lassen.

Sid'Ahmed trug zweien seiner Kollegen auf, Jasmin ins Hotel zurück zu begleiten. Einer von ihnen lächelte sie merkwürdig und irgendwie irritierend an.

II

Die nach Ende des Kalten Kriegs gegründeten privaten Geheimdienstagenturen sind auf unterschiedlichen Gebieten tätig. Einige ihrer Aktivitäten sind absolut öffentlich und im Internet einsehbar, wie zum Beispiel Entminung. Ein anderer florierender Bereich sind Schutzaufgaben. Das geht von der einfachen Vermittlung von Leibwächtern bis hin zur Bewachung von Industrieanlagen in Krisengebieten. Providence war selbstverständlich mit Erfolg auf all diesen Gebieten tätig, die Archie jedoch recht banal fand. Nachdem er in staatlichen Geheimdiensten Karriere gemacht hatte, war Informationsbeschaffung nach wie vor seine einzige Leidenschaft. Auch wenn Spionage nicht der lukrativste Zweig seiner Firma war, so war sie in seinen Augen doch der ehrenwerteste.

Sobald er die nötigen Mittel gehabt hatte, trieb Archie die Spezialisierung der verschiedenen Niederlassungen seiner Agentur voran. Nur die Verwaltung und die Buchhaltung blieben weiterhin in den USA. Alles was Personen- und Gebäudeschutz betraf, wurde nach Südafrika ausgelagert, um dicht an der Konkurrenz zu bleiben. Das Flaggschiff der Agentur, den Geheimdienst, hatte Archie in Belgien angesiedelt, etwa dreißig Kilometer südlich von Namur. Er hatte das riesige Jagdrevier eines Industriellen aus Luxemburg aufgekauft, der Konkurs anmelden musste. Das alte Schloss, das den Eingang zum Anwesen bildete, wurde im Sommer oft von Touristen besucht. Es diente als moralisches Alibi für die weniger kulturell wertvollen Aktivitäten, die sich in den großen modernen Gebäuden abspielten, die mitten im Wald errichtet worden waren.

Archie nahm nur hin und wieder an den Einsatzbesprechungen teil. Das verlieh seiner Anwesenheit an diesem Morgen umso größeres Gewicht. Seine Agenten schlossen daraus, dass die Operation, deren Namen er persönlich ausgewählt hatte – Zam-Zam –, extrem wichtig für ihn war.

Dieser alberne Name rief viel Spott hervor. Einige fragten sich sogar aufgrund der bisher vorliegenden Informationen, ob es sich nicht gar um einen Scherz handelte.

Bei der ersten großen Versammlung dieser Woche herrschte eine fast elektrisierende Atmosphäre. Archie schien ausnahmsweise in der Defensive zu sein. Ihm gegenüber saß, in respektvoller Haltung, Helmut Thorgau, der neue operative Leiter, ein deutscher Diplomat, 57 Jahre alt, der diese Position seit dem Vorjahr bekleidete. Er mochte zwar respektvoll tun, doch seine Antworten waren so direkt, dass man sie auch als respektlos hätte bezeichnen können.

Auf Archies Frage »Wie weit sind wir?«, hatte er nur trocken erklärt: »Nirgends.«

Alle lachten. Leicht verlegen hatte Helmut seine Hände mit den Wurstfingern gefaltet und auf die Dossiers vor ihm gelegt.

»Und Dimitri?«, fragte Archie mit souveräner Gelassenheit.

»Perfekt in den Krankenhausbetrieb integriert.«

»Die Bärtigen?«

»Nur eine kleine Gruppe ziemlich religiöser junger Mediziner, die sich in keiner Weise auffällig verhalten.«

»Abhörmaßnahmen?«

Helmut blickte zu Tadeusz, den technischen Leiter der größten und effizientesten Abteilung der Agentur. Er war ein junger Pole, der offenbar im Zustand der Adoleszenz verharren wollte. Er hatte als Hacker begonnen, zu einer Zeit, als er noch bei seiner Mutter in Lublin wohnte. Seine genialen Computerkenntnisse hatten ihn bis vor die Tore des Gefängnisses gebracht, und er kam nur deshalb ungeschoren davon, weil er sich bereit erklärte, sein Talent eine Zeitlang der Polizei zur Verfügung zu stellen. Er war von Anfang an bei Providence mit dabei, und Archie hatte ihn mit dem Versprechen geködert, dass er in seinem Büro schlafen und essen konnte. Im vorigen Jahr hatte er eine junge Frau aus der Dokumentationsabteilung geheiratet und ging seither dreimal pro Woche zum Schlafen nach Hause, was er insgesamt ganz gut hinbekam.

»Von ihren Handys aus wurde keine internationale Nummer gewählt. Man könnte fast glauben, dass sie nicht mal wissen, was ein Thuraya ist.«

Als er in Archies Gesicht las, dass dieser in technischen Fragen nicht auf dem neuesten Stand war, präzisierte er:

»Wie jeder weiß, handelt es sich bei Thurayas um Telefone, die über GPS-Empfänger verfügen und direkt mit einem geosynchronen Satelliten verbunden sind. Betrieben werden sie von einem Unternehmen mit Firmensitz in den Vereinigten Arabischen Emiraten.«

Archie nickte zustimmend, als sei er auf dem Laufenden. Damit hatte er etwas Neues gelernt, doch das durfte niemand merken. Er wandte sich an Sarah, eine Protestantin aus Nordirland, die mit der Leitung der Agenten im Einsatz betraut war. Die ehemalige SAS-Frau war in Wirklichkeit die eigentliche operative Leiterin, denn sie war die Einzige, die alle Techniken der Geheimdiensttätigkeiten beherrschte. Helmut war zwar fünfzehn Jahre älter als sie und verfügte unbestritten über große Erfahrung. Doch er war Diplomat, ein Mann der Dossiers. Es war nicht einfach für Sarah zu akzeptieren, dass sie ihm in der operativen Leitung der Agentur hierarchisch unterstand. Für sie handelte es sich eindeutig um eine neue Form von Machismo. Und dafür machte sie Archie verantwortlich – nicht ohne Grund.

»Ihr Team in Nouakchott?«, fragte er sie nun.

»Ja?«

Sarah vermied es, Archie ins Gesicht zu schauen. Sie konnte ihre Antipathie gegen ihn nur schwer verbergen, wenn sie ihn direkt vor sich hatte.

»Hat man zufällig festgestellt, dass unsere jungen Ärzte von anderer Seite observiert werden, von den Franzosen oder Mauretaniern zum Beispiel?«

»Nach der Ermordung der italienischen Touristen«, antwortete Sarah, während sie auf die Monitore vor ihr schaute, »konnte die mauretanische Polizei die Täter problemlos identifizieren, hauptsächlich dank der Aussagen von Lkw-Fahrern. Die Terroristen waren zu dritt. Schlecht ausgebildet und kaum bewaffnet sind sie derzeit auf der Flucht. Es sieht nicht so aus, als hätten sie viele

Mitwisser gehabt. Die Polizei hat trotzdem ein paar arme Kerle verhaftet, die alles gestanden haben, was die Polizei hören wollte, nachdem man sie zusammengeschlagen hatte. Aber inzwischen wurde festgestellt, dass weder die Täter noch die Mitglieder ihres mutmaßlichen Netzes etwas mit den Ärzten zu tun haben, die wir observieren. Und im Übrigen haben sich die Mauretanier nicht mal die Mühe gemacht, sie zu befragen.«

»Das heißt, ihr habt also nichts Interessantes über unsere berühmten Ärzte herausgefunden?«, wandte sich Archie nun wieder an Helmut.

»Nein, nichts, außer dass sie definitiv sehr religiös und vermutlich etwas fundamentalistisch angehaucht sind, nach Art der ägyptischen Muslimbruderschaft. Aber junge Intellektuelle, die den Islam verherrlichen, gibt es in diesen Ländern zuhauf. Es bedeutet noch lange nicht, dass sie auch Bomben legen.«

Helmut hatte dies ohne jede Gemütsregung gesagt. Doch jeder wusste, dass er ein großer Experte der muslimisch-arabischen Welt war, was seinem Urteilsspruch zusätzliches Gewicht verlieh.

Archie schluckte. Zum Glück lag sein letztes Lifting erst sechs Monate zurück, so dass es ihm nicht schwerfiel, keine Miene zu verziehen.

»Alles bestens«, sagte er schließlich fast enthusiastisch. »Die Gruppe, die wir observieren, wirkt ganz unauffällig. Gut, bleiben wir am Ball! Ihr wisst ja, was Flaubert gesagt hat: ›Damit eine Sache interessant wird, muss man sie nur lange genug betrachten‹.«

Wenn etwas seine Zuhörer zur Verzweiflung treiben konnte, dann waren das Archies Zitate. Sie klangen eher nach Sprüchesammlung als nach echter Bildung, und er gab sie immer mit selbstzufriedener Miene zum Besten. Die alten Providence-Mitarbeiter waren daran gewöhnt, doch Helmut musste sie zuerst verdauen lernen.

»Observieren wir sie weiter«, wiederholte Archie. »An den Maßnahmen wird nichts verändert. Alles ist bestens.«

Er schob seinen Sessel nach hinten und sprang mit einer unerwarteten Gelenkigkeit auf. Der Raum lag im obersten Stockwerk eines der neueren Gebäude auf dem Campus von Providence. Archie hatte die Atmosphäre der klassischen Geheimdienst-Besprechungsräume nie gemocht: immer irgendwo tief unter der Erde gelegen, etwa im vierten Untergeschoss, mit düsteren Wänden und farbigen Monitoren. In seinen Augen waren es Relikte des Kalten Krieges, einer Epoche, in der man den Feind mit hochtechnologischen Mitteln bekämpfte (oder es zumindest glaubte). Providence war eine Agentur der modernen Ära, einer Ära, in der die Bedrohungen von nichtstaatlichen Seiten ausgingen, es ungleiche Kriege gab und Herausforderungen vonseiten dubioser Subjekte, schwacher Personen, die unfähig waren, mit den elitären Technologien zurechtzukommen (auch wenn sie die meisten Zubehörteile kaufen konnten). Symbol dieser neuen Ära waren die Besprechungen im hellen Tageslicht. Die blasse Sonne der Ardennen schien zu den großen Fenstern herein.

»Wir spielen um einen hohen Einsatz, ist euch das klar?«, sagte er, während er mit großen Schritten um die am Konferenztisch sitzenden Mitarbeiter ging. »Nicht nur, weil im Moment Ebbe herrscht. Sondern weil wir einen Schritt in eine neue Richtung gewagt haben.«

Er hielt sich an jeder einzelnen Rückenlehne fest, als suche er einen Halt. In Wirklichkeit war es ein Mittel, um jeden der Teilnehmer persönlich wachzurütteln und sie seine Anwesenheit hinter ihrem Rücken spüren zu lassen.

»Nach dem elften September haben die amerikanischen Geheimdienste unglaublichen Ärger bekommen. Ihr erinnert euch? Sie mussten alles über sich ergehen lassen, was sich dieses Land in

Sachen parlamentarische Untersuchungen, ad-hoc-Ausschüssen ausgedacht hat, ganz zu schweigen von der sensationsgeilen Presse. Mit einer Konsequenz: Die offiziellen Geheimdienste haben sich fast nur noch auf *eine* Zielscheibe konzentriert, die islamistischen Terroristen. Die privaten Geheimdienste wie Providence bekamen den Rest vom Kuchen ab. Und von diesem Rest haben wir ganz gut gelebt.«

Er war inzwischen hinter Helmuts Stuhl angekommen, blieb wieder stehen und packte die Rückenlehne mit beiden Händen.

»Und doch war ich mir sicher, dass es nicht ewig so weitergehen konnte. Es gab zwei Möglichkeiten. Entweder es ging weiter wie unter Bush. Im weltweiten Kampf gegen den Terrorismus würde die Sache solche Ausmaße annehmen, dass man uns zu Hilfe holen würde. Und sei es auch nur, um uns die Aktivitäten zu überlassen, die den offiziellen Geheimdiensten mittlerweile verboten sind – Verhöre mit Drohungen, unerlaubte Abhörmethoden, willkürliche Festnahmen und so weiter. Oder man sattelte um. So läuft es immer unter einer neuen Regierung, nicht wahr? Man würde versuchen, die Aufwiegler der islamischen Welt etwas zu vergessen, um sich auf andere Themen zu stürzen: China, Lateinamerika, Russland, was weiß ich ... Und in diesem Fall würde man die Bärtigen uns überlassen. Und genau mit dieser Idee im Hinterkopf habe ich Sie eingestellt, Helmut.«

Er unterstrich diese Aussage, indem er mit beiden Fäusten auf die Rückenlehne klopfte. Helmuts Hängebacken schwappten im Takt mit, und er riss empört die Augen auf.

»Tja, und so ist es jetzt gekommen. Die Bärtigen haben *wir* bekommen!«

Archie hatte die Stuhllehne losgelassen und stolzierte weiter. Wütend und mit nervösen Fingern zupfte Helmut seine Fliege zurecht und sagte pikiert:

»Nur dass wir sie nicht aus den von Ihnen genannten Gründen bekommen haben. Es sind nicht die Amerikaner, die uns auf sie angesetzt haben!«

»Sie haben recht, Helmut. Wie immer.«

Lächelnd wackelte Archie mit dem Zeigefinger.

»Richtig, was sich zurzeit abspielt, ist einmalig, und ich hatte es nicht vorausgesehen, auch wenn sich im Grunde alles ganz gut fügt. Wie Sie so richtig sagten, sind es nicht die Amerikaner, die uns diesen Auftrag gegeben haben. Es sind Leute, die der Ansicht sind, dass sie bei den Amerikanern nicht an der richtigen Adresse wären. Sie denken, dass die amerikanischen Geheimdienste so reagiert hätten, wie wir es eben beinahe auch getan hätten: Sie hätten die Sache kurz beobachtet, nichts Aufregendes entdeckt und sie wieder fallenlassen. Nun, *wir* werden diesen Fehler nicht begehen! Wir werden uns in den Knochen verbeißen, den man uns hingeworfen hat und ihn um nichts auf der Welt wieder loslassen.«

Um seine Worte noch zu unterstreichen, versuchte es Archie mit einer Mimik, die er schon häufig an anderer Stelle eingesetzt hatte: die eines Hundes, der den Kiefer zuklappt, nachdem er ein Stöckchen aus der Luft aufgefangen hat und es nun mit aller Kraft festhält. Doch da hörte er etwas neben seiner neuen Brücke, oben rechts, knacken. Umgehend nahm er seinen Rundgang wieder auf und massierte sich heimlich den Kiefer. Er war beinahe fertig mit seiner Tour, und als er wieder zu seinem Platz kam, setzte er sich.

»Können Sie uns sagen, woher der Tipp ursprünglich kam?«, fragte Helmut.

»Algerien.«

Helmut verzog das Gesicht.

»Wer genau aus Algerien? Es ist etwas kompliziert bei denen.«

»Und *wieder* muss ich Ihnen recht geben. Sagen wir, dass es eine Fraktion des algerischen Geheimdienstes war, die früher mit den

Vereinigten Staaten zusammengearbeitet hat und von den USA gerade fallengelassen wurde.«

Archie zückte ein Taschentuch und betupfte sich damit den Mund, während er mit der Zunge an den Zähnen entlangfuhr, um zu überprüfen, ob es blutete. *Verdammt, da ist sicher etwas abgebrochen.*

»Diese Algerier haben den Eindruck, dass die neue Regierung in Washington nur eines möchte: die Bedrohung herunterspielen. Es stimmt, dass die Amerikaner mit den Gebieten, in denen sie bereits militärisch vor Ort sind, schon genug am Hals haben. Wenn man ihnen da mit neuen Problemen kommt, stellen sie sich lieber taub. Das haben auch diese Algerier erfahren.«

»Können sie sich nicht an die Franzosen wenden?«, meinte Helmut.

»Nein, das tun sie absichtlich nicht! Wie ich bereits erwähnt habe, sind diese Leute es gewöhnt, mit den Amerikanern zusammenzuarbeiten. Alles andere kommt für sie nicht in Frage, am allerwenigsten die Franzosen. Sie sind mit ihrem Problem lieber zu ihren alten Gesprächspartnern in Washington gegangen, und diese haben sie an uns verwiesen.«

Die Besprechung entwickelte sich zu einem Dialog zwischen Archie und Helmut. Die anderen verloren ein bisschen den Faden, schauten aus dem Fenster. Zur allgemeinen Erleichterung meldete sich Sarah schließlich zu Wort.

»Da wir schon einmal alle versammelt sind, wäre es vielleicht der richtige Moment, um uns ein bisschen mehr über die Situation zu erzählen. Diese Operation entwickelt sich immer mehr zu einer Katastrophe. Bis jetzt wissen wir nur von Mauretanien, und ich persönlich verstehe zum Beispiel nicht, was es mit diesen Algeriern zu tun hat.«

Archie schien nichts gegen diesen Vorschlag zu haben.

»Wir haben das Glück, einen Fachmann unter uns zu haben. Helmut?«

Der operative Leiter erhob sich. Er machte ein übertrieben ernstes Gesicht, um zu verbergen, dass es ihm ungeheuer Spaß machte, endlich sein ganzes Wissen auszubreiten. Er war von Haus aus Arabist, der, nachdem er in Köln sein Diplom in Politischen Wissenschaften in der Tasche hatte, zusätzlich noch in Ägypten und an der Columbia University studiert hatte. Anfangs hatte er sich auf arabische nationalistische Bewegungen spezialisiert, insbesondere den Nasserismus und die irakische Baath-Bewegung. Er arbeitete in der deutschen Botschaft im Jemen und im Sudan. Seine Heirat mit einer ägyptischen Koptin hatte seiner Karriere während des Kalten Kriegs nicht geschadet, doch in den letzten Jahren hatte er gespürt, dass man ihm im Ministerium mit einem gewissen Misstrauen begegnete. Das hatte ihn veranlasst, zu einer privaten Geheimdienstorganisation zu wechseln.

»Die Westregion der Sahara, die von Mauretanien bis zum Tschad reicht, erstreckt sich über Algerien, Mali und Niger, und hat eine Gesamtfläche so groß wie ganz Europa, besteht aber nur aus Sand. Niemand bewacht die Grenzen, und alle möglichen Leute – Tuareg, Schmuggler, Islamisten – marschieren völlig ungestört in diesem riesigen Gebiet herum. Dschihadistische Gruppen leben als Nomaden in dieser Region im südlichen Algerien und im nördlichen Mali. Sie sind für die Gewaltverbrechen in der ganzen Gegend verantwortlich – terroristische Anschläge, Entführungen –, manchmal weit weg von ihrem Basislager, das gemeinhin als Katiba bezeichnet wird.«

»Diese Dschihadisten sind Algerier, richtig?«

»Ja, die Organisation ist algerischen Ursprungs, aber in einer Katiba findet man Untergrundkämpfer von überallher.«

»Aber offenbar läuft es in Algerien am besten«, meldete sich

Tadeusz nun errötend zu Wort. »Ich habe sogar einen Cousin, der seinen Urlaub dort verbracht hat.«

»Die schlimmste Phase des Bürgerkriegs ist vorbei. Aber es gibt immer noch bewaffnete Gruppierungen. Es handelt sich um die geistigen Erben der GIA, der Bewaffneten Islamischen Gruppe, reinrassige Salafisten. Vor etwas über zehn Jahren sind sie beinahe verschwunden, weil sie eine Zeitlang plötzlich dem Wahnsinn verfielen. Sie kamen an einen Punkt, an dem sie alle, die nicht zu ihnen gehörten, als *Takfiri* betrachtet haben, sprich Ungläubige, darunter auch Kinder, Frauen und Bauern, selbst wenn sie Muslime waren. Sie begannen mit großflächigen Massakern, bis sich die Bevölkerung geschlossen gegen sie stellte.«

Mehrere Personen, die um den Tisch saßen, schüttelten ratlos den Kopf. Archie hatte die Gelegenheit genutzt, um den kleinen Zahnsplitter in sein Taschentuch zu spucken.

»In den letzten Jahren«, fuhr Helmut fort, »haben sich diese Gruppen reformiert und sind moderater geworden. Das heißt, sie töten immer noch, aber gezielter, und lassen die einheimische Bevölkerung in Ruhe. Ihre neue Spezialität sind Entführungen mit anschließender Lösegeldforderung. Ihr Anführer, ein gewisser Abdelmalek Drukdal, hält sich mit den meisten seiner Anhänger irgendwo in den Bergen im Norden Algeriens versteckt. Doch mittels lokaler Emire befehligt er auch die Katibas in der Sahara, im Süden des Landes und in benachbarten Wüstengebieten. Und genau sie sind es, die für uns von Interesse sind.«

Helmut rückte erneut seine Fliege zurecht.

»Man muss sich vor allem vor Augen halten, dass sich diese Untergrundbewegungen im Jahre 2006 der weltweiten Dschihadistenbewegung angeschlossen haben. Die bewaffnete Bewegung in Algerien erhielt von Bin Laden das Recht, sich »Al-Qaida im islamischen Maghreb« zu nennen, bekannt unter der Abkürzung

AQIM. Damals wurden die Amerikaner ziemlich unruhig und begannen, sich für diese Leute zu interessieren. Doch dann kamen die neuen Präsidentschaftswahlen und ...«

Plötzlich wedelte Archie mit der Hand wie ein Schiedsrichter, der die Spieler zu sich ruft, um einen Strafstoß zu verkünden.

»Eins muss klar sein: Es geht nicht darum, dass wir Politik machen. Wir respektieren sämtliche Meinungen. Unter uns gesagt: Einige der hier Anwesenden haben sich sicher über Obamas Wahlsieg gefreut. In Ordnung. Doch wir müssen auch die Realität sehen. Und die sieht so aus, dass die Verantwortlichen dieser neuen Regierung dem Terrorismus gegenüber eine neue politische Richtung eingeschlagen haben, die sich von der Bushs unterscheidet. Zu Recht oder zu Unrecht? Das kann ich nicht sagen. Tatsache ist, dass sie sich aus dem Irak zurückziehen wollen und von überall sonst, außer vielleicht Afghanistan. Wenn man ihnen also mit der Sahara kommt, zucken sie nur die Schultern, wie ihr euch sicher denken könnt.«

Helmut war sichtlich verärgert über Archies Einmischung.

»Sie dürfen gleich weiterreden«, sagte Archie.

»Danke, aber ich war fertig.«

»Du hast noch nicht erklärt, welche Verbindung zwischen dem algerischen Geheimdienst und unserem Fall besteht«, merkte Sarah an.

Archie und Helmut schauten sich an. Keiner von beiden wollte dem anderen mehr zuvorkommen, und schließlich ergriff Archie wieder das Wort.

»Bei der Überwachung der islamistischen Gruppen in ihrem Land sind die Algerier auf etwas gestoßen, das für uns interessant sein könnte. Statt es wie früher dem amerikanischen Geheimdienst zu melden, sind sie damit zu ihren Partnern von der alten US-Regierung gekommen.«

»Und was genau haben sie ihnen erzählt?«

»Dass sich in Mauretanien derzeit etwas Gefährliches zusammenbraut. Etwas, das die westlichen Länder direkt oder indirekt betreffen könnte. Sie wissen weder wo, noch was oder wann. Auf jeden Fall haben sie es uns nicht gesagt. Das Einzige, was sie ganz sicher wissen, ist, dass eine Gruppe islamistischer Ärzte in Nouakchott daran beteiligt ist.«

»Blöde Frage«, hakte Sarah weiter nach, »aber warum observieren sie sie nicht selbst?«

Archie bewegte die Lippen, als würde er einen Schluck Wein kosten. Ein alter Tick von ihm, der durch diese blöde Zahngeschichte wieder aufgetaucht war.

»Aber nein, eine ganz ausgezeichnete Frage. Die wir uns natürlich auch gestellt haben, wie ihr euch denken könnt. Helmut wird sie gleich beantworten.«

»Der erste mögliche Grund, der allerdings nicht sehr stichhaltig ist, ist der, dass die Algerier in Mauretanien nicht sehr viel Spielraum haben. Dieses Land hat sich mit ihrem alten Feind Marokko verbündet. Ich denke allerdings, dass sie, wenn sie es wirklich wollten, trotzdem etwas tun könnten. Sie haben garantiert Spione dort. Der zweite Grund, der mir sehr viel wichtiger erscheint, ist, dass sie diese Terroristen nicht allein am Hals haben wollen. Amerika lässt sie im Stich. Sie wollen zeigen, dass es bei ihnen immer noch Bedrohungen gibt, die auch den Westen betreffen könnten. Indem sie *uns* zu den Ermittlungen hinzuziehen, halten sie die Verbindung mit Amerika und den amerikanischen Geheimdiensten aufrecht, die sie nicht mehr ernst nehmen.«

»Aber wir sind doch nicht der amerikanische Geheimdienst!«

»Nein, aber wenn wir etwas Interessantes entdecken, können wir die Amerikaner informieren. Und auf *uns* werden sie hören.«

III

Die beiden jungen Ärzte gingen langsam, so dass auch Jasmin keine Eile an den Tag legte. Nouakchott ist allerdings keine Stadt, die zum Flanieren einlädt. Fußgänger sind nur wenige unterwegs. Und sie gehen nie weit, außer die Nomaden, die aus der Wüste kommen und durch die Stadt gehen, als wäre sie eine Oase.

An einer Kreuzung, unweit des Eingangs zum Souk, blieb der junge Mann, der Jasmin so komisch angestarrt hatte, stehen und begann leise mit seinem Kollegen zu diskutieren. Jasmin hatte den Eindruck, dass er ihn bat, etwas Dringendes für ihn zu erledigen. Der andere zierte sich zuerst, gab dann aber nach und eilte davon. Ohne Erklärung ging der andere junge Mann dann mit Jasmin weiter, nur noch zu zweit.

Jasmin hatte die kurze Pause genutzt, um ihn zu betrachten. Sie hatte das Gefühl, ihn schon einmal gesehen zu haben, hätte aber nicht sagen können, wann und wo. Vermutlich würde sie es bald erfahren. Da er den anderen unter irgendeinem Vorwand weggeschickt hatte, wollte er vermutlich mit ihr allein reden.

Sie gingen noch eine Zeitlang schweigend weiter. Es war nicht mehr weit bis zum Hotel. Plötzlich winkte der junge Mann sie an einer Kreuzung nach links.

»Eine Abkürzung«, erklärte er, ohne sie anzusehen.

Im ersten Moment zögerte sie. Dann aber folgte sie ihm und betrat mit ihm zusammen die Gassen des Basars.

*

Das Licht der Morgendämmerung war noch gedämpft durch einen Rest von Blau und Schatten. Menschen und Tiere drängten sich um den Brunnen. In ihren Fellen hing noch das eine oder andere

Körnchen, die Stoffe wiesen Falten auf. Doch es würde keine Stunde dauern, bis unter der Wüstensonne alles wieder weiß und glatt war.

Kader hatte Abu Mussas Katiba gleich am Tag nach dem entscheidenden Gespräch, das ihre Allianz besiegelt hatte, verlassen. Auch wenn sie nunmehr dasselbe Ziel verfolgten und an derselben Operation arbeiteten, war es besser, wenn sie nicht zusammenblieben. Das erhöhte ihre Überlebenschancen im Falle eines Überfalls. Außerdem hatte jeder von ihnen eine ganz andere Aufgabe. Die kämpferische Katiba war ein militärisches Werkzeug. Kader dagegen musste ständig unterwegs sein, um auch weiterhin das riesige Gebiet zu kontrollieren, in dem er sich nach und nach großes Ansehen verschafft hatte.

Am Vorabend hatten Kader und seine Gefährten an einer Wasserstelle im Westen des Tanezrouft-Plateaus haltgemacht. Nach dem Aufwachen ging er zum Brunnen. Er beugte sich über den Rand und griff zum Schlauch, der aus dem Wasser ragte. Das Wasser war herrlich frisch, eines der besten in der Wüste. Er trank drei Schlucke und führte dann hastig die rituellen Waschungen durch. Seine beiden Gefährten verwendeten größere Sorgfalt darauf. Doch die Drängelei der Nomaden, die Rufe, das Hin und Her mit den tropfenden Wasserschläuchen vertrieben sie bald wieder vom Brunnen. Ein Stück weiter weg lagen ungefähr hundert abgesattelte Kamele auf den Knien. Neben ihnen blökten Schafherden.

Sie gingen an den Tieren vorbei. Ein Stück weiter weg parkten Lkws in zwei Reihen und bildeten eine nicht enden wollende Gasse. Tagsüber flüchteten sich die Männer in den Schatten dieses Tals aus Blech. Doch nun, zur Stunde des Sonnenaufgangs, waren sie noch irgendwo in der Wüste und beteten.

Kader suchte sich ein Plätzchen aus und kniete sich auf die staubige, steinige Erde. Seine Gefährten folgten seinem Beispiel. Aus

Gewohnheit und Eitelkeit ging Anuar ein Stück weiter vor, um die Gebete wie jeden Freitag anzuleiten. Das bot ihm auch die Gelegenheit, seine Strenge und Frömmigkeit unter Beweis zu stellen. Kader und sein Gefolgsmann fühlten sich plötzlich verpflichtet, ihm nachzueifern. Normalerweise brachten sie die Gebete rasch hinter sich. Manchmal, wenn sie genügend Zeit hatten und die Hitze ohnehin eine Ruhepause gebot, verlängerten sie ihr stilles Gebet, indem sie einfach ihren Gedanken nachhingen oder vor sich hin träumten. Anuar führte das Ritual mit einem Eifer durch, der an Pathos grenzte. Das war typisch für Menschen, die sich eine Zeitlang von ihrer Religion entfernt und dann wieder zu ihr zurückgefunden hatten. Er war noch auf den Knien, als sich die Lkw-Fahrer bereits erhoben hatten und sich lärmend an ihren Lastwagen zu schaffen machten.

Als Kader den Boten zu seiner Rechten bemerkten, überließ er Anuar mit Freuden seinen Gebeten. Der Mann war gekommen, um ihm zu sagen, dass die Verbindung mit Nouakchott aufgebaut war.

*

Dimitri hatte gerade einen Patienten mit Hirnhautentzündung behandelt, einen jungen Mauren mit langen, schlanken Gliedmaßen. Selbst in der Bewusstlosigkeit des Komas behielt dessen Gesicht die Undurchdringlichkeit und den Hochmut der Stämme, die in der Gegend um Atar leben.

Der Arzt hatte alle Hände voll zu tun gehabt und nicht gemerkt, dass er mit Aïssatou allein im Behandlungszimmer war. Schweigend hatte sie ihm assistiert. Nun konnte er sich entspannen und nahm eine Mullkompresse aus der Trommel, um sich den Schweiß von der Stirn zu wischen. Als er aufsah, begegnete er Aïssatous Blick. Zwischen ihnen lag der bewusstlose Patient.

»Eine Frau ist bei ihnen«, sagte die junge Krankenschwester leise.

Sie blickte besorgt zu der zweiflügligen Tür der Notaufnahme. Hinter dem runden Sichtfenster war niemand zu sehen.

»Eine Frau?«

»Eine Französin. Sie ist vorgestern angekommen. Sie haben sie im Krankenhaus herumgeführt. Die Frau kommt von einer Organisation namens *Kinder vom Weißen Kap*.«

So kurz nach dem anstrengenden Eingriff, der seine ganze Konzentration erfordert hatte, war Dimitri noch nicht ganz in die Wirklichkeit zurückgekehrt. Es dauerte einen Moment, bis ihm dämmerte, wovon die junge Frau sprach.

»Sie wohnt im Hotel Qsar.«

Endlich war er wieder klar im Kopf. Er richtete sich auf und wollte eine Frage stellen, doch da schlug Aïssatou die Augen nieder, und ihre Miene wurde undurchdringlich. Jemand hatte die Tür aufgerissen und schob einen wackligen Wagen herein. Sie warf die benutzten Instrumente in eine Nierenschale, und das Scheppern hallte ohrenbetäubend laut an den Wandfliesen wider. Dimitri hatte nicht mehr die Zeit, einen Blick mit der Krankenschwester zu wechseln. Sie wandte sich zur Tür und trug das benutzte Material und die Instrumente hinaus.

Doch genau in dem Moment, als sie an Dim vorbeiging, flüsterte sie: »Sie heißt Jasmin.«

*

Jasmin und der Medizinstudent hatten eine Gasse betreten, die fast ausschließlich von Verkaufsbuden und kleinen Ladengeschäften gesäumt war. Die Warenstapel türmten sich auf. Die überall aufgehängten Stoffe berührten sich fast, bildeten eine Art Stoffdach. Es roch nach trockenem Baumwollstoff und Färbemitteln. Dösend kauerten die Händler vor ihren Stoffballen.

Der Student blieb plötzlich vor einem Laden stehen, der sich in nichts von den anderen unterschied. Im Schaufenster hingen weiße, mit beigefarbenen Arabesken bestickte Sarouels. Zögernd betrat Jasmin den Laden. Wortlos öffnete der Händler den Vorhang aus Kleidungsstücken, mit denen sein Geschäft verhängt war. Doch dieser Empfang hatte nichts Bedrohliches. Bereitwillig ging Jasmin ins Hinterzimmer durch. Viel Platz gab es hier nicht. Zwei Hocker standen links und rechts eines kleinen Tisches mit Kupferplatte, auf denen eine Kanne Tee und bunte Gläser warteten. Sobald sie saßen, schenkte der junge Mediziner Tee ein. Dieser war kochend heiß, stark und sehr süß.

»Haben Sie mich wiedererkannt?«, fragte er.

Er hatte auf Hassania gesprochen, um sie zu testen. Instinktiv zuckte sie zusammen und verneinte. Die anderen hatten sie brav in schlechtem Französisch angesprochen, und sie hatte sich davor gehütet, ihnen zu verstehen zu geben, dass sie ihre Sprache sprach.

Sie musterte den jungen Mann eingehend. Seine Wangen waren bärtig und sein Bart lief am Rand aus, so dass sie seine teilweise verdeckten Gesichtszüge nicht genau sehen konnte.

»Farid«, sagte er leise und beugte sich vor.

Unvermittelt setzte er sich wieder gerade hin. »Die anderen nennen mich jetzt aber Abu Omar.«

Farid! Jasmin stutzte kurz, doch dann erinnerte sie sich. Kaum zu glauben! Was für ein Unterschied zwischen dem frechen Schlingel, den sie einst gekannt hatte, und dem frommen jungen Mann, der nun vor ihr saß!

»Wie geht es Hugues?«, erkundigte er sich.

Jasmin wurde blass. »Er ist tot.«

Betroffenheit und Schmerz zeichneten sich auf den Zügen des

jungen Mannes ab. Er schloss die Augen, hob das Kinn und murmelte ein Gebet.

»Wie alt warst du, als du zu uns kamst?«

»Siebzehn.«

»Hugues mochte dich sehr«, sagte sie.

Der salbungsvolle Ausdruck von Frömmigkeit auf Farids Gesicht erlosch. Er war wieder der arme Junge aus Nouadhibou, der Spitzbub und kleine Lügner.

Jasmin legte besorgt die Stirn in Falten. Bestimmt überlegte sie, wie riskant es für sie war, dass er sie erkannt hatte, dachte Farid. Er wollte sie beruhigen, doch die Stunde des Gebets war gekommen. Der Händler hob den Wandteppich an, genau in dem Moment, als die Stimme des Muezzins erschallte. Farid ging hinaus, um mit den anderen in der Gasse zu beten.

*

Helmut hatte noch nie zuvor bei einem privaten Arbeitgeber gearbeitet. Zu Beginn fand er das Leben bei Providence recht angenehm. Die meisten seiner Kollegen wohnten in der Nähe, auf dem belgischen Land. Sie züchteten Pferde, spielten Tennis, kümmerten sich um ihre Kinder. Helmut hatte gehofft, seine Kurse an der Universität wieder aufnehmen zu können. Seine herablassende Meinung über den Privatsektor schien sich zu bewahrheiten.

Doch seit Beginn der Operation Zam-Zam hatte er seine Meinung komplett geändert. Wenn Providence seine volle Aktivität entfaltete, ging es beängstigend heiß her und die Bediensteten waren noch stärker gefordert als im öffentlichen Sektor. Gab es einen Notfall, wurden alle mobilisiert. Dann war die Agentur mit einem Segelboot vergleichbar, das am America's Cup teilnahm und sich mit gehissten Segeln in den Wind legte, um das Letzte aus der Brise herauszuholen.

Dimitris Nachricht war in der Nacht eingetroffen. Keine halbe Stunde später war Helmut im Büro. Das ganze Gebäude war hell erleuchtet. Schon vom Parkplatz aus sah er in sämtlichen Stockwerken die Silhouetten seiner Kollegen geschäftig hin und her eilen. Um Mitternacht war das ganze operative Team im Besprechungsraum versammelt. Eine große Landkarte der Sahara-Maghreb-Westafrika-Zone war an die Wand projiziert.

Jorge gehörte zur Abteilung, die Sarah unterstand. Er war Dimitris Führungsoffizier, der nun allen mitteilte, was er von seinem Agenten erfahren hatte.

»Wir haben zwei Informationen überprüft, die Dim uns durchgab. Es ging um den Namen einer NGO mit Sitz in Frankreich – *Kinder vom Weißen Kap* – und einen Vornamen: Jasmin.«

»Was wissen wir inzwischen darüber, Audrey?«, fragte Sarah.

Audrey, die Leiterin der *Open Source Intelligence*, war eine Französin, die ihre Heimatstadt Agen verlassen hatte, um in London Informatik zu studieren. Seit sie die Millennium-Trilogie von Stieg Larsson gelesen hatte, hatte sie ihren Stil etwas geändert. Sie fand, dass sie zu sehr der Punker-Ermittlerin Lisbeth Salander ähnelte, der Hacker-Queen. Aus Eigenliebe und um sich etwas abzuheben, hatte sie ihre Piercings umgesteckt: Sie trug zwei an der linken Augenbraue und acht fächerförmig am rechten Ohr. Sie trug eine Jeans-Latzhose und klobige, aber saubere Schuhe.

»Die Organisation *Kinder vom Weißen Kap* wurde 2005 gegründet und als gemeinnützige Organisation eingetragen. Der Name bezieht sich auf Saint-Exupéry, Mermoz und alle Luftfahrtpioniere: Das Weiße Kap war in der Kolonialzeit einer der Orte, von dem die Flugzeuge der ehemaligen französischen Luftpostgesellschaft starteten, um den Atlantik zu überfliegen.«

»Danke für diese Nachhilfestunde in Geschichte, Audrey«, sagte Helmut feixend.

Audrey war ein gutmütiger Mensch, aber es gefiel ihr nicht, wenn sich dieser Blödmann über sie lustig machte. Sie biss die Zähne zusammen und blickte wieder auf ihr Blatt.

»Es gab drei Gründungsmitglieder: Hugues Montclos, seine Schwester Aude und seine Frau.«

Sie machte eine kurze Pause, hob den Kopf und betastete ihr Piercing.

»Seine Frau ... Jasmin.«

»Bingo!«, rief Jorge.

Er war früher bei der spanischen *Guardia civil* gewesen, dann sechs Jahre im Ermittlungsdienst. Er war fünfunddreißig gewesen, als Archie ihn zu Providence holte.

»Jasmin Lacretelle«, fuhr Audrey fort, »geboren am 8. Juli 1979, verlobt mit Hugues Montclos seit dem 1. März 2003. Keine Kinder. Witwe seit dem 15. Dezember 2006.

»Witwe? Wie alt war er, dieser Montclos?«, wollte Helmut wissen.

»Zwei Jahre älter als sie.«

»Unfall? Selbstmord? Irgendwas Verdächtiges?«

»Offenbar eine Krankheit. Wir recherchieren noch.«

»Sein Beruf?«

»Diplomat. Und jetzt hört gut zu, es wird interessant. Er hat in Nantes in der Urkundsabteilung gearbeitet, als er Jasmin kennenlernte. Erst danach erhielt er seinen ersten Posten als ... Konsul von Mauretanien.«

»Und dort haben sie ihre NGO gegründet?«

»Richtig.«

»Recht banal«, sagte Sarah. »Europäer, die in Afrika leben und etwas Gutes für die Bevölkerung tun wollen. Sie gründen eine

Organisation, um dem Ganzen einen offiziellen Anstrich zu geben und ...«

»Wo genau in Mauretanien haben sie gewohnt?«, fiel Helmut ihr ins Wort.

Audrey sah ihre Blätter durch und las vor: »In ... Nou-a-dhi-bou.«

Sie zog die Augenbraue hoch und ihr neuestes Piercing tat etwas weh. Helmut war aufgestanden. Er ging zur Landkarte und deutete auf die Küste.

»Sprich: am Weißen Kap. Das ist diese Halbinsel hier. Nouadhibou ist ein Hafen, an der Flussschleife gelegen. Nahe der Grenze zur früher von den Spaniern besetzten Westsahara. Eine strategisch wichtige Zone. Seit dem Rückzug der Spanier vom früheren Rio de Oro streiten sich die Marokkaner und Mauretanier um dieses Gebiet. Eine von Algerien unterstützte Guerilla-Bewegung versucht, die Rechte der Einheimischen zu stützen, die einen unabhängigen Staat gründen wollen.«

»Eine bequeme Sache, so eine NGO«, deutete Sarah an. »Sie öffnet einem alle Türen.«

Audrey verzog das Gesicht.

»Tut mir leid, dich enttäuschen zu müssen, aber in dieser Organisation hat sich nicht viel getan. Sie haben eine bescheidene Website, die Art von Seite, die ein Student an einem Wochenende für seine Tante bastelt, um ihr eine Freude zu machen. Wenn wir richtig verstanden haben, haben Monsieur und Madame Montclos die Organisation gegründet, als sie in Mauretanien wohnten. Mit dieser Website haben sie versucht, sie zu verewigen. Wenig später ist Hugues Montclos gestorben, und seine Familie hat die NGO übernommen. Sie betreuen einige kleinere Missionen, vor allem in Asien. Aber alles in kleinem Rahmen.«

Da ergriff Tadeusz das Wort, wie immer schüchtern und stammelnd, obwohl er sich nach all den Jahren bei Providence eigentlich daran gewöhnt haben müsste, vor anderen zu sprechen.

»Audrey hat mir die Liste der Mitglieder der Organisation gegeben. Wir haben ein paar Blogs unter ihren Namen gefunden. Die aktuelle Präsidentin wohnt in Straßburg, einer Stadt im Osten Frankreichs.«

Er merkte augenblicklich, wie lächerlich dieser Zusatz war, und lief rot an.

»Und was ist mit ihren Aktivitäten in Mauretanien?«

»Zwei Monate nach dem Tod von Hugues Montclos ist seine Schwester Aude mit ihrem Mann in den Ferien dorthin gereist. Den Reisebericht kann man auf der Internetseite nachlesen. Sie haben einem Gesundheitszentrum einige Kilometer südlich von Nouakchott Medikamente geliefert. Seither korrespondieren sie mit den Leuten des Gesundheitszentrums, veröffentlichen Fotos. Einmal im Jahr sammeln sie Geld, indem sie bei einem Wohltätigkeitsbasar Marmelade verkaufen. Anschließend schicken sie den Erlös über die Western Union an den Direktor des Gesundheitszentrums.«

»Und Jasmin war seither nie mehr dort?«

»Sie und ihr Mann reisten 2006 aus, und Hugues starb Ende des Jahres.«

»Und ganz plötzlich reist sie nach drei Jahren wieder dorthin. Steht es auf der Website?«

»Ja, aber ganz knapp. Sie erwähnen, dass es um ein Kinderkrankenhaus in Nouakchott geht.«

»Genau dort, wo unsere Klienten arbeiten«, stellte Jorge klar.

Ein langes Schweigen folgte, während alle angestrengt nachdachten. Bis Helmut schließlich sagte: »Wissen wir bereits, was Jasmin nach ihrer Rückkehr nach Frankreich gemacht hat?«

»Wir sind noch am Recherchieren«, erklärte Audrey. »Nach

dem Tod ihres Mannes scheint sie eine schlimme Zeit durchgemacht zu haben. Sie hat sich für mehrere kleinere Jobs beworben. Aber ich werde im Laufe des Tages hoffentlich mehr darüber erfahren.«

»Kennen wir ihre Anschrift?«

»Sie hat ein Festnetztelefon in Paris«, sagte Tadeusz. »Doch da geht niemand dran, und in letzter Zeit hat auch niemand dort angerufen. Außerdem hat sie ein Handy bei Orange-France. Das haben wir durch Geotargeting in der Nähe von Nouakchott aufgespürt. Sie hat es also bei sich, benutzt es aber nicht.«

Das war keine schlechte Ausbeute, wenn man bedachte, dass Dimitris Nachricht erst vor sechs Stunden eingetroffen war. Helmut mochte keine langen Sitzungen und war froh, dass sie bereits zum Abschluss kamen.

»Ich fasse also zusammen: Wir teilen Dimitri mit, dass er auf einer heißen Spur ist. Noch ist es nicht ganz klar, doch das Eintreffen dieser Frau bei den islamistischen Ärzten kann kein Zufall sein. Umso mehr, da wir sonst nichts in den Händen haben. Er soll also am Ball bleiben.«

Helmut liebte seine Rolle als Armeegeneral. Es war nicht seine Aufgabe, seine Truppen in die Schlacht zu führen. Dafür war Sarah zuständig.

»Jorge«, sagte sie nun, »nimm Kontakt auf mit der jungen Frau, die wir in Nouakchott haben, und schick jemanden vom Büro in Dakar hin. Wir brauchen alles, was wir über diese Jasmin im Land erfahren können, verstanden? Und wir müssen in dieses Bled gehen, in dem sie gewohnt haben ... Nouadhibou.«

»Und unser Büro in Paris«, sagte nun wieder Helmut, »soll sich informieren, was diese Dame nach dem Tod ihres Gatten getrieben hat. Wo sie wohnt, wo sie arbeitet, mit wem sie Umgang hat. Und Dim soll Kontakt aufnehmen.«

Helmut blickte in die Runde, als erwarte er eine Reaktion. Sarah machte ein Gesicht wie drei Tage Regenwetter.

»Kontakt aufnehmen ... mit der Frau?«

»Ja.«

»Na schön, wenn *du* das sagst ...«

»Es kommt eher von Archie«, stellte Helmut etwas verlegen klar. »Er ist nach Johannesburg geflogen und hat mir von dort aus gleich nach seiner Ankunft eine Nachricht geschickt.«

IV

Wer in der Welt der Geheimdienste tätig ist, kommt nicht um Südafrika herum. Die meisten privaten Geheimdienstagenturen sind dort unten entstanden und florieren auch weiterhin dort, obwohl die mittlerweile strengeren Gesetze sie zwingen, ihre heikleren Aktivitäten ins Ausland zu verlagern.

Die Niederlassung, die Archie in Johannesburg eröffnet hatte, war vor allem für Bewachungsaufgaben gedacht: Er hatte mit Bergbau- und Erdölgesellschaften ein paar interessante Verträge abgeschlossen, um für deren Sicherheit zu sorgen. Doch diese uneleganten und trivialen Dinge interessierten ihn nur am Rande.

Sehr viel spannender fand er, dass in den oberen Etagen des Firmengebäudes in Johannesburg eine medizinische Abteilung untergebracht war, die er persönlich gegründet hatte und die in seinem Imperium sein Steckenpferd war. Er hatte großen Wert darauf gelegt, dass diese Abteilung nicht in das operative Zentrum in den Ardennen integriert wurde, sondern geographisch getrennt blieb, vielleicht um sie unter seiner eigenen Kontrolle zu haben.

Ein Mann hatte diese kleine Revolution in die Wege geleitet.

Ronald Wilkes, ein Arzt, war Chef der medizinischen Abteilung von Providence. Früher hatte er eine Forschungsabteilung für Luftfahrtmedizin geleitet. Archie hatte ihn anfangs nicht sonderlich gemocht, doch dann sagte er sich, dass er schließlich einen Abteilungsleiter und kein Kindermädchen brauchte.

Wilkes hatte methodisch alle Situationen erfasst, in denen die Medizin, oder allgemeiner gesagt, die Wissenschaften des Lebens, angefangen bei der Biologie bis hin zur Psychologie, für die umfangreichen Tätigkeitsfelder von Providence von Nutzen sein könnten. Er hatte an den Universitäten weltweit ein Netzwerk von beratenden Experten aufgebaut.

Archie sah die Medizin nicht nur als Instrument der wissenschaftlich orientierten Ermittlungsarbeit, sondern auch als direktes Interventionsmittel. Es war zum Beispiel sehr interessant, wenn man einen seiner Agenten unter dem Deckmantel der Medizin in eine geschlossene Organisation einschleusen oder ihn mit einem Zeugen oder einer Zielperson Kontakt aufnehmen lassen konnte, ohne dass es Argwohn erregt hätte.

Hierfür brauchte er einen neuen Typ von Agenten, die über zweierlei Fähigkeiten verfügten: ausgezeichnete wissenschaftliche Kenntnisse *und* Kompetenz als Geheimdienstler. Und um nicht das Schaf mit fünf Beinen suchen zu müssen – einen Arzt mit Erfahrung als Geheimagent – hatte Archie beschlossen, jemanden speziell hierfür auszubilden.

Und dieser Mutant war Dim, die Operation Zam-Zam seine Feuertaufe.

*

Als Farid nach dem Beten ins Hinterzimmer des Ladengeschäfts zurückkam, war Jasmin schon auf den Füßen und wartete ungeduldig darauf, ins Hotel zurückzukehren. Sie warf einen Blick auf ihre Uhr.

»Einen Moment noch, bitte.«

»Deine Freunde sollten besser nicht merken ...«

Farid machte eine wegwerfende Handbewegung.

»Ich werde sagen, dass Sie im Souk etwas einkaufen wollten. Übrigens hat mein Onkel ein kleines Geschenk für Sie.«

Er reichte ihr ein Bündel farbenfroher Stoffe, mit einem Streifen Packpapier umwickelt. Jasmin nahm es entgegen und bedankte sich kühl. Man spürte ihren Argwohn.

»Ihr Mann hat mir ein Stipendium besorgt, damit ich in Frankreich studieren konnte. Erinnern Sie sich? Ich bin damals nach Clermont-Ferrand gegangen. Mein Vater war Fischer. Er hat Ihnen jeden Tag um Mittag Fisch gebracht.«

»Ich erinnere mich sehr gut an ihn. Seine Frau war kurz vor unserer Ankunft gestorben.«

Farid strahlte über das ganze Gesicht.

»Genau!«, rief er. »Sie erinnern sich an mich! Ihr Mann war ein guter Mensch, wissen Sie.«

Er schloss die Augen und murmelte ein kurzes Gebet.

»Ich war fast jeden Tag bei ihm. Er hat mich seinen kleinen Schützling genannt.«

»Ich habe dich eher als kleinen Schlingel in Erinnerung. Einmal wurdest du von einem Händler angezeigt, weil du ihm Obst geklaut hattest oder etwas in der Art ...«

»Ohne Ihren Mann, das stimmt, hätte ich auf die schiefe Bahn geraten können. Doch Gott hat dafür gesorgt, dass sich sein Weg mit dem meinen gekreuzt hat, der Allmächtige sei gelobt!«

Er schob beide Ränder seines Kaftans auf die Schultern. Darunter trug er ein langärmeliges Hemd mit Knöpfen an den Handgelenken.

»Wissen Sie, dass ich Sie danach noch einmal hier gesehen habe?«, sagte er fröhlich und beugte sich zu ihr.

Er spürte, wie sie zusammenzuckte und deutete es als Überraschung.

»Wann?«, fragte sie.

In ihrer Stimme lag eine leichte Nervosität.

»Vor etwas über einem Jahr, würde ich sagen.«

Sie schüttelte den Kopf.

»Ausgeschlossen. Das war ich nicht.«

Etwas Hartes, Kaltes in Jasmins Augen ließ Farid verstummen. Er hatte Mühe, seine Enttäuschung zu verbergen.

»Ich hätte gewettet. Es war am Flughafen …«

»Du hast mich wahrscheinlich verwechselt. In unserem Haus waren ständig viele Leute, und du hast mich nicht oft gesehen.«

Ein langes Schweigen folgte. Farid war verlegen. Zum Glück hatte er Gott, der ihm angesichts der vielen Ungewissheiten des Lebens beistand. Er nahm innerlich Zuflucht zu einem Gebet.

Sein Schweigen verstärkte Jasmins Ungeduld. Sie erhob sich und griff nach den Stoffen, die er ihr geschenkt hatte.

»Danke für alles«, sagte sie. »Aber jetzt muss ich ins Hotel zurück.«

*

Kader stand mitten in der Wüste in einiger Entfernung von den Lastwagen und hielt sich den Thuraya-Satellitenempfänger ans Ohr. Die andere Hand hielt er schützend vor den Mund, damit der Wind die Verständigung nicht behinderte.

»Das Treffen ist in zwei Tagen«, sagte Sid'Ahmed. »Du wirst die Ziege in der Ruine finden.«

»Ist sie allein?«

»Nein, sie wird von drei Hirten bewacht.«

Der Code, den sie für ihre Satellitenverbindungen verwendeten, war leicht zu knacken. Doch diese Art von Verbindung benutzten sie ohnehin nur zur Übermittlung praktischer Informationen. Wer nicht wusste, worum es ging, konnte mit den verschlüsselten Namen nicht viel anfangen.

»Verstanden. Ich werde da sein. Salem aleikum.«

Er beendete das Gespräch und kehrte zu seinen Gefährten zurück.

»Bei der Redoute, in zwei Tagen.«

Die anderen schüttelten die Köpfe.

»Trinken wir unseren Tee!«, erklärte Kader.

Sie gingen zu den Lastwagen. Neben einem der Sattelschlepper saß ein kleiner alter Mann im Schatten des Fahrzeugs, Kopf und Schultern in einen schwarzen Chech gewickelt. Kader setzte sich zu ihm, und seine beiden Gefährten schlossen den Kreis. Auf einem im Sand brennenden Reisigfeuer stand, etwas schief, eine verbeulte marokkanische Teekanne ohne Deckel. Der alte Maure goss den dampfenden Tee in kleine Tassen und reichte sie seinen Gästen.

»In zwei Tagen bei der Redoute«, wiederholte Kader mit einem Nicken. »Wann müssen wir aufbrechen?«

»Hängt davon ab, ob wir auch tagsüber fahren …«, meinte Béchir.

»Gibt es in der Gegend Patrouillen?«

»Militär? Selten, und wenn, würde ich es vor der Abreise erfahren.«

Wenn Béchir lächelte, zeigte er sämtliche Zähne. Er war einer von Kaders ältesten Gefährten. Er hatte die ersten Camps der Gruppe aufgebaut und die ersten Überfälle ausgeführt. Inzwischen fungierte er für Kader als Kommandant in einem riesigen Wüstengebiet. Seine Aufgabe bestand darin, die Ordnungskräfte der Länder fernzuhalten, die sich das Gebiet aufgrund von virtuellen Grenzen teilten. Er hatte einige überfallen und andere bestechen müssen, um sie davon abzuhalten, sich in diese Gegend zu wagen. Béchir war auch für die Absprachen mit den Rebellengruppen und Kriminellen zuständig, die in dieser Gegend tätig waren. Sie konnten sich jederzeit hierher flüchten, mussten ihre Überfälle aber außerhalb des Terrains durchführen und durften jenen, die unter Kaders Schutz standen, kein Haar krümmen. Auf dem Territorium, das Béchir kontrollierte, konnten Händler und Schmuggler aller Couleur die Wüste durchqueren. Sie waren hier sicher, nachdem sie ihre Abgabe bezahlt hatten. Das war für sie ein Leichtes, angesichts der Profite, die ihnen ihre Lieferungen einbrachten.

»Wenn wir bei Tag und Nacht fahren«, sagte er nun, »reicht es, wenn wir erst heute Abend nach Sonnenuntergang aufbrechen.«

Kader hob seine Teetasse und prostete seinen Gefährten zu.

»Gut, auf heute Abend also.«

Er führte gerade die Tasse zum Mund, als vom anderen Ende der Lkw-Kolonne plötzlich Schreie ertönten. Béchir spitzte die Ohren. Es klang wie ein Streit zwischen Lkw-Fahrern. Doch nach wenigen Augenblicken wurde das Geschrei von Maschinengewehrsalven übertönt. Die Schreie wurden lauter, die Salven wilder. Kader riss eine Pistole aus seinem Gürtel und rannte los.

*

Als Dimitri um fünf Uhr nachmittags das »Chez Ray« betrat, wusste er ganz genau, nach wem er Ausschau halten musste. Marion hatte sie ihm genau beschrieben.

Zwei Trinker, offenbar Stammgäste, saßen an der Bar, die Ellbogen auf den Tresen gestützt, und machten ein Würfelspiel. Sie waren Vorarbeiter der australischen Firma, die die neue Küstenstraße baute. Auf dem kleinen Innenhof sah Dimitri einen französischen Rentner, der in Gedanken versunken vor einem Bier saß, und den er wegen eines amöbischen Abszesses behandelt hatte. Drei Spanisch sprechende junge Rucksacktouristen saßen an einem Tisch auf der anderen Seite. Die beiden Mädchen fächelten sich Luft zu. Bei Dimitris Anblick blinzelten sie und tuschelten miteinander.

Dimitri blieb kurz auf der Türschwelle stehen. Er blickte sich suchend um, und sein Blick hielt inne, als er sah, wen er suchte. Jasmin saß genau an der vorgesehenen Stelle. Sie hatte ein Buch auf den Knien. Vor ihr stand ein blassgelbes Glas mit frisch gepresstem Zitronensaft. Dimitri ging entschlossenen Schrittes auf sie zu. Ungefragt nahm er einen Hocker und setzte sich an ihren Tisch.

»Darf ich kurz stören?«

Er hatte die Szene im Geiste schon eingeübt. Fremde Frauen anzusprechen – darin hatte er Erfahrung. Er tat immer betont lässig und lächelte, während er der Unbekannten tief in die Augen blickte. Mit seinem dichten, zerzausten Haarschopf und seinem Aussehen eines G.I.'s in einer Sinnkrise hatte er von vornherein einen Sympathiebonus und wirkte so vertrauenerweckend, dass selbst die anfangs abweisendsten Mädchen bereit waren, mit ihm zu reden.

Jasmin antwortete mit einem kurzen: »Ja, bitte?«

Sie wirkte nicht erschrocken, ja, nicht einmal überrascht. In ihren Worten lagen weder Feindseligkeit noch Argwohn. Dimitri wurde etwas unsicher. Er hatte das vage Gefühl, nicht Herr dieser Lage zu sein.

»Entschuldigen Sie«, sagte er betont selbstsicher, »aber Sie sind doch die Frau, die im Namen einer NGO für medizinische Hilfe hier ist, richtig?«

»Richtig.«

Jasmin musterte ihn eingehend und mit einem unergründlichen Lächeln. Dimitri hatte den Eindruck, als wisse sie mehr als er. Urplötzlich überkamen ihn Zweifel an der kleinen Lügengeschichte, die er sich zurechtgelegt hatte.

»Ich habe gehört … dass Sie das Krankenhaus besichtigt haben. Ich habe Sie allerdings nicht gesehen. Wahrscheinlich war ich mit einem Notfall beschäftigt, als Sie vorbeikamen. Denn ich bin immer in der Notaufnahme, wissen Sie.«

Sie lächelte noch immer. Raymond, der Wirt des Bistros, kam angeschlurft, um Dimitri zu fragen, was er trinken wollte. Er war ein ehemaliger Soldat der Kolonialtruppen, der sich vor über vierzig Jahren hier niedergelassen hatte. Sein Lokal war Treffpunkt aller Exilfranzosen der Stadt. Sie wussten, dass sie hier Alkohol bekamen, egal wie streng die Gesetze in der islamischen Republik Mauretanien auch waren. Die Polizei ließ sich nie bei Ray blicken, vermutlich weil er insgeheim zu ihr gehörte.

»Dasselbe wie Madame«, sagte Dim und zeigte auf Jasmins Glas.

Ray machte in seinen Flipflops kehrt und ging hinter den Tresen zurück.

»Ich würde mit Ihnen gern über das Krankenhaus reden«, nahm Dimitri das Gespräch wieder auf. »Ich weiß nicht, was man Ihnen erzählt hat, aber wir brauchen wirklich eine Menge Dinge. Und ich kenne die hygienischen Zustände im Land. Ich kann Sie herumführen. Wenn Sie möchten.«

Es war kläglich, das merkte er selbst. Eine so armselige Anmache hätte vielleicht genügt, wenn sie für seinen Charme empfänglich gewesen wäre. Leider hatte er sich darauf verlassen. Jasmin verzog weiterhin keine Miene. Sie glich einer Entomologin, die einen Schmetterling betrachtet, den sie gleich auf ihre Korkwand aufzuspießen gedenkt.

»Was wollen Sie genau?«

Er stieß ein leises, nervöses Lachen aus.

»Was ich will? Das sagte ich bereits ... die Notfallstation, nun ja, die Situation der Kinder.«

Was zum Kuckuck war nur mit ihm los?

»Wie heißen Sie?«, fragte sie, ohne den Augenkontakt abzubrechen.

Weder ihr Gesichtsausdruck noch ihr Blick hatten sich verändert. Und doch war er nach dieser simplen Frage etwas erleichtert: Sie war bereit, sich mit ihm zu unterhalten. Sie wollte seinen Namen wissen. Im Übrigen hätte er sich sowieso gleich vorstellen sollen.

»Dimitri«, sagte er mit einem breiten Lächeln. »Und Sie sind Jasmin, richtig?«

»Sie sind gut informiert. Haben Sie Erkundigungen eingezogen?«

»O ja. Ich weiß, wo Sie wohnen und wie viel Gepäck Sie dabei haben.«

»Wie viel?«

»Eine Reisetasche. Aus beigefarbenem Leder.«

»Und was haben Sie davon, wenn Sie solche Details wissen?«

»Nun, dann kann ich zum Beispiel abschätzen, wie lange Sie bleiben werden.«

»Und wie lautet Ihre Prognose?«

Nun lächelte sie auch mit den Augen. Doch ihr Gesicht blieb nach wie vor rätselhaft.

»Ähm ... ich würde sagen, eine gute Woche.«

Jasmin nickte und blickte sich um, als würde sie die anderen Gäste als Zeugen nehmen. Dann schaute sie wieder auf ihn, streng, fast feindselig.

»Ein Kaff wie dieses ist für einen Playboy wie Sie sicher kein gutes Jagdrevier, nicht wahr? Verstehe. Aber ersparen Sie mir Ihre plumpen Verführungskünste und kommen Sie direkt auf den Punkt. Ich werde Ihre Fragen beantworten.«

Die Spanier kicherten. Dimitri hätte gewettet, dass sie alles mitgehört hatten. Einen Moment lang war er versucht, Jasmin im selben Stil zu antworten, zum Beispiel zu bestätigen, dass er den Abend gern mit ihr verbringen würde. Aber schließlich war er im Auftrag von Providence da. Mit dem Mikrosender, den er am Leib trug, hörten sie alles mit und würden jedes Wort der Unterhaltung analysieren.

»Zugegeben«, räumte er ein, »es stimmt, dass ich es nicht unangenehm finde, mich mit einer so hübschen jungen Frau wie Ihnen zu unterhalten. Aber ich habe Sie nicht angesprochen, um mit Ihnen zu flirten. Ich bin *wirklich* Arzt im Krankenhaus und wir bräuchten *wirklich* Unterstützung durch Ihre Organisation.«

Sie hatte sich wieder beruhigt, doch ihre Miene blieb ernst, fast schmollend.

»Meine Organisation«, erklärte sie, »hat auf eine Anfrage vonseiten mauretanischer Ärzte des Krankenhauses reagiert. Wenn wir ihnen die Dinge beschaffen wollen, um die sie uns gebeten haben, müssen wir sehr viel Geld sammeln. Es gibt keinen Spielraum mehr für weitere Anfragen.«

Dimitri musterte sie. Ihr Gesicht schwankte zwischen mehreren Ausdrücken, wie gewisse Bäume, deren Blätter die Farbe verändern, je nachdem, aus welcher Richtung der Wind weht. Im Moment wirkte sie wieder wie eine distinguierte junge Frau, mit zurückhaltendem Blick, leiser Stimme und nachdenklichem Tonfall. Ihr manikürter Finger fuhr am Rand ihres Glases entlang. Sie war garantiert die einzige Frau in ganz Nouakchott, die mit einer Perlenkette um den Hals durch die Straßen spazierte. Eben hatten ihre schwarzen Augen noch ironisch-frech gefunkelt. Und ihr leichter Akzent – von woher? – ließ eine ganz andere Person durchschimmern, jemanden, der es gewohnt war, direkt und ohne Zurückhaltung mit Männern zu kommunizieren.

»Es ist möglich«, hakte Dimitri nach, »dass einige der Anfragen, die Sie erhalten haben, von Ärzten kommen, die in derselben Abteilung arbeiten wie ich. Wir könnten sie gemeinsam durchgehen. Es gibt Prioritäten, die diesen jungen Ärzten vielleicht nicht immer bewusst sind. Ich könnte Ihnen helfen, sie richtig einzuordnen ...«

Es folgte ein langer Augenblick des Nachdenkens. Eindeutig zu lang, er hatte sich irgendwie verstrickt. Aber es gelang ihm einfach nicht, wieder zu einer natürlichen Haltung zurückzufinden oder zu dem Fragenkatalog überzugehen, den Providence vorbereitet hatte. Er sah den manikürten Finger immer schneller über den Glasrand reiben, bis die Eiswürfel und die Zitronenscheibe darin zu tanzen begannen.

»Bedauere«, sagte Jasmin schließlich, »aber ich kann nichts für Sie tun. Es gibt noch andere internationale Organisationen, die hier tätig sind. Versuchen Sie es bei ihnen!«

Sie gab Raymond mit einer Geste zu verstehen, dass sie bezahlen wollte. Er hob zwei Finger, und sie legte einen Geldschein auf den Tisch.

»Sie wollen schon gehen? Kann ich Sie begleiten?«

»Danke, aber ich werde abgeholt.«

»Sehen wir uns wieder?«, fragte er dümmlich.

»Ich verlasse Nouakchott.«

Dimitri war mit seinem Latein am Ende. Er begriff, dass er es vermasselt hatte, dass sie sich ihm entzog.

Sie war schon fast an der Tür, und er ging verlegen neben ihr her. Er sah, dass ihm sein ehemaliger Patient nachstarrte. Doch das war ihm egal. Er wollte ihr auf die Straße folgen. Doch unter der Tür drehte sie sich zu ihm und streckte abwehrend eine Hand aus.

»Darf ich Ihnen einen guten Rat geben?«, fragte sie kühl.

»Gern.«

»Lernen Sie zu lügen!«

Sie verschwand im Freien. Er fragte sich, ob das Mikrophon auch diese letzten Worte aufgefangen hatte.

*

Der Mann mit der Maschinenpistole hatte sich hinter dem Brunnen im Sand verschanzt. Die angebundenen Tiere, durch die Schüsse erschreckt, konnten nicht weglaufen. Ein verletztes Kamel lag auf der Flanke, schlug mit den Füßen, als wollte es einen jämmerlichen Galopp machen. Hinter dieser lebenden und sich bewegenden Festung war der Schütze vor den Schüssen geschützt, die von der Lkw-Kolonne her auf ihn abgefeuert wurden.

»Was ist los?«, keuchte Kader, als er bei der Gruppe ankam, die auf den einsamen Schützen zielte.

Einer der Männer robbte zu ihm.

»Wir haben diesen Typ dabei überrascht, wie er um deinen Pick-up schlich.«

»Wer ist er?«

»Weiß keiner. Der Alte, der die Laster bewacht, hat ihn noch nie gesehen. Wir wissen nicht mal, mit wem er gekommen ist.«

»Mit uns! Wir haben ihn vor zwei Tagen aufgegabelt«, ließ sich da ein großer Schwarzer mit grauem Filzkäppi vernehmen. »Er stand an der Straße etwa dreißig Kilometer von hier entfernt und hat uns etwas von einer Reifenpanne erzählt.«

»Von wo seid ihr gekommen?«

»Nordosten. Tchad, Tassili, Hoggar.«

Eine Kugel prallte am Trailer eines Sattelschleppers ab, ganz in ihrer Nähe. Sie zogen die Köpfe ein.

»Er hat keine Chance«, sagte Béchir, als er den Kopf wieder hob.

Die Schüsse, die hinter der Lkw-Kolonne abgefeuert wurden, wurden spärlicher. Kader sah, dass Männer auf beiden Seiten des Brunnens durch den Staub robbten, um sich dem Angreifer von hinten zu nähern.

Der Schütze hatte die Gefahr bemerkt. Er blickte hektisch nach links und nach rechts und sah die Männer, die ihn zu umzingeln drohten. Einer seiner Schüsse traf ihr Ziel. Ein Mann, der ohne Deckung auf ihn zurobbte, stieß einen Schrei aus und verkrampfte sich.

Einer der Kämpfenden von Kaders Gruppe zog eine Granate aus seinem Gürtel und wollte damit losrennen. Doch Kader hielt ihn zurück.

»Wir brauchen ihn lebend!«

Ein verletztes Schaf blökte entsetzlich. Fünf oder sechs Krieger robbten mittlerweile in einem Bogen um den Brunnen. Für den Schützen gab es keine Hoffnung mehr. Es war von Anfang an klar gewesen, dass er in dieser Wüste hier keine Chance hatte zu entkommen, ohne Fahrzeug und ohne einen Ort, an dem er sich verstecken konnte.

»Schnappt ihn euch lebend!«, schrie Béchir während einer kurzen Feuerpause.

Das hatte der Mann zweifellos gehört, genau wie jene, die auf ihn zielten. Es gab einen Moment der Kampfpause. Selbst die Tiere schienen ihre Schreie zurückzuhalten. Dann sprang der umzingelte Mann plötzlich auf, warf seine Waffe auf die Erde und hob beide Arme hoch.

»Nicht schießen!«, brüllte Kader und richtete sich auf.

Aber natürlich senkte keiner seine Waffe, und sie waren alle weiterhin auf ihn gerichtet. Zögernd machte der Fremde zwei Schritte nach vorn.

Mehrere von Kaders Männern kamen hinter den Lastwagen hervor. Sie bewegten sich auf den Fremden zu und glaubten ihn schon ihrer Hand.

Doch dann plötzlich, auf Höhe des Brunnens, machte der Mann einen Satz, sprang mit dem Kopf voraus hinein und war weg.

V

Als es darum ging, einen Arzt zu rekrutieren, um ihn für den Geheimdienst auszubilden, hatte Wilkes diskret mehrere seiner Universitätskorrespondenten konsultiert.

Ein halbes Dutzend ernstzunehmende Bewerbungen waren bei ihm eingegangen. Es waren ausschließlich männliche Kandidaten, zweifellos weil seine Kontaktpersonen Geheimdienst spontan mit militärischen Aktionen gleichsetzten und sowohl das eine als auch das andere als Männerdomäne galt. Wilkes nahm sich vor, bei der nächsten Anwerbung ausdrücklich zu formulieren, dass auch Bewerbungen von Frauen willkommen waren.

Die Profile der Bewerber, die in die nähere Auswahl kamen, waren sich ziemlich ähnlich. Es waren zum Großteil Mediziner, die gerade ihren Abschluss gemacht hatten oder kurz davor standen. Allen gemeinsam war ihre Vorliebe für Action und eine große Risikobereitschaft. Unter ihnen waren ein Bergführer, ein ehemaliger Freiwilliger für chirurgische Einsätze in Kriegsgebieten, ein erfolgreicher Motorradrallye-Fahrer und ein weiterer Freiwilliger, der zwei Jahre in Bosnien gedient hatte, ehe er sein Studium wieder aufnahm. Ihre körperlichen Voraussetzungen waren zwar unterschiedlich, doch es verband sie eine Gemeinsamkeit, die allerdings schwer zu definieren war. Archie hatte eine ganz gute

Beschreibung gefunden: Er nannte es den »Blick zum Horizont«. Es waren rechtschaffene junge Männer mit Überzeugungen, die bereit waren zu Gehorsam, Zusammenhalt und Solidarität.

Und dann war da noch Dimitri. Sein Lebenslauf ähnelte einer Schnitzeljagd – allerdings ohne Schatz. Man hatte den Eindruck, als hätte der Zufall sein ganzes bisheriges Leben bestimmt. Er war auch nur durch Zufall unter die Bewerber für diesen vage definierten und ungewöhnlichen Job als Arzt-Spion geraten. Seine letzte feste Freundin war die Assistentin eines Korrespondenten von Wilkes gewesen. Sie hatte Dimitri davon erzählt, und er hatte sich ohne lange zu überlegen beworben.

Zum damaligen Zeitpunkt hatte er im letzten Jahr in der Notaufnahme eines kleinen Klinikzentrums in Vermont gearbeitet. In diesem Kaff konnte er für seine Karriere nicht viel erwarten, und er fand auch die Wildnis der großen Wälder nicht besonders attraktiv. Dass er überhaupt hierher gekommen war, hatte einen sehr persönlichen Grund: Er wollte die Gegend kennenlernen, in der Solschenizyn während seines Amerika-Exils gelebt hatte. Er war ein großer Fan russischer Romane und insbesondere Solschenizyns. Als seine Freundin ihm von einer Stelle bei einer privaten Geheimdienstagentur erzählte, hatte er sofort an den *Der erste Kreis der Hölle* gedacht. Aber damit hatte es natürlich nichts zu tun. Dennoch war Dimitris ganze Existenz mit poetischen Missverständnissen dieser Art durchsetzt. Das hatte im Übrigen schon vor seiner Geburt begonnen. Sein Großvater mütterlicherseits war ein ukrainischer Seemann gewesen, der im Hafen von Shanghai meuterte, eine Chinesin heiratete und mit ihr nach Amerika ging. Vonseiten seines Vaters war die Mischung ebenso ungewöhnlich. Ein baptistischer Pastor aus Neu-England war in den tropischen Regenwald von Gabun geschickt worden, um die Fangs zum Christentum zu bekehren. Es ist nicht bekannt, wie viele Seelen er dort rettete, doch auf jeden Fall brachte er zwei Kinder mit, als er in die Vereinigten Staaten zurückkehrte. Alles ließ darauf schließen, dass es die eigenen waren. Dimitri war das Produkt dieser exotischen Begegnungen.

Von seiner Mutter in Ohio aufgezogen, hatte er schon in jungen Jahren unter der unerträglichen Kluft zwischen dem großen planetarischen Völkergemisch seiner Herkunft und dem ruhigen, kleinbürgerlichen Leben einer Kleinstadt im Mittleren Westen gelitten. Geschwister hatte er keine. Sein Vater, der Mischlingssohn des Pastors, hatte kurz nach seiner Geburt die Koffer gepackt, um in einem anderen Bundesstaat Literatur zu unterrichten. Dimitri hatte ihn mit seiner Mutter immer seltener besucht. Schließlich hatten die Besuche ganz aufgehört. Mit achtzehn Jahren und einem ausgezeichneten Abitur in der Tasche, das ihn allerdings nicht zufriedener gemacht hatte, brach Dimitri auf zu einer Reise auf der Suche zu sich selbst. Drei Jahre irrte er so ziellos durch die Welt, machte Frauenbekanntschaften, verliebte sich und reiste alsbald weiter, ohne so recht zu wissen warum. Dass die Erde rund war, begriff er, als er irgendwann wieder an seinem Ausgangspunkt ankam. Er hatte in seinem Rucksack nie mehr als ein, zwei Bücher mitnehmen können, und das Lesen fehlte ihm. Er schrieb sich an der Universität ein. Er begann mit zwei Semestern Ägyptologie, denn sein Besuch im Tal der Könige hatte ihn tief beeindruckt. Um die Mumien der Pharaonen untersuchen zu können, nahm er dann ein Medizinstudium auf. Das hatte ihm gefallen, aber inzwischen langweilte er sich wieder ganz fürchterlich.

Sein Lebenslauf hatte Archie auf Anhieb gefallen. Er beriet sich mit Wilkes.

»Die anderen sind ›harte‹ Kerle. Was ich aber will, wissen Sie, ist ein Teig; ein Agent, der sich noch formen lässt.«

Schließlich hatten sie sich für Dimitri entschieden und ihn eine

Ausbildung in allen Techniken der Geheimdienstaktivitäten durchlaufen lassen. Die Operation Zam-Zam war seine Feuertaufe.

Als Archie nun mit Wilkes an der Audio-Konsole stand, schüttelte er den Kopf, während er seine Kopfhörer festhielt.

»Seien Sie so gut«, sagte er, ohne seine Aufregung zu verbergen, »und spielen Sie mir die Aufnahme seiner Begegnung mit Jasmin noch einmal vor.«

*

Marion hatte den Flug um sechs Uhr morgens nach Noudhibou genommen. Das kleine Propellerflugzeug hüpfte in den hitzebedingten Turbulenzen auf und ab. Durch die kleinen Seitenfenster konnte sie vor der Landung das Weiße Kap sehen. Sie hätte sich nicht gewundert, wenn Mermoz sie am Rand der Piste erwartet hätte.

Nouadhibou gehört, genau wie Dakar, Conakry oder Freetown, zu den afrikanischen Städten, die auf einer Halbinsel gebaut wurden. Diese Lage hat einen großen Vorteil: Der ständige Wind macht die Hitze erträglicher. In Nouadhibou stößt der Sand am Strand direkt auf den Sand der Wüste. Die Stadt hatte sich aus der Sahara erhoben und man spürte, dass sie irgendwann dorthin zurückkehren würde.

Ein Mann erwartete Marion am Flughafen, ein kleines Schild mit ihrem Namen in der Hand. Er ließ sie in seinen alten blauen Toyota einsteigen, ein Luxusmodell, das in diesem Teil Afrikas als äußeres Zeichen von Wohlstand gilt. Er war ein hochgewachsener, schwarzhäutiger Mauretanier, kahlgeschoren und mit runden, extrem abstehenden Ohren. Durch seinen Vater war er mit dem Sekretär der Niederlassung von Providence in Dakar verwandt. Umar Ba war um die vierzig. Er leitete eine kleine Allround-Agentur: Tourismus, Immobilien, Versicherungen. Allerdings liefen die Geschäfte nicht glänzend. Doch die regelmäßigen, obschon nicht üppigen Zahlungen von Providence erlaubten ihm, seine große Familie und den Toyota zu unterhalten.

»Gleich nach Ihrem Anruf habe ich angefangen zu recherchieren. Wir fahren sofort hin.«

Er war sehr gesprächig und legte beim Reden den Kopf in den Nacken, als hätte er Angst, vom Himmel drohe ihm Gefahr.

»Noch kurz zur Stadt. Wussten Sie, dass sie vor allem ein Hafen ist? Ein Fischereihafen. Dort hinten können Sie die spanischen, chinesischen, koreanischen, französischen Fischkutter sehen ...«

Sie fuhren am Atlantik entlang. Umar Ba sah, dass Marion die verrosteten Boote betrachtete, die in Ufernähe im Wasser lagen.

»Nein, nicht die; das sind Wracks. Es gibt Hunderte davon, an der ganzen Küste entlang. Hunderte! Nouadhibou ist nämlich auch ein Schiffsfriedhof, ein Phantomhafen. Ein riesiger Schrottplatz, wenn Sie so wollen.«

Umar Ba hatte sich einen Spitzbart wachsen lassen. Der fiel kaum auf bei seiner schwarzen Haut, gab ihm aber ein leicht sardonisches Aussehen, wenn er lächelte und dabei das Kinn hob. Das schien er zu wissen.

»Es ist auch ein Mineralienhafen, ein Zielbahnhof der Eisenbahn von Zouerate.«

Es machte ihm sichtlich Spaß, ihr seine Stadt zu zeigen. Doch Marion war nicht als Touristin gekommen, und das machte sie ihm schnell klar.

»Wie viel Zeit haben Sie?«

»Ich muss vor morgen Abend ein Maximum an Informationen haben.«

»Das werden Sie«, versicherte ihr Umar.

Um seine Entschlossenheit zu demonstrieren, drückte er aufs Gaspedal. Das Auto heulte auf, fuhr aber kein bisschen schneller.

*

Der Brunnenschacht war nicht sehr tief, gerade mal zehn Meter, aber sehr eng. Der Mann, der mit dem Kopf voraus hineinsprang, war ertrunken. Sein Schädel war aufgeplatzt, das Gesicht hatte die betonierten Vorsprünge an der Wand gestreift.

»Kennt ihn jemand?«, fragte Béchir.

Kader stand breitbeinig über dem tropfnassen Kopf des Toten und studierte die verunstalteten Gesichtszüge des Mannes.

»Seltsam ...«, murmelte er.

Er trat zur Seite und zog Béchir und Anuar mit sich.

»Ich habe den Eindruck, ihn schon mal gesehen zu haben. Ihr nicht?«

Die beiden anderen schüttelten den Kopf.

»Hat man ihn durchsucht?«

»Er hat keine Papiere bei sich. Nur ein Bündel algerischer Dinare und einige Franc-Scheine der CFA.«

Kader schwieg für eine Weile. Anuar drehte sich hin und wieder zu dem Toten um, als würde er ihn bewachen.

»Wann genau bist du zu Abdelmaleks Gruppe gestoßen?«, fragte er Anuar.

»Ich? Vor drei Jahren. Warum?«

»Kennst du alle Männer seiner Katiba?«

»Alle nicht. Du weißt ja, wie es da zugeht. Sie kommen, werden in Kampftechniken ausgebildet, und die meisten kehren danach in ihr Land zurück.«

Kader nickte.

»Aber der hier – bist du dir ganz sicher, dass du ihn noch nie gesehen hast?«

Anuar kehrte mit großen Schritten zu dem Leichnam zurück. Er ging in die Hocke, öffnete den Kragen und löste die Stoffbahnen ab, die an den blutigen Haaren klebten. Der Tote hatte mehrere Schwellungen und Prellungen. Es hatte lange gedauert, bis die Stricke um seine Beine befestigt waren, damit man ihn aus dem Wasser ziehen konnte. Eines der Augen war offen und aufgeschürft, das andere durch einen Bluterguss verquollen.

Anuar starrte auf das malträtierte Gesicht. Dann drehte er sich langsam um und kehrte zu Kader zurück.

»Doch, vielleicht doch«, sagte er. »Ich bin mir sogar fast sicher.«
»Und?«
»Er ähnelt ... einem von Abdelmaleks Leibwächtern. Ein Algerier, aus der Gegend um Oran, wie ich glaube. Keiner konnte ihn leiden, weil er ein ehemaliger Bulle war. Er musste sich ungeheuer anstrengen, bis die anderen ihm seine Loyalität abnahmen. Abdelmalek setzte ihn vor allem dann ein, wenn es echt gefährlich wurde.«

Kader schüttelte den Kopf.

»So ähnlich hatte ich es mir vorgestellt.«

Dann wandte er sich an Béchir.

»Können wir Abu Mussa per Funk erreichen?«

»Ich habe es gestern versucht. Er hat nicht reagiert. Heute früh auch nicht.«

»Sonderbar ... Wir versuchen es noch einmal.«

*

»Wir sind da!«

Neben der breiten, mit Sand bedeckten Straße standen zwei Autos geparkt. Verbeult und staubig wie sie waren, hätte es sich auch um zwei Wracks handeln können. Eine Gruppe von Jungen und ein Mädchen mit einem Baby auf der Hüfte standen auf einer Türschwelle und spähten neugierig herüber. Marion, mit ihrer kupferfarbenen Haut einer Guayanerin, erregte immer Aufsehen. Umar ging zu der blau gestrichenen Eisentür und klopfte mehrmals.

»Ich kenne den Besitzer«, sagte er. »Er wohnt hier, seit Jasmin und ihr Mann weg sind.«

Ein älterer Mann mit einem graumelierten Bart öffnete die Tür einen Spaltbreit. Umar sagte etwas auf Hassanya zu ihm.

»Der Besitzer ist nicht da. Er ist der Wächter, doch er kennt mich. Wir dürfen hinein und uns das Haus anschauen.«

Hinter der Backsteinmauer gab es einen schmalen Streifen Erde, der das Haus umgab. Hier standen massenhaft Topfpflanzen, Zitronenbäumchen und Bougainvilleas. Der graue Beton verschwand hinter dem satten Grün der glänzenden Blätter.

»Sie sind keine zwei Jahre hier gewesen«, erklärte Umar. »Ich kenne niemanden, der einen so grünen Daumen hätte wie die beiden. Als sie einzogen, gab es hier nur den Beton auf Sand, wie überall übrigens. Sie haben gepflanzt, gehackt, gegossen. So wurde es eine richtige kleine Oase. Und die meisten Pflanzen haben ihre Abreise überlebt, was noch erstaunlicher ist.«

Der alte Diener drückte die Seiten seines blauen Kaftans an sich. Er schlurfte in seinen Sandalen. Sie gingen einige Stufen hinauf und gelangten zu einer Freitreppe mit Marmorplatten.

»Hier an der Mauer sehen Sie noch die Spuren des Konsulats-Wappens: RF, mit den Palmen und den vergoldeten Lorbeerblättern. Hugues hatte es in seinem Koffer mitgebracht.«

Marion machte sich ein paar Notizen in ihr kleines Spiralheft.

»Wie war er, dieser Hugues?«

Umar lächelte.

»Groß mit einer langen Nase. Um die dreißig, sportlich, immer lächelnd, herzlich. Eine Mischung aus Energie und Gehorsam, wie sie die Weißen oft haben. Sein Vater war bei der Armee, glaube ich. Daher vielleicht diese Besessenheit für die Fahne. Siehst du den Mast dort unten?«

In der Nähe des Portals, etwas zurückversetzt, um den Zugang zur Garage nicht zu behindern, ragte ein etwas schiefer Stamm aus Eukalyptusholz aus dem Boden.

»Jeden Morgen hisste er die Flagge. Und abends holte er sie wieder ein. Er nahm sie sogar mit, wenn er verreiste. Man musste nur die Flagge auf dem Masten sehen und wusste, dass sie hier waren.«

Der alte Diener hielt ihnen die Haustür auf und wurde ungeduldig. Sie traten ein. Küchendüfte wehten durch den düsteren Eingangsbereich.

»Ich war seit ihrer Abreise nicht mehr hier. Inzwischen sieht es hier ganz anders aus. Überall gab es Lampen. Jasmin hat alles Mögliche gesammelt: Stoffe, Halsketten, Teppiche. Sie hatten massenhaft Sachen an den Wänden hängen. Hier rechts war das Konsulat.«

Sie gingen darauf zu. Der Diener öffnete die Tür zum Büro. Durch ein großes Fenster fiel das Tageslicht herein, teilweise verdunkelt durch aufgestapelte Möbelstücke. Auf dem Fußboden lagen vergilbte Papiere.

»Ist er ganz plötzlich krank geworden?«

»Nein. Es zog sich über einige Wochen hin. Er war ständig müde und magerte ab. Als sie sich schließlich entschlossen, zu einem Arzt nach Nouakchott zu fahren, glaubten sie noch, in der Woche darauf zurück zu sein. Doch der Botschaftsarzt riet ihm, umgehend nach Paris zu fahren. Er kam nie mehr wieder.«

»Sie haben all ihre Sachen hier gelassen?«

»*All* ihre Sachen ... Sie sind mit zwei Koffern angekommen, und die haben sie auch wieder mitgenommen. Den Rest hatten sie hier gekauft.«

Marion hatte sich vorgebeugt und blätterte ein Personenstands-Dossier durch.

»Das sind konsularische Schriftstücke«, erklärte Umar, um ihrer Frage zuvorzukommen. »Die Botschaft hätte sie abholen lassen sollen, doch das ist nie passiert.«

»Warum?«

»Weil sie nach ihm keinen Konsul mehr hergeschickt haben.«

Der Diener führte sie auf die andere Seite, zu den Wohnräumen. Der Salon war noch vollständig möbliert. Die neuen Besitzer hatten nur einen riesigen Fernseher dazugestellt. Im Moment lief eine Sendung mit mauretanischen Sängern. Doch der Ton war abgeschaltet.

»Das Konsulat bestand also nur für die Dauer ihres Aufenthaltes?«, hakte Marion nach.

»Ja. Hugues hat es eröffnet, und nach seiner Abreise hat sich kein Mensch mehr dafür interessiert.«

»Es war also ein Posten, eigens für ihn eingerichtet. Eine Gefälligkeit?«

»Ach was! Nein, es war eher die Art von Büro, die man aus politischen Gründen eröffnet. Ich liebe Nouadhibou, aber mal ehrlich: Braucht man hier wirklich ein französisches Konsulat?«

»Was war also der Grund?«

Umar ging nicht auf diese Frage ein. Auf die Aufforderung des Dieners hin setzte er sich auf das Sofa mit den beschädigten Sprungfedern, Marion nahm ihm gegenüber auf einem Sessel Platz. Sein Blick schweifte durch den Raum. Er schien sich an glückliche Zeiten zu erinnern und lächelte.

»Sie waren im Mai angekommen, in der Saison der Sandwinde. Es war unerträglich heiß. In diesem Haus gab es nichts, rein gar nichts, nicht einmal diese Bodenfliesen. Aber sie waren so glücklich! Seit drei Monaten verlobt, haben sie sich ständig umarmt, sich liebevolle Blicke zugeworfen, Händchen gehalten. Und was für eine Energie sie hatten! Sie waren schon vor dem ersten Ruf des Muezzins auf den Beinen – fünfzig Meter von hier entfernt steht eine Moschee. Die junge Frau rannte durch die ganze Stadt, um alles einzukaufen. Das ist nicht einfach hier. Versuchen Sie mal, Mischbatterien zu kaufen, eine Inox-Spüle, Vorhangstangen ... Natürlich gibt es das alles, aber man muss wissen wo. Dann muss man um den Preis feilschen. Und man muss einen Handkarren mieten, um die vielen Pakete zu sich nach Hause zu transportieren.«

Marion schaute sich ebenfalls im Salon um. Es war eigentlich ein düsterer Raum, ohne Klimaanlage, ohne Licht. Nur Verliebte konnten in diesem Raum trotzdem einen Kokon sehen, ihr Nest. Die übrigen Möbelstücke, die Pflanzen im Garten, die fröhlichen Farben, die von den Wänden abblätterten, zeigten, dass sie ihr Bestes gegeben hatten, um sich hier ein Zuhause zu schaffen.

»Ich habe noch nie einen Mann wie Hugues gekannt«, ergriff Umar erneut das Wort. »Er konnte einfach alles! Gips anrühren, verspachteln, sägen, Wasserhähne installieren, Lampen anschrauben. Und gleichzeitig war er ein Intellektueller, der viel las, seine Dossiers in Ordnung brachte, auf seinem Computer schrieb.«

Der alte Diener war ungebeten mit bereits eingeschenkten Teegläsern zurückgekommen: schwarz am Boden, einen Fingerbreit Schaum, viel Zucker. Sie tranken.

Umar hing weiter seinen Erinnerungen nach. »Es war nach einem Besuch des Außenministers«, sagte er. »Seit der Unabhängigkeit haben wir in Mauretanien nicht mehr sehr viele offizielle Besuche ... Die Franzosen mussten sich sehr anstrengen, damit er überhaupt etwas Neues verkünden konnte. Jedenfalls hat er ihnen den Vorschlag unterbreitet, in Nouadhibou ein Konsulat zu eröffnen. Zwei Monate später kam Hugues an, ohne einen Sou, um dieses Büro hier aufzubauen.«

»Gibt es Franzosen in dieser Gegend?«

»Ein paar. Solche mit zwei Staatsangehörigkeiten, Fischer, eine Handvoll Kaufleute, Bahnbeamte. Keine hundert. Auf jeden Fall nicht genügend, um ein Konsulat zu beschäftigen.«

»Womit beschäftigte er sich dann?«

»Hugues hat irgendwann mal zu mir gesagt, dass das Konsulat auch als Brückenkopf für diverse Missionen dienen müsse. Überwachung der illegalen Auswanderung: Es gibt viele Pirogen, die von hier aus versuchen, nach Europa zu fahren. Kulturelle Zusammenarbeit. Sie wissen ja, wie gern die Franzosen ihre Sprache in der Welt verbreiten. Hugues hatte die Absicht, die vor sich hindämmernde kleine französische Allianz wiederzubeleben. Er hat sogar eines Abends eine Kinovorführung organisiert, bei den Flughafen-Hangars. *Les tontons flinguers* – Mein Onkel der Gangster, kennen Sie den Film?«

Marion schüttelte den Kopf.

»Glauben Sie wirklich, dass man ihn für solche Sachen hergeschickt hat?«

»Wer weiß schon, was in den Köpfen der Franzosen vorgeht? Als ich sah, wie sie all ihre Energie in den Aufbau dieser Residenz – sie nannten es immer die ›Residenz‹ – und dieses Konsulats steckten, habe ich mir dieselbe Frage gestellt: so viel Aufwand, damit sich die Beduinen *Les tontons flinguers* anschauen konnten…?«

»Wir sind hier nah an der Westsahara, nicht wahr?«

»Die Grenze ist nur wenige Kilometer entfernt, das stimmt.«

»Das ist ein Problem, das noch immer nicht gelöst ist, wenn ich richtig informiert bin. Marokko, Algerien, Frente Polisario, sie alle machen sich dieses Gebiet streitig. Glauben Sie nicht, dass vielleicht…?«

»Natürlich wurden wir sofort misstrauisch. Die Leute dachten, dass es nur Tarnung war, dass das neue Konsulat nur als Alibi diente, um andere Aktivitäten zu vertuschen. Aber es gab nie den geringsten Beweis, und ich persönlich habe es ohnehin nie geglaubt. Im Übrigen wurden sie von den Mauretaniern streng überwacht. Ich habe einen Cousin bei der Sûreté. Wir haben uns öfter über sie unterhalten: Man konnte ihnen nie etwas vorwerfen.«

Marion dachte angestrengt nach.

»Unter den Leuten, mit denen sie Umgang hatten, gab es da welche, die mit dem Sahara-Konflikt zu tun hatten?«

»Ich weiß nicht genau, mit wem sie Umgang hatten. Ich kann nur sagen, dass sie eine Menge Leute einluden. Ihr Haus wurde recht schnell zu einem beliebten Treffpunkt. Man fühlte sich stets willkommen. Es gab Tee und ab einer gewissen Uhrzeit sogar Alkohol für die Leute, denen sie vertrauen konnten.«

»Wie lange haben sie hier gewohnt?«

»Ein Jahr und zehn Monate, von Juni 2004 bis Anfang April 2006, um ganz genau zu sein.«

Umar trank das zweite Glas Tee, das ihm der alte Diener serviert hatte.

»Es ist wirklich traurig«, sagte er nachdenklich und schüttelte den Kopf.

Auch Marion blieb stumm. Sie hatte nur noch Fragen, die sie sich selbst stellte.

*

Im Krankenhaus hatte Dimitri eine wahre Epidemie von Atemwegserkrankungen zu behandeln gehabt, wie immer um diese Jahreszeit. Aïssatou assistierte ihm schweigend, den Blick gesenkt. Seit sie ihn auf Jasmin aufmerksam gemacht hatte, hatten sie sich nicht mehr unter vier Augen unterhalten. Dimitri hätte ihr gern erzählt, was er herausgefunden hatte und ihr weitere Fragen gestellt. Doch er spürte, dass sie auf der Hut war. Er hatte die misstrauischen Blicke seiner Kollegen und sogar Patienten ebenfalls bemerkt. Vielleicht interpretierte er das, was er sah, aber auch falsch. Vielleicht war er ebenfalls in dem dichten Netz an Beobachtung und Misstrauen gefangen, das offenbar zum mauretanischen Alltag gehörte.

Dennoch spürte er deutlich, dass sie ihm etwas sagen wollte und nur auf den richtigen Moment wartete.

Gegen fünfzehn Uhr, als sie Dienstschluss hatte, sah er, dass sie sich in einen gelb-grünen Schleier hüllte. Sie verschwand, ohne ihm ein Zeichen zu geben. Er arbeitete weiter. Gegen achtzehn Uhr ging er für gewöhnlich nach Hause, um sich etwas auszuruhen. Die Stadt war ins Gebet vertieft. Das war ein Augenblick der Entspannung. Die Hitze ließ nach. Die ersten Schatten krochen über die Erde.

Als Dimitri vor seinem Haus ankam und sein Mofa abbremste, sah er einen Kombi mit getönten Scheiben neben ihm anhalten. Hinter der Windschutzscheibe saß ein großer Schwarzer mit einem flachen Gesicht, und schaute ihn an. Der Wagen hielt an. Die hintere Tür öffnete sich einen Spaltbreit, und eine vertraute Silhouette winkte ihn zu sich. Dimitri blickte sich kurz um. Niemand schaute her. Er sprang in den Wagen. Aïssatou saß auf der Rückbank. Sie hatte ihren Schleier geöffnet. Darunter war sie europäisch gekleidet: weiße Bluse, bis zum Hals zugeknöpft, Stoffhose.

»Wir können reden«, sagte sie und deutete mit dem Kinn auf den Fahrer.

Der Mann drehte sich kurz um und lächelte. Er hatte dieselbe Hautfarbe wie Aïssatou.

»Wir fahren um den Block, und danach setzt Sie mein Bruder wieder ab«, verkündete sie.

Wegen der getönten Scheiben war es recht dunkel im Wagen. Und dank des abnehmenden Tageslichts war es für die Passanten unmöglich zu erahnen, wer darin saß.

»Jasmin ist heute früh bei Tagesanbruch weggefahren«, begann Aïssatou.

Sie schaute stur geradeaus, ohne Dimitri anzusehen.

»Um fünf Uhr in der Früh wurde sie abgeholt. Von drei Männern in einem schwarzen Mercedes.«

»Wohin haben sie sie gebracht?«

»Das weiß ich nicht. Sie haben die Straße nach Atar genommen, Richtung Nordosten.«

»Hatte sie Gepäck bei sich?«

»Eine Handtasche.«

Jetzt erst schaute Aïssatou Dimitri an. »Seien Sie vorsichtig!«

»Woher wissen Sie, dass ich mich für sie interessiere?«

»Sie observieren unsere Krankenhausärzte, nicht wahr?«

Er musterte sie. Sie hielt seinem Blick stand. Ihre Miene war undurchdringlich.

»Für wen arbeiten Sie?«, fragte Dimitri.

Er bereute diese Frage sofort. Aïssatous Blick verfinsterte sich. Instinktiv hob sie ihren Schleier wieder an.

»Arbeiten ...«, wiederholte sie verächtlich.

Dimitri begriff seinen Fehler. Sein Denkschema war zu simpel für dieses Land der Stämme und gemischten Rassen. Die Beweggründe für Hass und Verrat unterlagen einer ihnen eigenen Energie, die in den Jahrhunderten der Sklaverei, interner Kriege und Rachegelüste wurzelte. Aïssatou »arbeitete« für niemanden. Sie hatte instinktiv gespürt, dass es um die islamistischen mauretanischen Ärzte ging, die ihre Feinde waren, und das war für sie Grund genug, ihm zu helfen. Und nun hatte er sie beleidigt.

»Entschuldigung«, sagte er leise.

Er schaute sie mit seinen großen hellen Augen bedauernd an und lächelte. Er konnte sich nur auf seine Ignoranz als Ausländer berufen.

»Wenn sie zurückkehrt, gebe ich Ihnen Bescheid. Mein Bruder wird zu Ihnen kommen.«

Aïssatou wickelte den Schleier wieder eng um den Kopf. Sie hatten ihre Runde hinter sich, und Dimitri stieg an der Straßenecke aus. Unter der geöffneten Tür blieb er noch kurz stehen.

»Danke«, sagte er.

In den glänzenden Augen der Krankenschwester spiegelte sich das neongrüne Licht eines Geschäfts.

VI

Etwas abseits der Lastwagen hatten Kaders Männer in einem Beduinenzelt ein richtiges Büro aufgebaut. Die Lastwagenfahrer kamen und bezahlten ihren Tribut gemäß den von Béchir festgelegten Regeln.

Als Kader und seine zwei Gefolgsmänner das Zelt betraten, fanden sie einen Zigarettenschmuggler vor, der erbittert um die Höhe seines Tributs feilschte. Auf ein Zeichen von Béchir hin fertigte der Mann, der als Kassierer fungierte, den Lastwagenfahrer barsch ab.

Hinter einer Stoffbahn, die an den Zeltpflöcken aufgespannt war, befanden sich hochmoderne Kommunikationsmittel. Das Satellitentelefon war mit dem Internet verbunden. Drei Laptops konnten gleichzeitig angeschlossen werden. Das Ganze funktionierte dank kleiner, hocheffizienter Solarkollektoren. Über ein Netz von UKW-Funkwellen konnten Kaders unterschiedliche Miliztruppen miteinander kommunizieren. Eine an Fäden aufgehängte, farbige, kunststoffbeschichtete Karte war mit bunten Reißzwecken gespickt, die markierten, wo die diversen Partner stationiert waren. Zwei junge Spezialisten für Telekommunikation waren vor kurzem zur Gruppe gestoßen. Sie wechselten sich ab. Einer von ihnen war ein Fulb aus Kanel, an der Grenze zwischen Senegal und Mali. Er hatte in Frankreich studiert.

»Yahia«, sagte Kader zu ihm, »kannst du eine Verbindung mit Abu Mussa herstellen?«

Der junge Mann blickte auf seine Uhr, eine goldene Rolex, die einer der Geiseln abgenommen worden war und auf die er mächtig stolz war.

»Ich habe es vor zwei Stunden versucht – immer noch keine Antwort.«

»Sie ziehen vermutlich gerade weiter«, meinte Béchir.

»Versuch es erneut!«

Der Techniker wählte die Nummer und stellte den Lautsprecher an. Das Läuten hallte durch das Zelt. Niemand nahm ab. Nach einer Weile blickte Yahia fragend zu Kader hoch und wartete auf eine Entscheidung.

»Weiter!«

Das Läuten verhallte auch weiterhin im Leeren. Dann plötzlich antwortete jemand. Eine atemlose Stimme, wenig vertraut mit den Codes. Der Mann brauchte einige Zeit, um den Code zu entschlüsseln, den Yahia ihm gab, um Kaders Station zu benennen. Erst nach einer kurzen Beratung mit jemandem, der offenbar neben ihm stand, nannte der Gesprächspartner schließlich seinen Code: Es war tatsächlich die Station von Abu Mussa. Kader machte ihm klar, dass er diesen persönlich sprechen wollte. Wieder dauerte es eine Weile, bis die Stimme des Emirs mit ihrem charakteristischen Akzent ertönte.

Kader ergriff den Apparat.

»Was ist los? Seit zwei Tagen haben wir keinen Kontakt mehr mit euch ...?«

Abu Mussa unterbrach ihn mit einem bitteren Lachen.

»Das hättet ihr um ein Haar auch nie mehr gehabt.«

Kader schaltete den Lautsprecher aus. Auf sein Zeichen hin schickte Béchir alle anderen aus dem Zelt.

»Du hattest recht«, redete Abu Mussa weiter. »Sie hatten Spitzel in meinen Reihen.«

Seine Stimme klang atemlos. Er redete hastig.

»Erkläre es!«

»Vorgestern Abend wurden drei meiner Männer im Schlaf getötet. Und wenn ich keine Einschlafschwierigkeiten gehabt hätte, wäre es mir nicht anders ergangen.«

Kader blickte sich nervös um, als hätte er Angst, sie würden belauscht. Abu Mussa hatte ohne die üblichen Vorsichtsmaßnahmen gesprochen. Folglich musste die Lage sehr ernst sein. Jedermann wusste, dass sie von zahlreichen Geheimdiensten abgehört wurden.

»Wer steckt dahinter?«

»Du kennst ihn. Er stand mir sehr nahe.«

Kader dachte sofort an den Afghanen Nabil, Abu Mussas Gefolgsmann.

»Nein, Nabil täte mir das niemals an! Aber der andere ...«

Also war es Saïf, mit seinem Sphinxkopf, den vielen Jahren im Untergrund, seiner Selbstverleugnung. Das alles war im Dienst des Verrats oder zumindest einer übergeordneten Treue passiert. Zu Abdelmalek.

»Wie viele hielten zu ihm?«

»Zwanzig. Der Hund ist mit zwanzig anderen Jungs abgehauen. Sie haben zwei Pick-ups mitgehen lassen, einen Lastwagen und etliche Waffen. Der Coup war genauestens geplant.«

»Wo sind sie jetzt?«

»Sie sind nach Osten gefahren. Mit der Ausrüstung, die sie haben, den Sendern, GPS, den Waffen können sie ganz leicht eine neue Gruppe gründen.

»Werden sie von oben gelenkt?«

»Vermutlich. Und ich denke, dass unsere Freunde sie uns erneut auf den Hals hetzen werden, um den Job zu Ende zu führen.«

»Mich hat es heute auch beinahe erwischt.«

Kader schilderte die Episode am Brunnen in aller Kürze. Abu Mussa lachte erneut bitter, verstummte dann aber.

»Hör mal …«, sagte Kader.

»Ja?«

»Das ist normal, all das. Wir dürfen uns nicht einschüchtern lassen. Es war sogar vorhersehbar. Von dem Moment an, als du dich entschieden hast, dich mit mir zu verbünden … konnte ein Gegenangriff eigentlich nicht ausbleiben. Wir müssen auf der Hut sein, das ist alles. Aber wir dürfen unsere Pläne nicht ändern. Nichts davon.«

»Ist Anuar noch bei dir?«

»Ja, er ist hier, und noch heute Abend fahren wir zur Kontaktperson. Wir haben mit Nouakchott gesprochen. Sie kommt.«

»Seid bloß vorsichtig!«

»Du auch. Nächster Kontakt morgen Mittag!«

»Inschallah.«

*

Obwohl Archie die Geheimdienst-Aktivitäten von Providence sehr am Herzen lagen, hatten zahlreiche Beschäftigte dieses Sektors während der mageren Zeit der letzten Monate befürchtet, er würde diese Sparte irgendwann aufgeben. Jeder wartete händeringend auf das erste Anzeichen für einen Aufschwung. Und die Operation Zam-Zam entwickelte sich immer mehr zu dem ersehnten Hoffnungsschimmer.

Das sicherste Anzeichen dafür war, dass alle mit Verspätung zu den Besprechungen kamen. Doch es war nicht die Art von Verspätung, die von Trägheit herrührt. Die Agenten trafen atemlos ein, mit einem Stapel Dossiers unter dem Arm. Man spürte, dass sie bis zur letzten Minute mit Volldampf gearbeitet hatten, um möglichst viele Informationen präsentieren zu können.

»Audrey fehlt noch«, sagte Helmut, als er die morgendliche Sitzung eröffnete. »Ihr Pech, wir beginnen trotzdem. Fängst du an, Sarah?«

Sarah, die über ein Blatt gebeugt dasaß, wickelte ihren Haarknoten neu. Sie schob einen Kugelschreiber quer durch, damit er hielt.

»Ich fasse kurz zusammen, was die Teams entdeckt haben, die wir auf Jasmins Spur angesetzt hatten, in Mauretanien und in Frankreich.«

Sie schaute zur Tür. Endlich tauchte Audrey auf. Nun, da sie vollständig waren, konnte sie die Bombe platzen lassen.

»Jasmin Lacretelle, die Witwe von Montclos, arbeitet neuerdings im französischen Außenministerium, und zwar in der Protokollarischen Abteilung, im Zeremonial-Service.«

Sie warf einen kurzen Blick in die Runde, um zu sehen, was für eine Reaktion das hervorrief.

»Das heißt?«, fragte Helmut.

»Das heißt, dass sie Zugang zu den Ministern hat, zu den ausländischen Delegationen, die auf Besuch sind, dass sie im Quai d'Orsay zu allen und allem Zugang hat, auch zum Premierminister, dass sie egal welchen Koffer mit Sprengstoff unter irgendeinem Tisch deponieren kann ...«

»Bist du da nicht etwas voreilig?«, sagte Jorge und lachte.

Er war der Erste gewesen, der reagierte. Bei ihm wusste man irgendwie nie, warum er lachte. Es war ein Ausdruck seiner Lebensfreude, eine Art zu kommunizieren. Im Moment fanden alle seinen kleinen Kommentar lustig. Die Stimmung war gut. Helmut zog ein Taschentuch aus seiner Hosentasche und wischte sich die Stirn ab. Das Schwitzen war bei ihm ein Gradmesser für die Intensität seines Denkens. Das war zwar nicht appetitlich, aber praktisch.

»Wann fing sie bei diesem Ministerium an?«, fragte er.

»Vor fünf Monaten.«

»Also nach dem Tod ihres Mannes?«

»Ja, sehr viel später. Er ist vor über zwei Jahren gestorben.«

»Er war auch Diplomat«, merkte Audrey an.

Sie waren dabei, vom Thema abzukommen. Sarah hob die Hand.

»Lassen wir sie weiterreden!«, sagte Helmut.

»Danke. Machen wir nun einen Sprung zurück, wenn ihr erlaubt: Jasmin ist in Montaigu aufgewachsen, einer Kleinstadt in Charentes. Studiert hat sie in Nantes, vier Semester Philosophie. Um sich den Lebensunterhalt zu sichern, hat sie als Babysitter gejobbt. Bei einem Ehepaar, für das sie arbeitete, lernte sie ihren späteren Mann kennen. Liebe auf den ersten Blick. Er ist Diplomat, keine große Karriere, keine sonderlich guten Noten. Aber voller Leidenschaft. Er träumt von Asien, Amerika. Bis dahin arbeitet er beim *État civil*. Das ist eine Dienststelle des Außenministeriums, in Nantes. Dorthin schickt man die Personenstandsunterlagen aller Franzosen, die im Ausland geboren wurden, solche Sachen eben. Nicht unbedingt spannend ...«

Helmut knurrte leise. Er mochte es nicht, wenn man die Behörden kritisierte, und sei es auch die französischen.

»Nach zwei Jahren in Nantes wurde Hugues, durch Vermittlung eines Freundes, nach Paris ins Kabinett eines Staatssekretärs versetzt. Es ist nur ein bescheidener Posten, doch das stört ihn nicht. Er weiß, dass es sich normalerweise auszahlt, wenn man durchhält. Im Jahr darauf gibt es einen Regierungswechsel. Bevor der Minister sein Kabinett auflöst, verschafft er Hugues eine Stelle im Ausland. Unverhofft.«

»Bravo! Tolle Arbeit, gut recherchiert«, sagte Audrey und spielte an ihrem Piercing herum.

»Danke. Unser Büro in Paris musste sich dringend mal etwas die Beine vertreten ...«

Die beiden Frauen waren ein eingespieltes Team, wenn es darum ging, sich gegenseitig zu bewundern. Sarah war ohnehin kaum zu bremsen, sobald sie etwas für die Gleichheit der Geschlechter tun konnte. Sie wies stets auf die Qualität der Arbeit der Mädchen in ihrem Ressort hin oder auf die der weiblichen Bediensteten in der Agentur im Allgemeinen. Und Audrey hatte ihr eine wunderbare Vorlage geliefert.

»Die Stelle, die Hugues angeboten wurde, war nicht umwerfend«, berichtete sie weiter. »Er sollte in einem heißen, verlorenen Winkel Afrikas ein Konsulat eröffnen, fast ohne Geldmittel. Jedenfalls kein Posten, den man sich als Diplomat erträumt. Doch Hugues denkt vermutlich, dass er nicht ablehnen kann, um seine Aufstiegschancen nicht zu gefährden. Er würde in seinem verstaubten Büro in Paris sitzen bleiben. Also sagt er zu.«

»Mit dem Einverständnis seiner Frau?«, fragte Jorge, der sich für einen Fachmann in Sachen Ehe hielt. Obwohl er noch jung war, war er schon zweimal geschieden.

»Offenbar ja, das Mädchen war schwer verliebt. Sie wollte, dass ihr Mann glücklich war. Wenn er nach Afrika gehen wollte, würde sie mitgehen.«

»Das überrascht mich bei einer Französin ...«, kommentierte Jorge.

»Wir schweifen nicht ab, okay?«, fiel Audrey ihm ins Wort, die grundsätzlich bei jedem Hauch von Sexismus an die Decke ging.

»Auf *ihr* Profil kommen wir gleich«, sagte Helmut besänftigend.

»Na schön«, sagte Audrey abschließend.

»Auf jeden Fall«, ergriff Sarah nun wieder das Wort, »fliegen sie nach Nouadhibou, ein gottverlassenes Kaff. Drei Monate in einem Hotel ohne Klimaanlage. Zwei Malaria-Anfälle und ein schwerer Fall von Ruhr pro Person. Sie rennen von Pontius zu Pilatus, um ein Haus zu finden. Der französische Staat will nicht zahlen. Nachdem sie die Kaution und einen Mietvorschuss bezahlt haben, bleibt ihnen kein Geld für die nötigen Renovierungsarbeiten. Die Botschaft in Nouakchott zeigt keine Eile, ihnen Geld zu schicken. Man teilt ihnen mit, dass sie das nächste Haushaltsjahr abwarten müssen, bevor man den ersten Nagel einschlagen kann.«

»Machst du Witze?«

»Nein, das weiß ich aus zwei verschiedenen Quellen«, sagte Sarah und blätterte ihre Papiere durch. »Das Pariser Büro und Marion, die eine großartige Arbeit geleistet hat vor Ort. Dieses Mädchen ist wirklich genial ...«

»Okay, okay, und weiter?«

»Gut, sie beschließen, dass sie nicht warten können; sie greifen ihre Ersparnisse an. Und sie krempeln die Ärmel hoch. Der Herr Konsul und Madame greifen zu Hacke, Hammer und Pinsel. Sie stellen zwei junge Männer ein, die ihnen helfen, und einen alten Mann mit einem Maultier, der die schwersten Materialien zu ihrem Haus transportiert. Bei der einheimischen Bevölkerung sind sie bald gut angesehen. Als Hugues den französischen Botschafter zu einem ersten Empfang einlädt, stiehlt er ihm die Show. Und die Mauretanier lieben Jasmin. Sie nennen sie ›die Prinzessin von Nouadhibou‹. Sechs Monate lang schwebt das junge Paar im siebten Himmel. Das Haus ist praktisch fertig. Jasmin und Hugues geben Empfänge, kennen alle Welt, helfen, wo sie können.«

»Und aus diesem Grund gründen sie auch eine NGO?«

»Deine messerscharfen Schlussfolgerungen haben mich schon immer fasziniert, Jorge.«

Diese Art von Geplänkel zwischen Sarah und ihm gehörten zum Alltag. Jorge, mit seiner Baritonstimme und seinem stolzen Auftreten, war die ideale Zielscheibe für eine anti-machistische Militantin. Ihr Schlagabtausch machte ihm Spaß. Alle anderen amüsierten sich damit, die Punkte zu zählen.

»In Nouadhibou waren sie also rundum glücklich«, fuhr Sarah fort. »Aber dann wendet sich das Blatt. Ständige Kopfschmerzen, plötzliche Müdigkeit, Hämorraghien: Hugues hat eine schlimme Blutkrankheit. Er will nicht nach Frankreich zurück. Doch die Erkrankung schreitet schnell voran. Als Jasmin ihn endlich nach Frankreich bringt, ist er schon sehr geschwächt. Wenige Monate später stirbt er. Was danach passiert, ist noch ein Wirrwarr aus Hypothesen und Fakten. Es gibt noch etliche Punkte zu klären.«

Sarah tippte auf ihrem Laptop herum und projizierte zwei Fotos, von Jasmin und Hugues, an die Wand. Hugues mit seiner hohen Stirn, den stahlgrauen Augen und dem treuherzigen Lächeln hatte etwas von einem »idealen Schwiegersohn« an sich. Im Vergleich mit ihm wirkte Jasmin umso unnahbarer und beunruhigender. Sie lächelte mit den Lippen, nicht aber mit ihren schwarzen Augen.

»Ich fasse zusammen: Das Auffälligste nach dem Tod von Hugues Montclos war, dass Jasmin komplett ihren Lebensstil änderte.«

»Inwiefern?«

»Bei ihrer gemeinsamen Rückkehr nach Paris hatten sie keine Reserven mehr, keinen müden Euro. Während Hugues im Krankenhaus war, wohnte Jasmin in einem heruntergekommenen Hotel ganz in der Nähe. Nach seinem Tod konnte sie gerade mal mit Müh und Not die Beisetzung bezahlen. Es gab keine Ersparnisse, keine Lebensversicherung, nichts. Sie ging zum Außenministerium, um eine Beihilfe zu beantragen. Wir wissen, dass sie damals Himmel und Hölle in Bewegung gesetzt hat. Ohne Erfolg. Hugues hatte nicht lange genug dort gearbeitet. Und vor allem waren sie nicht über das Stadium der Verlobung hinausgekommen. Offenbar wollten sie nach ihrer Rückkehr nach Frankreich eine große Hochzeit feiern. Hugues hatte alle Hebel in Bewegung gesetzt, um für Jasmin einen Diplomatenpass zu erhalten, und ihr die fiktive Funktion einer »Konsulatssekretärin« übertragen. Aber sie war nicht offiziell seine Ehefrau gewesen. Deshalb erhielt sie nach ihrer Rückkehr nach Frankreich keinerlei Witwenpension. Obwohl sie sich mehrfach bewarb, hat man ihr im Ministerium nie eine Stelle angeboten. Deshalb musste sie sich irgendwann arbeitslos melden.«

»Niemand wollte ihr helfen!«, empörte sich Audrey. »Obwohl sie und Hugues sich in Nouadhibou so ins Zeug gelegt hatten!«

»Ja, trotzdem oder vielleicht genau deshalb. Wie es scheint, hatte der Botschafter von Nouakchott etwas gegen die beiden verrückten jungen Leute, die in ihrer Provinz so etwas wie Vizekönige spielten. Sie waren für seinen Geschmack etwas *zu* beliebt.«

»Überall dasselbe«, brummte Helmut, der sich an seine letzten Jahre im öffentlichen Dienst erinnerte, vor sich hin.

»Tatsache ist, dass Jasmin ohne einen Cent dastand. Und ab da wird die Sache mysteriös und interessant zugleich. Einige Monate nach dem Tod ihres Mannes, als sie noch immer ohne Arbeit und Geld war, änderte Jasmin abrupt ihren Lebensstil. Sie hat ein Appartement gemietet, recht klein zwar, aber in einer guten Lage und übertrieben teuer. Sie fing an, sich bei Prada einzukleiden, teuren Schmuck zu tragen und legte sich den neuesten Mini-Cooper zu.«

»Ein Liebhaber?«

»Kann sein, aber wir haben nichts herausgefunden. Ehrlich gesagt haben wir noch gar nichts über Jasmins Umgang herausgefunden oder über mögliche Geldquellen. Wir wissen aber, dass Hugues' Familie erzkatholisch ist und von der Beziehung nicht begeistert war. Was *ihre* Familie betrifft, so wissen wir bisher noch weniger. In Charentes hat sie bei einer Tante väterlicherseits gewohnt, die allerdings vor zwei Jahren starb. Von weiteren Verwandten ist nichts bekannt.«

»Warum arbeitet sie nun plötzlich im Quai d'Orsay?«, fragte Audrey mit hochgezogenen Augenbrauen. »Du hast doch gesagt, dass man sie im Außenministerium mehrfach abblitzen ließ!«

»Es stimmt: Nach Hugues' Tod hat sie die Diplomaten um eine Stelle angebettelt. Egal was, Hauptsache, es hätte zum Überleben gereicht. Ohne Erfolg. Fast zwei Jahre lang musste sie sich allein durchschlagen. Anfangs recht mühsam, dann etwas besser, wie ich bereits erwähnt habe. Und erst neulich, *als sie es offenbar nicht mehr nötig hatte*, wurde sie plötzlich in der Protokoll-Abteilung eingestellt.«

»Und diese gemeinnützige Organisation?«, warf Jorge ein. »Sie hätte sich doch aus der Kasse der NGO bedienen können?«

»Wir haben natürlich nachgeforscht, ob sie dort Gelder entwendet hat«, entgegnete Sarah. »Aber das ist nicht der Fall, ganz im Gegenteil. Ich erhielt gerade die Geschäftsberichte der Organisation, in denen auch die Konten aufgeführt sind. Während der letzten zwei Jahre war Jasmin die wichtigste Förderin. Sie hat regelmäßig größere Summen überwiesen.«

»Seltsam«, sagte Helmut.

»Es kommt noch seltsamer.«

Sarahs zuckende Mundwinkel ließen darauf schließen, dass sie gleich ein Ass auf den Tisch legen würde.

»Sie ist nochmals nach Mauretanien geflogen.«

»Nach dem Tod ihres Mannes?«

»Ja, ein Jahr später.«

»Und die Organisation hat es nicht auf ihrer Website erwähnt?«

»Nein, mit keinem Wort. Während ihre derzeitige Reise dort verzeichnet ist.«

Wenn Helmut überrascht war, hatte er einen ganz typischen Gesichtsausdruck: Er kniff die Lippen zusammen und atmete so hektisch, als hätte er gerade einen Kinnhaken bekommen. Nichts freute Sarah mehr als dieser Anblick.

»Hieß es bei der letzten Besprechung nicht, dass sie nie mehr dort unten war?«

»Wir gingen vom Datum ihrer Rückkehr mit ihrem Mann zusammen aus, wussten aber nicht mit Gewissheit, ob sie nicht noch einmal hingeflogen ist. Doch dann bekamen wir Zweifel und haben das Pariser Büro dahingehend noch einmal genauer recherchieren lassen.«

»Wie oft ist Jasmin noch hingeflogen?«

»Mindestens einmal. Vielleicht öfter.«

»Weiß man, wen sie da getroffen hat?«

»Ich habe Marion gebeten, sich in diesem Punkt schlauzumachen. Doch es steht fest, dass sie die Ärzte, die sie diesmal empfangen haben, damals noch nicht kannte.«

»Ach ja, richtig, wie weit sind wir, was diese Ärzte betrifft?«, fragte Helmut.

Audrey richtete sich auf ihrem Stuhl auf, ließ ihr Piercing los und räusperte sich.

»Seit Jasmin dort ist, erhöhte Aktivität. Sie telefonieren viel. Wir wissen mit Sicherheit, dass sie Techniken der geschützten Kommunikation verwenden, wie wir sie von den Dschihadisten kennen. Einer von ihnen muss mit einem Rucksack voller unterschiedlicher Handys und mit mindestens fünfzig verschiedenen Chips herumlaufen.«

»Wir haben einen Techniker aus Dakar hingeschickt mit Abhörgeräten«, erklärte Tadeusz. »Er fing gestern mit den Nummern an, die Dimitri ihm gab.«

»Ergebnis?«

»Wie wir Ihnen bereits sagten, war anfangs alles ruhig. Doch seit Jasmins Eintreffen geht es rund. Die jungen Leute scheinen urplötzlich die Segnungen des Telefons entdeckt zu haben. Gestern war ganz schön viel los, und wir bekommen allmählich ein genaueres Bild der Nummern, die angerufen wurden.«

»Und welche sind es?«

»Meistens Thurayas.«

»Könnt ihr sie abhören?«

»Noch nicht. Aber wir sind dran. Dürfte nicht mehr lange dauern.«

»Und ihr habt die Nummern identifiziert?«

»Dafür fehlt uns das nötige Equipment«, erklärte Audrey. »Wir haben keine Datenbasis über die Nummern, die die Terroristen in dieser Region verwenden.«

»Wie viel Zeit wird es dauern, eine anzulegen?«

»Zwischen zwei und drei Jahren«, antwortete sie, zufrieden mit ihrer frechen Antwort und dem Gelächter, das sie damit erntete.

»Also gibt es keine Lösung«, sagte Helmut düster.

Das Schweigen dehnte sich aus. Audrey blickte sich um.

»Es sei denn ...«, sagte sie dann zögernd.

»Es sei denn was?«, ermutigte sie Helmut. »Wir sind unter uns. Jeder Fluchtversuch ist zwecklos. Karten auf den Tisch!«

»Na schön, ich weiß, dass unsere Nachforschungen geheim bleiben müssen und keine offizielle Behörde mit hineingezogen werden darf.«

Helmut nickte.

»Ich habe eine Freundin, Pat, in England, die beim englischen Geheimdienst arbeitet. Sie hat Zugang zu einer Menge Daten. Sie könnte mir sicher helfen, die Nummern zuzuordnen.«

»Und welchen Grund würdest du ihr nennen?«

»Diese Sache mit dem Verkauf von Sicherheitsmaterial an die somalischen Piraten, mit der Engländer uns beauftragt haben ... sie ist noch am Laufen, nicht wahr?«

»Der Belgier-Israeli-Kroate und seine Bande? Das hat nicht viel ergeben. Aber ja, wir observieren sie noch.«

»Ich könnte Pat sagen, dass wir Anruflisten haben, die ihn betreffen und die wir überprüfen sollen.«

Audrey wartete. Helmut erhob sich und stellte sich ans Fenster. Er nahm sein Handy heraus und drückte eine Nummer ein. Dann entfernte er sich, sagte leise etwas, wartete und kam dann zurück.

»Ich habe mit Archie gesprochen. Er ist einverstanden. Du kannst deine Freundin anrufen.«

»Ein Glück«, sagte Audrey, »denn das hab ich heute früh schon getan.«

Helmut seufzte, was erneut von Gelächter übertönt wurde. Er nahm wieder Platz und fragte:

»Und? Ergebnis?«

»Die Nummern gehören zu Thurayas, die im Norden von Mali und in der Saharazone verwendet werden, von einer Gruppe, die zum Einflussbereich der Al-Qaida-Bewegung im islamistischen Maghreb gehören. Einige der Nummern wurden bereits bei der Entführung der englischen Geisel verwendet, die letztes Jahr ermordet wurde.«

Schweigen machte sich breit. Man hörte das leise Klicken der Tasten, als Tadeusz sich Notizen machte. Sarah kaute auf ihrem Kaugummi herum.

»Ich fasse zusammen«, sagte Helmut nach einer Weile entschlossen und stützte sich mit beiden Händen auf die Tischplatte. »Eine Frau, die im französischen Außenministerium arbeitet, fliegt nach Mauretanien. Sie reist auf Einladung islamistischer Ärzte, die in direkter Verbindung zu bewaffneten radikalen Gruppen in der Sahara stehen. Zusammen mit ihnen verlässt sie Nouakchott, um sich in der Wüste mit jemandem zu treffen, den wir noch nicht kennen.«

Er unterstrich diese erste Zusammenfassung, indem er mit beiden Händen auf die lackierte Tischplatte schlug.

»In diesem Stadium gibt es zwei Annahmen: Entweder sie weiß von nichts. Sie wurde von jemandem, den sie von ihrem früheren Mauretanien-Aufenthalt her kennt, in eine Falle gelockt.«

Jorge schüttelte den Kopf.

»Höchst unwahrscheinlich, weil ...«

»Lass mich ausreden! Oder sie weiß, worum es geht. Dann wäre die nächste Frage, ob sie es freiwillig tut oder nicht. Allem Anschein nach ja. Was weiß sie über die Mitglieder dieser Gruppe? Was wollen sie von ihr? Es gibt noch gewisse dunkle Flecken in ihrem Lebenslauf. Haben sie und ihr Mann mit den Islamisten sympathisiert, als sie im Land wohnten?«

»Dafür gibt es keinen Anhaltspunkt«, fiel Sarah ihm ins Wort.

»Es gibt ein Detail, das mich stutzig macht: diese Reise nach dem Tod ihres Mannes. Was wollte sie zu diesem Zeitpunkt in Mauretanien? Wen hat sie getroffen? Hatte es etwas damit zu tun, dass sie auf einmal zu Geld kam?«

Alle dachten angestrengt nach. Die Operation Zam-Zam wurde zunehmend spannender.

»Wir brauchen zuerst ein Profiling, am besten erstellt von einem professionellen Fallanalytiker.«

Sarah steckte die unausgesprochene Kritik ein.

»Ich werde Wilkes in Johannesburg anrufen, damit er einen Spezialisten für uns auftreibt.«

Sein Klopfen auf den Tisch wurde schneller. Das war das Zeichen, dass die Sitzung beendet war. Nach diesem Signal durfte niemand mehr etwas sagen.

»Nächstes Treffen morgen früh, falls nichts Dringendes dazwischenkommt«, sagte Helmut abschließend.

VII

Farid saß auf dem Beifahrersitz des schwarzen Mercedes und dachte angestrengt nach, als er auf die schnurgerade Straße starrte, die tiefer in die Wüste führte.

Er hatte vor drei Jahren zum Glauben zurückgefunden und war natürlich davon überzeugt, dass es das beste war, was er je im Leben getan hatte. Doch die Begegnung mit Jasmin hatte ihn an eine Zeit erinnert, in der er noch anders gedacht hatte. Das machte ihn unruhig. Im Geiste ging er den Weg noch einmal entlang, der ihn bis zum Hier und Jetzt geführt hatte. Und er versuchte, sich einzureden, dass er mit jedem Schritt das Richtige getan hatte.

Mit der überstürzten Abreise von Hugues und Jasmin hatte es angefangen. Er hatte sich verlassen gefühlt, vielleicht sogar verraten. Ohne ihre Unterstützung waren seine Chancen, jemals aus Mauretanien herauszukommen, äußerst gering. Er fühlte sich fremd im eigenen Land. Seine Freunde aus Kindertagen waren Hirten oder Schäfer geworden. Mit ihnen verband ihn nichts mehr. Er hatte versucht, ein Visum für Frankreich zu bekommen. Seit der Schließung des Konsulats in Nouadhibou mussten die Dokumente nach Nouakchott geschickt werden. Sie kamen mit einer

Ablehnung zurück, ohne Erklärung. Ein Jahr lang war er sehr einsam gewesen. Dann war er auf Sid'Ahmed Vall und seine Gruppe gestoßen.

Sie waren Medizinstudenten wie er und hatten denselben kulturellen Hintergrund. Doch dank ihrer Religion waren sie mit dem Land in Kontakt geblieben. Sie gingen regelmäßig in die Moschee. Sie bildeten eine solidarische Gemeinschaft. Er hatte sich ihnen angeschlossen und sich sofort besser gefühlt.

Und nun saßen sie in diesem klapprigen Gefährt, die Scheiben heruntergekurbelt, um den warmen Wind hereinzulassen. Sid'Ahmed saß am Steuer. Und hinten – wer hätte das jemals gedacht? – saß Jasmin zwischen ihm und einem anderen Mitglied der Gruppe.

Farid hatte sich nie gefragt, was diese Gruppe genau machte. Doch nun, da sie zu einem unbekannten Ziel aufgebrochen waren, mit einer Frau, die mehr oder weniger einer Geisel glich, fragte er sich, worauf er sich eingelassen hatte.

Sid'Ahmed war ein merkwürdiger Zeitgenosse. Sein Vater war ein Schwarzer aus Rosso, am Fluss Senegal. Und seine Mutter aus unerfindlichen Gründen eine Australierin mit blauen Augen. Die Mischung hatte zu einem schlanken jungen Mann mit hellbrauner Haut geführt, der seltsamerweise einem Mauren aus den vornehmsten Stämmen glich. Doch dieser erste Eindruck hielt dem Auge eines wahren Mauren keine Sekunde stand. Was immer er auch tat – Sid'Ahmed war kastenlos. Sein Werdegang war dem Farids sehr ähnlich. Er hatte in London und Paris studiert und anfangs zur westlichen Welt gehört. Dort war er für die militanten Predigten empfänglich und sehr religiös geworden. Es hatte ihn große Mühe gekostet, seine Rückkehr nach Mauretanien zu organisieren und dort zu Ende zu studieren. Bald schon hatte er eine fromme kleine Gruppe gegründet. Er war der Chef. Und er allein – wenn überhaupt – wusste, was sie vorhatten.

Die Wüste spulte sich ohne jede Abwechslung vor ihnen ab. Hin und wieder war ein Zeltdorf zu sehen. Nomaden weideten ihre Herden. Manchmal stand ein Transformatorenhäuschen am Straßenrand. Zweimal waren sie von Militärsperren angehalten worden. Ihre Papiere waren in Ordnung. Jasmin hatte das Begleitschreiben – auf Arabisch – mit dem Stempel ihrer NGO vorgezeigt. Sie wirkte kein bisschen beunruhigt. Doch Farid kannte die Anweisungen. Sie durften sie keine Sekunde aus den Augen lassen. Sie stand unter Bewachung. War ihr das bewusst?

Als sie anhielten, um zu beten, blieb sie im Wagen sitzen. Es konnte ihr nicht entgangen sein, dass Sid'Ahmed die Türen verriegelt hatte.

Anschließend holten sie belegte Brote aus dem Kofferraum und aßen schweigend. Danach ging die Fahrt weiter. Farid hätte viel dafür gegeben, mit Jasmin reden zu können. Doch sie war ebenso zurückhaltend wie er. Sie tat so, als würde sie ihn nicht kennen. Schweigend fuhren sie durch die Wüste.

*

Das globale Navigationssatellitensystem, kurz GPS genannt, hatte das Leben in der Wüste verändert. Seit der Geiselnahme im Vorjahr hatte Kader genügend Geld, um sämtliche Fahrzeuge seiner Gruppe damit auszustatten. Genau genommen hatte er eine taktische Entscheidung getroffen, die jederzeit eine präzise Lokalisierung seiner Männer nötig machte. Im Unterschied zu einer Katiba, die sich als geschlossene Truppe fortbewegte, mit Vorposten und Spähern, bestand Kaders Gruppe aus Männern, die weit verstreut waren. Jeder hatte seine spezielle Aufgabe. Die einen kassierten die Lastwagen ab, die ihre Zone durchquerten, die anderen garantierten deren Sicherheit in einem genau festgelegten Umkreis. Und wieder andere waren für Kommunikation und Proviant zuständig. An manchen festen Posten hatte man mittels einer Satellitentelefonverbindung Zugang zum Internet.

Zu diesem »lebendigen« Netz kam noch ein Netzwerk von »schlafenden« Punkten, die entlang der wichtigsten Strecken im ganzen Gebiet verteilt waren. Dank der Fässer mit Benzin oder Wasser, im Sand vergraben, konnte man weite Strecken zurücklegen, ohne zu viele Reserven bei sich haben zu müssen. In Lebensmitteldepots, in Beduinenzelten verborgen, konnte man sich unterwegs stärken. Und ein ausgeklügeltes System von Verstecken erlaubte einem, wenn nötig, das Fahrzeug zu wechseln.

Kader, Béchir und Anuar waren am Brunnen der Lastwagenfahrer in einen Toyota-Pick-up gestiegen. Mitten in der Wüste tauschten sie ihn gegen einen grünen Mercedes aus, der am Ufer eines ausgetrockneten Wadi, unter einer khakifarbenen Plane, auf sie wartete.

Der Mercedes ist das mauretanische Fahrzeug *par excellence*, besonders in den Städten. Deutsche Taxis, die zuerst nach Albanien verkauft wurden, landen, wenn sie ungefähr eine Million Kilometer auf dem Buckel haben, in Mauretanien, um dort ihren dritten Lebensabschnitt zu fristen. Dort werden sie praktisch unsterblich. Wie aasfressende Vögel, die von Kadavern leben, haben diese Uralt-Fahrzeuge den Bauch voller Ersatzteile, die noch älteren Modellen entnommen wurden.

In ihrem grünen Fahrzeug, das an ein Taxi in Nouakchott erinnerte, glich Kaders kleine Gruppe einer Schar rechtschaffener Dorfbewohner auf dem Weg zum Markt.

»Du hast dich also vor drei Jahren einfach so der Katiba von Abu Mussa angeschlossen?«

Kader, den Ellbogen nach draußen gestreckt, stocherte mit einem kleinen Holzstäbchen in der linken Hand an seinen Zähnen herum. Die Frage war an Anuar gerichtet, der auf der Rückbank saß. Als eines der letzten Überbleibsel des frühen Komforts war ein kleiner Spiegel in der Sonnenblende verblieben, in dem Kader den Passagier hinter ihm im Blickfeld hatte. Anuar umklammerte den Gebetskranz und murmelte vor sich hin, während er sich von dem fahrenden Auto hin und her schaukeln ließ. Sein leiser Sprechgesang verstummte.

»Ja.«

»Von wo bist du?«

»Aus Annaba.«

»Und was hast du dort gemacht? Früher?«

»Souvenirverkäufer. Ich habe den Laden meines Bruders im Souk geführt.«

»Warst du schon immer so gläubig?«

»Gläubig? Ja!«, rief Anuar. »Aber ich hatte mich von Gott entfernt. Ob du es glaubst oder nicht: Eine Zeitlang hab ich sogar getrunken. Zum Glück hat Gott – gepriesen sei er in alle Ewigkeit – mich bestraft, um mich zu retten. Er hat es gefügt, dass ich einen Autounfall hatte. Im Krankenhaus kam ich wieder zu mir. Und dort hat mich ein Bruder wieder auf den rechten Weg zurückgeführt. Als ich das Krankenhaus verließ, war ich ein ganz anderer Mensch geworden. Seither bete ich regelmäßig, esse *halal*, alles.«

»Und daraufhin bist du zur Katiba gekommen?«

»Ganz und gar nicht! Ich wusste nicht mal, dass es solche Camps überhaupt gibt!«

»Und wie kam es dazu?«

»Durch Zufall, würde ich sagen. Aber ich weiß natürlich, dass es kein Zufall war. Es war Gottes Plan.«

»Was genau?«

»Es gab einen Mord in unserem Viertel. Mitglieder der Bewaffneten Islamischen Gruppe haben einen Polizisten getötet. Die

Polizei hat eine Razzia gemacht. Drei Tage lang wurde ich gefoltert.«

Kader hob die Augen, um Anuars Blick im Spiegel aufzufangen, doch dieser wich ihm aus.

»Als sie mich anschließend wieder laufen ließen, war ich wie ein tollwütiger Hund. Zusammen mit einem Freund beschloss ich, in den Widerstand zu gehen. Er hatte die nötigen Kontakte. Wir gingen in die Berge, zu einer Katiba im Norden. Ich wurde für den Umgang mit Waffen ausgebildet. Aber sehr gut bin ich nicht, hast du gesehen? Ich kann nicht schnell laufen, sehe schlecht. Ich habe es mehr mit dem Lernen, und das wurde meine Berufung. Die meisten Leute in den Camps wissen nicht viel vom Islam. Ich dagegen kann den Koran quasi auswendig und kenne auch die Hadith-Literatur ganz gut. Ein Gelehrter bin ich nicht, weit gefehlt. Aber im Vergleich zu den anderen … Jedenfalls wurde ich zum Imam des Camps.«

»Und warum bist du in die Sahara runter?«

»Weil im letzten Frühjahr drei Imams in den Norden gegangen sind. Und bei Abu Mussa gab's keinen. Also wurde ich zu ihm geschickt.«

Kader blieb stumm und spuckte seinen Zahnstocher zum Fenster hinaus.

»Du weißt, dass Abdelmalek jeden Kontakt mit mir verboten hat?«

»Ja, das weiß ich.«

»Und du bleibst bei Abu Mussa, obwohl er sich Abdelmalek widersetzt?«

Anuar schloss die Augen. Als er sie wieder aufschlug, sah Kader, dass er sie hinter den Lidern zum Himmel gerichtet hatte.

»Ich denke, er hat recht. Er hat keine andere Wahl, wenn er überleben will.«

»Und du weißt, was ich vorhabe?«

»Ich weiß es und bin auf deiner Seite.«

Anuar ließ seine Gebetskette um sein Handgelenk kreisen.

»Ich bin vielleicht kein guter Kämpfer, aber, weißt du, Kader, ich habe eine hohe Meinung vom Dschihad. Wir müssen unsere Berge verlassen, zum großen Kampf zurückfinden, gegen die wahren Feinde. Du bist der Einzige, der das begriffen hat. Und aus diesem Grund unterstütze ich Abu Mussas Entscheidung.«

Kader nickte nur. Die Wüste war unglaublich eintönig. Béchir fuhr unbeirrt weiter, den Blick auf einen Punkt am Horizont gerichtet, der sich in nichts von der Umgebung unterschied. Anuar nahm seine Gebete wieder auf.

*

In der Einsatzzentrale von Providence war auf einem großen Bildschirm eine Satellitenkarte zu sehen. Der rote, sich fortbewegende Punkt, ungefähr in der Mitte, entsprach der Geoposition von Sid'Ahmed. Einer der Techniker von Providence in Mauretanien hatte ein elektronisches Aufzeichnungsgerät unter dem Wagen des Mediziners angebracht.

Anfangs hatte sich der Punkt auf der Straße von Atar nach Nordosten fortbewegt. Dann war er abrupt nach Osten abgebogen. Allem Anschein nach war der Wagen auf eine Piste gelangt, die man als klare Linie im Sand erkennen konnte. Weiter vorn wurde der Boden eintönig grau. Der kleine Punkt fuhr auf ein absolutes Vakuum zu.

»Aber was hat sie dort unten vor, unsere kleine Konsulswitwe?«, sagte Sarah kopfschüttelnd.

Die anderen starrten nur schweigend auf den Bildschirm.

VIII

Marion hatte sich alles genau notiert. Sie wusste inzwischen genug über Jasmins Leben mit Hugues in Nouadhibou. Nun musste sie mehr über diese Reisen nach Mauretanien in den letzten Jahren in Erfahrung bringen. Das ging am besten, wenn sie so schnell wie möglich noch einmal nach Nouakchott flog. Doch es gab nur drei Flüge pro Woche. Deshalb musste sie noch anderthalb Tage im Norden bleiben.

Umar hatte ihr versichert, dass Jasmin nach ihrer Abreise mit Hugues nie mehr hierhergekommen war. Auf gut Glück hatte sie ihn gefragt, ob er nicht vielleicht jemanden kannte, der sie möglicherweise in einem anderen Teil Mauretaniens getroffen hatte. Umar hatte nichts darauf geantwortet. Doch noch am selben Nachmittag schlug er ihr vor, jemanden zu besuchen, der eventuell etwas Interessantes zu erzählen hätte.

Abdallah Uld Cheikh erwartete sie unter der Tür seines Hauses. Er war ein magerer Mann mit aristokratischer Haltung und weißen, sehr dichten, nach hinten gekämmten Haaren. Er trug einen gutsitzenden, westlichen Anzug, der allerdings schon etwas abgewetzt war. Umar neckte ihn wegen dieser Kleidung.

»Man sieht dich doch immer nur im Kaftan seit deiner Pensionierung. Aber für eine hübsche junge Frau hast du dich wieder mal als Beamter verkleidet, hm?«

Der Mann reckte den Hals und kniff die Lippen zusammen, was ihn wie ein wütendes Kamel aussehen ließ.

»Tretet bitte ein!«

Der Salon war mit niederen Sitzbänken und Lederkissen ausgestattet. An den Wänden hatte Uld Cheikh einige liebevoll gerahmte Fotos aus seiner beruflichen Laufbahn hängen.

»Haben Sie das schon gesehen?«, fragte Umar und zeigte auf

eines der Fotos. »Mein Abdu wie er leibt und lebt, in voller Pracht und Uniform.«

Marion beugte sich vor, um es genauer zu betrachten.

»Armee?«, fragte sie.

»Vierzig Jahre bei der Polizei für Luftwesen und Grenzen«, berichtigte Uld Cheikh sie leicht gekränkt. »Ich fing schon zur Zeit der Franzosen an.«

Marion stellte ihm noch einige weitere höfliche Fragen über die Fotos, die er bereitwillig beantwortete. Dann nahmen sie Platz. Ein Diener brachte Tee.

»Das ist wirklich ein Zufall«, begann Umar, während er an sein Glas pustete. »Erst letzte Woche haben wir über sie geredet, nicht wahr, Abdou?«

»Über wen?«

»Jasmin.«

Das war offenbar ihr Spiel. Umar bedrängte den Ex-Polizisten, der sich nach außen hin sträubte, es insgeheim aber sichtlich genoss.

»Wieso sollte Madame das interessieren?«

»Stimmt, das habe ich dir noch gar nicht erklärt. Marion ist eine Freundin von Jasmin. Sie ist gekommen, um herauszufinden, wie sie ihr helfen kann. Du musst wissen, dass Jasmin in Gefahr schwebt.«

Uld Cheikh trank gemächlich einen Schluck Tee. Sein Adamsapfel hüpfte unter der zarten Haut auf und ab.

»Welche Art von Gefahr?«

»Schlechter Umgang, du verstehst schon. Man muss sie von da wegholen, und ihre Freunde versuchen, ihr zu helfen. Würdest du Marion bitte auch erzählen, was du mir neulich anvertraut hast?«

»Du hast es ihr verraten!«, sagte Uld Cheikh empört.

»Nein, ich will, dass sie es aus deinem Mund erfährt.«

Der Alte stellte sein Glas ab. Eine große Schaumblase zerplatzte auf dem Grund. Mechanisch zupfte er an den Manschetten seines Hemds und setzte sich gerader hin.

»Ich habe sie beide gekannt«, begann er. »Der Herr Konsul hat meinen Jüngsten unterstützt. Ein brillanter Junge. Er ist jetzt Lehrer. Der Herr Konsul hat ihm ein Stipendium und ein Visum verschafft, damit er in Frankreich studieren konnte. Er war ein Mann mit einem großen Herzen. Der Allmächtige möge ihm gnädig sein.«

Umar sprach den Satz mit.

»Mein Sohn hat in seinen Briefen viel über den Konsul und seine Gattin geschrieben. Ich habe in Nouakchott gewohnt und sie nur zweimal getroffen, in den Ferien, die ich immer hier verbracht habe. Und dann sah ich sie bei ihrer Abreise. Ich musste ihnen am Flughafen von Nouakchott noch helfen. Sie hatten nicht viel Gepäck. Doch der Herr Konsul wirkte sehr erschöpft.«

Er seufzte.

»Ja«, schnaufte er. »Es ist der Wille Gottes.«

»Wie haben Sie von seinem Tod erfahren?«

Uld Cheikh warf einen kurzen Blick auf Umar. Dieser schloss kurz die Augen, um sein Einverständnis zu signalisieren.

»Als ich sie wiedersah«, sagte er mit tonloser Stimme.

»Wen?«

»Jasmin. Das war im darauffolgenden Jahr, im September. Ich erinnere mich ganz genau. Am Vorabend hatte es kräftig geregnet. Das Büro der Zollbehörde war gut klimatisiert. Ich hatte mich dorthin geflüchtet und ging so wenig wie möglich hinaus, um nicht nass zu werden. Bei jeder Ankunft und jedem Abflug stellte ich mich ins Kontrollhäuschen, um die Pässe abzustempeln. Im ersten Moment habe ich sie nicht wiedererkannt, doch als ich ihren Namen las ...«

»Kam sie an oder flog sie weg?«

»Sie flog weg.«

»Wann war sie eingereist?«

»An einem Tag, an dem ich nicht im Dienst war. Eine Woche zuvor.«

»Und was hatte sie in dieser Zeit gemacht?«

»Das habe ich sie nicht gefragt.«

»Sie haben nicht mit ihr gesprochen?«

»Doch, aber darüber nicht. Außerdem stand ja eine ganze Schlange hinter ihr. Wir haben nur ein paar Worte gewechselt. Und da hat sie erwähnt, dass ihr Mann gestorben war.«

»Ist sie während ihres Aufenthalts damals nach Nouadhibou gekommen?«, fragte Marion und blickte auf Umar.

»Meines Wissens ist sie nie mehr nach Nouadhibou gekommen. Bei keinem ihrer drei Besuche.«

»*Drei* Besuche?«

Verblüfft starrte Marion nun den Ex-Polizisten an.

»Ja«, bestätigte er. »Ich habe sie dreimal kontrolliert, entweder bei der Einreise oder bei der Ausreise, und einmal sogar beide Male.«

»Wie lange dauerten ihre Aufenthalte jedes Mal?«

»Oh, nie lange. Sie wurden immer kürzer. Beim letzten Mal waren es keine drei Tage mehr.«

Der Diener hatte erneut Tee gebracht. Marions Gedanken überschlugen sich.

»Der Pass?«

»Wie bitte?«

»Ist sie immer mit einem Diplomatenpass gereist?«

Marion bemerkte, dass die beiden Männer einen Blick wechselten.

»Ja«, erklärte Uld Cheikh.

Dann, als er Umars Blick und sein belustigtes Grinsen auffing, machte er sich die Mühe, sich zu korrigieren.

»Die ersten beiden Male.«
»Nicht beim letzten Mal?«
»Nein, da nicht mehr.«

Er versuchte, sich an seinem Glas festzuhalten, um seine Verlegenheit zu überspielen, doch es gelang ihm nicht. Nach langem Schweigen seufzte Umar laut und sagte: »Ich glaube, es wäre besser, wenn du jetzt alles erzählst.«

*

Farid begriff nicht. Sie hatten mitten in der Wüste angehalten. Dabei waren sie erst zwanzig Kilometer zuvor an einer schönen Oase vorbeigekommen. Ein kleiner Palmenhain, Gras, einige Häuser und zwei schöne Brunnen wären ein besserer Ort zum Rasten gewesen. Doch sie waren in ihrem Mercedes daran vorbeigefahren und saßen nun im schmalen Schatten eines großen, viereckigen Bauwerks. Die Umgebung war übersät mit vertrockneten Exkrementen, was bewies, dass schon andere hier angehalten hatten. Aber wozu diente dieser Betonwürfel mit dem rostigen Blechdach? Es gab nur eine Öffnung, eine Stahltür mit einem Vorhängeschloss. Weit und breit wuchs kein einziges Zweiglein, kein einziger Strauch. Zum Teekochen hatte Sid'Ahmed die Reste einer alten Lattenkiste aus dem Kofferraum geholt, die sie in kleine Stücke zerbrochen hatten.

Jasmin war erstaunlich gelassen. Sie hatte ihren Tee ein Stück weiter weg getrunken, den Blick auf die Wüste gerichtet. Die Sonne war langsam untergegangen. Ein fast runder Mond war sehr früh aufgegangen. Die Nacht war nicht sehr dunkel. Nach einer Weile näherten sich Scheinwerfer eines zweiten Wagens. Es war ein weiterer Mercedes, der aus der Gegenrichtung kam. Er hielt neben ihrem Wagen an. Drei Männer stiegen aus. Sie hatten

Turbane um den Kopf gewickelt und auch um Hals und Mund. Es war unmöglich, sie zu erkennen, im Halbdunkel und mit ihrer Vermummung. Aber dennoch ging Jasmin ohne zu zögern auf einen von ihnen zu. Er griff nach ihren Schultern ohne sie an sich zu ziehen und begrüßte sie ohne Worte.

Der Fahrer hatte derweil einen Schlüssel aus seiner Tasche geholt. Mit einiger Mühe schloss er das Vorhängeschloss an der Stahltür auf und öffnete sie. Im Inneren glaubte Farid aufgestapelte Kartons zu sehen. Ein trockener Geruch von Jute-Ballen drang heraus in die klare Nachtluft. Der Fahrer hatte eine Sturmlaterne angezündet und gab seinen beiden Gefährten ein Zeichen. Diese betraten das Depot und schoben Jasmin vor sich her. Hinter ihnen schloss sich die Tür.

Farid blieb mit seinen Arztkollegen und dem Fahrer des zweiten Wagens im Freien. Letzter nahm einen Petrolkocher heraus, eine Kiste mit Proviant und Kochgeschirr. Schweigend begann er, ein Abendessen zuzubereiten. Beim Gehen hatte er das Tuch, das er um das Gesicht gewickelt hatte, auf die Brust fallen lassen. Man konnte sein Gesicht sehen. Niemand schien ihn zu kennen. Doch seine zerfurchten Züge eines Wüstenbewohners beeindruckten die jungen Mediziner, obwohl er nicht sehr viel älter war als sie. Plötzlich hörte Sid'Ahmed auf, den Chef zu spielen. Er tat dem Neuen gegenüber sogar recht schüchtern.

»Ich heiße Sid'Ahmed, das da ist Hamidou, und der andere dort hinten ist Farid.«

»Mein Name ist Béchir«, sagte der Mann lakonisch.

Er füllte einen Kochtopf mit Wasser aus einem Benzinkanister und stellte ihn auf das Feuer.

»Habt ihr Patrouillen getroffen?«, fragte Sid'Ahmed, um ein Gespräch anzufangen.

»Nein«, antwortete Béchir.

»Wir auch nicht. Aber denen hätten wir es gezeigt!«

Farid fand Sid'Ahmeds Versuch, sich interessant zu machen, richtig peinlich. Er war froh, dass Béchir nicht darauf einging. Ungeachtet aller Bemühungen des jungen Arztes schien der Mann aus der Wüste nicht geneigt, den Dialog in Gang zu halten. Er begnügte sich damit, von Zeit zu Zeit den Deckel der Kasserolle zu heben, um den Kochvorgang zu überprüfen. Farid hatte sich neben die Stahltür gesetzt. Durch das Schweigen hinweg versuchte er mitzuhören, was im Inneren gesprochen wurde. Doch er konnte nichts hören und fragte sich, ob Jasmin eventuell in Gefahr war.

*

Marion schaute Uld Cheikh nicht an, um den ehemaligen Polizisten nicht beim entscheidenden Moment seiner Aussage zu irritieren.

»Die beiden ersten Male ...«, begann er zögernd, »als Jasmin nach Mauretanien zurückkam ... legte sie es nicht darauf an, mich zu sehen. Im Gegenteil, wie ich ja bereits sagte, haben wir uns rein zufällig wiedergesehen. Damals hatte ich nicht den Eindruck, dass sie erfreut war, mich zu sehen.«

Er wandte sich für einen Moment zu Umar, der kurz die Augen schloss, um ihn zu ermutigen.

»Die beiden ersten Male hatte ich irgendwie den Eindruck, als wäre es ihr gar nicht recht, ausgerechnet auf mich zu stoßen. Ich habe ihren Pass kontrolliert. Dabei habe ich sie nach ihrem Mann gefragt und erfahren, dass er gestorben war. Als ich ihr mein Beileid aussprechen wollte, hatte sie es plötzlich sehr eilig und ging weiter.«

»Entschuldigen Sie die Zwischenfrage, aber haben Sie zufällig gesehen, ob es noch viele andere Stempel in ihrem Pass gab?«

»Viele nicht, nein.«

»Nicht viele oder nur wenige?«

»Wenige. Ich glaube sogar, dass es nur mauretanische Stempel waren. Eventuell auch Marokko, aber ich bin mir nicht sicher.«

»Und Sie haben sich nicht gewundert, dass sie immer noch einen Diplomatenpass hatte, obwohl ihr Mann nicht mehr im Amt war – ja, nicht einmal mehr am Leben?«

»Nein, das gibt es öfters. Die Betreffenden behalten ihren Pass, solange er gültig ist. Im Allgemeinen gilt er für die Dauer des geplanten Aufenthalts im Land. Und da die beiden vorzeitig ausgereist sind, war der Pass von Madame noch für eine Weile gültig. Das war nicht ungewöhnlich.«

»Pardon, ich habe Sie unterbrochen. Sie sprachen von den ersten beiden Malen ...«

»Ja, das waren nur kurze Begegnungen. Kaum mehr als eine Routinekontrolle. Ich glaube sogar, dass niemand um uns herum etwas gemerkt hat. Doch beim dritten Mal ...«

»Wann war das?«

»Vor nicht ganz einem Jahr. Ich erinnere mich, dass der Flieger wegen eines Sandsturms zuerst nicht landen konnte. Man konnte kaum etwas sehen. Die Autos mussten am helllichten Tag ihre Scheinwerfer einschalten. An jenem Tag hatte ich nachmittags Dienst. Morgens musste ich immer zum Arzt, wegen einer langwierigen Sache. Und danach musste ich mich noch ausruhen. Gegen drei Uhr nachmittags kam ich zum Flughafen. Ich war noch dabei, meine Sachen in meinen Spind zu räumen und meine Stempel und das ganze Kontrollmaterial zusammenzusuchen, als einer meiner Kollegen vom Zoll zu mir kam. Er sagte, eine Französin sei zur Seite genommen worden und solle durchsucht werden. Aber sie habe lautstark nach mir verlangt. Also ging ich in den Zollbereich und erkannte sie schon von weitem. Es war Jasmin. Sie war völlig außer sich. Die Zollbeamten hatten Angst, sich ihr zu nähern. Sie waren eingeschüchtert. Erstens war sie eine Frau und zweitens sehr schön. Außerdem hatte sie behauptet, von höchster Stelle protegiert zu werden. Meine Kollegen waren sehr erleichtert, als ich kam. Bevor ich zu ihr ging, habe ich mich noch schnell erkundigt, worum es ging. Sie wollte nach Frankreich fliegen. Um achtzehn Uhr vierzig sollte ihr Flieger gehen. Die anderen Passagiere waren bereits an Bord. Mein Kollege vom Zoll sagte mir, sie sei für eine Routinekontrolle herausgegriffen worden. Das läuft noch ziemlich primitiv bei uns ab, per Hand. Man geht meistens nach dem Zufallsprinzip vor, nach Intuition. Aber manchmal haben wir auch unsere Informationen.«

»Wurde bei Jasmin etwas gefunden?«

»Sie hatte ihnen verboten, ihr Gepäck auch nur anzufassen. Sie behauptete, sie besäße diplomatische Immunität. Sie schrie, sie sei die Frau des französischen Konsuls von Nouadhibou. Sie tat sehr überheblich und weigerte sich, ihre Papiere vorzuzeigen. Sie wollte nur mit mir reden. Als ich dann zu ihr kam, war sie richtig nett zu mir. Bei den früheren Malen war sie nicht so freundlich gewesen. Ich wollte das Problem an Ort und Stelle klären, doch sie bestand darauf, unter vier Augen mit mir zu reden. Deshalb gingen wir ein Stück abseits. Da erklärte sie mir, ihr Diplomatenpass sei abgelaufen und sie hätte nur noch einen ganz normalen Reisepass. Aber sie hoffe darauf, dass ich für sie bürge, *im Namen meiner Freundschaft mit ihrem verstorbenen Mann* und so weiter.«

»Sie hatte Angst.«

»Mit Sicherheit. Das sah man an einer gewissen Arroganz und ihrer Aufregung.«

»Was haben Sie gemacht?«

»Anfangs habe ich gezögert. Ihre Hartnäckigkeit war mir peinlich. Sie rechnete offenbar fest mit meiner Unterstützung, aber es wäre mir lieber gewesen, sie hätte mir eine Wahl gelassen. Aber schließlich habe ich mir gesagt, dass die arme Frau so viel mitgemacht hatte, dass ich nachsichtig sein und ihr helfen müsste. Also ging ich mit ihr zu den Zöllnern zurück. Denen habe ich erklärt, dass alles in Ordnung sei, ich die Frau kenne und sie in der Tat die diplomatische Immunität genieße. Daraufhin bekam sie die Erlaubnis, an Bord zu gehen. Ich schaute ihr nach, als sie in die Abflughalle ging. Sie hat sich noch einmal umgedreht und mir zugewinkt.«

»Das war alles?«

»Ja«, sagte der Polizist und verzog das Gesicht.

Umar, der die ganze Zeit geschwiegen hatte, sagte leise: »Wenn du schon mal so weit bist ...«

Uld Cheikh warf einen ängstlichen Blick auf Marion, die ihn fragend anschaute.

»Hinterher ging ich noch mal zu meinem Kollegen vom Zoll. Wir haben noch einmal über die Sache geredet ...«

»Und?«

»Tja, er hat mir erklärt, dass es in Wirklichkeit gar keine Routinekontrolle war.«

»Sondern?«

»Sie hatten einen Monat zuvor eine Fortbildung gemacht, mit französischen und spanischen Zollbeamten. Ein Kurs über Kontrolltechniken. Und sie hatten seit kurzem einen Hundeführer, der das Gepäck inspizierte. Ich bin mit diesem Zöllner befreundet. Wir sind vom selben Stamm. Er hat geschwiegen und meine Entscheidung respektiert. Aber er war sich seiner Sache ganz sicher.«

Uld Cheikh zögerte kurz, doch dann sprach er es aus.

»Jasmin führte eine beträchtliche Menge an Kokain mit sich.«

DRITTER TEIL

I

Sarah hatte mit derselben blinden Begeisterung geheiratet, wie sie auch Fallschirm sprang oder mit einer Maschinenpistole schoss. Mit neunundzwanzig sah sie sich schon als kinderlose alte Jungfer, was ganz und gar nicht in ihre Lebensplanung passte. Kurz darauf hatte sie bei einer Freundin deren Cousin getroffen, einen jungen Schotten, Griechischlehrer, gebildet und einsam. Sie hatten zwei Kinder bekommen und sich wieder scheiden lassen. Seither lief es ganz wunderbar. Jeder von ihnen genoss das Gefühl, frei und ledig zu sein, aber dennoch zwei tolle Kinder zu haben. Da Sarah wusste, dass ihr wegen der Operation Zam-Zam anstrengende Wochen bevorstanden, hatte sie die Kinder nach Mons gefahren und in den Zug nach Brüssel gesetzt, von wo aus sie dann zu ihrem Vater nach Edinburgh flogen.

Aus Mons zurück, ging Sarah nicht erst nach Hause, sondern sofort ins Büro. Die Beobachtungsposten saßen vor geöffneten Cola-Dosen und leeren Bierflaschen.

»Was könnte dieser Punkt hier sein?«

Sarah stand vor den Bildschirmen in der Einsatzzentrale und zeigte auf ein kleines, leuchtendes, rotes Viereck auf dem Satellitenbild der Wüste. Der gleichförmig helle Bildschirm war mit dunklen Streifen durchzogen, die schemenhaft das wellige Gelände darstellten. Über Städten kann man auf Satellitenbildern sehr viel erkennen; sie sind jedoch wesentlich weniger aussagekräftig, wenn es um riesige, kahle Flächen geht. Die Millionen von Quadratkilometern Leere der Sahara haben etwas Einschüchterndes an sich. Man hatte den Eindruck, ein einsames Schiff auf hoher See zu sehen.

»Das ist der Wagen von Jasmin und den Ärzten. Sie haben vor acht Stunden dort angehalten.«

»Das ist viel zu lange für eine normale Rast. Was treiben sie dort?«

»Wenn wir einen internetfähigen Satelliten hätten, könnten wir näher hinzoomen und sehen, ob sonst noch jemand dort ist.«

Bernie war früher beim niederländischen Geheimdienst gewesen und hatte viel in den Vereinigten Staaten gearbeitet, wo er auch seine Ausbildung absolviert hatte. Im vorigen Jahr war er von Providence rekrutiert worden, für Tadeusz' Abteilung, wo er für die Graphik-Programme zuständig war.

»Wir *haben* aber keinen internetfähigen Satelliten«, sagte Sarah bissig. »Es wird auch ohne gehen.«

»Das Komische ist«, fuhr Bernie unbeeindruckt fort, »dass der Ort einen Namen hat, obwohl es keine Oase ist. Nur ein Betonwürfel. Kein Fels, kein Tal. Nichts. Und trotzdem hat der Ort einen Namen.«

Er zoomte weg. Einige hundert Meter vor dem Punkt, der den Wagen von Sid'Ahmed darstellte, stand: Redoute.

»Das ist Französisch«, merkte Sarah an. »Eine Bezeichnung, die noch aus der Kolonialzeit stammen muss.«

Auf einem anderen Monitor scrollte Sarah die Liste einer französischen Suchmaschine herunter.

»Schau mal!«, sagte Bernie plötzlich.

Er hatte an dem Satellitenbild diverse Veränderungen vorgenommen. Die Stelle, an der Jasmin lokalisiert worden war, sah plötzlich nicht mehr nur wie eine eintönige Gegend mit einer Betonbaracke aus. Der Boden, der den Würfel umgab, wies mehrere farblich leicht unterschiedliche Linien auf. Sie trafen im rechten Winkel aufeinander und bildeten kleine, unterschiedlich große Vierecke, die miteinander verbunden waren.

»Sieht fast wie eine Ausgrabungsstätte aus«, sagte Sarah.

»Ruinen.«

»Ich hab so was mal in Sizilien gesehen. Die alten römischen Villen, von denen nur einige Steinreihen von den Grundmauern übrig sind.«

Bernie bearbeitete das Bild weiter, bis man es aus einer anderen Perspektive sah. Man sah den Quader nun schräg.

»Vielleicht«, sagte er bedächtig, »ist es aber auch nur das Dach einer Konstruktion.«

»Was willst du damit sagen?«

»Über der Erde ist vielleicht nur ein Steinquader zu sehen, aber es kann durchaus sein, dass sich die wichtigeren Räume *unter* der Erde befinden. Der Sand, der sich darauf abgelagert hat, könnte die Kontraste leicht verformt haben.«

»Du denkst an einen unterirdischen Bunker?«

»Warum nicht?«

Sarah hatte ein elektronisches Wörterbuch geöffnet und den gesuchten Begriff gefunden.

»Redoute: Festung, befestigte Anlage, Zufluchtsort.«

»Würde das bedeuten, dass es *darunter* noch etwas gibt?«, sagte Bernie. »Unterirdische Gänge zum Beispiel?«

»Möglich wäre es.«

*

Hobbs hatte nie als Agent im Einsatz gearbeitet. Doch seine hohe Position im Pentagon hatte ihn ständig mit solchen Leuten zusammengebracht. Er fand, dass sie immer gehetzt und misstrauisch wirkten und sich allein schon dadurch verrieten. Er fand dieses Spiongetue albern. Die beste Methode war es seiner Meinung nach, sich ganz natürlich zu geben.

Zur Enttäuschung seines algerischen Gesprächspartners, der sich in einem Park oder auf einer der Fähren nach Manhattan mit ihm treffen wollte, hatte er abgelehnt und sich mit ihm ganz unspektakulär in einer Bar in East Side verabredet, in der es nicht allzu laut war.

Rachid Bou Reggane – unter diesem Namen lebte er in den Vereinigten Staaten und war auch im UNO-Gebäude bekannt, wo er sein Büro hatte – war ein absolut unauffälliger Mann. Korpulent und kurzbeinig wie er war, die spärlichen Resthaare nach hinten gekämmt, ähnelte er eher einem kleinbürgerlichen Franzosen als einem Araber aus Algerien. Im Übrigen hatte er Hobbs erklärt, er sei kein Araber, sondern Kabyle. Doch derlei Feinheiten waren dem Amerikaner völlig gleichgültig.

»Na«, begann Hobbs, nachdem sie jeweils ein Bier bestellt hatten, »was sagen Sie zum Vorgehen Ihres Freundes Barack Hussein?«

Bou Reggane riss die großen runden Augen hinter den fernseherähnlichen Brillengläsern auf und schnitt Grimassen, die Hobbs amüsierten.

»Sehr beunruhigend, in der Tat!«, sagte der Algerier und zog die Augenbrauen hoch.

Seine kleine Stirn überzog sich mit Falten wie ein Meerbusen, wenn ein plötzlicher Sturm aufzieht.

»Er hat den Muslimen ein Friedensangebot gemacht«, versuchte Hobbs ihn aus der Reserve zu locken. »Erinnern Sie sich an seine Rede in Kairo? Die müsste Ihnen doch gefallen haben!«

Bou Reggane beugte sich vor und blickte sich argwöhnisch nach allen Seiten um.

»Der Mann ist verrückt, glauben Sie mir! Es wird ein böses Ende nehmen. Er begreift nicht, welche Art von Bedrohungen sich durch die arabische Welt ziehen.«

Hobbs schnurrte vor Vergnügen. Er liebte es, wenn jemand über Obama Dinge sagte, die er selbst dachte. Im Übrigen hielt er Bou Reggane für einen anständigen Kerl, der jedoch nicht gerade das Pulver erfunden hatte. Aber genau diese Wirkung wollte Bou Reggane erzielen. Nach fünfundvierzig Jahren als Geheimagent – im Alter von sechzehn Jahren hatte er sich der Untergrundgruppe FLN angeschlossen und es schließlich bis an die Spitze des DRS, des *Département du Renseignement et de la Sécurité*, dem algerischen Geheimdienst, gebracht – sollte man annehmen, dass er in der Lage war, mit seinen Qualitäten hinter dem Berg zu halten. Das wusste Hobbs natürlich. Und Bou Reggane wusste, dass Hobbs es wusste. Das Spielchen, das sie seit Jahren miteinander spielten, gab dem einen Sicherheit, dem anderen machte es Spaß. Insofern kann man sagen, dass sie sich recht gut verstanden.

»Kommen wir zu den Fakten«, sagte der Algerier und pickte eine große schwarze Olive auf, runzlig und saftig. »Wie kommen Ihre Freunde voran? Konnten sie etwas anfangen mit den Informationen, die ich Ihnen gab?«

»Ich denke schon.«

Bou Reggane hatte es sich auf seinem Sessel gemütlich gemacht und die Unterarme auf seinem runden Bauch abgelegt. Diese Position konnte er stundenlang einnehmen, auch auf den Bänken der Delegationen, im Saal des Sicherheitsrates, und niemand wusste, ob er nicht in Wirklichkeit schlief.

»Ich mache mir trotzdem etwas Sorgen«, fuhr Hobbs fort.

»Ach ja?«

»Unser Freund, der Immobilienhändler, Sie wissen, wen ich meine...?«

Dieses mehr als schlichte Codewort, eine Konzession an das Geheimdienstmilieu, amüsierte ihn. Er hätte auch »Archie« oder »Providence« sagen können, denn keiner der anderen Gäste hätte es gehört. Und falls jemand seine Zeit damit verschwendet hätte, ihr Gespräch aufzuzeichnen – eine absolut paranoische Hypothese – was hätte er daraus schließen können? Hobbs schmunzelte.

»... Nun ja, seine Agentur ist noch nicht sehr vertraut mit Ihrer Gegend. Das ist alles noch etwas neu für sie. Zu Zeiten von Präsident Bush hätten wir solche Aufgaben niemals vergeben, Bekämpfung des Terrorismus und so weiter. War viel zu heikel damals.«

»Das sagten Sie mir schon. Aber sie sind an der Sache dran, nicht wahr?«

»Und wie! Im Grunde hat unser Mann schon immer von einer solchen Sache geträumt. Das ist seine Eintrittskarte in die Welt der Großen. Wenn er diesen ersten Fall erfolgreich abschließen kann, hat er sich in dieser Marktlücke etabliert. Mehr noch, ich gebe ihm keine zwei Jahre, bis er auf diesem Gebiet führend ist.«

»Dann ist ja alles bestens.«

Hobbs verzog das Gesicht. »Nein, ich glaube nicht, dass sie schon so weit sind. Sie stolpern noch über Kleinigkeiten, und das macht den Anfang etwas schwierig.«

»Was soll das genau heißen?«

Hinter ihren Bullaugen suchten die Äuglein von Bou Reggane das Lokal ab. Er war vollkommen reglos und gleichzeitig ständig in Alarmbereitschaft.

»Sie haben Schwachstellen, was Adressen angeht. Es kommt vor, dass sie Telefonnummern nicht kennen, zum Beispiel. Neulich mussten sie sich sogar an den britischen Geheimdienst wenden, wenn Sie verstehen, was ich meine. Geheimdienst-Informationen sind heutzutage teuer. Und wir hatten sie ausdrücklich gebeten, niemanden hinzuzuziehen.«

»Sie haben recht.«

»Sie sind sehr diskret vorgegangen, und es wird keine Konsequenzen haben. Aber ich finde es dennoch beunruhigend. Es bedeutet, dass sie die Hilfe verschwiegener und kompetenter Leute brauchen. Leuten wie Ihnen, zum Beispiel.«

Der Algerier, dessen Arme noch immer auf dem Bauch lagen, betrachtete seine Finger.

»Sie wissen, dass wir großen Wert darauf legen, völlig außen vor zu bleiben. Es muss sein! Das ist Ihnen sicher klar.«

Hobbs schüttelte den Kopf. Die Sache mit den Händen auf dem Bauch hatte er auch schon versucht. Aber seiner war leider nicht rund genug: Sie rutschten ihm ständig auf die Schenkel.

»Im Übrigen«, fuhr Bou Reggane fort, »teile ich Ihre Besorgnis. Diese Leute dürfen keine Fehler machen, nur weil ihnen die nötigen Kenntnisse fehlen. Der Bereich, in den sie sich etablieren wollen, ist ziemlich speziell. Er hat eine lange Geschichte. Nachbarschaftliche Beziehungen, familiäre Verwirrungen, da blickt man nicht von heute auf morgen durch.«

Er sprach leise, auf seine betuliche Art. Man hätte ihn glatt für einen alten Beichtpfarrer halten können. *Das war der Gipfel.*

»Ich werde ihnen die Kontaktdaten einer Person zukommen lassen, die für sie nützlich sein kann.«

»Mir?«, sagte Hobbs verblüfft.

»Nein, nicht Ihnen. Ich meinte Ihre Freunde.«

Hobbs brummte zufrieden.

»Danke, das weiß ich zu schätzen.«

»Aber der Bursche ist sehr beschäftigt. Man sollte ihn nur bei ganz präzisen Fragen konsultieren. Lebenswichtigen Fragen, würde ich fast sagen.«

Nach diesen Worten begann Bou Reggane plötzlich laut zu lachen. Danach lächelte er so selbstzufrieden wie ein mediterraner Tavernenwirt, wenn er einem sein bestes Gericht anpreist.

»Er ist jemand, für den ich meine Hand ins Feuer lege. Natürlich müssen gewisse Vorkehrungen getroffen werden, um ihn zu kontaktieren.«

Er senkte die Stimme und rollte mit den Augen.

»Er will nur mit einer Person in Kontakt treten, einer einzigen. Wenn ich Ihnen seine Nummer gebe, müssen Sie mir sagen, wer ihn anrufen wird. Ich kümmere mich dann um die Details.«

»Die Details?«

Hobbs fiel plötzlich wieder ein, mit wem er es zu tun hatte. Die kleine Welt der Geheimdienste war voller Codes, Riten und Geheimnistuerei. Deshalb nickte er nur zustimmend und mit einem verständnisvollen Lächeln.

*

Die Nacht in der Wüste war sehr kalt gewesen. Farid hatte in einer Decke auf dem nackten Boden gelegen, unweit seiner Gefährten. Doch erst am frühen Morgen hatte er Schlaf gefunden. Er war aufgeregt, unruhig, ohne genau zu wissen warum. Jasmin war nicht mehr aus dem Betonwürfel gekommen, so wenig wie die beiden Männer, die mit ihr hineingegangen waren. Das einzig Beruhigende für Farid war die Gelassenheit, mit der Jasmin mit ihnen gegangen war. Aber das gab ihm noch lange keine Erklärung.

Die anderen weckten ihn für das Morgengebet. Noch halb schlafend nahm er daran teil. Erst als er sich wieder erhob, merkte er, dass die beiden Männer, die am Vorabend zu ihnen gestoßen waren, hinter ihm knieten. Auch Jasmin war aus der Redoute gekommen. Sie saß auf dem Vordersitz des Mercedes, bei geöffneter Tür, die Beine im Freien, und kämmte sich. Es wurde rasch heller und wärmer. Um diese Tageszeit kippte das Gleichgewicht der Wüste, und aus eisiger Kälte wurde eine sengende Hitze. Aber für einige wenige Augenblicke war alles rein und klar, ein einziger Kontrast.

In dieser Reinheit schwimmend, die alle Geräusche dämpfte und alle Bewegungen verlangsamte, nahm Farid, noch etwas benommen vom Vorabend, Bilder wahr, ohne sie zu begreifen. Mit äußerster Genauigkeit prägte er sich die Gesichtszüge der beiden Männer ein, die sich mit Jasmin die ganze Nacht über eingeschlossen hatten. Er merkte sich auch alle Einzelheiten ihres Fahrzeugs. Selbst Jasmins zufriedener Gesichtsausdruck entging ihm nicht. Er sah Sid'Ahmed dicht an den beiden anderen vorbeigehen, dann die finsteren Blicke, die alle ihm, Farid, zuwarfen, obwohl er sich brav abseits gehalten und keinen Mucks von sich gegeben hatte.

Dann ging alles ganz schnell. Ohne sich die Zeit für einen Tee zu nehmen, gab Sid'Ahmed seiner Gruppe das Signal zum Aufbruch. Sie stiegen in den Wagen und fuhren wortlos davon. Die Männer, die die Nacht mit Jasmin in dem Gebäude verbracht hatten, waren noch geblieben.

Der Mercedes, in dem Farid, Jasmin und die anderen saßen, beschrieb einen weiten Halbkreis und fuhr dann wieder nach Westen zurück, auf der Route, auf der sie gekommen waren. Es dauerte keine halbe Stunde, bis Jasmin müde wurde. Sie schlief ein, den Kopf an Sid'Ahmeds Schulter gelegt, der leise Gebete murmelte und verlegen stur geradeaus blickte.

II

In Dakar hatten Dave und Luis eine Wohnung im Viertel Mamelles gemietet: zwei Zimmer im oberen Stockwerk eines kleinen Backsteinhauses. Wenn sie sich auf der Dachterrasse aufhielten, sahen sie den alten Leuchtturm, der oben auf seinem Hügel thronte.

Aus Belgien kommend, waren sie vor drei Tagen mit dem Direktflug der Brussel Airlines hier in Dakar gelandet. Providence hatte sie angewiesen, sich hier niederzulassen und die nötigen Kontakte für einen eventuellen Einsatz zu knüpfen, ohne allerdings zu präzisieren, welcher Art dieser Einsatz sein würde. Sie wussten lediglich, dass es mit Mauretanien zu tun hatte. Ihre erste Tat war es deshalb, sich im Aéro-Club umzusehen.

Der Aéro-Club von Dakar, am äußersten Ende des Flughafens gelegen, erinnert an heroische Zeiten. Die Schilder an den Wänden sind noch wie früher von Hand gemalt: »Rauchen verboten«, ein Meisterwerk in Schwarz und Rot, geschrieben mit einem Pinsel mit maximal drei Borsten, blättert leider ab. Der Club liegt in der Umgebung zweier neuralgischer Punkte: Flugzeughalle und Bar. In der Flugzeughalle stehen ein halbes Dutzend sorgfältig gewarteter kleiner Propellermaschinen. Ein paar Privatmaschinen stehen verstreut davor.

Die Bar mit dem Spitznamen *Apéroclub* ist der allgemeine Treffpunkt. Amateur- und Berufspiloten trinken hier gemeinsam. Sie haben ihre Abenteuer schon so oft geschildert, dass es inzwischen eher ruhig zugeht und man sich nur noch derbe Witze oder Klatsch aus der Stadt erzählt. Die Ankunft eines Neulings ist immer ein Fest. Das schweißt die Gruppe wieder neu zusammen und liefert ihnen, wenn vielleicht keine neuen Geschichten, so doch ein neues Publikum, das sich die ihren anhört.

Die zwei Agenten von Providence kamen auf Anhieb gut an. Sie waren jung, aber nicht zu jung, in den Dreißigern. Sie waren Amerikaner, was den Mitgliedern des Aéro-Clubs, sowohl den Franzosen als Senegalesen, offenbar gefiel. Amerika erweckte eine naive Bewunderung, was wie das ganze Dekor etwas von den Sechzigern an sich hatte. Außerdem schienen sie Geld zu haben und fragten nach jemandem, der sie herumfliegen würde.

Sie hatten sich als Biologen vorgestellt, spezialisiert auf die Ökologie regenarmer Gegenden. An Angeboten mangelte es ihnen daraufhin nicht. Mindestens sechs Piloten erklärten sich bereit, sie in die Wüste zu fliegen. Sie hatten sich die Namen und Handynummern aufgeschrieben und auch die Tage, an denen diese Männer Zeit hatten.

Danach kamen sie nicht mehr darauf zu sprechen. Sie brauchten noch Material und Geräte aus den Staaten, bevor sie mit der Arbeit anfangen konnten. Aber sie kamen trotzdem täglich in den Aéro-Club. Und so konnte es nicht ausbleiben, dass sie auf Albert stießen.

Albert war ein ehemaliger Jagdflieger der französischen Armee. Danach hatte er zur zivilen Luftfahrt gewechselt und angefangen zu trinken. Mit fünfundfünfzig hatte er sich mit einer guten Pension im Senegal niedergelassen. Er lebte allein. Im Aéro-Club redete er mit niemandem. Er kam herein, setzte sich in eine Ecke und trank zwei Whiskys. Danach stieg er in sein cremefarbenes, einmotoriges Flugzeug, das er sich vor zehn Jahren gekauft hatte und selbst wartete. Über ihn kursierten die wildesten Gerüchte. Angeblich flog er manchmal in die Wüste und blieb mehrere Tage lang verschwunden. Man verdächtigte ihn des Schwarzhandels mit Guinea-Bissau, Mali und Mauretanien. Dass er nichts mit Drogen zu tun hatte, war das Einzige, was man mit Sicherheit wusste. Seine Tochter war daran gestorben.

Dave und Luis zeigten großes Interesse. Sie baten ihn um seine Telefonnummer und verabredeten sich mit ihm in einer Bar in *Les Almadies*. Im Gegensatz zu allen anderen Piloten hatte Albert keine einzige Bedingung gestellt. Für ihn zählten nur der Schwierigkeitsgrad der Operation und dass er sein Geld bekam. Er war allem Anschein nach ein Verrückter, der Typ Soldat, der gern Befehle ausführt, schwierigste Missionen liebt und hinterher seinen Sold vertrinkt. Doch man spürte, dass er keine Fragen stellen und nichts herumerzählen würde. Das war in diesem Milieu eher selten.

Die Männer von Providence hatten ihn beiseite genommen und ihn gebeten, sich bereitzuhalten. Albert hatte die Anzahlung eingesteckt, ohne eine Frage zu stellen.

*

Um sieben Uhr morgens hatte der Wagen, in dem Jasmin saß, den Ort verlassen, an dem sie die Nacht verbracht hatten. Es dauerte gute fünf Minuten, bis der Beobachtungsposten von Providence es mitbekam. Sofort hatte er Alarm geschlagen.

»Der Wagen fährt wieder zurück.«

Sarah, am anderen Ende der Leitung, hatte nach der kurzen Nacht eine belegte Stimme, war dann aber auf einen Schlag hellwach.

»Ich komme. Schick schon mal Dave und Luis in die Luft!«

*

Von der Einsatzzentrale von Providence benachrichtigt, hatten Dave und Luis Albert schon am Vorabend angerufen. Er hatte sofort einen fragwürdigen Flug angemeldet: Jagdflieger in die Ödnis von Fouta zu bringen. Gleich nachdem sie Sarahs Order erhalten hatten, gab Dave das Startsignal. Albert war allein zum Aéro-Club gekommen. Die beiden Amerikaner warteten am Ende der Piste. Sie hatten ihr Material in einer dunklen Ecke des Kontrollturms versteckt, hinter der Umzäunungsmauer einer neuen Siedlung.

Das Flugzeug wendete am äußersten Ende der Piste, um in Startposition zu gehen. Hier erst stiegen die beiden Männer mit ihrer Ausrüstung ein.

Zu ihrer Rechten ging die Sonne auf, während sie über den fast schnurgeraden Strand in Richtung Saint-Louis flogen. Luis, auf dem Rücksitz, hatte mit seiner schweren Montur zu kämpfen. Er hatte seinen Rucksack zwischen die Beine gestellt und betrachtete den Horizont, der sich vom Land her erhellte.

*

Kader hatte keine Eile, nachdem Jasmin und die jungen Ärzte abgefahren waren. Er hatte Béchir gebeten, einen Tee zu kochen. Danach saßen sie alle drei dösend zusammen im schmalen Schatten der Redoute.

»Und, Anuar, was meinst du?«

Der Prediger umklammerte seine Gebetskette.

»Positiv.«

»In diesem Fall wird alles gutgehen«, murmelte Kader.

»Wenn Gott es will«, korrigierte Anuar ihn ohne große Überzeugung.

Sie blieben noch zwei Stunden, halb benommen, zwischen Schlafen und Wachen. Hin und wieder stand Béchir auf und goss Wasser aus einem gelben Benzinkanister.

»Zeit, mit Abu Mussa Kontakt aufzunehmen«, verkündete er nun, als er zurückkam.

Sofort kam Leben in Kader. Er erhob sich und holte das Satellitentelefon aus dem Kofferraum. Er schaltete es ein, regulierte es und wählte die Nummer.

»Bist du außer Gefahr?«, fragte er, nachdem er Abu Mussas Stimme erkannt hatte.

»Wir haben alle Männer unter die Lupe genommen. Es gab zwei, die suspekt sein könnten. Aber wir haben die Sache geregelt. Ich glaube, jetzt haben wir Ruhe.«

»Seid ihr weitergezogen?«

»Ja, wir sind an einem sicheren Ort. Ich bin mir fast sicher, dass ihn die anderen nicht kennen. Auf jeden Fall werden sie uns nicht aus dem Hinterhalt angreifen können. Wir sind auf der Hut. Und ihr?«

»Ich gebe dir den Imam. Er soll dir sagen, was er denkt.«

Kader gab das Gerät an Anuar weiter, der es an seinen Bart drückte.

»Und?«

»Alles in Ordnung.«

»Garantierst du für das Mädchen?«

Anuar lachte leise und murmelte eine Beschwörungsfloskel.

»Du weißt besser als ich, wer der einzige Garant ist. Ich kann dir nur sagen, dass ich ihr vertraue. Ich glaube, dass sie ein Instrument ist, ein Instrument Gottes und unseres.«

»Gut, gib mir den Luchs noch mal.«

Das war ein alter Spitzname, der noch aus seiner Jugend stammte, als Kader mit seinem Vater auf die Jagd gegangen war. Im Untergrund hatte er ihn wieder aufgenommen, benutzte ihn aber nur am Telefon.

»Ja?«, fragte Kader der Luchs.

Am anderen Ende der Leitung herrschte zuerst Schweigen.

»Hast du viele Kommunikationsmittel verloren, als die Hunde abgehauen sind?«

»Nein, viele nicht.«

»Kommst du noch ins Internet?«

»Ja.«

»Und die Verschlüsselung?«

»Der dafür Zuständige ist mit den anderen fort. Aber ich hab noch einen jungen Mann, der sich damit auskennt.«

»Versuch eine gut verschlüsselte Internetverbindung hinzukriegen, bis ich bei euch bin.«

»Wann wird das sein?«

»Hängt davon ab, wo du bist. Sag nichts hier am Telefon, nur wie ich dich erreichen kann.«

»Ich schick dir jemanden zum Punkt 9. Er wird dich zu mir führen.«

Kader beendete das Gespräch und checkte das GPS. Sie waren zwei Tagesreisen vom Punkt 9 entfernt.

Ein kleines Flugzeug flog über sie hinweg, sehr hoch am Himmel, direkt über ihren Köpfen. Sie beachteten es nicht weiter. In aller Ruhe erhoben sie sich und begannen mit den rituellen Waschungen.

*

In dem überhitzten Fahrzeug sagte keiner etwas. Jasmin döste noch vor sich hin. Und Sid'Ahmed blickte weiterhin stur geradeaus. Farid dachte angestrengt nach. Wo hatte er diesen Mann schon mal gesehen, der mit Jasmin aus dem Gebäude gekommen war? Das Gesicht kam ihm irgendwie bekannt vor.

Nach einer Weile schlief er ebenfalls ein. Und dann, im wirren Halbschlaf, sah er das Foto vor sich. Es war mehrere Tage lang auf den Titelseiten der nationalen Presse gewesen. Der Mann war von vorn aufgenommen worden. Und darunter hatte gestanden: »Kader Bel Kader, Anführer des Kommandos, das für die Entführung der beiden Schweizer verantwortlich ist.« Wegen dieses Verbrechens wurde Kader Bel Kader polizeilich gesucht. Ob Lösegeld bezahlt worden war, wusste niemand so recht. Tatsache ist, dass die beiden Touristen einen Monat später in der Nähe der Grenze zu Mali aufgefunden wurden, sehr geschwächt, aber immerhin noch lebend.

Farid zitterte im Nachhinein für Jasmin. Er hatte mitgeholfen, sie einem Drogendealer auszuliefern, einem skrupellosen Entführer! Doch die Sache wurde immer rätselhafter. Warum schien sie nicht überrascht, als sie diesen Mann traf? Warum war sie ihm furchtlos gefolgt? Warum hatte es so ausgesehen, als würde sie ihn sogar kennen? Und vor allem: Warum hatte er sie wieder freigelassen?

Sid'Ahmed blickte hin und wieder zu ihm herüber, und Farid rang sich ein Lächeln ab. Doch es lag etwas in der Luft, was ihm Angst machte.

*

Professor Alexis Roth, frisch von der Universität von Louvain-la-Neuve angereist, wo er eine psychiatrische Abteilung leitete, saß am Kopf des großen Tisches, mit einer Tweedjacke mit Lederbesätzen an den Ellbogen, und schlohweißen, abstehenden Haaren. Vor ihm lag das komplette Dossier über die Operation.

»Ich darf euch unseren neuen *Profiler* vorstellen«, sagte Helmut. »Ein hochgeschätzter Partner von Doktor Wilkes. Er wird während der Dauer der Ermittlungen hier bei uns bleiben. Danke, Professor, dass Sie uns einen Teil Ihrer knappen Zeit widmen. Ich übergebe Ihnen nun gleich das Wort.«

Roth räusperte sich und begann: »Was wir über den Lebensweg dieser Jasmin wissen, ist letztendlich recht geradlinig.«

Sarah seufzte. Ihrer Meinung hatten Profiler und genau genommen alle geschwätzigen Experten in Einsatzzentralen nichts zu suchen. Man konnte sich notfalls ja anhören, was sie zu sagen hatten, aber doch bitte außerhalb, wo sie nichts anfassen konnten. Bei Providence hatte sie sich jedoch an diese Leute gewöhnen müssen. Dieser alte Spinner von Archie war ein großer Fan der Naturwissenschaften, ganz besonders auf medizinischem Gebiet.

»Wir kennen noch nicht viele biographische Einzelheiten«, fuhr der Psychiater kopfschüttelnd fort. »Nichts über ihre Kindheit, kaum etwas über ihre Familie, ihre persönliche Geschichte. Wir müssen also an der Oberfläche bleiben. Und auf den ersten Blick gibt es dort nichts Auffälliges.«

Jorge teilte Sarahs Voreingenommenheit. Nervös zerbrach er einen Stift, mit dem er herumspielte. Der ausdruckslose Blick, den der Psychiater ihm zuwarf, machte ihn noch nervöser.

»Wir haben also eine dreißigjährige Französin, die mit einem ehrgeizigen und vielversprechenden Diplomaten zusammengelebt hat. Solange wir nichts Gegenteiliges erfahren, gehen wir davon aus, dass beide aus guter Familie stammen, zumindest eine gute Ausbildung erhielten, wie die Franzosen sie noch haben und gern exportieren, besonders auf diplomatischer Ebene.«

Er sprach langsam. Seine grünen Augen hinter den dicken Brillengläsern schweiften von einem zum anderen, und er hielt deren Blicken furchtlos stand.

»Man gibt ihnen einen Posten in Afrika. Sie geben sich größte Mühe, legen sich voll ins Zeug, arbeiten wie die Wilden, und ihn kostet es sogar seine Gesundheit. Er stirbt. Nicht deshalb, aber vielleicht *auch* deshalb. Denkt zumindest seine Frau. Rückkehr nach Frankreich. Die Regierung verhält sich unschön. Die Witwe erhält keine Unterstützung, gilt offiziell nicht mal als solche. Sie bittet verzweifelt um eine Stelle. Vergebens.«

»Aber, Doktor Roth«, fiel Helmut ihm ins Wort, der mit seinen liberalen Überzeugungen nie hinter dem Berg hielt, »warum sollte eine Behörde einer Witwe eine Arbeitsstelle geben?«

»In Frankreich legen die Menschen großen Wert auf das, was sie *sozialen Schutz* nennen. Das ist eine der Funktionen des Staates. Sie erwarten viel von ihrer Regierung. Ich möchte hinzufügen, dass es im Fall von Jasmin sicher auch ein Gefühl von affektiver

Schuld gab. Sie glaubte, ein Recht auf eine gewisse Anerkennung zu haben. Und vor allem brauchte sie dringend Geld.«

»Wie es scheint, hat sie es an anderer Stelle gefunden«, warf Sarah ein.

»Richtig, und so sehe ich die Sache: Der französische Staat erweist sich als undankbar. Jasmin bekommt nichts, abgesehen davon, dass sie – aus Versehen oder um ihr einen Gefallen zu tun – ihren Diplomatenpass behalten darf. In Mauretanien hat das junge Paar alle möglichen Leute getroffen, das wissen wir. Jasmin ist sicher mit einigen von ihnen in Kontakt geblieben, per Telefon oder mittels Briefen. Jemand erfährt von ihren Schwierigkeiten. Und eines Tages kommt ein Schlepper und macht ihr ein Angebot. Sie besitzt die diplomatische Immunität, hat einen untadeligen Ruf. Als Witwe eines Konsuls ist sie über jeden Verdacht erhaben, und man bittet sie, etwas über die Grenze zu schmuggeln. Sie weiß nicht genau, worum es sich handelt, vielleicht sagt man es ihr aber sogar. Die Sache wird sehr gut entlohnt.«

»Er lispelt. Klingt, als hätte er ein Haar im Mund ...«, flüsterte Audrey ihrem Nachbarn zu.

»Na und?«

»Glaubst du, es ist ebenfalls schlohweiß?«

Sie begannen zu kichern, was ihnen einen tadelnden Blick von Helmut einbrachte.

»Sie rebelliert gegen Frankreich«, fuhr Roth fort. »Aus Provokation, aus Rache, als Herausforderung – ich kann ihren Charakter noch nicht beurteilen – willigt sie ein. Und so verdient sie sich ihren Lebensunterhalt. Erste Reise, keine Probleme. Zweite Reise, alles geht gut. Wir wissen durch eure Ermittlerin, dass es mindestens drei Reisen gab. Vor der letzten Reise wurde unglücklicherweise ihr Diplomatenpass eingezogen, der vielleicht auch einfach nur abgelaufen war. Sie beschließt, es trotzdem zu versuchen. Ein alter Polizist beim Zoll rettet sie. Es ging noch mal gut, aber sie bekommt Angst und beschließt, wieder solide zu werden.«

Eine allgemeine Entspannung trat ein, als er mit seinen Ausführungen fertig war. Jorge stand auf, um sich einen Kaffee zu holen, und Sarah bat ihn, ihr gleich auch bitte ein Glas Wasser vom Wasserspender mitzubringen.

»Es stimmt«, bestätigte Helmut, »Westafrika ist neuerdings eine Drehscheibe für den Kokainhandel. Die kolumbianischen Dealer bringen es per Boot an die Küsten. Anschließend geht das Zeug nach Europa, durch Leute, die es am Leib oder in ihrem Gepäck transportieren.«

»Kuriere nennt man hier ›Maulesel‹. Gibt es einen besseren Maulesel als die Witwe eines Konsuls mit einem Diplomatenpass?«

»Zugegeben«, räumte Helmut ein, »aber das erklärt nicht diese jetzige Reise. Handelt es sich um eine neue Art der Übergabe? Falls ja, ändert sich für uns alles. Wir informieren Interpol oder die amerikanische Gesundheitsbehörde FDA und ziehen uns zurück.«

»Oder?«, hakte Helmut nach.

»Oder es handelt sich diesmal um etwas anderes und wir müssen herausfinden, was sich geändert hat.«

»Ich darf euch daran erinnern«, warf Jorge ein, als er sich wieder an seinen Platz setzte, »dass sie inzwischen beim Außenministerium arbeitet. Das passt nicht zur Theorie der Ressentiments gegenüber Frankreich, die uns Doktor Roth unterbreitet hat.«

»Wir müssten außerdem in Erfahrung bringen, ob sie einen neuen Diplomatenpass hat.«

»Okay, Helmut, ist notiert«, sagte Audrey. »Wird überprüft.«

»Die Typen, die sie in Nouakchott trifft, können meiner Meinung nach alles sein, aber bestimmt keine Drogenhändler«, beharrte Jorge. »Es sind islamistische Ideologen.«

»Es gibt Verbindungen zwischen diesen Gruppierungen und den Mafias«, erwiderte Helmut, der vorläufig noch keine Hypothese verwerfen, dem Profiler aber auch nicht widersprechen wollte.

»Möglich«, sagte Jorge. »Doch das muss in ihrem Fall erst noch bewiesen werden.«

»Auf alle Fälle müssen wir weitersuchen.«

»Und dann wäre da noch diese Fahrt in den Osten. Was um alles in der Welt hatte diese Jasmin in dieser einsamen Gegend mitten in der Wüste zu suchen?«

»Dort gibt es etwas, unter der Erde«, warf Audrey ein. »Wir haben die französischen Kolonialarchive überprüft.«

»Und weiter?«

»Nun, an diesem geodätischen Punkt befinden sich die Überreste eines kleinen Forts, das während der Eroberung im 19. Jahrhundert gebaut wurde. Ihr wisst, dass die Franzosen ziemliche Probleme damit hatten, Mauretanien zu kontrollieren. Genau genommen ist es ihnen nie gelungen. Die Stämme haben die Kolonialposten angegriffen und sind dann wieder in der Wüste verschwunden. Die Armee hat ein Netzwerk von Befestigungsanlagen gebaut, um das Terrain zu verteidigen. Eine dieser Anlagen stand genau an der Stelle, wo Jasmin eine Nacht lang war. Eine Art Bunker, bestehend aus vier oder fünf Räumen, zum größten Teil unter der Erde, im Sand vergraben.«

»Soll das heißen, dass die Anlage unterirdisch angelegt wurde?«

»Sie ist von Sand bedeckt, ja. Zum Teil.«

»Daher die Spuren, die man aus der Luft sieht?«, sagte Helmut.

»Der kleine Quader über der Erde …«

»Ist der alte Turm der Festung, ja, und dient heute als Eingang.«

»Wir müssen in Erfahrung bringen, ob die mauretanische Armee den Ort kennt und kontrolliert.«

»Notiert«, sagte Audrey.

»Woran denkst du, Helmut?«, fragte Jorge. »Ein Drogendepot? Das würde zu den Vermutungen des Docs passen.«

»Ich habe keine Vermutung geäußert, was diese Reise betrifft«, korrigierte ihn selbiger.

»Nach der ersten Beobachtung aus der Luft war heute früh noch ein zweites Fahrzeug dort, neben dem Treffpunkt. Und es ist nicht sofort weggefahren. Daneben lagen mindestens drei Leute im Schatten.«

Das kam von Marti Hudson, dem Leiter des Aktionkommandos von Providence und somit dem Chef der beiden Agenten, die in den Aéro-Club von Dakar geschickt worden waren. Er war ein ehemaliger *Marine-Seal* aus Neuseeland, mit dem Körperbau eines Boxweltmeisters im Schwergewicht. Wenn er an einem Einsatz teilnahm, ging es immer heiß her: Action im Feindesland, Neutralisierung der Zielperson, Eindringen in Gefahrenzonen. Kurz und gut, man konnte darauf wetten, dass es nicht langweilig wurde.

»Sind deine Jungs hinter ihnen her?«

»Ohne Satellitenüberwachung müssen wir recht vorsichtig sein. Aber klar, sie behalten den zweiten Wagen im Auge.«

Wenn Marti sagte, dass er sich um eine Sache kümmerte, war es absolut sinnlos, weiterzufragen. Sinnlos und gefährlich.

*

Nachdem sie ihre optischen Geräte perfektioniert hatten, konnte Dave auch aus großer Höhe exzellent orten. Er hatte Albert gebeten, das Gebiet noch zwei weitere Male zu überfliegen, und von daher wussten sie, dass das Fahrzeug nach Nordosten fuhr. Es war in der Tat derselbe grüne Wagen, den sie beim ersten Überfliegen in der Nähe der Festung gesehen hatten.

Es war höchst unwahrscheinlich, dass sich die Autoinsassen für das kleine Flugzeug interessierten, das ohne feindliche Absicht über sie hinwegflog. Und dieses beschränkte sich auf einen letzten Kontrollflug nach einer Pause von zwei Stunden. Dieser ergab, dass das Fahrzeug immer noch auf der schlecht befestigten Piste unterwegs war, die sie identifiziert hatten. Phase 2 konnte starten!

III

Dimitris Instruktionen waren recht dürftig. Nach Jasmins Rückkehr nach Nouakchott sollte er sich erneut mit ihr treffen und möglichst herausfinden, was sie tat und mit wem sie sich traf. Hoffentlich würde er überhaupt mitbekommen, wann sie zurückkam. Um sie nicht zu verpassen, musste er zusehen, dass er so viel wie möglich im Krankenhaus war, dort, wo die Ärzte, die sie begleitet hatten, sicher gleich wieder auftauchen würden.

Aïssatou war ohne Ankündigung zwei Tage weggeblieben. Am dritten Morgen sah Dim sie hereinkommen. Sie grüßte ihn nur flüchtig. Offenbar hatte sie Angst, dass er nach ihrem kurzen Gespräch im Auto zu vertraulich werden würde. Deshalb achtete er darauf, sich ganz natürlich und distanziert zu verhalten.

Die Ärzte von Sid'Ahmeds Gruppe, die nicht mit ihm weggefahren waren, wirkten an diesem Morgen nervös. Sie telefonierten dauernd und tuschelten miteinander. Und plötzlich, gegen drei Uhr nachmittags, verschwanden sie alle gemeinsam, obwohl die Notaufnahme voller Patienten war. Dim warf Aïssatou einen fragenden Blick zu, doch sie wich ihm nach wie vor aus. Gegen vier Uhr nachmittags wurde es etwas ruhiger. Die schlimmsten Fälle waren versorgt, andere waren zum Röntgen geschickt worden, und in der Hitze des Nachmittags verlangsamte sich der Rhythmus. Dim setzte sich ins Schwesternzimmer. Eine Helferin brachte ihm ein Tablett mit Tee. Langsam schlürfte er ein kleines Glas des süßen Gebräus. Aïssatou kam herein und ging zum Waschtisch, um sich die Hände zu waschen. Eine Glasscheibe ihr gegenüber diente als Spiegel. Dim sah, wie sie den Kopf hob und sich vergewisserte, dass sie allein waren.

»Sie sind zurück«, sagte sie.
»Die Frau auch?«
»Sie auch.«
»Wo finde ich sie?«
»Im Hotel. Sie fliegt morgen mit Air France nach Paris zurück.«

Aïssatou war fertig mit dem Händewaschen. Sie hielt sie in die Luft und ging ohne ein weiteres Wort hinaus.

*

Er war ein Uhr mittags. Der Mercedes fuhr mit hoher Geschwindigkeit durch die Wüste. Kader streckte den Kopf zum Fenster hinaus, ein Maschinengewehr in den Händen. Er suchte den Himmel ab.

»Was macht denn der da?«
»Fahr langsamer!«

Im Fahren beugte sich Béchir vor und beobachtete das in niedriger Höhe über ihnen kreisende Flugzeug. Es war eine einmotorige Maschine. Darin hatten maximal vier Passagiere Platz, wenn sie einander gegenübersaßen, doch die hinteren Bullaugen waren mit dunkler Folie beklebt. Kleine illegale Frachtflugzeuge sah man häufig über der Sahara. Der Laderaum war garantiert voll mit Waren. Es bedurfte keiner großen Phantasie, um zu erraten, was es war. Auf jeden Fall keine Karotten.

»Anhalten!«, befahl Kader.

Béchir drosselte die Geschwindigkeit und bremste den Mercedes dann ab. Die Staubwolke nahm ihnen für einen kurzen Moment die Sicht auf das Flugzeug. Dann sahen sie es wieder.

»Es fliegt verdammt tief«, sagte Anuar erschrocken. »Ist es ein Militärflugzeug?«

»Nein«, erwiderte Kader. »Die Malier haben einige Flugzeuge dieses Typs, aber sie setzen sie nicht in dieser Gegend ein. Und sie haben keine zivilen Kennzeichen wie das hier.«

Flugzeuge, die in der Sahara mit Drogenlieferungen unterwegs sind, fliegen meistens sehr niedrig, um nicht vom Radar erfasst zu werden. Aber normalerweise fliegen diese Art Vögel nicht so langsam. Dieses Flugzeug aber kreiste am Himmel über einer Stelle, die vom Auto aus nicht zu erkennen war.

»Sie suchen etwas«, mutmaßte Béchir.

Kader hatte sich mittlerweile mit dem ganzen Oberkörper aus dem Fenster gelehnt und saß auf dem Rahmen, die Beine im Inneren und das Maschinengewehr auf dem Dach in Stellung.

Der Mittelpunkt der Kreise, die das Flugzeug zog, war zwei oder drei Kilometer nördlich ihrer Route. Dort wurde die Gegend ziemlich bergig. Plötzlich sahen die Passagiere im Mercedes deutlich, wie Pakete abgeworfen wurden, nachdem das Flugzeug noch tiefer gegangen war.

»Er wirft seine Ladung ab!«, rief Béchir.

Zwei weitere, noch größere Pakete fielen vom Himmel.

»Weißt du irgendwas von einer Lieferung, die hier übergeben werden sollte?«, fragte Kader und beugte sich in den Innenraum.

»Nein.«

Das Flugzeug hatte wieder an Höhe gewonnen und flog nun in Richtung Süden. Innerhalb kurzer Zeit war es am Horizont verschwunden.

»Um ganz sicherzugehen«, sagte Kader, »sollten wir hinfahren und nachsehen. Ist ja nicht weit.«

Er ließ sich zurück ins Fahrzeug gleiten. Sie fuhren in Richtung der abgeworfenen Ladung.

*

Am Vorabend war Marion nach Nouakchott zurückgekehrt. Sie hatte gerade die Zeit gehabt, nach ihrer Ankunft die neuesten Anweisungen von Providence zu überfliegen. Gleich am nächsten Tag sollte sie nachmittags abreisen. Mit ihren beiden Agenten vor Ort entwickelte sie ein schnelles Szenario. Sie reservierte auf ihren Namen ein Zimmer in dem Hotel, in dem auch Jasmin abgestiegen war. Ihre beiden Komparsen standen Wache. Einer war auf der Straße und der andere in der Hotelhalle, wo er so tat, als sei er ihr Fahrer und warte auf sie. Nach den Informationen von Providence war Jasmin am späten Vormittag zurückgekehrt. Sie war zunächst kurz ins Hotel und um halb drei zum Essen gegangen. Sid'Ahmed hatte sie im Hotel abgeholt. Sie war zu ihm in den Mercedes gestiegen und weggefahren. Ein anderer Providence-Agent war dem Mercedes gefolgt und hatte gemeldet, dass sie im Moment in einem Restaurant im Verwaltungsviertel saßen. Marion kam aus ihrem Zimmer und ging einen Stock höher in das Zimmer von Jasmin.

Die Tür war leicht zu öffnen. Die Schlösser des Hotels waren älterer Bauart und nicht kompliziert. Jasmins Sachen lagen in einer Reisetasche. Marion zog Handschuhe an und durchwühlte die Tasche. Sie fand nichts Verdächtiges. Auf dem Bett lag eine kleine Umhängetasche aus rotem Stoff. Sicher hatte Jasmin diese auf ihrer Reise in die Wüste bei sich gehabt. Auch darin nichts. Marion warf einen Blick unters Bett, untersuchte den Boden und suchte nach einem möglichen Versteck in den Fußbodenleisten. Im Bad entdeckte sie hinter einer Fliese der Zwischendecke ein Bündel Fünfzig-Euro-Scheine und einen gewöhnlichen französischen Pass auf Jasmins Namen. Er war erst kürzlich ausgestellt worden und enthielt nur einen mauretanischen Einreisestempel mit dem Datum ihrer Einreise in der vergangenen Woche.

Die Luft war feucht. Der Vorhang am Fenster flatterte sachte hin und her. Etwas verfrüht ertönte der Ruf des Muezzins. Marion beeilte sich mit ihrer Suche. Kurz darauf hallte der Aufruf zum Gebet in der ganzen Straße wider. Sie beeilte sich mit dem zweiten Schritt ihrer Aktion. Sie stellte sich mitten ins Zimmer und suchte eine geeignete Stelle. Sie entschied sich für eine der Nachttischlampen. Diese ließ sich leicht mit einem Schraubenzieher öffnen und bot genug Platz für den Mikrosender. Das Ganze hatte nur vier Minuten gedauert.

Als sie das Zimmer verließ, kam gerade eines der Zimmermädchen die Treppe herunter, in der Hand einen Eimer mit Putzwasser. Marion musste sich zusammenreißen, um nicht ertappt zu wirken. Doch sie ließ nach außen hin keine Verlegenheit erkennen und zog sachte die Tür zu. Das Zimmermädchen lächelte ihr freundlich zu und ging weiter. Danach hatte Marion genügend Zeit, die Tür wieder ordnungsgemäß mit dem Dietrich abzuschließen.

Sie hatte zehn Jahre Berufserfahrung, davon vier bei Providence. Sie gönnte sich einen kurzen Moment der Freude über ihre professionelle Arbeit. Gleichzeitig wurde ihr bewusst, wie wenig Befriedigung einem dieses Metier einbrachte.

*

»Geh rechts herum und bleib möglichst lange in Deckung. Wir treffen uns oben wieder.«

Sein Maschinengewehr im Anschlag, hastete Kader in gebückter Haltung hinter einer Reihe von Felsen entlang. Auf der anderen Seite tat Béchir dasselbe. Anuar wartete im Mercedes.

Man konnte die Stelle nicht sehen, auf die die Pakete gefallen waren. Das Gelände war hügelig und bildete praktisch einen erhöhten Krater. Oben auf der Felswand angelangt, sah Kader ein enormes Wüstenplateau vor sich. Kein Auto, kein Mensch war zu sehen. Die Pakete, die hintereinander abgeworfen worden waren, lagen an zwei verschiedenen Stellen.

Kader ging zur Vertiefung des Plateaus, ebenso wie Béchir.

»Das ist keine Lieferung«, sagte er mit einem breiten Lächeln.

»Eher ein Notabwurf, nicht wahr?«

»Vermutlich.«

Wenn die Schwarzhändler in irgendeiner Weise gewarnt werden und merken, dass man hinter ihnen her ist, müssen sie zusehen, dass sie ihre Fracht so schnell wie möglich loswerden und werfen sie einfach ab. Wenn der Pilot noch Zeit hat, wählt er eine markante und geschützte Stelle, um seine Waren später eventuell wiederzufinden. Doch oft geht dieses illegale Abwerfen völlig planlos vor sich, sehr zur Freude zufällig vorbeikommender Lastwagenfahrer.

Kader und Béchir gingen nun Seite an Seite auf die Bündel zu. Eines von ihnen war beim Aufprall auf den Boden aufgeplatzt. Kleine rechteckige, plastikumhüllte Päckchen waren herausgefallen. Ein gutes Zeichen. Voller Vorfreude griff Béchir nach einem und holte hektisch ein Messer aus der Tasche. Kader mahnte ihn mit einer Handbewegung zu Ruhe. Er nahm ihm das Messer und das Päckchen aus der Hand und stach vorsichtig in die Plastikumhüllung, zwischen zwei Streifen des Klebebands, mit denen das Paket umwickelt war. Aus dem Schlitz rieselte ein weißes Pulver. Kader berührte es leicht mit dem Finger. Béchirs Augen leuchteten. Kader führte den Finger zum Mund und leckte ihn mit der Zungenspitze ab. Sein Gesicht verfärbte sich und er spie weiß gefärbte Spucke aus. Béchir zog die Augenbrauen hoch und Kader reichte ihm das Päckchen, damit er selbst probierte.

»Gips?«, sagte Béchir ungläubig.

Sie zögerten einen Moment, doch dann begannen sie, das ganze Paket aufzureißen und auch die anderen Päckchen mit dem Messer aufzuschneiden. In allen nur Gips, ohne jeden Zweifel. Auch in den anderen Paketen war nichts anderes.

Keuchend und schweißüberströmt richteten sich Kader und Béchir wieder auf. Ratlos blickten sie sich um. Spitze Felsen bildeten den Rand der Hochebene. Weit und breit war nichts und niemand zu sehen. Béchir fing an, die Päckchen wütend mit den Füßen zu treten. Kader hielt ihn am Ärmel zurück. Gesenkten Hauptes gingen sie zum Auto zurück. Sie waren noch nicht am Rand des Plateaus, als ihnen ein besorgter Anuar entgegenkam. Er hatte es nicht länger im Wagen ausgehalten.

»Und?«, fragte er, außer Atem nach dem Anstieg.

»Fehlanzeige.«

*

Bis Dim nach Hause fuhr, wo er duschen und sich umziehen wollte, hörte man von den Minaretten bereits den Ruf zum Abendgebet. Er schlängelte sich mit seinem Mofa durch die überfüllten Gassen, in denen überall Menschen beim Gebet waren. Er stellte sein Zweirad vor einem kleinen Lebensmittelladen ab und bat einen Jungen, darauf aufzupassen.

Die Hotelhalle war verwaist. Der Empfangschef war damit beschäftigt, an einem Wasserkessel aus Plastik seine Waschungen vorzunehmen, mit dem Rücken zum Eingang. Dimitri durchquerte die Eingangshalle und ging die Treppe hinauf. Providence hatte ihm eine Beschreibung der Örtlichkeiten durchgegeben, und er wusste Jasmins Zimmernummer. Dieses Mal fühlte er sich besser vorbereitet. Er hatte sich mehrere Varianten zurechtgelegt, wie er anfangen sollte, und weniger Angst, kurz abgefertigt zu werden. Vor der Zimmertür horchte er kurz und klopfte dann.

Niemand öffnete, doch aus dem Inneren, sehr weit weg, ertönte eine Stimme: »Herein.«

Er drehte den Türknauf. Das Zimmer war in einen rötlichen Halbschatten getaucht: das Licht der Dämmerung, noch dunkler erscheinend wegen der scharlachroten, halb zugezogenen Vorhänge. Eine Glastür führte auf eine von der Zimmertür aus nicht sichtbare Terrasse. Dim ging darauf zu, schob den Vorhang zur Seite und sah Jasmin auf der Steinbalustrade sitzen, mit dem Rücken an der Mauer und die Beine von sich gestreckt.

»Hallo?«

»Hallo.«

Über einer eleganten Jeans trug sie eine streng geschnittene Bluse, allerdings mit aufgekrempelten Ärmeln und weit geöffnetem Ausschnitt. Ihr Gesicht drückte wie immer eine etwas distanzierte Vornehmheit aus. Doch ihre zerzausten Haare, das ungeschminkte Gesicht und vor allem der Ausdruck von Kampfes- und Spottlust im Blick ließen sie ganz anders wirken als die Person, die Dimitri beim ersten Mal kennengelernt hatte.

Sie hielt eine selbstgedrehte Zigarette in der Hand und zog gerade daran. Dim sah das rote Glimmen des verbrennenden Tabaks. Sie reichte ihm die Zigarette. Darauf war er nicht gefasst. Schon jetzt hatte sie seinen Schutzwall aus gut geplanten Szenarios zum Einstürzen gebracht. Komischerweise gefiel ihm das. Er nahm die Zigarette und machte zwei lange Züge. Der Rauch machte ihn benommen und der Geruch von Gras erinnerte ihn an seine Zeiten als Rucksacktourist.

»Husten Sie ruhig«, sagte sie schmunzelnd.

Er gab ihr den Joint zurück. Zu dieser Stunde schien die Hitze von der Erde auszugehen. Die Gegenstände, der Boden und die Mauern strahlten die tagsüber gespeicherte Wärme in die etwas kühlere Abendluft ab. In der staubgefüllten Luft nahm man die verschwommenen Linien der Dächer wie im Nebel wahr. Nur die Minarette hoben sich klar gegen den rosa Himmel ab, frei vom staubigen Magma der Stadt.

Dim setzte sich ebenfalls auf die Balustrade. Er schwang sich herum und ließ die Beine nach außen baumeln. Mit seiner rechten Hand, die auf der Brüstung lag, berührte er fast die nackten Füße Jasmins.

»Wie war Ihre Reise?«

Sie stieß eine lange Rauchwolke durch die Nase aus.

»Nicht schlecht«, sagte sie dann.

Beide lachten.

»Okay«, sagte er. »Worüber sollen wir reden?«

»Holen Sie doch erst einmal etwas zu trinken. Drinnen ist eine Minibar.«

Das Hotel war recht mittelmäßig. Die Farbe blätterte von den Wänden, die Gardinenleisten hingen schief, aber der Fernseher in der Ecke und die Minibar brachten dem Hotel immerhin drei Sterne ein. Dim kehrte mit zwei Flaschen Sprite zurück. Alkohol war auf den Zimmern verboten.

Jasmin saß immer noch auf der Terrasse, hatte sich jedoch umgesetzt. Nun saß sie auf einer großen Gartenliege gegenüber der Glastür. Ihre Füße hatte sie auf einem niedrigen Tischchen abgelegt. Sie lag fast ausgestreckt da und schaute in den Himmel. Dim setzte sich neben sie. Innerhalb weniger Minuten war ein dunkles Blau an die Stelle des roten Dämmerlichts getreten. Große Sterne funkelten am Himmel.

Man spürte, dass der Himmel mit zunehmender Dunkelheit übersät sein würde mit Sternen, die der Weltraum noch in petto hatte.

»Ich habe lange gebraucht, um zu begreifen, dass sich die Sterne nicht bewegen.«

Jasmin sprach langsam, mit sanfter, ein wenig heiserer Stimme.

»Ich dachte, sie seien Schmuck, wie Blätter in einem Wald und die Wellen auf dem Meer. Die Gischt des Himmels. Lichtblasen, die aus dem Schwarz hervortreten, größer werden und wieder verschwinden.«

Sie lachte lautlos, nur durch Heben ihres Brustkorbes. Dim blickte neben ihr in die Nacht. Er wusste nicht, was er darauf antworten sollte. Er wollte die Stimmung nicht zerstören. Und sie hatte ihm ja zu verstehen gegeben, nichts zu sagen. Sie fasste in die Tasche ihrer Jeans und zog ein zerknittertes Päckchen Tabak heraus.

»Magst du einen drehen? Da drin ist alles, was du brauchst.«

Dim richtete sich auf.

»Darin war ich noch nie gut.«

»Versuch's, du hast den Dreh sicher schnell wieder heraus.«

Er öffnete den Tabakbeutel und die Papierchen fielen heraus; er hob sie vom Boden auf.

»Das Gras ist in der Klappe«, sagte sie.

Er breitete alles auf dem Tisch aus, vermischte es und versuchte das Ganze einzurollen, ohne dass zu viel herausfiel.

»*Christ*! Es ist ewig her, dass ich das gemacht habe.«

Sie lachte diesmal lauter.

»Du hast *Christ* gesagt! Stammst du etwa aus Québec?«

»Ich habe einen Teil meines Studiums in Montreal verbracht. Aber meine Familie stammt ursprünglich aus der Ukraine. Und ich habe auch in der Tschechoslowakei gelebt ...«

Jasmin hatte sich zu ihm gedreht. Sie war nun ganz nah bei Dimitri. Sie streckte den Arm aus und legte ihm ihren Zeigefinger an die Lippen, um ihn zum Schweigen zu bringen.

»Du redest zu viel. Deine Familie ist mir egal. Ist der Joint fertig?«

Mit ungeschickten Fingern versuchte er, einen Filter in das eine Ende der Zigarette zu stecken. Das Ergebnis seiner Bemühungen war verbeult und schlecht gestopft, aber man würde es schon rauchen können. Er zündete ein Streichholz an. Das überschüssige Papier ging in Flammen auf, dann glomm der Tabak auf. Er nahm einen Zug und reichte sein Werk dann an Jasmin weiter.

»Du hast recht: Besonders begabt bist du nicht.«

Dim hätte gekränkt sein können, doch sie hatte es sanft und gelassen gesagt. Er streckte sich neben ihr aus und sie rauchten schweigend.

»Magst du dieses Land?«, fragte sie leise.

»Ich kenne es nicht.«

»Wenn du es kennen würdest, würdest du es lieben.«

Stimmengewirr drang von der Straße zu ihnen herauf. Von Zeit zu Zeit hörte man ein Auto, das Bellen eines Hundes, ein gedämpftes Hupen.

»Ich weiß nicht, was du von mir willst«, murmelte sie.

»Nichts.«

»Das stimmt nicht, ist mir aber egal.«

Die Müdigkeit eines arbeitsreichen Tages, die Wirkung des Tabaks und des Dopes und die fast hypnotische Macht des sternenübersäten Himmels blieben nicht ohne Wirkung auf Dimitri. Er war vollkommen entspannt, gelassen und optimistisch. Eine lichte und sinnliche Benommenheit ergriff von ihm Besitz. Ein Gedanke schoss ihm durch den Kopf: Ein Glück, dass er kein Mikrophon hatte. Doch dieser Gedanke verschwand ebenso schnell wieder, wie er gekommen war, und Dim lachte, ohne zu wissen warum. Er war zu benommen, als dass er sich hätte aufrichten können. Mit weit geöffneten Augen hatte er das Gefühl, in die Dunkelheit katapultiert zu werden. Und als er sie zumachte, träumte er schon.

IV

Luis lag ausgestreckt auf dem mit Sand bedeckten Felsen und blickte mit dem Fernglas lange der Staubwolke nach, die der grüne Mercedes hinterließ. Als er sich sicher war, dass das Auto am Horizont verschwunden war, stand er auf. Seine beigefarbene Kleidung war voller Staub. Er ging bis zu dem Felsen, hinter dem er seinen Fallschirm und sein Gepäck versteckt hatte. Einige Meter entfernt bildete ein flacher Stein einen natürlichen Tisch. Dort klappte er seinen Laptop auf. Der Inmarsat-Koffer und die Parabolantenne waren leicht anzuschließen. Er war vor vier Stunden aus Alberts Flugzeug abgesprungen und hatte genügend Zeit für Versuche gehabt, während er auf das Fahrzeug wartete. Alles funktionierte perfekt. Er las die mit dem Teleobjektiv gemachten Aufnahmen in eine kleine Komprimierungssoftware ein. Dann stellte er die Telefonverbindung her, loggte sich ins Internet ein und versandte die Dateien. Das Datenvolumen der Bilder war so groß, dass die Übertragung ziemlich lange dauerte. Er wartete auf die Empfangsbestätigung. Dann klappte er den Laptop wieder zu und verstaute ihn in seinem Rucksack.

Auf seiner Uhr war es fünfzehn Uhr. Es würde noch eine gute Stunde dauern, bis Albert am Fuß der Hochebene landen würde, um ihn wieder aufzunehmen. Er holte ein Sandwich und eine Dose Bier aus einer Seitentasche und setzte sich hin, um zu warten.

*

Vom Lärm der Moscheen wachte Dimitri längst nicht mehr auf. Doch die Moschee direkt neben dem Hotel konnte man unmöglich überhören. Der Ruf des Muezzins schoss wie eine Flipperkugel in seinen Kopf. Dim stützte sich auf einen Ellbogen und rieb sich die Augen.

Er brauchte einen kurzen Moment, bis er wusste, wo er war. Die Glastür stand offen. Das fahle Licht der Morgendämmerung hüllte alles in einen sanften Schleier: die Minibar, den wackligen Tisch, die schlecht befestigten Vorhänge. Jasmin lag nicht neben ihm. Er setzte sich im Bett auf und blickte sich suchend um. Sie kauerte auf dem Boden und stand sofort auf, als sie sah, dass er wach war. Seltsam – hockte sie auf dem Boden oder *kniete* sie?

»Hast du gebetet?«

Sie ignorierte seine Frage, ging zum Sessel und ordnete ihre Kleidung, die sie über die Lehne geworfen hatte. Um die Brust hatte sie ein Handtuch geschlungen. Dimitri sah sie an und spürte ein Aufflammen von Verlangen. Doch sie riss ihn unsanft heraus.

»Aufstehen!«

Sie ging hinaus auf die Terrasse. Er folgte ihr. Sie betrachtete den Sonnenaufgang über den Dächern. Er stellte sich neben sie und blickte ebenfalls auf die Stadt, während er sich noch den Schlaf aus den Augen rieb.

»Was ist heute Nacht passiert?«

»Du hast geschlafen«, antwortete sie mit einem ironischen Lächeln.

Ihre Stimme war sanft und heiter. Doch im nächsten Moment versteifte sie sich.

»Du musst jetzt gehen. Der Portier müsste gerade hinten in seiner Lehmhütte sein. Er darf dich nicht sehen.«

Dimitri tastete mechanisch nach den Schlüsseln in seiner Tasche.

»Sehen wir uns wieder?«

»Wer weiß?«

»Es ist dumm, aber ich kenne ja nicht mal deinen Nachnamen ...«

»Ich vertraue dir. Du wirst mich finden.«

Er wollte protestieren, aber da hatte sie schon die Tür geöffnet. Er ließ sich nach draußen schieben. Bevor sie die Tür wieder schloss, sah er sie fragend an. Sie schüttelte den Kopf.

»Nun geh schon!«

Da drehte er sich um und ging die Treppe hinunter.

*

Seit fünf Jahren leitete Howard die Brüsseler Niederlassung. Trotz der Nähe zur Einsatzzentrale von Providence hatte Archie darauf bestanden, in der belgischen Hauptstadt sein eigenes Büro zu haben. Seine Dienste wurden oft für Kontakte mit der Europäischen Union, der NATO und allen Organisationen in Anspruch genommen, die ihren Sitz in Brüssel hatten. Howard kannte alle Agenten, Informanten, Lobbyisten und andere zwielichtige Personen, die mit diesen Institutionen in irgendeiner Form zu tun hatten.

Brüssel ist eine Stadt, in der man sich über nichts wundert. Neben dem lokalen städtischen Leben der gebürtigen Belgier treffen hier so viele Milieus, Länder und Kulturen aufeinander, dass niemand sich über die noch so unwahrscheinlichen Begegnungen wundert. Howard fühlte sich wohl in diesem Gemisch aus prunkvollen Straßen und kosmopolitischer Gesellschaft. Er hatte selbst die Allüren eines belgischen Bourgeois angenommen. Er knöpfte seinen eleganten Mantel immer zu und vergaß bei unsicherer Wetterlage nie seinen Schal – also praktisch das ganze Jahr lang. Im Büro lebte er nach dem oft hektischen Rhythmus, den Providence vorgab. Doch sobald er auf die Straße ging, drückte er den Bauch heraus und ging würdevollen Schrittes.

Dieses Mal musste er sich allerdings beeilen. Er hatte die Dokumente mitten in der Nacht bekommen, zwei Dateien über jeden Mann, mit der Anweisung, den besten auszuwählen. *Zeig die anderen nur, wenn der erste nicht reicht.*

Der Treffpunkt war ein Lokal an der Place du Jeu-de-Balle im Quartier Marolles, ein Brüsseler Bistro, das nur morgens geöffnet hatte, wenn gleichzeitig der alltägliche Flohmarkt stattfand. Das Lokal war laut und voll und wurde von allen möglichen Leuten besucht. Die meisten von ihnen waren Sammler auf der Jagd nach Raritäten. Ob teuer oder billig – für sie spielte der Preis oft keine Rolle. Das Wichtigste war der zwanghafte Wunsch, einen bestimmten Gegenstand zu ergattern. Sie tauschten Kataloge und Adressen aus. Eine pathetische und lächerliche Ungeduld ließ ihre Augen leuchten und ihre Hände zittern.

Howards Kontaktmann war etwas zu früh gekommen. Er wartete an einem Tisch im hinteren Bereich des Lokals und hatte ein Glas Weißwein vor sich stehen.

»Ich habe Sie warten lassen, verzeihen Sie.«

Howard nahm den Schal ab und zog den Mantel aus.

»Kein Problem. Wie Sie sehen, habe ich mir die Zeit gut vertrieben.« Er zeigte auf das Glas Wein.

»Gute Idee. Was ist es? Ein Muscadet? Warum nicht? Den nehme ich auch.«

Howard gab seine Bestellung auf.

»Mohamed Ben Hamida«, stellte sich der Mann vor und reichte ihm die Hand. »Und Sie sind Tom Hawk?«

»Richtig«, erwiderte Howard ohne mit der Wimper zu zucken.

Tom Hawk war der Name, den Hobbs Bou Reggane für Howard genannt hatte. Decknamen waren eines der »Details«, die Geheimagenten so lieben. Nur unter dieser Bedingung hatte Bou Reggane einem Treffen zwischen einem Vertreter von Providence und Ben Hamida, »seinem Mann in Brüssel«, zugestimmt.

»Freut mich.«

Ein freundschaftlicher Händedruck besiegelte den Austausch falscher Identitäten.

»Arbeiten Sie schon lange in Brüssel?«

»Seit fünf Jahren.«

»Immer für das algerische Tourismusbüro?«

»Richtig.«

Der Mann lächelte. Howard antwortete mit derselben Komplizenschaft. Beide wussten, woran sie waren.

»Und Sie?«

»Auch schon fast fünf Jahre.«

»Auf Ihr Wohl!«

Sie prosteten sich zu. Der Mann war jünger, als Howard ihn sich vorgestellt hatte. Auch er sah wie ein Belgier aus, fand Howard, sofern das überhaupt etwas aussagte. Ganz in Grau gekleidet, das schüttere Haar sorgfältig gekämmt und von mittlerer Statur war er das Idealbild eines Agenten, den man nicht wiedererkannte, selbst wenn man vorher stundenlang vor ihm gesessen hatte. Trotzdem spürte Howard, dass er etwas Hartes und Brutales ausstrahlte. Der Mann hatte sich ganz offensichtlich große Mühe gegeben, um derart durchschnittlich zu wirken. Zweifellos hatte er seinem Land schon auf andere Weise und ohne die Zurückhaltung gedient, die er sich nun auferlegte. Howard witterte in ihm einen Bullen, vielleicht sogar jemand, der andere foltern konnte.

»Danke, dass Sie zu diesem Treffen bereit waren«, sagte er.

»Wie kann ich Ihnen helfen?«

»Wir müssen drei Männer anhand von Fotos identifizieren. Und wir haben gute Gründe anzunehmen, dass sie Ihnen nicht unbekannt sind.«

Howard legte die Bilder, die er ausgewählt hatte, auf den Tisch.

»Hier, das sind sie.«

Der Mann nahm die Fotos in die Hand. Er hielt sie nacheinander in das Licht, das von einer kupfernen Wandleuchte herunterfiel. Howard hätte gewettet, dass er kurz zusammengezuckt war. Doch er hatte sich offenbar im Griff und überlegte sich seine Antwort gut.

»Kann ich die Fotos behalten? Ich muss noch etwas überprüfen.«

»Ist keiner dabei, den Sie auf Anhieb erkennen?«

»Doch, einer. Bei den anderen bin ich mir nicht sicher.«

»Welcher ist es?«

»Der hier.«

Auf dem Foto, das Luis aufgenommen hatte, beugte sich der Mann halb vornüber. Er hob den Kopf, mit einem Ausdruck von Wut im Gesicht. In der Hand hielt er ein Messer, mit dem er gerade Pakete aufschlitzte, aus denen ein weißes Pulver rieselte. Hinter ihm waren kahle Felsen zu sehen und dahinter die Wüste.

»Er heißt Kader Bel Kader. Er ist der Anführer einer bewaffneten Gruppe, die im Dreiländereck Algerien–Mali–Mauretanien operiert.«

*

Das Frühstück wurde im Speisesaal serviert. Im Zimmer gab es kein Telefon, um sich das Frühstück aufs Zimmer zu bestellen. Jasmin hatte jedoch im Gang eine Putzfrau angesprochen und sich einen Tee aufs Zimmer bringen lassen. Sie hatte ihn in aller Ruhe auf der Terrasse getrunken. Anschließend hatte sie eine gebügelte weiße Jeans und eine saubere Bluse aus ihrem Reisegepäck genommen.

Danach hatte sie sich lange im Badezimmer aufgehalten. Zum Föhnen der Haare musste man den Stecker festhalten, damit der Föhn Strom bekam: Entweder man bürstete oder man föhnte, beides zugleich war nicht möglich. Danach hatte sie sich angezogen. Sie legte ihre getragenen Sachen und die Toilettenartikel achtlos in den Koffer und machte ihn zu. Das Tabakpäckchen und das Dope warf sie in den Plastikeimer im Bad, der als Abfalleimer diente. Dann erst ging sie nach unten.

Sid'Ahmed und ein weiterer Arzt warteten schon auf sie in der Halle. Jasmin begrüßte sie geistesabwesend und ging zur Rezeption, um ihr Zimmer zu bezahlen. Der Portier gab ihr die Rechnung, die wie gewünscht auf den Namen ihrer NGO ausgestellt war.

Sid'Ahmed trat von einem Bein aufs andere.

»Sind wir spät dran oder was?«

Er schaute auf seine Uhr.

»Nein, wir haben noch zwei Stunden Zeit.«

»Wieso bist du dann so nervös?«

Sobald sie die Abreiseformalitäten erledigt hatte, zog er sie nach draußen. Sie folgte ihm, aber erst, nachdem sie ihren Koffer etwas herablassend seinem Begleiter in die Hand gedrückt hatte. Er nahm ihn anstandslos entgegen. Im Gänsemarsch machten sie sich auf den Weg. Sid'Ahmed ging voraus, Jasmin in der Mitte, und zum Schluss kam der andere, der den Koffer geschultert hatte.

So gingen sie einige hundert Meter, bis zu einem maurischen Café. Die Tische im Erdgeschoss waren von Männern besetzt, die meisten von ihnen allein, die sich mit einer Tasse Tee für den Tag rüsteten. Sie durchquerten den Raum und gingen im hinteren Teil eine kleine Treppe hinauf in den ersten Stock. Der große Raum oben war um diese Zeit noch leer. Eine Putzfrau mit einem feinen, gelb-roten Schleier war gerade fertig mit dem Aufwischen des Bodens. Es roch nach Schmierseife und Bleichwasser. Sie setzten sich an einen Tisch. Der Wirt hatte sie nach oben begleitet, sicherlich hatte er von ihrem Kommen gewusst. Er bedeutete der Putzfrau zu gehen, nahm die Bestellung auf und ging wieder nach unten.

Jasmin rutschte auf der Bank mit dem rauen Polster hin und her. Wie schafften es all diese Männer, stundenlang hier zu sitzen? Sie gähnte.

»Du bist müde«, begann Sid'Ahmed mit einem schiefen Blick.

»Ein bisschen.«

Jasmins Gleichgültigkeit ärgerte ihn.

»Ist ja normal«, sagte der junge Arzt grinsend.

»Wieso normal?«

Er beugte sich vor und entblößte die Zähne zu einem verächtlichen Grinsen.

»Dein Freund, mit dem du die Nacht verbracht hast, wollte abhauen, ohne gesehen zu werden. Aber wir haben draußen natürlich unsere Leute, stell dir vor.«

Plötzlich vergaß Jasmin die unbequeme Sitzbank und ihre Müdigkeit. Sie verzog das Gesicht und vergaß beinahe ihre guten Manieren. Sid'Ahmed wich zurück, beeindruckt von dieser Metamorphose.

»Merk dir, dass dich das nichts angeht! Ich tue, was man von mir erwartet, und niemand anderes kann meine Rolle übernehmen.

Alles Weitere ist meine Sache! Du kannst darüber denken, wie du willst, und kannst es meinetwegen auch deinen Anführern sagen! Aber glaub mir, ich nütze ihnen so mehr, als wenn ich in einer Burka herumliefe!«

Der Cafébesitzer war persönlich wieder heraufgekommen, um ihnen den Tee zu servieren. Er stellte die kleinen, mit feinem Schaum gefüllten Gläser auf den Tisch. Sid'Ahmed nahm sein Glas und senkte den Kopf, um den wohlriechenden Dampf einzuatmen. Jasmin lehnte sich so weit zurück, bis sie sich zwischen Bank und Wand auf dem runden Lederkissen abstützen konnte. Das war ihre Art, sich einer Konversation zu entziehen. So verharrten sie und lauschten dem Straßenlärm, der durch die offenen Fenster hereindrang.

So verstrich fast eine halbe Stunde, bis auf der Treppe Schritte zu hören waren. Es waren zwei der jungen Kollegen von Sid'Ahmed.

»Es ist bald so weit. Wir müssen zum Flughafen.«

Jasmin schloss die Augen und saugte ein letztes Mal die Geräusche der arabischen Straße in sich auf. Dann stand sie auf und ging als Erste zur Tür.

V

Die Straßen von Nouakchott sind breit und schnurgerade, wie in allen Städten, die auf dem Reißbrett als Hauptstädte konzipiert wurden. Von dem von Chinesen erbauten Präsidentenpalast gehen strahlenförmig große Prachtstraßen ohne Gehwege und Grünflächen ab. Auf dem einzigen Platz gibt es einige große Bäume, die Schatten spenden. Doch er war auf Befehl eines Magistrats verschandelt worden, der die Bäume auf Menschengröße hatte absägen lassen ...

Eine so geometrische Stadtplanung lässt für Elendsviertel keinen Platz. Diese liegen versteckt hinter den Hohlbetonfassaden im Herzen der Karrees, die von den sich kreuzenden Prachtstraßen gebildet werden. Diese innere Stadt, für Passanten nicht sichtbar, ist die eigentliche Stadt. In diesen Quartieren aus Blech und Lumpen, von den Mauretaniern *Gazras* genannt, gibt es nur schmale Gässchen. Hier findet man das Leben Afrikas und der Wüste: Holzöfen, volle Wäscheleinen, herumrennende Kinder.

Sid'Ahmed und seine kleine Schar waren noch am Flughafen, wo sie Jasmin abgesetzt hatten, als einer ihrer Kollegen sie anrief. Sie sprangen sofort in ein Taxi. Die Passanten sahen sie kurze Zeit später vor dem blauen Tor eines Fahrrad-Reparaturladens aussteigen. Sie rannten in den dunklen Eingang, dessen Wände mit unzähligen demolierten Briefkästen gepflastert waren. Am Ende des Ganges führte eine Tür in das Labyrinth kleiner Gassen einer Gazra. Ein paar dutzend Leute standen beieinander und redeten wild gestikulierend durcheinander.

»Wo ist er?«, fragte Sid'Ahmed einen Mann, der neben einer der Gruppen stand. »Wir sind Ärzte.«

»Kommt!«

Der Mann führte sie tief in das Elendsviertel hinein. Sie gingen durch den bläulichen Rauch gegrillter Speisen, durch Gerüche von Minze und Maispfannkuchen. Schließlich gelangten sie zu einem reglosen Körper, der am Eingang zu einer Sackgasse lag. Er lag zusammengekauert in einer Blutlache, die sich kreisförmig auf dem sandigen Boden ausgebreitet hatte.

Sid'Ahmed kniete sich hin. Es sah aus, als würde der Mann schützend etwas an sich drücken. Behutsam faltete Sid'Ahmed die Arme auseinander und schob die Falten des Kaftans hoch. Als er auf diese Weise den Körper des Verletzten freigelegt hatte, sah er, was dieser umklammerte: ein Messer, das in seinem Bauch steckte.

Sid'Ahmed stand auf, das Gesicht von ohnmächtiger Wut verzerrt. Um ihn herum drängelten sich die Schaulustigen. Er brüllte laut, um sie abzuschrecken.

»Ruft einen Krankenwagen!«, wies er seine Kollegen an.

Er konnte den Lärm der Menge kaum übertönen.

Sid'Ahmed brüllte noch lauter: »Wer hat etwas gesehen? Wer hat ihn gekannt?«

Die Gaffer bekamen Angst, und die vordersten wichen zurück. Sid'Ahmed drängte sie noch weiter zurück und arbeitete sich zum Eingang einer anderen Gasse vor. Mit großen Schritten ging er in die Gasse und hämmerte mit der flachen Hand an die erste Haustür. Die dünne Tür bestand aus Brettern von Holzkisten, mit platt gehämmerten Konservenbüchsen gespickt. Niemand öffnete.

»Wer wohnt hier? Wer?«

Eine noch junge Frau löste sich aus der Menge. »Meine Familie und ich.«

»Kennst du den Mann?«, herrschte Sid'Ahmed sie an.

Der junge Arzt war wie von Sinnen. Er musterte die Frau von Kopf bis Fuß, doch sie hielt seinem Blick ungerührt stand.

»Er hat kurze Zeit bei uns gewohnt, als er nach Nouakchott kam. Ein entfernter Cousin.«

»Was wollte er hier? Hat er etwas gesagt?«

Die Frau blieb zuerst stumm. Sie wollte sich nicht bedrängen lassen. Sie war eine echte Mauretanierin: durchaus bereit, bei der Arbeit oder im Kampf zu sterben, aber nur aus freien Stücken. Niemals aber, um einem Mann zu gehorchen.

»Er hat uns nichts gesagt. Heute ist er gar nicht bis hierher gekommen. Ein paar Kinder des Viertels haben Ball gespielt und ihn in der Sackgasse gefunden.«

»Der Krankenwagen ist da!«, schrie jemand.

Sid'Ahmed eilte zu dem Verletzten zurück.

*

Dimitri kommunizierte in Form verschlüsselter Nachrichten mit Providence. Er schrieb seine Berichte zuerst unverschlüsselt auf seinem Laptop und ließ dann ein Codierprogramm darüberlaufen. Der Zeichenbrei konnte anschließend problemlos per E-Mail versandt werden.

An diesem Morgen aber, als er in seinem Zimmer zurück war, saß er ratlos vor seinem Computer. Was sollte er über diese Nacht schreiben? Er entschied sich für ein paar vage Floskeln. Die Einsatzzentrale hatte speziell nach einem Punkt gefragt, den er nun beantwortete: Was hatte Jasmin mit Drogen zu tun? Er wollte klarstellen, dass sie nicht drogensüchtig war und es niemals gewesen war, auch wenn sie ab und zu mal einen Joint rauchte. Er stutzte. Unbewusst wollte er sie verteidigen ... Er löschte seine letzte Bemerkung zu ihrer Vergangenheit. Was wusste er schon von ihr?

Er kam ins Träumen und ließ seine Gedanken schweifen. Die Zeit verging. Irgendwann merkte er, dass er längst im Krankenhaus sein sollte. Er schrieb die E-Mail schnell fertig und schickte sie ab.

Sein Zuspätkommen fiel im Krankenhaus nicht weiter auf. Die Ärzte hatten keine streng festgelegten Arbeitszeiten, und an diesem Morgen waren ausnahmsweise nur wenige Patienten in der Notaufnahme. Aïssatou hatte keinen Dienst. Einen kurzen Moment lang war Dim enttäuscht. Bedrückt wie er war, sehnte er sich mehr denn je nach Gesellschaft, obwohl es natürlich nicht in Frage kam, der Krankenschwester sein Herz auszuschütten.

Während er mit mechanischen Bewegungen seine Arbeit tat, dachte er über sein Leben nach. Für jemanden mit einem so flatterhaften Herz wie er hatte er den falschen Beruf. Ein Geheimagent musste ein ganz anderer Mensch sein – dieser Meinung waren die Leute von Providence sicher auch. Aber wie eigentlich? Nur zum Spaß überlegte er sich, wie der ideale Geheimagent sein müsste, wobei er medizinische Maßstäbe anlegte.

Er kam zu dem Schluss, dass es zwei sehr unterschiedliche klinische Formen gab. Der erste Typ war der graue Agent, der auf mysteriöse Art durch Wände dringen kann, unglücklich verheiratet ist und – um sich von seiner Einsamkeit abzulenken – sich niederträchtig und mit einer gewissen Wonne auf die Schwierigkeiten und Lügengespinste seines Metiers stürzt. Die zweite, romanhafte, noch klassischere Figur war der zynische, Frischfleisch konsumierende Schürzenjäger. Tja, man musste sich zwischen Le Carrés Agent in eigener Sache, George Smiley, und James Bond entscheiden. Dim aber musste es sich eingestehen, dass er unglücklicherweise eine Mischung aus beiden Archetypen war. Er besaß sowohl die Verwegenheit des Playboys als auch die missmutige Selbstzufriedenheit des Neurotikers. Er war unfähig, Jasmin nur als Trophäe in seiner Sammlung zu sehen, und litt schon jetzt, weil sie fort war. *Wahrlich nichts, worauf er stolz sein konnte.*

Gegen elf Uhr, als Dimitri gerade einen Patienten untersuchte, setzte im Eingangsbereich ein Riesenlärm ein. Gleich neben der Einfahrt für die Krankenwagen und Autos wurden die Verletzten und Kranken auf rollende, halb verrostete Tragbahren gelegt und dann in den großen Wartesaal gefahren. In Spitzenzeiten war dieser Saal völlig überfüllt. Trotz der Regeln, die Dim durchzusetzen versuchte, wichen die Familien nicht von der Seite ihrer Kranken und umlagerten sie, auf dem blanken Boden sitzend. Manche aßen sogar auf dem Boden. Man musste aufpassen, dass die Leute nicht auch noch ihren Teekocher mitbrachten. Dimitri ging aus der Behandlungskabine, um zu sehen, was los war. Er sah eine schreiende und gestikulierende Gruppe vorbeirennen. Verblüfft sah er, dass es Sid'Ahmed war, gefolgt von seinen mauretanischen Kollegen. Sie schoben eine Bahre durch die Menge und scheuchten die Leute hektisch aus dem Weg. Krankenschwestern, Helferinnen, das ganze Aufnahmeteam rannte hinter ihnen her, die Hände vor Entsetzen an den Mund geschlagen und laut jammernd. Der Tross stürmte in eine Behandlungskabine. In dem Durcheinander ging die Glasscheibe an der Tür zu Bruch. Die Schreie wurden lauter.

Dim versuchte verzweifelt, zu dem Patienten durchzukommen. Als Sid'Ahmed ihn sah, schrie er die Menge an, den Arzt durchzulassen. Sein Gesicht war vor Angst und Entsetzen verzerrt. Doch als Dimitri näher kam, veränderte sich der Gesichtsausdruck seines Kollegen, als hätte er plötzlich eine neue, törichte Hoffnung.

»Was sagst du, Dim? Komm! Lasst ihn durch! Wie lautet deine Diagnose?«

Dim trat an die Trage. Der auf der Seite liegende Kopf war mit einem Handtuch zugedeckt. Die blutgetränkte Kleidung ließ auf eine Verletzung in der Bauchgegend schließen. Dim ergriff die herabhängende Hand. Sie war kalt. Dims erster Eindruck von vorhin, als er die Trage nur von weitem gesehen hatte, wurde zur Gewissheit. Der Mann war tot. Dim schaute Sid'Ahmed an. Für einen Arzt konnte es keinen Zweifel geben. Sid'Ahmed wusste es. Dennoch war sein Gesicht noch voller Erwartung und Hoffnung. Dim brachte es nicht über sich, es sofort auszusprechen: Er beugte sich über den Toten und nahm das Handtuch vom Kopf.

Entgeistert schnappte er dann nach Luft. Er wich zurück. Auf einen Schlag begriff er das Entsetzen in Sid'Ahmeds Augen. Der

Tote war sein Freund. Sein Kollege, der die gleiche Arbeit gemacht und mit dem gleichen Einsatz gearbeitet hatte. Der Mann, der zusammen mit Sid'Ahmed und Jasmin in die Wüste gefahren war. Der ernste, zurückhaltende, noch so junge Farid.

*

In seiner Panik rannte Dim kopflos davon. Beim Anblick des toten Farid hatte er nur an eines gedacht: dass möglicherweise auch Jasmin in Gefahr war! Er zog nicht einmal seinen Arztkittel aus, ehe er sich auf sein Mofa schwang. Um ein Haar wäre er an der ersten Kreuzung mit einem Lastwagen zusammengeprallt. In Mauretanien ist Vorfahrt eine Frage der Größe des Fahrzeugs. Jeder Lkw-Fahrer weiß, dass ein Zweirad ihm immer die Vorfahrt lassen wird. Dim achtete weder auf das Quietschen der Bremsen noch auf die erschrockenen Schreie der Passanten. Er kam für seinen Geschmack viel zu langsam voran und überlegte schon, ob er das Mofa nicht besser stehen lassen und rennen sollte. Erst nach zehn langen Minuten war er endlich am Hotel.

Der Junge, der normalerweise auf sein Mofa aufpasste, kam aus dem kleinen Laden seines Vaters gerannt. Dim ließ das Mofa fallen, noch bevor der Junge es auffangen konnte. Es fiel auf die Seite, und das auslaufende Benzin sickerte in den Sand.

Dim war nur von einem Gedanken besessen: Jasmin zu finden, um sich zu vergewissern, dass sie noch lebte. Hinter all seinen falschen Vorwänden hatte Farids Schicksal eines in ihm ausgelöst: den Wunsch, sie wiederzusehen. Doch jeder Schritt, der ihn der Hoteltür näher brachte, brachte ihn auch mehr auf den Boden der Tatsachen zurück. Was sollte er ihr sagen? Was erwartete er von ihr? Er wurde langsamer. Die Reflexe seines Metiers stellten sich ein: Niemand folgte ihm. Nirgends eine verdächtige Ansammlung von Menschen. Vor dem Hotel parkten einige Taxis und normale Privatwagen. Nur ein Kombi mit getönten Scheiben fiel ihm auf, der ihm vage bekannt vorkam. Der Motor lief. Kaum hatte Dim das registriert, ging die Autotür auf. Seine innere Alarmglocke schrillte. Er blieb abrupt stehen, bereit zur Flucht oder um sich auf den Boden zu werfen. Doch dann erkannte er den Fahrer: Es war Aïssatous Bruder, mit dem Wagen, mit dem sie ihn schon einmal abgeholt hatten. Dim drehte den Kopf und sah Aïssatou wie beim letzten Mal auf der Rückbank sitzen. Sie winkte Dim näher.

Er streckte den Kopf ins Auto, blieb aber draußen stehen.

»Wo ist sie?«

»Sie ist weg.«

»Könnt ihr mich zum Flughafen fahren?«

»Steigen Sie ein!«

Dim sprang in den Wagen. Der Fahrer gab Gas.

»Sie werden Sie am Flughafen nicht mehr finden«, erklärte Aïssatou, »sie hat bereits eingecheckt.«

»Ist sie an der Polizei vorbeigekommen? Am Zoll?«

»Ohne Probleme.«

Dim sah die Krankenschwester an. Er hätte erleichtert sein sollen, weil Jasmin in Sicherheit war. Dennoch konnte er seine Enttäuschung über ihren Abflug nicht verbergen. Aïssatou zupfte an ihrem Schleier herum. Ihm schien, als hätte sie gelächelt.

»Wissen Sie schon von der Sache mit Farid?«

Sie nickte.

»Wer hat das getan?«

Sie blickte stur geradeaus.

»Der mauretanische Geheimdienst?«, fragte er versuchsweise. Die Krankenschwester schüttelte den Kopf.

»Sie observieren die Ärzte, aber warum sollten sie sie töten?«

»Was weiß ich? In manchen Ländern halten sich die Machthaber Todesschwadrone, um ihre Gegner aus dem Weg zu räumen ...«

»Es gibt gefährlichere Leute als sie, die nicht behelligt werden.«

»Wer war es dann?«

»Für mich sieht es eher nach einem Racheakt aus.«

»Zwischen wem und wem?«

»Die islamistischen Gruppen sind sehr zerstritten, wie Sie wissen. Die Anführer bekämpfen sich, es gibt Abtrünnige. Vielleicht muss man in dieser Richtung suchen.«

Dimitri schwieg. Er hatte nicht einmal aufgepasst, wohin sie fuhren. Als er wieder klar denken konnte, merkte er, dass sie nicht zum Flughafen unterwegs waren. Der Wagen brachte ihn zu sich nach Hause. Er protestierte nicht.

»Sie sollten Urlaub nehmen«, sagte Aïssatou.

Sie schaute ihn nun an. Ihr Blick war hart. Es war keine Empfehlung, sondern ein Befehl.

»Wird es weitere Morde geben?«

»Kann sein. Westeuropäer sind hier zurzeit nicht sicher. Vor allem, wenn sie sich für die Islamisten interessieren.«

»Sie glauben, ich könnte ebenfalls in Gefahr sein?«

»Möglich. Aber in Ihrem Fall werden sie Sie zuerst entführen, um Lösegeld zu erpressen. Erst danach werden Sie getötet.«

»Wäre nicht schlecht, wenn sie mich davor noch ein bisschen Wüstenluft schnuppern ließen. Seit ich hier bin, hatte ich noch keine Zeit für einen Ausflug zu den Sanddünen ...«

Dimitri lachte bitter. Aïssatou fixierte ihn immer noch mit diesem rätselhaften Blick. Sie griff in eine Falte ihres Gewandes und zog einen Umschlag heraus.

»Eine Reservierung für morgen früh für den Flug mit Tunisair nach Dakar«, sagte sie, als sie ihm den Umschlag reichte. »Ihr Rückflug geht von dort aus, nicht wahr?«

Dim nahm den Umschlag entgegen. Er strich mit dem Daumen über das Wasserzeichen und sah dann erneut Aïssatou an.

»Danke«, sagte er nur.

Es ist sehr schwierig, sich von jemandem zu verabschieden, den man nie mehr wiedersehen wird. Dim hob nur kraftlos die Hand. Sie zog ihren Arm zurück und strich ihr Gewand glatt. Er ließ seine Hand wieder fallen.

»Okay«, sagte er und nickte.

Und er entschied sich für ein Lächeln, das von Herzen kam.

*

Erstes Anzeichen für eine heiße Phase bei Providence: Es gelten keine festen Arbeitszeiten mehr. Die Operation Zam-Zam zwang die einen, nachts zu arbeiten, die anderen tagsüber. Die Agentur war rund um die Uhr besetzt. Die Zeiten der in den Büros ausgerollten Futons waren zurück. Die Einsatzzentrale glich immer mehr einem U-Boot bei Katastrophenalarm.

Helmut hielt es für seine Pflicht, für so etwas wie Koordinierung zu sorgen. Die Besprechung um acht Uhr morgens war das beste Mittel, das er hierfür gefunden hatte.

An diesem Samstagmorgen war das für die Einsätze verantwortliche Team vollständig erschienen, und auch die Leiter der anderen Dienststellen wollten sich das Spektakel nicht entgehen lassen. Einige hatten ihren eigenen Stuhl mitgebracht, andere standen. Helmut eröffnete die Besprechung mit einer kurzen Zusammenfassung, um erst einmal für Ruhe zu sorgen, ehe auch die anderen zu Wort kommen würden.

»Tadeusz, fasst du bitte für uns zusammen, was bei den Abhöraktionen herauskam?«

Mit seiner fettigen, zu Pickeln neigenden Haut, dem in die Stirn hängenden Pony und den langen, ungeschickten Armen wirkte Tadeusz mehr denn je wie ein Student, der für die nächste Prüfung malochte.

»Da tut sich einiges«, erklärte er und bekam rote Flecken auf den Wangen. »Was die Telefonüberwachung betrifft, haben wir jetzt die komplette Kette. Die jungen Mediziner stehen mit diesem Kader in Verbindung, den Dave und Luis fotografiert haben. Und Kader hat seinerseits mit einer bewaffneten Gruppe zu tun, die sich im Bereich Nord-Mali, Südalgerien und Ostmauretanien herumtreibt.«

»Eine Katiba?«

»Genau«, bestätigte Sarah. »Unser algerischer Kontaktmann in Brüssel hat es bestätigt.«

»Wie intensiv ist der Telefonkontakt?«

»Zurzeit sehr intensiv.«

»Inhalt?«

»Interessant. Untereinander verwenden sie einen kontextuellen Mini-Code, der nicht schwer zu entziffern ist. Auf diese Weise haben wir erfahren, dass Kader gerade zu dieser Katiba unterwegs ist, dass die Katiba Probleme mit einer anderen bewaffneten Gruppe hat, die wir bisher aber noch nicht identifizieren konnten, und dass die jungen Mediziner in Nouakchott wegen der Ermordung eines ihrer Kollegen in heller Aufregung sind.«

»Das ist ja schon einiges …«

»Ja«, fiel Tadeusz ihm ins Wort, der wie alle Schüchternen nicht mehr aufhörte zu reden, wenn er erst einmal losgelegt hatte. »Aber da gibt es noch andere Gespräche, die eindeutig mit einer komplizierten Software verschlüsselt wurden.«

»Mitten in der Wüste können sie ihre Nachrichten verschlüsseln?«

»Dafür brauchen sie nur einen Laptop und eine Internetverbindung über Satellitentelefon. Die Verschlüsselungssoftware, die man im Netz kaufen kann, ist sehr gut. Die, die sie verwenden, ist besonders schwer zu knacken.«

»Meinst du, du schaffst es trotzdem?«

»Wir sind dran. Aber es kann dauern. Bisher konnten wir lediglich Adressen entschlüsseln.«

»Und?«

»Nun, sie führen natürlich nicht zu Privatpersonen. Diese Leute gehen in Internetcafés oder benutzen Computer in Jugendzentren oder Mediatheken. Eine Sache ist allerdings sehr interessant: Ein großer Teil der Nachrichten geht nach Frankreich, ein weiterer in die Niederlande.«

»Was schließt du daraus?«

»In Frankreich lebt diese Jasmin, richtig? Irgendwo muss es in ihrer Umgebung eine Verbindung zur Katiba geben.«

»Und Holland?«

»Dort geht es internetmäßig recht liberal zu. Viele Seiten, die anderswo verboten wären, sind dort installiert.«

»Und hat die AQIM einen Internetauftritt?«

»Das System ist etwas komplizierter ...«

»Erklär es uns!«

»Es gibt nicht eine einzige AQIM-Adresse, wie Amazon oder Ebay eine haben. Terroristische Gruppen benutzen einen undurchsichtigen Komplex aus Seiten mit religiösen Inhalten, die von ganz harmlosen bis zu hoch konspirativen Seiten gehen. Manche sind frei zugänglich, für andere braucht man ein Passwort und eine spezielle Erlaubnis, um sich einloggen zu können. Man muss seine Identität preisgeben und kann von den Webmastern jederzeit abgelehnt werden.«

»Und du kommst da rein?«

»Ja, das geht. Aber auch die frei zugänglichen Seiten sind ganz interessant. Auf ihnen werden meistens die Gewaltaktionen angekündigt und die Erklärungen der Terroristenführer verbreitet. Diese Seiten werden allerdings nicht *direkt* von den bewaffneten Gruppen betrieben. Sie sind nur Werkzeuge, die von militanten Anhängern gemacht werden. Diese dienen als Überbringer der Nachrichten, die ihnen von den Gruppen geschickt werden, mit denen sie in Kontakt stehen. Man kann vielleicht sagen, dass es leere Züge sind, in die alle möglichen Reisenden einsteigen.«

»Was liest man zurzeit auf diesen Seiten?«

»Ich kann nur sagen, dass es in den letzten Tagen Aufrufe aus der Zone gab, für die wir uns interessieren. Sie sind unterzeichnet mit ›der Emir der Südfront‹.«

»Und was steht drin?«

»Hm ...«, nuschelte Tadeusz. »Meine Abteilung ist nur dafür zuständig, an diese Nachrichten ranzukommen, für die detaillierte Auswertung ist Dan zuständig.«

»Apropos ... wo steckt er eigentlich?«

»Er kommt gleich.«

Dan Andreïev war der Leiter der Strategieabteilung. Helmut hatte, sobald er bei Providence angefangen hatte, eine Verstärkung dieser Abteilung gefordert. Früher war Archie der Ansicht gewesen, dass die Natur ihrer Einsätze eine solche Investition nicht rechtfertige. Seit sich die Agentur jedoch mit der Welt der Bärtigen beschäftigte, hatte er seine Meinung geändert und Dan eingestellt. Dan war früher Professor am Genfer Hochschulinstitut für internationale Studien gewesen. Im vorigen Jahr hatte ihn seine Frau wegen eines Journalisten, einem bekannten Kriegsberichterstatter, verlassen. Da beschloss er, sich neu zu orientieren, und die Stelle bei einer privaten Geheimdienstagentur kam ihm wie gerufen, um seine neuen Ziele zu erreichen: Geld zu verdienen und eine Aufgabe zu haben, die mehr Bezug zur Realität hatte. »Sie meinen sicher, der sie für die Damenwelt attraktiver macht«, hatte Archie beim Einstellungsgespräch etwas taktlos gescherzt.

»Dann schauen wir mal, was sonst noch anliegt, während wir auf ihn warten«, fuhr Helmut fort. »Ich würde sagen, wir bewegen uns immer mehr in Richtung Terrorismus. Ach ja, was ist eigentlich mit dieser Drogengeschichte?«

»Das ist alles sehr eigenartig«, ergriff Sarah nun das Wort. »Diese Jasmin sieht absolut nicht wie eine Drogenabhängige aus, auch wenn sie laut Dimitri hin und wieder einen Joint raucht. Andererseits hat Marion diese Info in Nouakchott ausgegraben. Der ehemalige Zöllner war sich ganz sicher. Jasmin hatte an dem Tag, als sie ihn zu sehen verlangte, als Kurier eine beträchtliche Menge Kokain im Gepäck. Und er wusste auch von einer schriftlichen Notiz eines Kollegen bei einer früheren Reise Jasmins. Auch der war misstrauisch geworden. Aber damals hatte sie ja noch ihren Diplomatenpass.«

»Vielleicht hat sie sich wegen ihrer islamistischen Freunde auf diese Drogensache eingelassen? Terroristische Vereinigungen finanzieren sich oft auf diese Weise.«

Helmut verstummte, da Dan den Raum betreten hatte. Helmut fasste das bisher Gesagte für ihn kurz zusammen und überließ ihm dann das Wort.

»Die Schlüsselfigur«, begann Dan, »ist Kader Bel Kader ...«

Er hatte immer noch die pädagogische Sprechweise eines Universitätsprofessors, doch innerhalb der gedämpften Mauern der Einsatzzentrale, vor Menschen, deren Beruf er immer noch mysteriös und faszinierend fand, bemühte er sich, die Stimme zu senken und auf fast komische Art wie ein Verschwörer zu reden.

»Ich habe gerade erfahren, dass der algerische Geheimdienst uns endlich geantwortet hat. Es geht um die anderen zwei Fotos, die unser Kommando vor Ort gemacht hat.«

Er hätte genauso gut »Dave und Luis« sagen können, doch der Begriff »Kommando vor Ort« gefiel ihm offenbar besser.

»Sie haben bestätigt, dass es tatsächlich Kader ist. Klar, er ist bekannt wie ein bunter Hund. Noch interessanter aber sind die beiden Typen, die bei ihm waren. Einer von ihnen ist einer seiner engsten Gefolgsmänner. Sie arbeiten seit Jahren zusammen. Der Mann stammt aus Aleg und war früher ein Kleinganove. Jetzt unterstützt er Kader bei dessen Schmuggelgeschäften.«

Dan hatte seinen Laptop aufgeklappt und ans interne Netz angeschlossen. Béchirs Foto erschien auf allen Bildschirmen.

»Und das hier ist der andere. Ein ganz anderer Typ.«

Nun war, etwas diffuser, da er weiter weg war, Anuar zu sehen, auf den Knien und mit verängstigter Miene.

»Der hier ist ein Dschihadist bis auf die Knochen, der durch sämtliche Rebellengruppen in der Nordzone gereicht und dann in den Süden geschickt wurde, um die Gruppe in der Sahara spirituell anzuleiten. Allem Anschein nach ist er ein religiöser Berater, eine Art kleiner, strenggläubiger Iman, der fanatisch religiöse Texte auslegt, die er vermutlich kaum kennt. Er wird als feige und risikoscheu beschrieben. Ihr seht ja selbst, dass er auf dem Foto nicht so wirkt, als sei er besonders glücklich mit seinem Los. Darüber hinaus ist er erbarmungslos Geiseln gegenüber und jubiliert bei jedem Selbstmordattentat, auch wenn dabei Zivilisten ums Leben kamen.«

»Ein sympathischer Knabe«, höhnte Audrey und spielte an ihrem Ohrenpiercing herum.

Dan ignorierte ihre Bemerkung und fuhr fort: »Und das hier ist Kader.«

Er hatte dessen Bild eingeblendet. In der Vergrößerung war das Foto sehr beeindruckend. Kader mit einem Dolch in der Hand, die Augen in die Ferne gerichtet, das Kinn erhoben, wirkte in dieser Wüstengegend richtig elegant. Sein junges Gesicht hatte etwas

Sympathisches und Anziehendes. Er strahlte Kraft und Wagemut aus.

»Das ist ja Robin Hood!«, entfuhr es Audrey.

»Wie wahr«, sagte Dan. »Er ist ein *Bandit d'honneur*, der Arsène Lupin der Wüste.«

Jorge pfiff anerkennend durch die Zähne und lehnte sich nach hinten, die Hände im Nacken verschränkt.

»Kader Bel Kader«, fuhr Dan fort und las von seinem Blatt ab, »wurde 1977 in einem Stamm von Händlern in der Westsahara geboren. Das war kurz nachdem die bis dahin spanische Kolonie unabhängig wurde. Nach dem Einmarsch Marokkos landete er mit seiner Familie in einem Flüchtlingslager in Algerien, in der Nähe von Tinduf. Bis zu seinem zwanzigsten Lebensjahr ist nicht viel von ihm bekannt. Ich nehme an, dass er auf das Nomadenleben vorbereitet wurde. Diese armen Menschen träumen nur davon, in ihre Heimat zurückzukehren. Sicherlich lernte er auch zu kämpfen. Eine bewaffnete Widerstandsgruppe, die Polisario, rekrutiert Jugendliche in diesen Camps und bildet sie dafür aus, für die Unabhängigkeit zu kämpfen. Aber mit zwanzig können Kader und einer seiner Brüder fliehen. Zunächst gehen sie nach M'zab in der Provinz Ghardaia. Sein Bruder bleibt dort, Kader zieht weiter und landet schließlich in Algier. Er schlägt sich mit kleinen Jobs im Hafen durch, will aber unbedingt studieren. Er macht als Externer sein Abitur und geht an die Universität. Wir sind im Jahr 2000. Er studiert Jura. Man fragt sich, wozu er ein juristisches Staatsexamen machen will. Er fragt es sich vielleicht auch, denn im Jahr 2003 bricht er sein Studium ohne ersichtlichen Grund ab und kehrt in die Wüste zurück.«

Alle starrten gebannt auf das Foto von Kader. Dans Schilderung seiner Person hatte ihm eine menschliche Tiefe verliehen, die ihn noch faszinierender machte.

»Als er Algier verlässt, fährt er zuerst in das Flüchtlingslager, in dem er aufgewachsen ist. Sein Vater war gerade gestorben. Er bleibt einige Tage, um seine Mutter zu trösten, und zieht dann weiter in Richtung Süden. Zu jenem Zeitpunkt wurde er Händler. Allerdings einer der besonderen Art. Mit einigen Vertrauten, darunter diesem Béchir, nimmt er sich bewaffnete Banden vor, die die Sahara unsicher machen, Konvois überfallen und ausrauben. Kader hat sich etwas Originelles ausgedacht: Er verkauft in großem Stil Protektion.«

»Aha, so ähnlich wie wir mit unserer Filiale in Johannesburg«, kommentierte Audrey, die für die »Providence-Rambos«, wie sie sie nannte, nicht viel übrighatte.

»Ja, leider geht es in diese Richtung.«

Dan Andreïev schätzte es gar nicht, wenn jemand auf die dunkle und gewalttätige Seite der Agentur zu sprechen kam. Er war noch nicht bereit, sich der Realität seines neuen Arbeitgebers zu stellen.

»Kurzum«, nahm er den Faden wieder auf und verscheuchte diesen unangenehmen Gedanken mit einer Handbewegung, »mit seiner kleinen, ihm treu ergebenen Truppe hat Kader es geschafft, dass die Karawanen und Lastwagen unbehelligt durch ein sehr großes Gebiet fahren können.«

»Jetzt erinnert er eher an Mutter Teresa«, witzelte Sarah.

»Nicht wirklich. Eher an Don Corleone. Mit denjenigen, die er nicht physisch eliminierte, hat er sich verbündet. Die Händler müssen für ihre Sicherheit bezahlen. Einen Teil dieser Gelder gibt Kader an die bewaffneten Gruppen weiter, die ihm die Treue geschworen haben. Er hat ein System aufgebaut, das sowohl feudalistisch als auch sehr modern ist und die Freizügigkeit in diesem Drehkreuz der Wüste garantiert.«

»Genial«, kommentierte Helmut, »und eigentlich auch nicht besonders riskant.«

»Lange Zeit wurde er von den Behörden als sehr nützlich angesehen. Mit dem Geld, das er einnimmt, unterstützt er seine Familie, die im Flüchtlingslager geblieben ist. Die Überschüsse investiert er in seine Handelsgeschäfte. Er mietet Lkws für seine eigenen Geschäfte und kann die von ihm geschützten Routen durch die Sahara auf diese Weise auch selbst nutzen. Noch vor zwei Jahren spazierte er als angesehener Händler durch die Straßen von Nouakchott, ohne behelligt zu werden.«

»In Nouadhibou auch?«

»Richtig, Sarah. Und dort wird Jasmin ihn wohl kennengelernt haben.«

»Aber was hat er jetzt mit den Islamisten am Hut?«, fragte Helmut.

»Eine gute Frage! Was wir über Kader wissen, beweist nur, dass er ein guter Moslem, aber nicht besonders fromm ist. Natürlich gibt es immer mal wieder einen Spätberufenen. Sehr viel wahrscheinlicher aber ist, dass er mit den Islamisten ähnlich verhandelt wie mit allen anderen. Die Straßen, die unter seinem Schutz stehen, werden von den Behörden nicht kontrolliert. Man hat immer vermutet, dass er mit den Polizeibehörden der Länder, in denen er aktiv ist, Abkommen dieser Art getroffen hat: Ihr lasst euch hier nicht blicken, und ich garantiere dafür, dass es keine Zwischenfälle geben wird. Auch die Islamisten müssen sich mit ihm abgesprochen haben, ehe sie eine Katiba gründen konnten.«

Dan griff nach einer Dose Cola light.

»Er ist in der Lage, ihnen eine relativ breite Palette an Dienstleistungen anzubieten. Beispielsweise ist es so gut wie sicher, dass Kader bei der Entführung der beiden Belgier im letzten Jahr mitgemischt hat.«

»Aber ihre Freilassung wurde doch mit der AQIM ausgehandelt ...«

»Klar! Das ist das gängige Vorgehen. Eine kriminelle Bande wird mit der Geiselnahme beauftragt. Und verkauft ihre Beute an die Islamisten weiter.«

»Soll das heißen, dass Kader die Geiseln *verkauft* hat?«

Sarah, die mehrere Minuten lang in den Anblick des schönen Gesichts des Gesetzlosen versunken war, war erschrocken.

»Sehr wahrscheinlich«, sagte Dan und nickte.

»Und was hat Jasmin mit alledem zu tun?«, mischte sich Jorge ein.

Als guter Führungsoffizier verlor er nie die Mission und ihre Ziele aus den Augen.

»Interessiert sie sich für Kader, den Händler«, setzte Audrey noch eins drauf, »oder für Kader, den Islamistenfreund?«

»Die Tatsache, dass sie für ihn Koks schmuggelte, spricht eher für den Händler.«

»Aus freien Stücken?«

»Sie muss gewusst haben, was sie transportierte. Sonst hätte sie ja nicht verzweifelt nach dem alten Zöllner gerufen.«

»Aber dieses Mal«, gab Helmut zu bedenken, »hat sie die Reise gemacht, ohne etwas mitzunehmen und sich mit einem Ideologen von Al-Qaida getroffen.«

Auf diese Bemerkung hin wurde es still im Raum. Dan klickte auf seinem Laptop herum. Er machte sich einen Spaß daraus, die Fotos der drei Verdächtigen abwechselnd auf den Bildschirm zu holen. Jedes Mal, wenn er wieder zum Bild von Anuar kam, wurde die Sache noch rätselhafter.

»Übrigens hast du uns noch gar nicht erzählt, was Tadeusz im Internet aufgestöbert hat.«

»Nichts wirklich Spannendes, ehrlich gesagt. Nur einen langen, recht dubiosen Text, der, wie er sagte, vom Emir der Südfront stammt. Ein bislang unbekannter Name. Bisher hatte keine Katiba eine eigene Identität. Es gab nur Mitteilungen der AQIM, ohne näheres Angaben. Das bedeutet, dass sich der Anführer der Süd-Katiba offenbar nicht länger als einfacher Gefolgsmann von Abdelmalek Drukdal sieht, dem obersten Chef der AQIM. Dieser Emir des Südens heißt Abu Mussa. Nach Aussage der Spezialisten ist er eher farblos. Aber offenbar ist er reifer und erfahrener geworden.«

»Oder seine Verbindung zu Kader hat ihn auf neue Ideen gebracht«, sinnierte Audrey, die ihre Augen nicht vom Foto ihres Wüsten-Robin-Hoods abwenden konnte.

»Und was verkündet dieser Emir der Südfront in seiner Erklärung?«, fragte Jorge verächtlich.

Zwei seiner Kameraden waren im Irak getötet worden. Seither hatte er einen unbändigen Hass auf die ganze arabische Welt.

»Er erklärt, dass sein Kampf als einziger auf der Linie von Al-Qaida liegt. Das lässt vermuten, dass er den Text in polemischer Absicht ins Netz gestellt hat, um seine Gegner zu diskreditieren.«

»Was ist denn genau die ›Linie‹ von Al-Qaida?«

»Das Ziel von Al-Qaida besteht daran, den fernen und einzig wahren Feind zu bekämpfen: den korrupten Westen und seine Knechte wie Israel, Frankreich oder … die USA.«

»Das tun die Dschihadisten doch auch, oder?«

»Der Verfasser dieses Textes ist offenbar anderer Meinung. Er wirft der Bewegung von Abdelmalek vor, sich nur auf einen rein nationalen Kampf zu beschränken. Das ist nicht ganz falsch. Im Norden Algeriens besteht die Al-Qaida aus Rebellen, die sich in den Bergen verschanzt haben. Sie spielen Verstecken mit der algerischen Armee und Polizei und nehmen in großem Stil Geiseln, hauptsächlich Einheimische, für die je nach Vermögen mehr oder weniger Lösegeld erpresst wird. Ab und zu verüben sie ein Attentat gegen eine Kaserne. Aber mit dem elften September hat das alles nicht mehr viel zu tun.«

»Und was schlägt dieser Emir der Südfront denn nun vor?«

»Das sagt er nicht. Aber es steht fest, dass er auf internationaler Ebene zuschlagen will. Er nennt Frankreich zweimal als Feind Nummer eins.«

Alle dachten angestrengt nach.

»Es ist schon irgendwie beunruhigend, dass ein solcher Aufruf genau in dem Moment erscheint, in dem sie eine junge Frau anreisen lassen, die im französischen Außenministerium arbeitet.«

Helmut erhob sich und ging nervös zum Fenster.

»Ich bin mir sicher, dass wir da auf dem Holzweg sind. All das passt nicht zu dem, was wir von dieser Jasmin wissen: eine kleine, gebildete Französin, Diplomatengattin. Kann ja sein, dass sie sich von einem attraktiven Schmuggler verführen ließ, na und? Auch dass sie Risiken einging, als sie in der Klemme saß, um wieder festen Boden unter die Füße zu bekommen, ist nichts Besonderes. Ich habe gehört, dass immer mehr europäische Rentner in ihrem Wohnmobil Hasch oder Koks über die Grenzen schmuggeln. Aus dieser Frau nun aber eine islamistische Terroristin zu machen, die sich aus freien Stücken mit dem Schlimmsten aller schlimmen dschihadistischen Fanatiker trifft, nein, daran glaube ich keine Sekunde!«

Während Helmuts kleiner Ansprache war Roth, der Profiler, in den Raum gekommen und hatte sich an den Konferenztisch gesetzt. Lautlos wie ein Mäuschen hatte er sich einen Stuhl herangezogen und sich hingesetzt. Er hatte Helmuts Tirade gehört. Als danach wieder Ruhe im Raum einkehrte, begann er mit leiser Stimme zu reden, die Hände flach auf dem Schreibtisch gestützt, wie es seine Art war.

»Nun, ich dagegen bin fest davon überzeugt. Wenn ich darf, erzähle ich euch jetzt ein paar Dinge, die Jasmin in einem ganz anderen Licht erscheinen lassen.«

VI

Als Kader zur Katiba von Abu Mussa fuhr, war er noch vorsichtiger als sonst. Er befürchtete, dass er entdeckt worden war. Der Zwischenfall mit dem Flugzeug mit den Gipspäckchen war weiterhin ungeklärt und hatte ihn nervös gemacht. Nachdem er zweimal das Fahrzeug gewechselt hatte, kam er endlich in das gut geschützte Tal, in dem der Emir sein neues Camp aufgeschlagen hatte. Anuar war sichtlich erleichtert, endlich wieder im Schutz einer bewaffneten Gruppe zu sein. Nach dem Abendessen waren Kader und Abu Mussa im Zelt geblieben und saßen sich nun im Schein einer Sturmlaterne gegenüber.

»War es wirklich Saïf, der den Angriff gegen dich angeführt hat?«

»Ja, dieser Hund hatte alles geplant.«

Abu Mussa spielte mit der kleinen Kette mit Wüstensteinen herum, die er immer am Handgelenk trug.

»Bei seiner Erfahrung ist es ein Wunder, dass ich mit heiler Haut davonkam. Als er in mein Zelt kam, um mir eine Kugel durch den Kopf zu jagen, war ich in der Wüste. Ich konnte nicht einschlafen. Und der Mond war so schön. Ich bin mir sicher, dass Gott selbst mich ins Freie gerufen hat. Tausendmal sei er gepriesen!«

»Was hat Saïf getan, als er dich nicht vorfand?«

»Er hat das Zelt durchwühlt. Zum Glück ist er mit dem Fuß an eine Teekanne gestoßen, und davon ist mein Leibwächter aufgewacht. Er sah Saïf mit seiner Waffe in der Hand und stieß einen Schrei aus. Die Männer sprangen auf. Ich spreche natürlich von *meinen* Männern. Denn die Verräter, die mit Saïf wegfahren sollten, waren natürlich schon auf den Beinen. Sie hatten alles in die Fahrzeuge geladen, was sie mitnehmen wollten. Alles war bereit zum Wegfahren. Die Fahrer saßen am Steuer. Sie sollten warten, bis Saïf das Signal gab, nachdem er mich erstochen hatte. Aber einige hatten damit begonnen, meine Jungs im Schlaf zu ermorden.«

»Und dann?«

»Dann brach Chaos aus. Nabil hat sofort begriffen, was los war. Als er die Wagen losfahren und Saïf hineinspringen sah, befahl er, auf die Flüchtigen zu schießen.«

»Wie viele Wagen wollten sie mitnehmen?«

»Alle! Sie wollten die Katiba zum Tode verurteilen, das steht fest.«

Abu Mussa lächelte. Ein Lächeln des Zorns und des Hasses. An seinem Metallgebiss spiegelte sich das Licht der Laterne.

»Zum Glück sind nahezu zwei Drittel der Männer loyal geblieben und haben auf Nabil gehört. Mitten in der Nacht schossen sie um sich. Es ist ihnen gelungen, die Reifen von vier Jeeps platt zu schießen. Zwei Pick-ups sind im Sand stecken geblieben, zwei andere gegen Felsen gedonnert, weil sie nicht mehr richtig gelenkt werden konnten.«

»Wie viele konntet ihr insgesamt retten?«

»Über die Hälfte. Und wir haben zehn von ihnen abgeknallt.«

Kader nickte. Draußen waren die dumpfen Schritte eines Wächters zu hören, der das Camp abschritt. Seit dem Überfall damals hatte Abu Mussa seine Wachen verstärkt.

»Glaubst du, dass noch Leute von ihnen hier sind?«

»Alles ist möglich.«

»Wie kommt es, dass du Saïf gegenüber nie misstrauisch warst?«

»Im Grunde hab ich ihm nie so recht getraut. Aber ich wusste, dass er Abdelmalek nahestand und das hat mich dummerweise beruhigt.«

Er ließ die Gebetskette zweimal um sein Handgelenk kreisen.

»Dabei war er eifersüchtig, weil Abdelmalek so großes Vertrauen in mich setzte. Er war schon länger bei der Bewegung als ich und begriff nicht, warum ich zum Anführer dieser Katiba ernannt wurde und nicht er. Er wollte der Chef sein. Jetzt kann er zufrieden sein. Er hat seine eigene Gruppe.«

»Wo sind sie?«

»Soweit ich weiß, sind sie in Richtung Timbuktu gefahren. Saïf hat Verwandte in den arabischen Stämmen von Nord-Mali.«

»Dann laufen sie sicher der malischen Armee in die Arme.«

»Ach was! Die Malier trauen sich nicht mehr dorthin. Im Kampf gegen die Tuareg haben sie die Stämme mit Waffen versorgt. Und jetzt haben sie sie nicht mehr im Griff. Wenn Saïf sie auf seiner Seite hat, fühlt er sich dort unten so wohl wie ein Fisch im Wasser.«

»Was wird er deiner Meinung nach als Nächstes tun?«

»Als Erstes braucht er Geld.«

»Ich habe im Radio gehört, dass letzte Woche dort unten drei koreanische Ingenieure entführt wurden.«

»Das war garantiert er!«

»Untersteht er deiner Meinung nach immer noch Abdelmaleks Befehlen?«

»Keine Ahnung.«

»Was wissen sie von unserer Operation?«, fragte Kader.

»Sie wissen, dass du dahintersteckst. Den großen Coup, den wir im Internet ankündigen, kann ich nicht ohne deine Kontakte organisieren, das ist ihnen sicher klar.«

»Kennen sie die Identität der Frau?«

»Ich habe sie ihnen nie verraten. Aber es gibt etliche Mauretanier in Saïfs Gruppe. Gut möglich, dass sie sie noch aus Nouakchott kennen.«

»Du weißt, dass einer meiner jungen Ärzte getötet wurde, einer von denen, die mit der Frau zum Treffpunkt mit mir kamen?«

Abu Mussa erschrak.

»Sie haben nicht viel Zeit verloren!«

»Zumindest ist jetzt alles klar«, erklärte Kader weiter. »Falls wir noch Zweifel gehabt hätten, wissen wir spätestens jetzt, woran wir sind. Sie haben die Absicht, uns bis auf den letzten Mann zu vernichten. Es gibt kein Zurück mehr. Wir müssen kämpfen und siegen!«

Abu Mussa lachte hämisch.

»Siegen?«, wiederholte er kopfschüttelnd.

In seinem Gesicht war zu lesen, dass er nur wenig Hoffnung hatte. Kader griff über die Laterne hinweg nach seinem Arm.

»Hör mal«, keuchte er und umklammerte sein Handgelenk, »das alles haben wir gewusst. Diesen Preis müssen wir zahlen. Und ja, wir werden gewinnen. Und zwar wesentlich mehr, als wir verloren haben. Béchir ist bereits losgefahren und klappert die Brunnen ab. Er wird uns Lebensmittel und sehr viel Geld bringen. Damit können wir weitermachen. Aber bis zur Lösung, der echten Lösung, müssen wir uns noch etwas gedulden. Die Entscheidung fällt sehr weit weg von hier, das weißt du. In der Zwischenzeit müssen wir die Operation vorantreiben. Ab morgen früh werden wir an den nächsten Nachrichten arbeiten, die du in die Welt schickst.«

*

Roth war zufrieden. Mit seiner Andeutung, dass Jasmin durchaus das Zeug zu einer Terroristin hatte, hatte er quasi einen Pflasterstein ins Wasser geworfen. Die Anwesenden hingen förmlich an seinen Lippen. *Aber nur nichts überstürzen.* Er zupfte ein winziges Stückchen Nagelhaut von einem Finger und ließ sich etwas Zeit, bevor er weiterredete.

»Um ein Profil richtig einzuschätzen, braucht man so viele Elemente wie nur möglich. Sonst reduziert man einen Menschen leicht auf etwas, das er gar nicht ist. Oder auf das, was er nicht *nur* ist. Wir lieben Kohärenz so sehr, dass …«

»Weiter bitte«, stöhnte Helmut. »Wir haben nicht so viel Zeit …«

»So viel Zeit müssen wir uns schon nehmen.«

Roth hörte schlagartig auf, einen dösenden Kater zu spielen und fuhr seine Krallen aus.

»Es gibt nur einen Schlüssel in dieser Angelegenheit, einen einzigen, versteht ihr? Wir müssen eine Antwort auf die Frage finden: Wer ist diese Frau? Wenn uns das gelingt, dann begreifen wir auch den Rest.«

Er betrachtete seine Gegner, die er besiegt hatte, einen nach dem anderen, der Reihe nach. Dann verschränkte er erneut die Arme; seine Augenlider senkten sich, als stünde er kurz vor einer Erleuchtung, in einem Zustand zwischen Wachen und Schlafen.

»Jasmin ist keine gebildete, kleine Französin aus der Provinz. Nicht *nur*!«

Nach einem weiteren flüchtigen Blick in die Runde wartete er auf den richtigen Moment, ehe er die Bombe platzen ließ:

»In erster Linie ist sie Algerierin.«

Alle Köpfe fuhren hoch. Er freute sich über die Wirkung, die er erzielt hatte.

»Von ihrer Mutter her. Und deren Geschichte ist alles andere als einfach. Unsere Freunde in Paris haben gute Arbeit geleistet. Leider hat sich niemand der hier Anwesenden die Mühe gemacht, in dieser Richtung nachzuforschen. Die ersten Berichte sind von letzter Woche.«

»Ist ja auch dein Job«, brummte Jorge.

Der Profiler zog es vor, nicht auf diese respektlose Bemerkung einzugehen.

»Jasmin wurde 1979 in Aubagne im Département Bouchesdu-Rhône geboren. Ihr Vater, Henri Lacretelle, war ein Versicherungsmakler aus Saint-Quentin, einer mittelgroßen Stadt in Nordfrankreich, nicht weit von hier. Eine recht vermögende Familie mit einem Ferienhaus in den Calanques.«

»Und die Mutter?«, wollte Sarah wissen.

»Algerierin, Tochter eines Kabylen, ehemaliger Soldat der französischen Armee, von Beruf Obsthändler. Nach langen Jahren als Markthändler konnte er irgendwann sein eigenes Geschäft eröffnen. Ein kleines arabisches Lebensmittelgeschäft in der Nähe der Porte d'Aix in Marseille.«

»Hübsch, Ihre Geschichte«, kommentierte Audrey. »Da kommen richtig Urlaubsgefühle auf.«

»Elend ist weniger schlimm, wenn die Sonne scheint«, summte Roth leise und versuchte, Aznavour zu imitieren.

Sein Gag kam nicht gut an. Er hüstelte und fuhr fort: »Acht Kinder. Jasmins Mutter war das fünfte. Nicht besonders hübsch. Intelligent und lebhaft, aber eine höhere Schule kam natürlich nicht in Frage. Ihre Bestimmung: Dienstmädchen.«

»Im Haus des Versicherungsmenschen!«

»Richtig! Das französische Spießbürger-Drama *par excellence*! Der Mann hat das Dienstmädchen geschwängert.«

»Und entlassen?«

»Nein, Sarah, das ist zu voreilig. So einfach war die Sache nicht. Der Vater ist ein Feigling, aber kein Lump. Er erkennt die Kleine an. Er hat zwei weitere Kinder, einen Jungen und ein Mädchen, die zu jener Zeit noch nicht volljährig sind. Und seine Frau ist schwerkrank. Er erklärt Jasmins Mutter, dass er bald frei sein wird. Dann könnten sie zusammenleben. Aber fürs Erste gibt er ihr Geld und schickt sie weg. Sie zieht nach Toulouse.«

Roth hatte ein Dossier aufgeschlagen und hielt sich an die gelb markierten Stellen.

»Bis 1987 in Toulouse wohnhaft. Mit dem Geld, das Jasmins Mutter erhält, will sie ihrer Tochter die bestmögliche Bildung ermöglichen. Sie meldet sie in einer katholischen Schule an. Sie glaubt immer noch, dass sie irgendwann mit dem Vater zusammenleben wird. Doch eines Tages erfährt sie, dass dessen Frau seit über zwei Jahren tot ist, und er inzwischen mit einer anderen Frau zusammen ist. Ihr Traum ist geplatzt. Doch er zahlt weiterhin. Vielleicht sogar etwas mehr, um einen Skandal zu verhindern. Die Mutter findet sich damit ab und heiratet einen anderen.«

»Ich liebe solche Geschichten«, feixte Audrey. »Sie lenken uns so herrlich von unseren Spionagegeschichten ab, unseren Kleinkriegen ...«

»Nicht wirklich, du wirst sehen. Jasmins Stiefvater ist ebenfalls Kabyle, ein strenggläubiger Moslem, seit zwei Jahren verwitwet. Eine der Schwestern von Jasmins Mutter lebt in Algerien im selben Kaff wie er. Sie arrangiert die Hochzeit. So kommt es, dass Jasmin und ihre Mutter Anfang der Neunziger aus Frankreich weggehen. Sie lassen sich in Boumerdes, einem Vorort von Algier, nieder. Auf Berichte aus jener Zeit warte ich noch. Alles, was wir bisher wissen, ist, dass die Mutter von ihrem neuen Mann Zwillinge bekommt. Sie sterben allerdings kurz nach der Geburt, und sie bekommt keine weiteren Kinder. Sie trägt den Hidschab, aber das kann natürlich auch mit ihrem neuen Wohnort zusammenhängen. Man kann sich vorstellen – zumindest kann *ich* es mir vorstellen – dass Jasmin diese neue Umgebung, in der sie sich plötzlich befindet, ganz exotisch findet.«

»Pardon«, fiel Andreïev ihm da ins Wort, »aber welche Religion hat sie? Der leibliche Vater war sicher katholisch.«

»Die Jungs in Paris versuchen es noch herauszufinden. Sie haben ja schon ganz schön geackert. Man muss ihnen noch etwas Zeit lassen«, gab Jorge zu bedenken.

Er war sauer. Vielleicht weil er sich getäuscht hatte. Vor allem aber, weil er sich von diesem Profiler, diesem Versager von Arzt, belehren lassen musste.

»Fahren Sie mit Ihrer Geschichte fort, Doktor Roth«, schritt Audrey ein.

»Ich komme gleich zum Ende. Jasmins Aufenthalt in Algerien dauert bis Ende des Jahres 1992. Da schickt ihre Mutter sie nach Frankreich zurück. Den genauen Grund dafür kennen wir noch nicht.«

»Damals fing der Bürgerkrieg an«, gab Dan Andreïev zu bedenken. »Der Zeitpunkt, als die Parlamentswahlen abgebrochen wurden und die Islamisten zum bewaffneten Kampf übergingen.«

Jorge kochte innerlich. Nicht mehr lange, und in dieser Einsatzzentrale würde man bald nur noch das Gequassel dieser beiden Scharlatane hören.

»Ist sie zu ihrem Vater gegangen?«, fragte Sarah, die von dieser Geschichte immer mehr fasziniert war.

»Nein, ihr Vater hatte wieder geheiratet, das sagte ich bereits. Allerdings war er ein Mann fauler Kompromisse. Er weist seine Tochter ab, findet zugleich aber eine Lösung für sie. Er hat eine Cousine zweiten Grades, etwas älter als er. Sie bekam keine Kinder, und das war das Drama ihres Lebens. Ihr wird Jasmin anvertraut.«

»In Frankreich?«

»Ja, in der Nähe von Montaigu im Département Charente. Die Frau lebte allein, in einem großen, noblen Haus, fast ein Schloss. Dort wird Jasmin ab dreizehn und bis zum Abitur leben. Mehr dürft ihr mich nicht fragen. Das ist alles, was ich weiß.«

Nach diesem Bericht wurde über alle möglichen Aspekte diskutiert. Jeder sagte seine Meinung. Es ging weit über die oberflächliche Neugier von Lokalnachrichtenlesern hinaus: Diese Informationen veränderten das Bild, das sie bisher von der jungen Frau gehabt hatten, entscheidend – doch in welcher Hinsicht?

Helmut dachte angestrengt nach.

»Was schließen Sie daraus, Doktor?«

»Die Tatsache, dass Jasmin algerische Wurzeln hat und mit ihrer Mutter eine Zeitlang in Algerien gelebt hat, macht sie nicht zwangsläufig zu einer Komplizin von Terroristen«, räumte Roth ein.

»Da sind wir einer Meinung.«

»Aber wir müssen sie jetzt mit ganz anderen Augen sehen. Nun ist klar, warum sie wie eine junge Französin aus guter Familie wirkt. Aber gleichzeitig wissen wir auch, dass sie noch ein ganz anderes kulturelles Erbe in sich trägt. Nähere Einzelheiten über den algerischen Zweig ihrer Familie dürften noch heute eintreffen. Ich werde ein neues Profil ausarbeiten, das alle Punkte in sich vereint und es so schnell wie möglich vorlegen.«

»Vielleicht sollte auch Dim befragt werden. Er war bisher am nächsten an ihr dran.«

»Er wird heute Abend eintreffen«, sagte Sarah mit einem Blick auf ihre Uhr.

*

»Er hat ... was? Sie haben ...?«

»Zusammen geschlafen, richtig«, führte Wilkes den Satz zu Ende.

Archie kicherte in sich hinein. Genau das liebte er so an Medizinern: ihren kühlen Realismus, ihre Art, die Dinge des Lebens als natürlich anzusehen. Er errötete.

»Ehrlich gesagt wissen wir es nicht genau. Die Aufzeichnung ist nicht sehr gut verwertbar. Die Stimmen sind fast nicht zu hören.«

Archie blinzelte genüsslich. Er saß Wilkes in seinem Büro mit den mit Diplomen dekorierten Wänden gegenüber und redete mit leiser Stimme.

»Und in welcher Verfassung ist er jetzt?«

»Schwer verliebt, würde ich sagen.«

»War vorhersehbar.«

Archie hatte größte Mühe, seine Aufregung im Zaum zu halten. Unruhig rutschte er auf seinem Stuhl herum.

»Für Sie vielleicht«, räumte Wilkes ein, »denn Sie sind ein Mann mit Weitblick. Ich persönlich hatte nicht so weit gedacht. Als ich Dim nach Mauretanien geschickt habe, wollte ich ihm ein erstes Training für diese medizinischen Einsätze ermöglichen, die Sie und ich so faszinierend finden. Nicht im Traum hätte ich daran gedacht, dass es eine so ... wie soll ich sagen? ... eine so tiefschürfende Erfahrung werden würde!«

»Die Agenten, die mich interessieren, wissen Sie, Doktor, sind die, die sich voll und ganz einbringen, nicht die, die lieber als Zuschauer am Rand stehen.«

»Was das sich einbringen betrifft, so kann man ihm nichts vorwerfen. Sie haben die Nacht zusammen verbracht, und jetzt stirbt er vor Sehnsucht nach ihr.«

»Oooh ... Perfekt. Wirklich perfekt. Es war eine gute Idee von uns, ein Mikro im Zimmer zu verstecken. Zumindest wissen wir jetzt ganz genau, wie lange er bei ihr war. Ausgerechnet er, der wollte, dass wir ihm vertrauen ...«

»Ich weiß nicht, wie Ihre anderen Agenten sind«, sagte Wilkes und schüttelte missbilligend den Kopf. »Aber eins muss man Dimitri lassen: Er bringt sich wirklich mit Leib und Seele ein.«

»O ja, das können Sie laut sagen ...«

Da Wilkes nicht lachte, wurde auch Archie wieder ernst.

»Ist ihm klar, was er da tut?«

»Er ist weder zynisch noch berechnend. Er ist nur loyal und versucht vor allem, seine Mission zu erfüllen.«

»Und an dem Punkt, an dem er jetzt ist, wie sieht er sie, seine Mission?«

»Er wartet auf weitere Befehle und wird sie ausführen.«

»Natürlich, natürlich. Aber seine persönlichen Wünsche?«

Wilkes verschränkte die Hände vor dem Bauch. Jeder seiner zartgliedrigen Finger berührte die Kuppe des gegenüberliegenden Fingers. Archie beobachtete ihn genüsslich. *Dieser Gelehrte ist ein Außerirdischer. Eine Art ausgewachsener E.T.*

»Er will sie wiedersehen, das ist sein größter Wunsch.«

Archie entspannte sich und erhob sich. Er inspizierte die Bilderrahmen an der Wand: ein Diplom mit Wachssiegel und Schleife. Doktorwürde honoris causa der Universität Laval in Québec.

»Wunderbar!«, sagte er. »Ist es nicht wunderbar, dass wir einem unserer Agenten seinen größten Wunsch erfüllen können?«

Lächelnd drehte er sich wieder zu Wilkes. Dieser tat sein Bestes, um gequält mitzulächeln.

*

Jasmin war an einem Dienstagabend zurückgekommen, um am Mittwochmorgen gleich in der ersten Stunde bei der wöchentlichen Dienstbesprechung dabei zu sein.

Der Protokollchef, der mit dem Minister auf Reisen war, hatte es seinem Stellvertreter Cupelin überlassen, die Sitzung zu leiten. Dieser ließ es sich nicht nehmen, Jasmin zu ihrer Bräune zu gratulieren. »Die Ferien haben Ihnen gutgetan, Kompliment.«

Sie wollte ihm erklären, dass sie für eine NGO unterwegs gewesen war. Aber was hätte es genützt?

Cupelin war sehr stolz auf einen Siegelring, den er an der rechten

Hand trug und auf dem seine verschlungenen Initialen abgebildet waren. Er fand ihn ungeheuer geschmackvoll und spielte ständig damit herum, zog ihn vom Finger und legte ihn vor sich hin.

Er begann mit einem kurzen Bericht über die vergangene Woche. Dann kam er auf das wahre und eigentlich einzige Thema der Versammlung zu sprechen: den Zeitplan der kommenden Veranstaltungen. Die Protokollabteilung lebte ganz im Rhythmus der Staatsdiners. Wäre es zusätzlich noch so prunkvoll zugegangen, wie früher bei den Königen – Schlafengehen, Aufwachen, Bad, usw. – hätten sich die meisten Mitglieder der Dienststelle gefreut. Leider durften sie sich aber nur um das leibliche Wohl der Minister kümmern. Was Cupelin zudem noch betrübte, war die fehlende Kinderstube der meisten Besucher, die sie empfingen. Bei einer respektablen Delegation, aus England oder Spanien zum Beispiel – wie viele schlecht erzogene oder sogar unmögliche Politiker es da gab! Sogar die einst so kultivierten Hauptstädte des österreichisch-ungarischen Kaiserreichs hatten, nachdem sie durch die Mühlen des Kommunismus gedreht worden waren, eine erbärmlich grobschlächtige Politiker-Spezies hervorgebracht. Cupelin ließ es sich nie nehmen, über die schlechten Manieren von diesem oder jenem herzuziehen. Sein Vorrat an Anekdoten erfreute sich ähnlicher Sympathien wie die verschlungenen Buchstaben auf seinem Siegelring.

Danach kam die Rede auf die ehemaligen Kolonien und ihre korrupten Machthaber. In diesem Punkt zog Cupelin es vor, seinen tiefen Schmerz stumm zum Ausdruck zu bringen.

»Staatsbesuch des Präsidenten von Malawi, am 14. März«, seufzte er.

Malawi! Sein Blick wanderte über seine Assistenten, in der Erwartung, dass jemand sich freiwillig für die Planung und Organisation meldete. Endlich hob jemand die Hand: ein ehemaliger

Praktikant, der erst im vergangenen Monat eingestellt wurde. Mehr hatte Malawi nicht verdient. Angebot angenommen.

Der stellvertretende Protokollchef hatte noch ein paar weitere Aufgaben ähnlicher Art zu verteilen. Als er in seiner Agenda weiterblätterte, einem priesterlichen Gegenstand, den er aus den gesegneten Händen des persönlichen Referenten des Ministers empfangen hatte, stieß er auf einen interessanteren Programmpunkt.

»Sieh an: der Erdöl-Minister des Emirats Kheir.«

Für Cupelin gab es zwei Sorten von arabischen Ländern: auf der einen Seite die Länder, die Frankreich kolonialisiert hatte. Sie gehörten zur enttäuschenden Kategorie der Emporkömmlinge. Auf der anderen Seite gab es die Länder des Mittleren Ostens, und denen musste man wohl oder übel eine gewisse Noblesse zugestehen. Schließlich hatten sie schon die Kreuzritter empfangen. Schlecht, das ist klar. Aber sie hatten sie immerhin als ebenbürtig behandelt. Wenn man vom Erdöl einmal absah, waren sie in den Zeiten von König Arthur stecken geblieben, mit Krone, Falken, goldenem Geschirr und so weiter. Aber es waren Menschen, mit denen man auskommen konnte.

»Der Prinz Abdullah bin Khalifa al-Thani ist ein bemerkenswerter Mann«, sagte Cupelin.

Es machte ihn glücklich, seine Garantie für guten Geschmack für eine Persönlichkeit geben zu können, deren Qualitäten der eine oder andere durchaus in Zweifel stellen könnte.

»Wer meldet sich?«

»Welcher Wochentag?«, fragte einer der Referenten.

»Samstag.«

Der Mann verzog das Gesicht. Die Wochenenden waren nicht sehr beliebt.

»Was ist? Es ist doch erst in zwei Wochen«, fragte Cupelin wie ein Auktionator.

»Ich mach's.«

Alle Blicke gingen zu Jasmin, die sich mit fester Stimme gemeldet hatte. Der stellvertretende Protokollchef zögerte einen Moment. Ein Prinz aus den Emiraten? Für diese Anfängerin? Ein dicker Brocken für jemanden, der erst seit knapp sechs Monaten hier arbeitete. Aber Jasmin war kompetent und die anderen überschlugen sich nicht gerade vor Begeisterung. Und letztendlich ging es ja nur um ein Dinner, nicht um einen gesamten Aufenthalt. Der Prinz war auf der Durchreise, auf dem Weg von London und würde noch am selben Abend zu einer OPEC-Konferenz nach Mexiko weiterreisen. Man musste sich nicht um die Unterbringung kümmern, kein Programm organisieren. Es war nur ein einfaches Dinner.

»Meine Liebe, einverstanden. Der Prinz wird sich geehrt fühlen.«

Diesen kleinen Scherz untermalte er mit einem leisen Lachen. Die anderen strahlten. Cupelin sah darin Ironie aufblitzen, auf Kosten Jasmins natürlich.

Er senkte den Blick und notierte ihren Namen in seiner Agenda.

VIERTER TEIL

I

Nach Farids Tod hatte Providence nichts dagegen, dass Dim Mauretanien verließ, wie Aïssatou es ihm nahegelegt hatte. Die Rolle der islamistischen Ärzte bei dieser Operation schien beendet zu sein. Ihre Telefone wurden weiterhin abgehört, und Marion hielt die Beschattung in Nouakchott aufrecht. Aber das Hauptaugenmerk galt nun den Katibas und Kader. Und Jasmin war nach Paris zurückgeflogen.

Dim nahm den Tunisair-Flug, den die Krankenschwester für ihn reserviert hatte, nach Dakar. Von dort aus flog er nach Brüssel weiter. Er fühlte sich unendlich müde und dachte anfangs, er sei einfach nur total erschöpft. Doch dann merkte er, dass es eher eine Art Traurigkeit war, eine schmerzliche Sehnsucht. Mauretanien war ihm entrissen worden. Dieses bizarre Land aus Sand, in dem es eigentlich nichts gibt, übt auf jeden, der sich eine Zeitlang dort aufhält, eine fast an Besessenheit grenzende Faszination aus. Dieses Land wirkt so stark auf einen, dass man vor Frustration fast zerrissen wird, wenn man plötzlich nicht mehr dort ist. Und natürlich spukte ihm auch Jasmin im Kopf herum.

Bei der Ankunft kaufte er sich noch im Flughafen einen Pullover. Doch auch nachdem er hineingeschlüpft war, fröstelte er. Ein Wagen erwartete ihn, um ihn zu Providence zu bringen. Auf dem Campus der Agentur brachte er sein Gepäck in eines der Apartments, die es eigens für Agenten auf der Durchreise gab. Es war gemütlich und anonym, sauber und kalt. Das genaue Gegenteil von Mauretanien.

Das Team hatte ihm den Nachmittag frei gegeben, damit er

schlafen und sich erholen konnte. Sein erstes Treffen mit Helmut war für neunzehn Uhr angesetzt. Auf dem Weg zu dessen Büro ging Dimitri durch mehrere Büros. Niemand achtete auf ihn.

Helmut empfing ihn und machte sich nicht die Mühe, die Tür zu schließen. Er gratulierte ihm und stellte ihm einige höfliche Fragen über seine Erlebnisse in Mauretanien. Für ihn war die Mission des Arztes nunmehr beendet. Um ihn wieder loszuwerden, schickte er ihn zu Roth, dem Profiler. Dieser wolle ihm sicher einige Fragen zu den Protagonisten stellen, besonders zu Jasmin ...

Dim verabschiedete sich und suchte nach Roth. Der Psychiater hatte noch unregelmäßigere Arbeitszeiten als die anderen. Dim erfuhr, dass er sich erst vor zwei Stunden schlafen gelegt hatte, aber er brauche nur wenig Schlaf. Genau genommen schlief er selten mehr als vier Stunden am Stück. Dim schlenderte durch die Büros. Er stieß auf Audrey, die er von seiner Ausbildung her kannte. Sie lud ihn ein, mit ihr in die Cafeteria zu gehen.

»Du hast ausgezeichnete Arbeit geleistet. Alle ziehen den Hut vor dir.«

Audrey, normalerweise so schwierig und aggressiv, sobald sie einen Macho witterte, konnte erstaunlich nett sein, wenn sie jemanden mochte. Sie hatte diesen merkwürdigen Arzt schon immer geschätzt, der im Geheimdienst genauso wirkte wie im Leben – nämlich so, als hätte er sich verlaufen. Im Grunde mochte sie solche Männer am liebsten. Konfus, intelligent. Und gutaussehend.

»Danke«, murmelte Dimitri düster.

»Du wirkst nicht sehr glücklich. Liegt es daran, dass du zurückkommen musstest?«

»Kann sein. Aber ich glaube, es liegt vor allem an der Arbeit.«

»Gefällt sie dir nicht?«

»Ich halte sie für eine Art Flickwerk. Man puzzelt an einem Punkt herum und hat keinen Überblick über das Ganze. Außer euch hier natürlich. Ich dagegen weiß nicht, wer Farid getötet hat, ich weiß nicht, für wen diese Ärzte arbeiten, die ich in Nouakchott observiert habe. Ich weiß nicht mal, was Jasmin in der Wüste zu suchen hatte ...«

Lächelnd blickte Audrey sich um. Zwei Mädchen aus der Logistikabteilung unterhielten sich ein Stück weiter weg.

»Farid?«, sagte sie eine Spur leiser. »Wir wissen nicht, wer ihn getötet hat. Die Ärzte arbeiten für islamistische Rebellengruppen in der Sahara. Und was Jasmin betrifft – sie hat sich mit einem geheimnisvollen Typen getroffen, halb Schwarzhändler, halb Terrorist, über den wir leider noch nicht viel wissen. Aber genug davon. Muss ich dich daran erinnern, dass wir hier nicht über die Arbeit reden dürfen?«

»Wie heißt er, dieser Schwarzhändler?«

»Kader. Aber jetzt erzähl mir lieber, was du die nächsten Tage vorhast.«

Dim gab sich einen Ruck und erzählte ihr betont fröhlich von seinen Plänen. Aber er musste ständig an diesen Kader denken und fragte sich, was dieser Kerl mit Jasmin zu tun hatte. Er verspürte einen bislang unbekannten und neuen Schmerz, den er ebenso absurd fand wie die Entzugserscheinungen, unter denen er litt, die aber unweigerlich dazugehörten. Es gibt keine Liebe ohne Eifersucht. *War es also Liebe?*

Audrey beobachtete ihn amüsiert. Seine Unruhe war ihr nicht entgangen. Der Pokerspieler, der *sie* bluffen konnte, war noch nicht geboren worden!

*

Die Touristengruppe drängte sich vor den berühmten Muskelmodellen zusammen. Im Anatomiesaal des Arciginnasio der Universität Bologna standen zwei Statuen in Form von nur von ihren Muskeln umhüllten Skeletten, die jeweils elegant einen Arm gehoben hatten, um die Kanzel zu stützen, auf der früher die Professoren standen.

»Dieses Museum war früher ein Hospital. Und weißt du, wie die Mönche hießen, die es führten?«

Der Mann, an den diese Frage gerichtet war, konnte den Blick nicht von den Statuen abwenden.

»Die Gemeinschaft des Todes! Und da werfen sie *uns* vor, wir seien Fanatiker!«

»Jetzt verstehe ich, warum der Prophet, sein Name sei tausendfach gelobt, die Abbildung von Menschen verboten hat. Das ist ... es ist ...«

Moktar packte den jungen Mann am Arm und zog ihn weiter. Sie verschmolzen mit den anderen Touristen. Um sie herum wurden fast alle Sprachen gesprochen. Moktar hatte alles getan, um mögliche Beschatter abzuschütteln. Er wusste, dass sein Begleiter das ebenfalls getan hatte.

»Saïd, mein Bruder«, flüsterte er ihm ins Ohr, »die Schwäche von uns Arabern ist das Sehen. Im Grunde unseres Herzens sind wir Poeten. Wir verehren Worte. Bilder aber ertragen wir nicht.«

Moktar blieb abrupt stehen und hielt seinen jungen Begleiter am Arm zurück. Der Strom der Touristenmasse teilte sich und floss um sie herum weiter.

»Wenn ihr töten werdet ...«, fuhr Moktar mit lauter Stimme fort, und es schien ihm plötzlich ganz egal zu sein, ob jemand ihn hörte. Er blickte seinem Gesprächspartner in die Augen, »... schaut sie vor allem nicht an.«

Saïd hatte Mühe zu schlucken. Er riss sich los und ging weiter. Moktar folgte ihm mit einigem Abstand. Am Fuß einer Treppe wurde die Gruppe langsamer und er konnte ihn einholen.

»Wie viele seid ihr im Moment in dem Apartment?«
»Sechs.«
»Und wie viele werden bei der Operation mitmachen?«
»Drei.«
»Du eingeschlossen?«
»Nein, mit mir vier.«
»Kannst du ihnen vertrauen?«

Der junge Mann war bereits zwei Stufen hinaufgegangen. Er blieb stehen und schaute geringschätzig auf Moktar herab.

»Nicht böse sein!«, verteidigte sich der. »Ich vertraue dir und Kader auch, das weißt du. Das Material?«

»Ich denke, wir haben das beste.«

»Denkst du oder bist du dir sicher?«

»Woher soll ich das *vorher* wissen, hm? Wie?«

Der junge Mann war nervös. Saïd, eher klein und mit einem bis zum Hals geschlossenen braunen Lederblouson, hatte die Hände in den Taschen vergraben. Seine geballten Fäuste beulten das Leder aus.

»Hast du ein Datum?«, fragte er ungeduldig.

Verständlich, dass es das Einzige war, das ihn brennend interessierte.

»Bald«, sagte Moktar ausweichend.

»Das reicht mir nicht! Ich kann sie kaum noch im Zaum halten.«

»Ich dachte, du vertraust ihnen?«

»Ich vertraue ihnen, doch wir haben eine Abmachung getroffen. Die meisten müssten längst woanders sein, wie du weißt.«

»Im Irak, in Afghanistan, richtig?«

»In Palästina, in Tschetschenien, im Kosovo ... für diejenigen, die ihr Leben opfern wollen, mangelt es nicht an Ländern ... Ich konnte sie hier behalten, weil ich ihnen sagte, dass es bald eine schwierigere und großartige Aufgabe geben würde, mit der sie der

Sache dienen können. Aber sie werden nicht ewig warten. Die Jungs der anderen Netzwerke versuchen sie hin und wieder per Internet zu locken. Ich muss ihnen ein Datum geben, verstehst du?«

»Das Datum erfährst du erst im letzten Moment. Auf dem üblichen Weg.«

»Dann gib mir wenigstens eine ungefähre Zahl: acht Tage, ein Monat, sechs Monate, ein Jahr ...«

Ohne es zu bemerken, waren sie mit den anderen Touristen in einen kleinen Saal gelangt, in dem seltene Anatomiebücher in Glasvitrinen ausgestellt waren. Auf so engem Raum verfielen die Besucher instinktiv ins Schweigen. Saïd hatte fast geschrien, was ihm etliche empörte Blicke einbrachte. Moktar lächelte entschuldigend in die Runde.

»Sag ihnen, eine bis zwei Wochen«, raunte er Saïd zu.

Er legte ihm eine Hand auf die Schulter und drückte sie kurz. Dann, mit einer entschlossenen Bewegung, die einem jede Lust nahm, ihm zu folgen, wandte er sich zum Ausgang und verschwand.

*

Das Büro von Doktor Roth befand sich im obersten Stockwerk. Der Raum bot einen großartigen Ausblick auf den Park von Providence. Wären die dichten Vorhänge nicht zugezogen gewesen, wäre es ein lichtdurchfluteter Raum gewesen. Roth lebte aber absichtlich lieber in einem Halbdunkel, das fast an Dunkelheit grenzte. Er arbeitete nachts, da er angeblich erst nach Sonnenuntergang richtig denken konnte. Da er diesen Rhythmus nicht allen Providence-Mitarbeitern auferlegen konnte, hatte er zumindest dafür gesorgt, dass in seinem Büro ständig Nacht war. Er musste in jeder Sekunde volle Leistung bringen.

Dimitri betrat diese düstere Höhle und setzte sich Roth gegenüber. Sie saßen beide nach vorn gebeugt, die Gesichter am Rand des Lichtkegels des kupfernen Lampenschirms. Die Szene hatte etwas von einem Caravaggio-Gemälde, was Gespenster förmlich heraufbeschwor. Der Geist, der wie von selbst aus der magischen Lampe aufstieg, war der von Jasmin. Sie schwebte zwischen ihnen.

Roth wiederholte zuerst alles, was er im Verlauf der letzten Dienstbesprechung dargelegt hatte. Dimitri seinerseits schilderte ihm detailliert, wen er alles getroffen hatte. Das Wesentliche behielt er jedoch für sich, nämlich dass er Jasmin verfallen war. Doch Roths müde Augen hinter den dicken Brillengläsern konnten mühelos durch seine kläglichen Abwehrmechanismen dringen.

»Sie halten die Frau also für eine Terroristin?«, fragte Dimitri betont lässig. »Sie glauben wirklich, dass sie eine Komplizin dieser Typen ist?«

Aus dem Mund eines Agenten konnte diese Frage natürlich harmlos sein. Doch da sie von einem Mann kam, der verliebt war, bekam sie natürlich eine ganz andere Bedeutung.

»Nein, so weit würde ich nicht gehen! Ich sage nur, dass diese Frau komplexer ist, als wir anfangs glaubten. Sie hat zwei Gesichter.«

Dimitri nickte. Er schloss für einen Moment die Augen: Diese zwei Gesichter – Roth stellte sie sich nur vor. Er dagegen *sah* sie vor sich. Er hatte sie gleich im ersten Augenblick gesehen.

»Die Leute hier sahen sie nur als gebildete Französin aus gutem Hause, Frau eines Diplomaten ...«

»Witwe.«

»... natürlich, Witwe. Die in der Protokoll-Abteilung eines französischen Ministeriums arbeitet. Trifft alles zu. Es gibt in ihrer Kindheit durchaus Elemente dieser ›respektablen‹ Seite.«

Dimitri verdrehte die Augen.

»Verzichten wir auf Werturteile«, korrigierte sich Roth. »Sie haben recht. Sprechen wir von ›traditionell‹, wenn Ihnen das lieber ist. Der Vater aus gutbürgerlicher Familie, ebenso die Tante, die sie erzogen hat, usw. Aber da wäre noch eine andere Seite.«

»Wie würden Sie die definieren?«

»Ich weiß nicht. Eines steht jedenfalls fest: Diese junge Frau ist nicht rein zufällig in die Sache verwickelt. Die algerische Welt und deren Spannungen sind ihr nicht fremd, ebenso wenig wie der Islamismus. Und selbst Terrorismus ist ihr nicht erst seit ihrem Aufenthalt in Nouadhibou mit ihrem Mann damals bekannt.«

»Algerische Wurzeln zu haben …«

»… macht einen Menschen nicht automatisch zu einem Terroristen, ich weiß. Aber Sie haben sicher begriffen, was ich sagen will. Die genannten Dinge sind ihr nicht fremd. Sie ist keine Unschuld vom Lande, die ihr bürgerliches französisches Milieu hinter sich ließ und sich unvermittelt in einer neuen Welt wiederfand.«

»Zugegeben. Aber was schließen Sie daraus?«

Roth lehnte sich leicht zurück, und die Schatten auf seinem Gesicht wurden tiefer.

»Das ist die eigentliche Frage. In welcher Hinsicht hat diese Verbindung mit Algerien sie beeinflusst? Es ist schwierig, hier eine Trennlinie zu ziehen.«

»Und Ihre persönliche Meinung?«

Roth kniff die Augen zusammen. Dim hatte nicht übel Lust, ihm zu sagen, er solle mit seinem Theater aufhören. Diese sphinxhafte Psychiater-Aura … wie albern! Die hatte er garantiert extra eingeübt. Er musste seine Grenzen, seine Anmaßungen doch kennen … Trotzdem wartete Dim gespannt auf die Meinung dieses verflixten Profilers.

»Ein Kind wird immer von den Wünschen seiner Eltern geformt. Und sei es auch nur, um sie später abzulehnen. Was haben sich in Jasmins Fall ihr Vater und ihre Mutter gewünscht? Dass sie sich in Frankreich integriert. Ihr Vater, der seine Mesalliance aus dem Gedächtnis streichen wollte, und die Mutter, die das Exil, die Verachtung, das Außenseitertum von Immigranten vergessen lassen wollte, hatten nur einen Wunsch: dass aus ihrer Tochter eine nette kleine Französin werden würde ... Und Jasmin hat gewiss versucht, diesen Weg zu gehen.«

Er redete leise, aber schnell, keuchend, als spüre er irgendwo eine Gefahr.

»Das begann bei ihrer Tante, wo sie alle Verhaltensweisen des französischen Bürgertums übernommen hat. Bei ihrer Partnerwahl blieb sie diesem Muster treu und hat sich einen französischen Konsul ausgesucht. Und zur Krönung des Ganzen wurde sie nun auch noch zu einer Hüterin in einem Tempel des europäischen Konformismus: das diplomatische Protokoll. Aber ...«

Weil er das letzte Wort plötzlich so laut ausgesprochen hatte, zuckte Dim zusammen.

»Denn es gibt ein Aber!«

Gebieterisch hob er den Zeigefinger.

»... Aber es wird ihr nie ganz gelingen! Das ist meiner Meinung nach das Wesentliche in ihrem Fall. Etwas in ihr widersetzt sich und hindert sie daran, sich voll und ganz einzulassen. Es gab zu große Enttäuschungen und zu viele Hindernisse zu überwinden, und das brachte zu viele schmerzliche Erfahrungen mit sich.«

»Reden Sie Klartext.«

»Jasmin versucht es zwar, doch sie kann das erlittene Unrecht nicht vergessen. Ihre Tante? Oh, Jasmin versucht sicher, sie nachzuahmen und ihr zu ähneln, doch das gelingt ihr nicht. Das hat die alte Frau bestimmt gespürt, und das Mädchen blieb für sie stets das Kind einer anderen, einer Araberin, ein kleiner Bastard.«

»Worauf stützen Sie diese Vermutungen?«

»Fragen Sie mich das nicht mehr!«, erwiderte Roth pampig. »Ich erstelle Profile! Hören Sie mir einfach nur zu. Danach sehen wir, welche Fakten dagegen sprechen.«

Dim nickte widerstrebend.

»Bei ihrem Vater sind alle Bemühungen vergeblich. Das wissen wir. Sie hat ihn immer nur heimlich getroffen und es war ihr nie erlaubt, einen Fuß in sein Haus zu setzen. Das Außenministerium hat sie ähnlich enttäuscht. Ihr Mann stirbt, nachdem sie gemeinsam für Frankreich geackert haben. Aber niemand rührt auch nur einen Finger, um sie in irgendeiner Form zu unterstützen.«

Roth nahm eine Pfeife aus seiner Schublade, ein exotisches Relikt aus einer Zeit, als das Rauchen im Büro noch erlaubt war. Er stopfte keinen Tabak hinein, sondern begnügte sich damit, mit ihr herumzuspielen, um seine Nerven zu beruhigen.

»Wir wissen, dass ein in neuerer Zeit erfolgtes, traumatisches Ereignis, wenn es eine schmerzhafte Erfahrung der Kindheit reaktiviert, eine unangemessen heftige Reaktion hervorrufen kann. Meiner Meinung nach ist es Jasmin nach dem Tod ihres Mannes so ergangen. Sie hat alle existentiellen Dramen erneut durchlebt: Abweisung, vergebliche Bemühungen, der unerfüllte Wunsch, akzeptiert zu werden. Dadurch kam alles wieder an die Oberfläche.«

Roth steckte sich die Pfeife in den Mund. Er biss die Zähne zusammen und begann nun zu sprechen, als müsse er eine unbändige Wut unterdrücken.

»Ihr wurde bewusst, dass sie es ihrem Vater übelnahm, dass er ihre Mutter gedemütigt und mit Füßen getreten hatte. Ihrer Tante, dass sie ihr diese absurden Benimmregeln eingebläut hatte, die ganze Angepasstheit. Ihrem Mann, dass er nicht die Zeit oder vielleicht den Mut gefunden hatte, sie zu heiraten. Frankreich, seine Regierung, die immer leicht vom Kolonialismus geprägte Politik, das Bestreben, seine Kultur zu verbreiten, was aber in Wirklichkeit nur vertuschen soll, dass Frankreich sich anderen Kulturen überlegen fühlt. Und falls Jasmin da auf Leute stieß, die sich vorgenommen hatten, Frankreich herauszufordern und die westlichen Werte im Allgemeinen ...«

Er nahm die Pfeife aus dem Mund, schüttelte sie über seiner Handfläche, um nicht vorhandene Asche herausfallen zu lassen. Dimitri schwieg eine Weile und drehte den Kopf dann ebenfalls dem Licht zu.

»Ich habe Ihnen gut zugehört, Roth. Aber jetzt, verzeihen Sie bitte, möchte ich auf meine Frage zurückkommen: Welche *konkreten* Hinweise haben Sie, die Ihre Hypothesen untermauern?«

Den Profiler schien diese Frage zu kränken – ähnlich wie man zu einem Künstler sagt, man wolle sich die Rückseite seiner Leinwand anschauen.

»Über das bereits Gesagte hinaus, das absolut zu meinen Hypothesen passt, gibt es in der Tat weitere aufschlussreiche Vorfälle. Ich werde nur die beiden wichtigsten nennen.«

Er warf einen Blick auf seine Uhr. Gleich würde die Dienstbesprechung anfangen.

»Unsere Ermittler haben hier in Frankreich von einem Zwischenfall gehört, in den Jasmin verwickelt war. Sie war damals vierzehn. Ein paar Jungs aus einer Siedlung von Montaigu waren in ein Haus aus der Umgebung eingebrochen, um dort eine Fete zu feiern. Dabei sind sie auf Geld und Schmuck gestoßen und konnten es sich nicht verkneifen, das Zeug mitzunehmen. Im Laufe der Ermittlungen stellte sich nun heraus, dass die geklauten Sachen im Haus von Jasmins Tante wiedergefunden wurden. Dank eines guten Anwalts zog die Sache damals keine weiten Kreise. Aber sie zeigt, dass das junge Mädchen damals schon – wie soll ich sagen? – nun ja, fragwürdigen Umgang hatte. Sämtliche Jungen, die an dem Einbruchdiebstahl beteiligt waren, stammten aus Nordafrika.«

»Widerspricht das nicht eher Ihrer Vermutung, dass sie sich um jeden Preis integrieren wollte?«

»Die Wiederkehr der unterdrückten Wünsche, mein Lieber ... Es gibt das, was man bewusst will, aber auch das Tiefen-Ich, das uns immer wieder einholt.«

Dim zuckte die Schultern.

»Und die andere Sache?«

»Das ist eine ganz frische Information. Ich habe sie selbst erst heute morgen erfahren.«

In diesem ewigen Halbdunkel war es schwierig zu sagen, was Roth unter »heute morgen« verstand.

»Stellen Sie sich vor: 2001, im Alter von zweiundzwanzig Jahren, ist Jasmin nach Algerien gezogen. Haben Sie das gewusst?«

»Nein.«

»*Niemand* hat es gewusst. Algerien ist also nicht nur, wie ich anfangs meinte, eine Kindheitserinnerung. In dieses Land ist sie mehrere Jahre später zurückgekehrt, in einem Alter, in dem man nicht mehr seinen Eltern gehorchen muss.«

»Und warum ...?«

Roth hob eine Hand, um weitere Fragen abzuwehren.

»Fragen Sie mich nicht! Ich habe keine Ahnung. Wir brauchen zunächst mehr Details. Möglich, dass sie zu ihrer Mutter gehen wollte, als diese nach dem Tod ihres zweiten Ehemanns allein dastand. Auf jeden Fall ist sie damals zwei Jahre lang in Algerien geblieben.«

»Woran ist der zweite Mann ihrer Mutter gestorben?«

»Wir sammeln noch Informationen, ich sagte es doch schon.«

»Das ist alles?«

»Im Moment ja.«

Roth suchte seine Unterlagen für die Besprechung zusammen. Er war schon aufgestanden.

»Ich finde das alles ziemlich zusammenhangslos und, verzeihen Sie, nicht sehr überzeugend«, sagte Dimitri. »Ich wüsste nicht, was Jasmins Rückkehr nach Algerien von damals mit ihrem heutigen Verhalten zu tun hat.«

»Ihre Skepsis ehrt Sie, mein Freund. Ich dagegen würde den Sachverhalt folgendermaßen zusammenfassen – was natürlich wie alles andere anfechtbar ist: Diese junge Frau wandelt auf einem schmalen Grat, lebt zwischen zwei Welten. Von ihrem Bewusstsein her möchte sie ganz zu einer dieser Welten gehören, zu Frankreich. Aber zum einen gelingt ihr das nicht, zum anderen gibt es zu viele Kräfte, die sie auf die andere Seite ziehen. Und in meiner Eigenschaft als Profiler erlaube ich mir, Ihnen zu sagen, dass diese Formbarkeit – man könnte auch von Unreife sprechen – genau das ist, was einen Menschen für alle möglichen Manipulationen anfällig macht.«

Als er sein Büro verließ, drehte er sich noch einmal kurz um, die Hand schon auf der Türklinke.

»Falls sie Profis in die Hände gefallen ist, glauben Sie mir, hatten diese ein leichtes Spiel mit ihr.«

II

Trotz des Zwischenfalls mit dem Mann, der bei einem Brunnen getötet wurde, stieß Béchir bei seiner neuen Tour zur Abgabeneintreibung auf keinen Widerstand.

Die Schwarzhändler von »Waren«, die für Länder im Norden bestimmt waren (Zigaretten, Kokain, Migranten) bezahlten ihre Abgaben normalerweise in Devisen. Wer aber gewöhnliche Konsumgüter (Kleidung, Nahrungsmittel, Waffen) schmuggelte, bezahlte natürlich meist lieber in Naturalien. Die beiden Autos und der Lastwagen, mit denen Béchir unterwegs war, waren mit einem Sammelsurium an Waren angefüllt, die er durch solche Tauschgeschäfte bekommen hatte.

Bevor Béchir in Abu Mussas Camp zurückkehrte, musste er noch auf den Konvoi eines seiner Eintreiber warten, der aus Niger kam. Er machte halt an einem der Brunnen in Nord-Mali, in einer sehr hügeligen Gegend. Seine Tage waren so langweilig, dass er nostalgisch wurde. Um die Zeit zu überbrücken, ließ er sich die mehr als bescheidenen Anfänge seines Bündnisses mit Kader noch einmal durch den Kopf gehen.

Wäre ihm damals im Jahre 2003 nicht der alte Lastwagen, den Béchir von seinem armen Vater geerbt hatte, auf der Straße nach Tanezrouft von Banditen gestohlen worden, hätte er nicht allein und ohne einen Sou in der Tasche in In-Salah gesessen. Und er hätte nicht eines Abends einen unglaublich optimistischen und sympathischen jungen Sahraui ankommen sehen, der ebenso abgebrannt war wie er. Wo kam dieser Kader Bel Kader her? Angeblich hatte er in Algier ein paar Semester Jura studiert, der Hauptstadt dann aber wieder den Rücken gekehrt, um in den heimischen Süden zurückzuziehen. Béchir glaubte zu wissen, dass eine enttäuschte Liebe dahinter steckte und vermutlich auch Ärger mit der Polizei. Zu den Ordnungskräften hatte Kader kein gutes Verhältnis, oder er traute ihnen zumindest nicht zu, für Recht und Ordnung zu sorgen. Als Béchir ihm sein Leid geklagt hatte, erwiderte der andere mit einem breiten Lächeln: »Man hat dir deinen Lastwagen gestohlen? Tja, da gibt es nur eine Lösung: Du musst dir auch einen klauen.« Béchir gab zu bedenken, dass er keine Waffe hatte, woraufhin Kader sagte: »Wenn du den richtigen Laster aussuchst, kommst du gleichzeitig auch an Waffen.« Es war nicht sehr schwierig gewesen, jemanden in einen Hinterhalt zu locken. Béchir kannte in der Sahara alle Routen; er war mit seinem Vater von Kindesbeinen an hier unterwegs gewesen. Kader führte den Überfall mit einer beeindruckenden Tatkraft durch. Die erschrockenen Lastwagenfahrer leisteten keinen Widerstand und merkten nicht, dass die Pistolen, die die beiden Angreifer auf sie richteten, aus Holz waren. Auf diese Weise waren Béchir und Kader zu ihrem ersten Lastwagen und zu zwei Waffen gekommen, die sich darin befanden. Und nach gerade mal einem Monat besaßen sie in der Wüste ein Lager mit einer kleinen Fahrzeugflotte und einem beachtlichen Arsenal aus Leichtwaffen und Granaten. Drei Freunde von Béchir schlossen sich ihnen an. Und eines Tages kam Kader mit einem grandiosen Plan an: Sie würden in Zukunft keine einzelnen Lastwagen mehr ausplündern, sondern gegen bewaffnete Banden vorgehen. Sie würden Schutzgeld erpressen, und zwar in großem Maßstab, von allen, die das Gebiet durchqueren wollten. Und im Gegenzug würden sie ihnen die Garantie geben, dass sie nicht überfallen werden würden. Ein verrückter und visionärer Plan. Béchir war ein Stein vom Herzen gefallen. Er hatte immer darunter gelitten, Männer zu überfallen, die den Beruf seines Vaters ausübten. Die Sache lief besser, als er und Kader es sich je erträumt hätten.

In seine Erinnerungen versunken, trank Béchir genüsslich Tee und ließ seine Gebetskette mit den Hornkügelchen durch die Finger gleiten. Wäre es keine Gotteslästerung gewesen, hätte er gesagt, Kader sei in seinen Augen eine Art Prophet Allahs. Er hatte sein Leben komplett auf den Kopf gestellt und ihn auf eine Bahn geführt, von der nur der Allmächtige wusste, wo sie enden würde. Ein anderes Leben konnte Béchir sich gar nicht mehr vorstellen.

Während der nicht enden wollenden Stunden des Wartens kam von Zeit zu Zeit ein Lastwagenfahrer von einem benachbarten Brunnen bei ihm vorbei. Für Béchir war es eine willkommene Abwechslung. Er hatte seit zwei Tagen keine Menschenseele mehr gesehen, als sich eines Tages ein einzelner Mann auf einem Kamel näherte und sich beim Wachposten am Eingang zur Schlucht meldete. Er ließ sich sehr gründlich durchsuchen.

Er war einer der Wüstenältesten, vor denen jeder Respekt hat. Die Spuren dessen, was diese Männer schon erlebt hatten, ihr wundersames hohes Alter, die Weisheit, die sie in den vielen Jahren der Entbehrung und der Einsamkeit erworben haben, all das macht sie zu ehrwürdigen Gestalten. Es ist unmöglich, ihnen irgendwelche feindseligen Absichten zu unterstellen. Die Prüfungen des Lebens scheinen ihnen jede Energie genommen zu haben, Böses zu tun.

Béchir vergaß nie ein Gesicht, das er schon einmal gesehen hatte. Das war für ihn eine Frage des Überlebens. Er wusste sofort, dass er diesen Alten schon ein- oder zweimal gesehen hatte. Aber er hatte noch nie mit ihm geredet.

»Ich bin Hicham, die Barmherzigkeit Gottes sei mit dir!«

Béchir erwiderte den Gruß des Alten. Er bat ihn, sich zu setzen und mit ihm Tee zu trinken.

»Das letzte Mal haben wir uns im Jahr des großen Sturms gesehen, du erinnerst dich vielleicht nicht mehr daran. Ich war unter jenen, die die Salzkarawane anführten. Inzwischen hat mein Sohn diese Aufgabe übernommen.«

Nun erinnerte sich Béchir genau, wer der Mann war. Er gehörte zu einem Beduinenstamm, der ursprünglich aus der östlichen Sahara stammte, auf libyschem Territorium. Nach dem Staatsstreich von General Ghaddafi im Jahr 1969 hatte sich sein Stamm zerstreut. Ein kleiner Teil war vor Ort geblieben, doch die meisten waren nach Osten gezogen und lebten nun als Nomadenvolk im Sudan. Einige Gruppen, unter der Führung des damals noch jungen Hichams, hatten sich zu den Salzkarawanen gesellt. Jedes Jahr durchquerten sie die Sahara, von Timbuktu bis nach Niger, quer durch die Ténéré-Wüste. Es hatte einige Zeit gedauert, bis sie bereit waren, sich Kaders Gesetzen zu unterwerfen. Doch als die Zahl der bewaffneten Tuareg-Gruppen zugenommen hatte, blieb Hicham irgendwann keine andere Wahl mehr. Seine Männer waren mehrmals überfallen worden, bis Kader in ihrem Namen mit den Rebellen verhandelt hatte und sie fortan unter seinem Schutz standen. Es war schwierig zu wissen, was in den Köpfen dieser Händler vor sich ging. Nahmen sie es Kader übel, dass sie ihm Tribut zahlen mussten? Oder waren sie seine Verbündeten geworden, seit es zwischen ihnen klare Abmachungen gab? Das Leben in der Wüste hing schließlich von einem ausgewogenen Kräfteverhältnis ab.

Obwohl sie geographisch weit voneinander entfernt waren, standen die unterschiedlichen Gruppen von Hichams Stamm noch miteinander in Verbindung und bildeten immer noch eine Art Einheit – und das in einem riesigen Gebiet, das vom Atlantischen Ozean bis zum Roten Meer reichte. Hicham selbst hatte schon viele Länder bereist. Er war sogar schon nach Mekka gepilgert, und wer ihm eine besondere Ehre erweisen wollte, redete ihn mit dem Titel »Haddsch« an.

Die Unterhaltung begann mit dem üblichen, mehrstündigen Austausch von Gemeinplätzen und Höflichkeiten. Der Alte hatte eine immense Erfahrung mit der Zeit, der Zeit in der Wüste, aufs Äußerste gedehnt, nur durch langsame Phänomene unterteilt, seien sie winzig wie die Schritte der Tiere oder gewaltig wie der Übergang der Jahreszeiten. Es hätte nichts genützt, ihn zu drängen. Eine Pflanze wächst auch nicht schneller, wenn man an ihren Blättern zieht. Béchir respektierte die Umgangsformen und wartete geduldig, bis sein Besucher von selbst auf sein Anliegen zu sprechen kommen würde.

Als der Abend anbrach, nahm der Alte Béchirs Angebot zu bleiben, an. Béchirs Männer brieten ein Zicklein. Der Alte ließ es sich schweigend schmecken. Es folgten endlos lange Minuten mit Rülpsern und zahlreichen Bemühungen, die Fleischfasern auch aus den letzten Winkeln seines Gebisses zu entfernen.

Dann erst, in der friedlichen Atmosphäre und im angenehmen Zustand des Sattseins, kam Hicham endlich auf den Grund seines Kommens zu sprechen.

»Eine Karawane meiner Familie wurde diese Woche im Osten überfallen, etwas oberhalb von Timbuktu.«

Béchir zuckte zusammen.

»Das ist doch eindeutig Kaders Gebiet? Oder täusche ich mich? In meinem Alter, weißt du, bringt man so manches durcheinander.«

»Du täuschst dich nicht, Haddsch. Es ist sehr wohl unser Gebiet. Aber wir haben noch nichts von diesem Zwischenfall gehört. Wer hat euch überfallen?«

Hicham hatte sich auf die Seite gelegt und seinen Ellbogen auf ein dickes Lederkissen gestützt. Er blinzelte, als müsste er gegen die aufkommende Müdigkeit ankämpfen. Doch Béchir wusste, dass es nur gespielt war. An diesem Punkt ihrer Unterhaltung war der Alte wachsamer denn je.

»Angeblich soll Abu Mussa Probleme mit Saïf haben«, sagte er, ohne auf Béchirs Frage einzugehen. »Ich kenne Saïf gut.«

Ratlos schüttelte er den Kopf.

»Ich kann mir nicht vorstellen, dass Abu Mussa euch etwas antun würde«, sagte Béchir. »Er ist Kaders Verbündeter, und Kader beschützt euch.«

»Da hast du recht. Im Übrigen konnten wir einen der Angreifer gefangen nehmen. Er hat uns alles erzählt.«

»Und wer hat euch nun überfallen? Saïf?«

»Ja.«

Hicham kniff langsam die Augen zusammen und starrte Béchir dann durchdringend an.

»Trotzdem ist es in eurer Zone passiert.«

War das eine Drohung? Eine Ankündigung, dass er über eine Reduzierung des von Kader verlangten Tributs verhandeln wollte? Oder etwas anderes? Béchir wartete, bis der Alte weiterredete.

»Für uns«, fuhr dieser fort, »ist der Frieden von unbezahlbarem Wert. Wir sind bereit, teuer dafür zu bezahlen, dass unsere Brüder friedlich leben und Handel betreiben können.«

Während der letzten zehn Jahre hatten Hichams Karawanen ihre Aktivitäten ausgedehnt. Zu ihrem bisherigen traditionellen Transport von Salz hatten sie andere, weniger harmlose Waren hinzugefügt. Doch in der Wüste spielt die Art der Handelswaren keine Rolle. Viel wichtiger ist die Tätigkeit, die man ausübt. Hicham und sein Clan betrachteten sich weiterhin als »ehrbare Kaufleute«.

»Ich möchte, dass du Kader eine Botschaft überbringst.«

Der Alte saß plötzlich kerzengerade da. Er redete nicht mehr um den heißen Brei herum. Nun kam er auf den Grund seines Kommens zu sprechen.

»Sag ihm, dass wir bereit sind, ihm zu helfen. Das übertrifft bei weitem die kümmerliche kleine Gabe, die wir euch jedes Jahr zukommen lassen. Diese lächerliche Summe ist eine Beleidigung für uns alle – für den, der sie gibt, und für den, der sie empfängt. Im Übrigen würde ich vorschlagen, dass wir nicht mehr darüber reden.«

Béchir schmunzelte. Hicham ließ sich die Gelegenheit nicht entgehen, ganz nebenbei diese kleine Ersparnis auszuhandeln. Doch seine eigentliche Botschaft war natürlich sehr viel wichtiger. Was würde noch kommen? Er musste ihn bis zu Ende anhören.

»Sag ihm, dass mein Stamm bereit ist, ihn entscheidend zu unterstützen. Da wäre als Erstes, dass wir ihm dabei helfen, dieses Schwein von Saïf aufzuspüren und fertigzumachen. Das können wir und werden es auch tun, denn wir haben unsere Augen und Ohren überall.«

Das war ein interessantes Angebot. Doch Béchir wusste, dass das noch nicht alles war, was Hicham zu sagen hatte. Kader hatte ebenfalls Augen und Ohren, die ihm helfen würden, Saïf zu finden. Doch was dann, wenn er aufgespürt war? Er musste noch erledigt werden. Hichams Stamm galt nicht als kriegerisch und wäre in dieser Hinsicht nicht von großem Nutzen.

Dennoch wirkte der Alte erstaunlich selbstsicher. Béchir wartete ab.

»Wir wissen, welch schwierige Entscheidung Abu Mussa zu treffen hat. Wegen seiner Freundschaft mit Kader musste er mit Abdelmalek brechen.«

Es war eine der Eigenarten von Hichams Stamm, Geschäfte und Politik ständig zu vermischen. Diese Männer lebten in einer trostlosen und leeren Weite, aber trotzdem wussten sie immer alles, was in ihrem Gebiet vor sich ging, selbst kleinste Vorkommnisse. Und es kam durchaus vor, dass sie darin verwickelt waren. Es wurde zum Beispiel gemunkelt, dass der sudanesische Ableger der Familie einem der Chefideologen der islamisch-fundamentalistischen Revolution dieses Landes, Hassan El Turabi, nahestand.

»Wir wissen, was Kader will«, fuhr Hicham fort. »Er hat hohe Ziele, um den Dschihad zu fördern. Er ist in der Lage, den Feind in der Ferne zu treffen und ihm zu schaden. Das ist gut.«

Er nickte, als würde er ein Kind für eine gute Tat loben.

»Im Moment aber befinden sich Kader und Abu Mussa in einer schwierigen Lage. Abdelmalek und sein Handlanger Saïf werden versuchen, sie für ihr Freiheitsbestreben und ihren Eifer büßen zu lassen. Aber du kannst Kader sagen, dass er nicht allein ist. Viele Menschen kennen seinen Wert und sind bereit, ihm zu helfen.«

Hicham verstummte und murmelte ein Gebet. Er breitete die Hände aus, mit den Handflächen nach oben, als wollte er Gott zum Zeugen seiner lauteren Absichten rufen.

»Wenn er einverstanden ist, können wir ihn mit einem Mann zusammenbringen, der ihn sehr schätzt.«

»Wer ist dieser Mann?«

»Jemand, dessen Unterstützung von entscheidender Bedeutung für den Ausgang des Kampfes ist, den ihr führt«, antwortete der Alte ausweichend. »Jemand, der über Kontakte mit Menschen verfügt, die sehr weit weg wohnen. Ein Mann, dem der Dschihad viel zu verdanken hat.«

Er sah, dass Béchir auf weitere Erklärungen wartete. Um ihm zu verstehen zu geben, dass er ihm keine weiteren geben würde, sagte er: »Ich würde dir gern mehr sagen, glaub mir. Doch das ist unmöglich.«

Béchir nickte und blieb stumm, um zu demonstrieren, dass er diesen Worten große Bedeutung beimaß.

»Richte es Kader bitte genau so aus, wie ich es dir gesagt habe«, sagte der Alte feierlich.

»Das werde ich tun, Haddsch.«

Hicham nickte bedächtig.

»Und wenn Kader, nachdem ich ihm meine Botschaft überbracht habe, bereit ist, diesen Mann zu treffen ...?«, begann Béchir.

»Dann werden wir alles Weitere organisieren«, versicherte ihm der Alte und hob die Hand zum Schwur. »Innerhalb kurzer Zeit. Und mit Gottes Hilfe kann uns niemand daran hindern.«

*

Helmut hatte vor fast allem Angst: vor der Dunkelheit, vor Schlägereien, vor dem Grippevirus A und vor sich selbst. Aber er war froh, dass er seine Angst vor Frauen für immer überwunden hatte. Das Scheitern seiner Ehe hätte ihn wesentlich mehr belastet, wenn er sich von den Drohungen seiner Ehefrau ihm gegenüber hätte beeindrucken lassen ...

Daher konnte er Sarah nun seelenruhig anschauen, die vor seinem Schreibtisch stand und mit hochrotem Gesicht wie ein Rohrspatz schimpfte.

»*Ich* bin in diesem Schuppen für die Agenten verantwortlich! Da wäre es das mindeste, dass man mich nach meiner Meinung fragt!«

Helmut zupfte seine Fliege zurecht und spielte mit einem Kugelschreiber herum, um seine Hände irgendwie zu beschäftigen. Doch er blieb zen-mäßig ruhig, was Sarah nur noch mehr auf die Palme brachte. Sie stellte ein Bein auf den Stuhl ihm gegenüber und stützte sich mit beiden Händen auf seinem Schreibtisch ab.

»Ich wüsste nicht, was uns dieser Dimitri nützen soll. Diese Spezialagenten halte ich für Quatsch. Eine Gruppe von Ärzten zu infiltrieren hätte auch ein normaler Mensch geschafft! Okay, okay, ich gebe zu, dass es ein gutes Cover ist, aber trotzdem!«

»Warum setzt du dich nicht?«, fragte Helmut, während er einen Stapel Papiere zurechtrückte, den Sarah verschoben hatte.

Sie klappte das auf den Stuhl gestellte Bein ein und setzte sich wie ein Stelzvogel – das eine Bein ausgestreckt, das andere unter sich zusammengefaltet.

»Auf jeden Fall reicht es jetzt! Er kann aufhören. Wir haben eine ernstzunehmende Spur. Die Frau, die wir observieren, gehört zu einem islamistischen Terrornetzwerk, daran besteht kein Zweifel mehr. Warum also sollten wir diesen Taugenichts weiterhin auf sie ansetzen, diesen fehlgeleiteten Mediziner? Da könntest du genauso gut *mich* eine Operation am offenen Herzen leiten lassen!«

Helmut verzog das Gesicht. Er wollte nichts von Herzoperationen hören. Im vorigen Jahr hatte er einen Stent bekommen und eventuell drohte ihm sogar ein Bypass. Diese Aussicht machte ihm Angst. Und zum ersten Mal seit Beginn dieser Unterredung wurde er nervös.

»Du weißt, dass ich derselben Meinung bin wie du. Aber diese Entscheidung liegt bei Archie. Er hat es mir heute morgen persönlich mitgeteilt. Ich habe versucht, ihn umzustimmen, doch es ging nicht.«

»Ich weiß genau, dass Archie diesen Typen schützt. Er liebt alles, was mit Medizin zu tun hat. Meinetwegen! Aber er sollte zumindest auch auf *uns* hören! Bei so ernsten Dingen – *und inzwischen sind sie sehr ernst* – sollte man keine Alleingänge machen!«

»Es steht nicht in meiner Macht, mich in diesen Dingen gegen Archie zu stellen, bedauere.«

Sarah blieb zuerst stumm und erhob sich.

»Ich weiß von Audrey, dass sich dieser Idiot in das Mädchen verliebt hat, das er observieren soll. Und das soll professionell sein? Mal ehrlich: Wie kann man einem Typen vertrauen, der bei einer Mission das Herz verliert?«

»Ich werde deine Argumente anführen, wenn ich das nächste Mal mit Archie Kontakt habe. Aber ich bin mir sicher, dass weder ich noch sonst jemand ihn dazu bringen kann, einen Befehl, den er einmal gegeben hat, zu widerrufen.«

Helmut spürte, dass sein Herzrhythmus aus dem Takt geraten war. Er wurde sauer auf diese Hysterikerin, die ihn einem solchen Stress aussetzte, dass es für ihn gefährlich werden konnte. Er musste dieses Gespräch so schnell wie möglich abbrechen.

»Wie dem auch sei – Dim ist gestern nach Paris geflogen. Er will sich heute Abend mit Jasmin treffen.«

Sarah ließ ihn nicht aus den Augen, als sie sich erhob und einen Schritt rückwärts machte.

»Na klasse! Dann tragt ihr beide die Verantwortung für das, was passieren wird!«

*

Die Lampen auf der Terrasse vom Café Rostand brannten bereits. Durch die Bäume im Jardin du Luxembourg betrachtete Dim den Sonnenuntergang. Er drehte den Stiel seines Rotweinglases zwischen den Fingern. Ein ausgezeichneter Tropfen. Es war eine gute Wahl gewesen, dieser Côtes-du-Rhône. Es gab Tage, an denen er fand, dass sein ganzes Leben eine gute Wahl gewesen war. Heute war so ein Tag. Nach Abschluss seines Studiums hätte er, wie die meisten seiner Studienkommilitonen, in einem Krankenhaus oder einem Labor vor sich hin vegetieren können. Doch er hatte sich für einen Beruf entschieden, der ihn sowohl in die mauretanische Wüste als auch ins sinnliche Herz von Paris führte.

Es war einer der ersten warmen Juliabende nach einem verregneten Sommeranfang. Eine unbändige Lust, auszugehen und sich mit anderen auszutauschen, lag in der Luft. Eine junge Frau lächelte Dimitri an, und er lächelte zurück. Genüsslich trank er seinen Côtes-du-Rhône in kleinen Schlucken.

Dann plötzlich sah er sie. Sie suchte die Tischchen auf der Terrasse und auf dem Trottoir nach ihm ab. In Nouakchott war ihm nicht aufgefallen, dass sie etwas kurzsichtig sein musste, denn sie kniff dabei die Augen zusammen. Er sprang auf und winkte ihr. Sie kam zu ihm.

Er wusste nicht recht, wie er sie begrüßen sollte. Ihre Haare waren vom Gehen etwas zerzaust, ihre Augen wirkten müde. Ihre Schönheit hatte etwas Nonchalantes, Wildes. Doch sie trug ein strenges, rot-weißes Leinenkostüm, dazu aber wie immer ihre Perlenkette, deren Kugeln wie kleine Soldaten aufgereiht waren. Ihr strenges und klassisch-distanziertes Äußeres ließ ihn nur ihre Hand schütteln. So kam es, dass sie sich nach einem grässlich einfallslosen »Hallo« hinsetzte.

Sie hatte eine prall gefüllte Aktentasche bei sich, die sie auf den freien Stuhl neben sich stellte.

»Ich komme von der Arbeit.«

»Um diese späte Stunde?«

»Wie spät ist es? Halb zehn. Das ist nicht sehr spät. Normalerweise ...«

Der Kellner mit seiner langen, weißen Schürze kam und fragte nach ihrem Wunsch, zwei Finger lässig in eine Tasche seiner schwarzen Weste geschoben.

»Du solltest den Côtes-du-Rhône probieren.«

»Danke, lieber eine Cola light.«

Der Kellner entfernte sich. Sie strich sich eine Haarsträhne aus den Augen und sagte, ohne Dim anzusehen: »Ich wusste gar nicht, dass du so bald zurückkommst. Hast du mir nicht erzählt, dass du noch mindestens sechs Monate in Nouakchott arbeiten würdest?«

Dim stellte mit Genugtuung fest, dass sie weniger selbstsicher wirkte als in Mauretanien und vielleicht sogar etwas nervös war.

»Genau genommen gab es nie ein präzises Datum. Ich habe auf eine andere Stelle gewartet. Und ich wollte so lange in Mauretanien arbeiten, bis alles geklärt ist. Und das ist nun früher als gedacht passiert.«

Warum hatte er das Gefühl, dass sie ihm nicht glaubte? Ein Aufblitzen in Jasmins Augen verriet eine gewisse Ironie, einen amüsierten Zweifel.

»Und er ist in Paris, dieser neue Job?«

»Ja.«

Seine neue Cover-Version hatte er natürlich parat, von Wilkes auf Archies Vorschlag hin ausgearbeitet. Sie bestand aus einer Arztstelle in der Vertriebsleitung eines großen, multinationalen Pharmazielabors, bei dem Archie im Vorstand saß. Er hatte dafür gesorgt, dass diese Alibi-Story bestätigt werden würde, falls jemand nachforsche. Doch Jasmin interessierte sich nicht für die Details und stellte keine weiteren Fragen.

»Freut mich, dich wiederzusehen«, sagte sie ohne erkennbare Gefühlsregung. »Ich hatte nicht damit gerechnet.«

Mit dieser überraschenden Aussage brachte sie Dimitri erneut in Verlegenheit. Doch diesmal war er besser vorbereitet und reagierte prompt. Er war braungebrannt, seine blonden Haare waren unter der Sonne Afrikas heller geworden, ein Dreitagebart unterstrich seine männlichen Gesichtszüge. Er hatte gleich nach der Ankunft ein Rugbyshirt und eine gutgeschnittene Jeans gekauft. Nicht ganz zu Unrecht hatte er das Gefühl, wieder ganz der alte Charmeur und Verführer zu sein. Und dieses Gefühl verlieh ihm eine Selbstsicherheit, die er normalerweise als überheblich eingestuft hätte. Doch unter den gegebenen Umständen war ihm jede Aufmunterung recht.

»Danke«, sagte er und versenkte seine blauen Augen in Jasmins dunkle Augen, »ich bin auch sehr glücklich, dich wiederzusehen. Du siehst gut aus.«

Um nicht zu gefühlsduselig zu werden, beschloss er, gleich zu den vorbereiteten Fragen überzugehen.

»Hast du schon etwas aus Nouakchott gehört?«

»Nein, die Ärzte haben mir noch keine endgültige Liste der benötigten Dinge geschickt. Aber meinen Reisebericht habe ich fast fertig.«

»Hast du das von Farid gehört?«
Sie zuckte zusammen.
»Ich habe erfahren, dass er tot ist, doch weshalb, weiß ich nicht.«
Dim winkte die Frau, die mit einem Zigarettenkorb zwischen den Tischen herumging, zu sich.
»Er wurde erstochen.«
Jasmin erstarrte, sagte aber nichts. Dim drehte sich um. »Ein Päckchen Marlboro bitte, die roten.«
Am liebsten hätte er noch hinzugefügt: um mein Cowboy-Image perfekt zu machen.
»Siehst du«, sagte er, »ich übe fleißig.«
»Mit Tabak? Ein guter Anfang.«
Eben hatte sie noch irritiert gewirkt, jetzt lachte sie. Dims Anspannung ließ allmählich etwas nach.
Er bat sie, ihm von Paris zu erzählen. Ihr fiel nicht viel dazu ein, außer dass sie diese Stadt mehr liebte als jede andere. Er dagegen wusste, wie alle Touristen, über die besten Veranstaltungen und die neuesten Ausstellungen Bescheid.
»Du gehst nicht viel aus, stimmt's?«, fragte er, als er merkte, dass sie keinen der Orte kannte, die er aufzählte.
Sie musterte ihn lächelnd. Die unausgesprochene Andeutung in seiner Frage war nicht zu überhören.
»Mein Mann und ich haben mit unseren vier Kindern alle Hände voll zu tun.«
Er stutzte zuerst, doch dann lachte er schallend.
Es war ein wunderbar lauer Abend, Vögel zirpten in den Kastanienbäumen auf dem nahen Platz, während sich die Steine in der Dämmerung rötlich färbten.
»Ich habe Hunger«, sagte sie. »Gehen wir etwas essen?«
Er hatte auch gerade einen ähnlichen Vorschlag machen wollen, doch keinen so einfachen Satz gefunden.

»Wo bringst du mich hin? Wenn du alle Veranstaltungen im Kopf hast, kennst du bestimmt auch die guten Restaurants ...«

Er hatte sich noch nichts überlegt, aber Paris bot so vieles, vor allem in diesem Quartier, und heute Abend hatte er sowieso das Gefühl, dass ihm das Glück hold war. Sie verließen das Café und überquerten die Rue de Médicis, um an den Eisengittern des Jardin du Luxembourg entlang zu spazieren. Eine Fotoausstellung zeigte Frauengesichter aus aller Herren Länder. Erst jetzt, als sie direkt nebeneinander gingen, fiel Dim auf, dass er Jasmin um Haupteslänge überragte. Instinktiv ging er auf Distanz, um sie nicht mit seiner Masse zu erdrücken. Schweigend betrachteten sie die Fotos. Eines war in einer Erste-Hilfe-Station in Afrika aufgenommen worden. Eine Frau horchte ein Kind mit einem Stethoskop ab, während sie einander in die Augen blickten. Unwillkürlich stellte man sich die Frage, wer von beiden verletzlicher war.

»Ist Medizin eine Familientradition bei euch?«

»Nein, mein Vater hat Literatur unterrichtet. Und außerdem verschwand er aus meinem Leben, als ich erst zwei war.«

Dim hatte geantwortet, ohne groß nachzudenken. Doch dann fiel ihm ein, dass sie besser nicht über familiäre Tragödien sprechen sollten, um die Stimmung nicht zu verderben, und er wechselte rasch das Thema.

»Ich habe eine Menge anderer Sachen gemacht, bevor ich Arzt wurde.«

»Was zum Beispiel?«

Jasmin hatte zwar noch ihren ironischen Blick, doch das war mehr eine Gewohnheit bei ihr, keine Ablehnung. Zumindest wollte er das glauben. Er wollte sich einbilden, dass sie sich wirklich für ihn interessierte. Und dann plötzlich, an diesem ruhigen Juliabend, auf dem fast menschenleeren Trottoir, gesäumt von großen, dunklen Bäumen, fühlte er, wie seine Schüchternheit von ihm abfiel. Es gab plötzlich keinen Archie mehr, kein Providence und keine Mission. Nur noch der Wunsch, mit dieser Frau zu plaudern, der er sich nahefühlte und die er begehrte.

Er erzählte ihr, dass er in Portland in Maine geboren wurde, an der Küste. Dass sein Vater auf einem Segelboot den Atlantik überqueren wollte und nie zurückgekehrt ist. Er hatte immer geglaubt, sein Boot sei gekentert. Bis er eines Tages durch Zufall erfuhr, dass er ihn und seine Mutter verlassen und in Spanien eine neue Familie gegründet hatte. Er erzählte ihr, dass er, als sie in Philadelphia gewohnt hatten, weit weg vom Meer, ebenfalls davon geträumt hatte, zur See zu fahren. Mit siebzehn Jahren hatte er auf einem Frachtschiff angeheuert, um den Pazifik zu überqueren. Die Wirklichkeit hatte ihn enttäuscht. Auf hoher See fühlte er sich noch eingesperrter als an Land und konnte plötzlich von nichts mehr träumen. Der Schiffskapitän, ein sehr belesener Mann, eine Mischung zwischen Ezra Pound und Conrad, hatte ihm die indischen Sagen nahegebracht, die irischen Sagas und viele andere Romane, von sehr guten bis hin zu ganz miserablen. In dieser Zeit hatte er auch Faulkner und Maurice Dekobra entdeckt.

»Als ich in die Vereinigten Staaten zurückkehrte, habe ich mich für Philosophie immatrikuliert. Aber eines Tages hat einer der Professoren zu mir gesagt: ›Wenn Sie erst an meinem Platz sind, hinter diesem Schreibtisch sitzen ...‹ Da wurde mir mit Schrecken klar, dass ich mein Leben mit Unterrichten verbringen würde, eingeschlossen in Aulen und Seminarräumen. Und das wollte ich auf gar keinen Fall.«

Auf den schmalen Straßen, die um das Odeon herum abwärtsführen, waren sie inzwischen zum überdachten Markt von Saint-Germain gelangt. Sie setzten sich an einen Tisch auf der Terrasse vor einem Restaurant der Compagnons du Tour de France.

»Deshalb habe ich mich dann für Medizin entschieden. Weil ich mir dachte, dass ich dann etwas reisen könnte und mir dieser Beruf genügend Zeit zum Träumen lassen würde.«

»Das nenne ich Berufung!«

Sie stellte Fragen zu seinem Studium an einer kleinen Uni von Wyoming, dann über die NGO, für die er in Mauretanien gearbeitet hatte. Plötzlich witterte er Gefahr. Zum Glück wurden sie da unterbrochen, weil der Kellner kam, um ihre Bestellung aufzunehmen.

Er stellte ihr ebenfalls eine Menge Fragen und war erstaunt, dass sie von selbst auf ihre algerischen Wurzeln zu sprechen kam. Was die Leute von Providence mühselig herausgefunden hatten, hatte sie offenbar längst als Bestandteil ihrer Persönlichkeit akzeptiert. Dim hatte den Eindruck, als hätte er in seiner Kontroverse mit Roth einen entscheidenden Punkt erzielt.

Die Zeit verging wie im Fluge. Er bestellte die Rechnung. Als der Kellner sie brachte, kam Jasmin ihm zuvor, riss sie an sich und übernahm das Bezahlen.

Einen Kaffee und ein letztes Glas hatte sie abgelehnt. Er hätte sich gern noch weiter mit ihr unterhalten, doch der Kellner begann, die Stühle an den Nachbartischen zusammenzustellen. Sie erhob sich. Er folgte ihr. Sie gingen im Schatten der Arkaden des Markts entlang, vorbei an unbeleuchteten Schaufenstern, und blieben schließlich stehen, um die Rue de Seine zu überqueren. Je mehr Dim merkte, dass ihm die Situation aus den Händen glitt, desto unbeholfener und nervöser wurde er.

»Weißt du«, begann er zaghaft, »dass ich seit unserer Nacht in Nouakchott ständig …«

Sie blickte ihn von der Seite an und hatte wieder ihr geheimnisvolles Lächeln. »Aha, und was ist in ›unserer Nacht‹ in Nouakchott passiert?«

»Nichts.«

Er war in ihre Falle getappt und sie lachte belustigt. Nein, es war tatsächlich nichts passiert: Er war einfach eingeschlafen, während sie zusammen rauchten und sie ihm etwas erzählte. Trotzdem konnte man nicht sagen, dass *nichts* passiert war, und das musste doch auch *ihr* klar sein!

»Wo wohnst du hier in Paris?«, fragte sie.

»Im Hotel Polydor in der Rue Monsieur-le-Prince.«

»In dem Fall trennen wir uns besser hier. Ich muss ans rechte Ufer.«

Sie hielt ein vorbeifahrendes leeres Taxi an und stieg ein. Er ließ die Wagentür nicht los.

»Soll ich mitkommen ...?«

Sie lächelte höflich, um ihm zu verstehen zu geben, dass er sich nicht noch lächerlicher machen sollte.

»Danke für den schönen Abend«, sagte sie. »Und viel Glück bei deiner neuen Stelle.«

»Bis bald?«

»Inschallah.«

Er schaute dem Taxi nach. Sobald es verschwunden war, ging er langsam wieder die Rue de Tournon hinauf. Wie lange war es her, dass er sich nicht mehr so jämmerlich gefühlt hatte? Im Grunde genommen hatte er nie sehr ernsthafte Beziehungen gehabt und vor allem hatte sich ihm noch nie eine Frau verweigert. Zumindest keine, die ihm etwas bedeutete. Was verspürte er genau? War es verletzte Eitelkeit, seine Labilität in dieser Periode der Unsicherheit oder ein tieferes Gefühl? Er fühlte sich erbärmlich, unfähig und mies.

In seinem Hotel holte er den Schlüssel an der Rezeption und ging nach oben. Er hatte ein Zimmer im obersten Stock, ein Dachzimmer. Freiliegende Deckenbalken überschnitten sich je nach der eigenwilligen Neigung des Daches. Durch das Fenster mit den kleinen viereckigen Scheiben konnte er das Franziskanerkloster *Couvent des Cordeliers* sehen. Er nahm eine kurze, heiße Dusche und legte sich dann im Bademantel aufs Bett. Bald darauf fielen ihm die Augen zu. Er hätte nicht sagen können, wie lange er vor sich hin gedöst hatte, als plötzlich zweimal an die Tür geklopft wurde. Er zuckte zusammen, strich seinen Bademantel glatt und öffnete die Tür. Jasmin stand auf der Schwelle. Nach einem kurzen prüfenden Blick auf die eigenartige Einrichtung trat sie ein. Er wollte sie umarmen, doch sie machte eine abwehrende Bewegung. Sie öffnete ihre Handtasche, holte ein Päckchen Tabak und Papierchen heraus.

»Rollst du uns eine Zigarette? Da ist alles drin. Bin gleich wieder da.«

Nach diesen Worten verschwand sie im Badezimmer.

Dimitri schnupperte an dem Kraut und schloss die Augen. Im Geiste war er wieder in Nouakchott. Alles kehrte zurück, und überdies noch das Versprechen auf unvorhergesehene Genüsse.

III

Der Anstoß zu diesem Treffen kam diesmal von Ben Hamida – beziehungsweise dem Mann, der unter vielen anderen auch diesen Namen benutzte. Er hatte Howard vorgeschlagen, sich in Ixelles zu treffen, einem schicken Vorort von Brüssel. Dort gab es eine gemeinnützige Einrichtung der Emmaus-Brüder. Außenseiter der Gesellschaft bekamen dort Essen und ein Dach über den Kopf, wenn sie im Gegenzug Altwaren sammelten. Die auf diese Art zusammengekommenen Secondhandsachen wurden in einer großen Halle zum Verkauf angeboten.

Ben Hamida und Howard kamen aus zwei verschiedenen Richtungen und trafen sich in der Abteilung mit den Spiegelschränken, angeknacksten Lattenrosten und kaputten Fernsehgeräten. Beide taten so, als schlenderten sie ziellos umher, als ihnen ein Schreibtisch im Stil von Louis XVI. ins Auge stach, aus der Epoche Faubourg-Saint-Antoine. Sie standen Seite an Seite da und begutachteten ihn eingehend.

»Gibt es etwas Neues?«, fragte Howard leise.

»Wir haben eine Information erhalten, die Sie interessieren könnte«, sagte Ben Hamida, während er versuchsweise die Schubladen aufzog.

»Über die Typen, deren Foto ich Ihnen gezeigt habe?«

»Indirekt. Auf jeden Fall über Kader.«

Howard ging in die Hocke, um die gewundenen Bronzefüße zu bewundern. Ben Hamida redete leise weiter.

»Er hat einen Kontaktmann in Paris, den wir schon seit einiger Zeit im Auge haben. Einen gewissen Moktar. Der Typ lebt recht unauffällig, in einer kleinen Wohnung in Lagny, einem Vorort im Norden von Paris. Wir wissen, dass er mit Waren dealt, die ihm sein Freund aus der Wüste schickt.«

Howard kratzte mit einem Fingernagel an einem kleinen Fleck der roten Lederbeschichtung auf der Schreibplatte herum.

»Was hat er mit unserer Sache zu tun?«

»Dieser Monsieur ist neulich nach Italien gefahren, nach Bologna.«

Der Algerier deutete auf ein anderes Möbelstück, denn dieses hier hatten sie definitiv in allen Einzelheiten untersucht.

»Dort hat sich eine Gruppe junger Männer aus ganz Europa versammelt, die sich am Heiligen Krieg des Dschihad beteiligen möchten. Bologna ist ein bekannter Treffpunkt, den wir seit längerem beobachten.«

Sie begutachteten nun eine schmale, hohe Art-Deco-Glaslampe.

Wer ihre Unterhaltung nicht mithörte, konnte sie von weitem für zwei Schnäppchenjäger halten, eventuell auch Antiquitätenhändler. Die kamen recht häufig her, da man mit etwas Glück den einen oder anderen wertvollen Gegenstand aufstöbern konnte.

»Dieser Moktar ließ die Gruppe in Bologna wissen, dass demnächst ein spektakulärer Anschlag stattfinden würde, bei dem sie sich einbringen könnten. Wenn man vom Profil der beteiligten Dschihadisten ausgeht, dürfte es eine blutige Angelegenheit mit mehreren Todesopfern werden. Gegen wen dieses Attentat gerichtet ist, hat Moktar nicht verraten, aber wir vermuten, dass es sich in Frankreich abspielen wird.«

Howard, der die Lampe auf Armeslänge von sich weg hielt, nickte zufrieden.

»Ein sehr wertvolles Stück, wie wahr. Ich danke Ihnen, dass Sie meine Aufmerksamkeit darauf gelenkt haben.«

Die beiden Herren à la Daumier verabschiedeten sich höflich voneinander und gingen ohne große Eile davon.

*

Als Béchir zu Abu Mussas Gruppe zurückkam, brachte er zur Freude der Rebellen jede Menge Lebensmittel, Material und Geld mit. Zum ersten Mal seit seinem Bruch mit Abdelmalek hatte Abu Mussa das Gefühl, dass er doch siegen könnte. Kader, der ihn genau beobachtete, registrierte mit Genugtuung, dass der Campführer plötzlich energischer wirkte, Überlegenheit und Zufriedenheit ausstrahlte. Die Männer seiner Katiba spürten wieder seine frühere Autorität. Vor ihr fürchteten sie sich eigentlich, denn sie kannten deren Auswüchse an Grausamkeit – und gleichzeitig hatten sie sich nach ihr gesehnt. Nichts war schlimmer als die Ungewissheit und die defensive Haltung der letzten Wochen.

Unter Missachtung aller Sicherheitsvorkehrungen ordnete Abu Mussa ein nächtliches Fest an, um die Ankunft von Béchir und seiner Fracht zu feiern. Drei schöne Schafe, die er mitgebracht hatte, wurden geopfert und über einem Feuer gebraten. Die Wachposten wechselten sich ab, um ebenfalls mitfeiern zu können. Die Katiba genehmigte sich den Luxus, Saïf und seine Hinterlist für einen Moment zu vergessen, und auch Abdelmalek und die algerischen, mauretanischen und malischen Sicherheitskräfte ... Sollten sie doch für die Dauer dieser Nacht zum Teufel gehen!

Im Laufe der kleinen Feier sonderte sich Béchir mit Kader und Abu Mussa ab, um sich zu beraten. Er richtete ihnen aus, was der alte Hicham ihm aufgetragen hatte.

»Kennst du ihn?«, fragte Kader den Emir, nachdem Béchir geendet hatte.

Abu Mussa schüttelte den Kopf.

»Ihn nicht, aber andere seines Stammes. Ich traue ihnen nicht. Sie laufen jedem nach, der gut zahlt. Wenn sie sich plötzlich in den Dschihad einmischen, dann nur, um jemanden zu verraten, glaub mir. Wer weiß, ob Hicham nicht vielleicht sogar von Saïf gekauft wurde! Ich weiß nicht wie oder warum, aber ich bin mir sicher, dass es eine List ist. Du musst dieses Treffen ablehnen!«

»Und du, Béchir, was denkst du?«

»Der Mann kam mir anfangs etwas merkwürdig vor, genau wie Abu Mussa sagt. Ich kann mir gut vorstellen, dass er sein Fähnchen in den Wind hängt und kein eigenes Rückgrat hat, so wenig wie der Rest seiner Familie, aber ...«

»Aber was?«

»Aber in dieser Sache glaube ich nicht, dass er uns schaden will. Mein Gefühl ist eher, dass er die Wahrheit sagt. Er dient als Mittelsmann für eine Gruppe, die wir nicht kennen.«

Kader blieb stumm. Ernste Stimmen aber auch Gelächter erfüllten das Camp und drangen bis zu ihnen herüber. Abu Mussa spielte mit einem Messer herum, das er stets bei sich trug, ein Instrument mit Holzgriff, dessen Klinge er nun nervös aufschnappen ließ und wieder zusammenklappte.

Nach einer Weile begann Kader tonlos und leise zu reden, fast so, als führe er ein Selbstgespräch.

»Ich habe den Eindruck, dass dieser Vorschlag zu erwarten war. Seit einigen Wochen haben wir unseren Internetauftritt enorm geändert. Wir haben Al-Qaida im islamischen Maghreb eine neue Stimme gegeben. Die Ansprache, die du vor zehn Tagen gehalten hast, Abu Mussa, wurde auf Al-Arabia gesendet. Wie lange ist es her, dass ein Emir der AQIM das letzte Mal eine groß angelegte Operation gegen unsere Feinde im fernen Ausland angekündigt hat? Wir haben den Druck beständig erhöht, indem wir andauernd wiederholten, dass wir uns nicht mehr damit zufriedengeben, durch die Wüste zu ziehen und mit der algerischen Armee in den Bergen Verstecken zu spielen. Da konnte es nicht ausbleiben, dass wir das Interesse der Männer geweckt haben, die seit über vier Jahren an Abdelmalek glaubten. Und die bitterlich enttäuscht wurden.«

»Es kann aber auch sein, dass wir damit auch das Interesse all jener geweckt haben, die unseren Glauben bekämpfen.«

Abu Mussa hatte kein großes politisches Wissen, zumindest wenn es um internationale Angelegenheiten ging. Deshalb war Kader überrascht über diesen scharfsinnigen Kommentar aus seinem Munde. Béchir beeilte sich, ihm mehr zu erzählen.

»Die algerischen, französischen und amerikanischen Geheimdienste haben unsere Erklärungen bestimmt auch gehört. Sie wissen garantiert – vielleicht sogar durch Abdelmalek –, dass du der Urheber dieser Kampagne bist, Kader. Dadurch bist du für sie eine Zielscheibe geworden, und ihnen ist jedes Mittel recht, um dich festzunehmen. Für mich sieht dieser Vorschlag nach einer gemeinen Falle aus, nur um dich aus deinem Versteck zu locken. Wer sie dir stellt, ist nebensächlich.«

Kader schüttelte den Kopf.

»Willst du wirklich ein so großes Risiko eingehen?«, rief Abu Mussa.

Kader starrte zuerst nur lange auf den Boden. Dann hob er den Kopf und sprach mit einem Eifer, der seine Gesprächspartner überraschte.

»Es *muss* sein! Unsere ganze Strategie zielt darauf ab, uns als der wahre Ableger von Al-Qaida in Westafrika zu präsentieren. Wir dürfen nicht zulassen, dass Abdelmalek das Monopol über Kontakte mit jenen hat, die im Dschihad das Sagen haben – die historischen Anführer, Gefährten unseres Bruders Bin Laden, die allein die Autorität und Urteilskraft haben, uns als eine Bewegung anzuerkennen, die des Namens Al-Qaida würdig ist.«

Die Begeisterung, mit der er gesprochen hatte, erinnerte an Kader, den Geschichtenerzähler, der Wunder bewirken konnte, an den Mann, der Abu Mussa nur mit der Kraft seiner Worte hatte überzeugen können. Auch diesmal erzielte sein Charme die erhoffte Wirkung. Kader sah die Augen des Emirs aufblitzen und das Lächeln auf seinen Lippen. Béchir dagegen war weniger leicht zu beeinflussen.

»Weiß man eigentlich, wo Abdelmalek sie her hat, diese berühmte dschihadistische Lizenz?«

»Nein, das ist es ja. Er hat immer ein Geheimnis daraus gemacht. Wir wissen nur, dass es Zarqawi war, zu einer Zeit, als er die Al-Qaida im Irak fest in den Händen hatte und das Kommuniqué verfasste, in dem die ›salafistische Gruppe für das Predigen und den Kampf‹ – wie sich Abdelmaleks Gruppe damals nannte – als Ableger von Al-Qaida im islamischen Maghreb anerkannt wurde.

Aber wie und vor allem durch *wen* der Kontakt zwischen Abdelmalek und Zarqawi zustande kam, hat er nie enthüllt. Hichams Vorschlag bietet uns eventuell die einmalige Gelegenheit, jene Personen kennenzulernen, die damals die Verbindung geknüpft haben. Und wenn sie nun beschlossen haben, eher auf uns zu setzen als auf Abdelmalek, dann ist das eine Chance, die wir uns auf gar keinen Fall entgehen lassen dürfen ...«

Einer von Abu Mussas Männern kam herbei und verkündete, dass das Fleisch gar war.

»Hichams Vorschlag ist gefährlich«, sagte Kader abschließend. »Aber wir haben alles zu gewinnen und wenig zu verlieren, wenn wir die nötigen Vorkehrungen treffen, um die Risiken so klein wie möglich zu halten. Wir müssen uns natürlich absichern, dürfen uns nicht leichtsinnig in die Höhle des Löwen wagen. Doch es genügt, wenn wir unsere Bedingungen stellen und uns sorgfältig auf das Treffen vorbereiten.«

Abu Mussa nickte bedächtig. Kader hatte ohnehin keine ausdrückliche Zustimmung von ihm erwartet.

»Béchir«, befahl Kader, »du reist morgen früh wieder ab und gehst zu dem Alten. Du wirst ihm sagen, dass ich bereit bin, mich mit dem Mann zu treffen, der mich sehen möchte. Aber ich stelle meine Bedingungen. Er soll sie ihm ausrichten und dich die Antwort wissen lassen.«

»Und wie lauten diese Bedingungen?«

»Dass ich mit einer bewaffneten Eskorte kommen kann. Sie haben nichts zu befürchten, während ich ein großes Risiko eingehe, wenn ich zu einem solchen Treffen gehe.«

»Und weiter?«

»Es muss festgelegt werden, wo und wann das Treffen stattfindet. Was den Ort betrifft, so überlasse ich ihnen die Entscheidung, es muss nur irgendwo in der Wüste sein. Doch was den Zeitpunkt betrifft, so stelle ich eine Bedingung, über die ich nicht mit mir reden lasse. Ich will, dass das Treffen *vor* unserem großen Anschlag im Ausland stattfindet.«

»Warum?«

»Weil wir uns danach vermutlich nicht mehr ganz frei bewegen können, uns vielleicht sogar eine Zeitlang verstecken müssen.«

Alle dachten an Bin Laden nach dem 11. September, in den Grotten von Tora-Bora in den Stammesgebieten unter Bundesverwaltung in Pakistan, den FATAs, wo er sich noch immer versteckte. Sie verspürten Angst, aber auch einen gewissen Stolz.

*

»Dimitri? Guten Morgen, hier Roth.«

Die Stimme am Telefon klang irgendwie weit weg. Doch Dim erkannte den Profiler sofort an seinem Lispeln.

»Wie spät ist es?«

»Vier Uhr morgens.«

Dim knurrte. Am Vortag hatte Jasmin ihn kurz vor Tagesanbruch verlassen. Den verpassten Schlaf hatte er diese Nacht nachholen wollen und tatsächlich tief und fest geschlafen, bis ihn das Läuten des Telefons aus dem Schlaf gerissen hatte.

»Sie haben Glück, Sie sind im Bett, wenn mich nicht alles täuscht. Ich dagegen rufe Sie direkt vor einer *Besprechung* an. Ja, Sie haben richtig gehört. Um fünf Uhr soll die nächste Sitzung sein. Nur damit Sie sehen, was im Moment bei Providence los ist.«

Dim knipste seine Nachttischlampe an.

»Ich rufe Sie an, weil Sie vermutlich der Einzige sind, der sich dafür interessiert, was ich zu sagen habe. Hier sind sie über das Stadium der Psychologie hinaus. Sie haben Gewissheiten, und das reicht ihnen. Sie versuchen nicht mehr zu verstehen, sondern schmieden bereits ihre Werkzeuge für den Einsatz.«

»Welchen Einsatz?«

»Darüber kann ich Ihnen danach mehr sagen. Im Moment möchte ich mit Ihnen über *sie* sprechen.«

»Sie?« Jasmin natürlich. Dim bekam eine Gänsehaut. Er konnte ihren Körper noch an dem seinen spüren, ihr Parfüm riechen, ihren Mund schmecken.

»Sind Sie noch dran?«

»Ja.«

»Gut, ich bin mit der Erstellung ihres Profils etwas weitergekommen und möchte einige Zweifel zerstreuen. Ich habe neulich gemerkt, dass ich Sie nicht überzeugen konnte.«

»Na schön, schießen Sie los!«

»Es geht vor allem um ihren Stiefvater in Algerien. Erinnern Sie sich, dass Jasmin 1992 von ihrer Mutter nach Frankreich zurückgeschickt wurde?«

»Ja.«

»Und dass sie 2001 nach Algerien zurückgekehrt ist. Wir haben uns gefragt, was in den neun Jahren dazwischen mit ihrer Mutter war.«

Dimitri war aufgestanden und schritt durch das Zimmer. Er näherte sich dem Fenster. Der orangefarbene Lichtschein der Straßenlaternen fiel auf die Zinkdächer. Den Himmel konnte man nicht sehen.

»Sie hat in Algerien wieder geheiratet«, fuhr Roth fort, »das wussten wir bereits. Aber viel wussten wir nicht über ihren Stiefvater. Inzwischen wissen wir etwas mehr. Er war Dorfschullehrer und gehörte zur ersten Generation, die in der politischen Phase der Arabisierung in Algerien aufwuchs. Er hatte auf Arabisch studiert und unterrichtet. Sein Französisch war rudimentär. Wie viele andere in seiner Lage hatte er gegen die übermäßige Liberalisierung der achtziger Jahre revoltiert. Und er sympathisierte mit den Islamisten, die zu den traditionellen Werten zurückkehren wollten «

»Was ihn aber offenbar nicht daran gehindert hat, sich eine Frau aus Frankreich zu holen.«

»Eine Frau aus seinem Kaff. Die Ehe war von einer Cousine arrangiert worden.«

»Na gut.«

»Auf jeden Fall fürchtete er sich 1992 nach dem Abbruch der Wahlen vor Repressionen und war damit einverstanden, dass seine Frau Jasmin nach Frankreich zurückschickte. Die darauffolgenden Jahre waren die schlimmsten des ganzen Bürgerkriegs. Der Mann hat nicht von sich reden gemacht. Er hatte sich in seinem Stadtviertel verschanzt, befolgte die Prinzipien des Islam und war ein treuer Staatsdiener.«

Dim gähnte. Er stellte sich Jasmin als Fünfzehnjährige vor. Wie war sie? Als sie damals aus Algerien hierher zurückkehrte, wie hatte sie Frankreich gesehen, diese Metalldächer, diesen orangefarbenen Himmel? Wo hatte sie die Sonne gesucht?

»Und dann, eines Nachts im Jahr 1997, dringen vermummte Polizisten in die Wohnung von Jasmins Stiefvater ein und verhaften ihn. Er wird verhört und geschlagen und gesteht, dass er der Anführer eines islamistischen Geheimbundes ist. Er hatte zahlreiche Morde in Auftrag gegeben. Die Bewegung, die er leitete, war keine Untergrundbewegung, sondern eher eine salafistische Organisation, die es gezielt auf Intellektuelle, verwestlichte Kreise und Ausländer abgesehen hatte. Seine Frau darf ihn nur einmal im Gefängnis besuchen. Im Jahr 2000 teilt man ihr mit, dass er gestorben ist, vermutlich an Tuberkulose.«

»Und was hat das Ganze mit Jasmin zu tun?«

»Darauf komme ich gleich. Ihre Mutter hält sie auf dem Laufenden. Sie schreiben sich. Die Briefe wurden vom algerischen Geheimdienst abgefangen und wir haben Kopien. Sehr interessant. Die Mutter hält zu ihrem Ehemann. Für sie ist er ein Held. Sie will in Algerien bleiben. Was sie über ihren Mann berichtet, begeistert Jasmin, die sich in Frankreich wie im Exil fühlt. Ihr Stiefvater rächt sie für alles Unrecht, das ihr zugefügt wurde. Sie will unbedingt wieder nach Algerien, doch ihre Mutter ist strikt dagegen. Jasmin reist trotzdem zu ihr, sobald sie die nötigen Mittel hat.«

Eine offene Bierdose stand noch auf dem Tisch. Dim griff danach.

»Ich stelle fest, dass Sie nicht von Ihrer Theorie ablassen: Sie ist von Algerien fasziniert, und ihr Terroristen-Stiefvater ist ihr großes Vorbild. In diesem Fall, mein lieber Roth, verraten Sie mir doch, warum sie nicht dort unten bleibt, und warum sie, kurz nach ihrer Rückkehr einen Diplomaten heiratet, der ein Franzose wie aus dem Bilderbuch ist?«

»Weil ihre Mutter es so wünscht. Als sie nach Algerien zurückkehrt, muss sie ihrer Mutter schwören, dass sie nicht bleiben wird. Die arme Frau hängt immer noch dem großen Traum nach, dass sich ihre Tochter in Frankreich integriert. Deren Schicksal macht ihr solche Sorgen, dass sie krank wird. Sie stirbt an Gebärmutterkrebs im Jahr 2003. Und Jasmin kehrt nach Frankreich zurück. Sie versucht noch ein weiteres Mal, den Wunsch ihrer Mutter zu erfüllen. Es sollte das letzte Mal sein.«

Dimitris Verstand arbeitete noch etwas langsam. Ihm war kalt; er ging ins Bad, um seinen Bademantel anzuziehen.

»Wissen Sie, Roth, der Unterschied zwischen uns ist der, dass *ich* die Frau kenne. Und ich kann sie mir keine Sekunde als radikale Fundamentalistin vorstellen. Es passt einfach nicht zu ihr. Sie können mir erzählen, was Sie wollen: Ich kann sie beim besten Willen nicht als Terroristin sehen.«

»Weil Sie eine falsche Vorstellung von ihr haben. Es gibt mehrere Arten von Terroristen, halten Sie sich das vor Augen. Psychiater haben in den letzten dreißig Jahren recht fundierte Bücher darüber geschrieben.«

Das Bier war in Dims Hand warm geworden. Der Schluck, den er trank, war lauwarm und schmeckte widerlich.

»Ideologen gibt es letztendlich nur wenige in den terroristischen Gruppen. Das sind die, die als Gurus fungieren und die anderen führen: die Chefs oder die Propheten eben. Doch den Großteil der Truppen bilden, wie bei den Sekten übrigens auch, Menschen, deren Beweggründe sehr viel simpler sind. Ihr Hauptmotiv ist Rache. Oft sind es Leute, die gedemütigt wurden, Niederlagen erlitten, sich ungerecht behandelt fühlten, und die nun dadurch, dass sie sich einer gewalttätigen Gruppe anschließen, das Gefühl haben, sich für all das erlittene Unrecht rächen zu können.«

Roth sprach leise. Seine Stimme hatte etwas Hypnotisches. Dimitris Aggressivität war verflogen. Er starrte vor sich ins Leere. *Sich für erlittenes Unrecht rächen.* Hmm, vielleicht.

»Wir haben keine Informationen darüber, ob Jasmin religiös ist«, fuhr Roth fort. »Es ist anzunehmen, dass das Herumstehen in der kalten Kirche während der Messen, die sie mit ihrer Tante besuchte, sie für immer vom Christentum abgeschreckt hat. Und in Algerien kann sich niemand daran erinnern, sie jemals in der Moschee gesehen zu haben. Was aber natürlich nicht bedeutet, dass sie nicht eventuell betet, wenn sie allein ist.«

Dim fiel ein, wie er sie damals in Nouakchott gesehen hatte. Als er in ihrem Zimmer aufwachte, hatte sie sich etwas verlegen erhoben, als sei sie auf den Knien gewesen.

»Aber das spielt eigentlich keine Rolle. Was bei solchen Menschen zählt, ist die Begegnung mit einer Gruppe, die die Anwendung von Gewalt rechtfertigt. Die Ideologen sind Männer, die bestimmte Ziele verfolgen. Die anderen, alle anderen, interessieren sich nur für die Mittel.«

»Warum erzählen Sie mir das alles, Roth?«
»Weil Sie mir zuhören und weil es Sie interessiert.«
»Interessiert es die anderen bei Providence nicht?«
»Die haben sich bereits ihre Meinung gebildet.«
»Sie auch.«
»Nein, ich stelle mir weiter Fragen. Es gibt noch einige Punkte, die ich bei dieser Frau nicht verstehe.«
»Zum Beispiel?«
Roth schwieg eine Weile.
»Zum Beispiel, was für ein Spiel sie mit Ihnen spielt.«

*

Diese Bemerkung von Roth ging Dimitri den ganzen Tag über nicht mehr aus dem Kopf. Dieser Scharlatan hatte seinen Finger in eine offene Wunde gelegt, unter der Dimitri litt, seit Jasmin zu ihm ins Hotelzimmer gekommen war.

Trotzdem, von außen betrachtet, konnte man sagen, dass er bekommen hatte, was er wollte. Er begehrte sie und sie hatte sich ihm hingegeben – wie es der Kapitän des Frachtschiffs, auf dem Dim um die Welt gereist war, ausgedrückt hätte, ein alter Junggeselle, der eine wahre Fundgrube von literarischen Klischees war.

Die Wahrheit sah ganz anders aus: Ihre körperliche Annäherung hatte sie voneinander entfernt oder hatte zumindest *ihn* von ihr entfernt.

Dabei war alles perfekt gewesen. Ihre Körper hatten sich ohne Zurückhaltung und ohne Hemmungen vereinigt. Man konnte durchaus von einer Harmonie der Sinne sprechen. Doch sie hatten dabei kaum geredet, und er hatte das Gefühl nicht verdrängen können, dass sie ihn nur benutzte.

Vom Morgen danach an kam ihm diese zweite, gemeinsam verbrachte Nacht nicht weniger irreal vor als die erste damals in Nouakchott. Obwohl er diesmal keine Erinnerungslücken hatte. Er erinnerte sich an jede Geste, jede Empfindung. Doch das Ganze hatte sich in einer sonderbaren Atmosphäre abgespielt: Er selbst hatte eigentlich keine Kontrolle über das Erlebte gehabt. Noch seltsamer war die Tatsache, dass die Frau, mit der er diese körperlichen Wonnen erlebt hatte, eine ganz andere Frau gewesen war als die Jasmin, die er kannte. Er hatte diese schamlose und resolute Person hinter ihrer Mimik und Gestik schon mehrmals flüchtig erahnt. Doch während der Stunden der Intimität hatte diese Seite ihrer Persönlichkeit die Oberhand gewonnen und ihm ihre Regeln aufgezwungen.

Er sah sie am übernächsten Tag zu einem Frühstück wieder. Sie wirkte bedrückt, sehr beschäftigt und erwähnte die gemeinsame Nacht mit keinem Wort mehr. Als er darauf zu sprechen kam, reagierte sie ungehalten. Er machte weitere Versuche, jeder noch plumper als der vorherige, um ein nächstes Rendezvous zu vereinbaren. Sie lehnte rundweg ab, mit diesem ironischen Lächeln, das ihn an ihre allererste Begegnung in Mauretanien erinnerte.

Zum Teil aus strategischen Gründen, zum Teil aber auch aus Enttäuschung und Rachegelüsten riss Dim sich eisern zusammen und rief sie nicht an. Es war fast nicht auszuhalten. In den darauffolgenden zwei Tagen zwang er sich, drei Filme hintereinander anzuschauen, die *Libération* von der ersten bis zu letzten Zeile zu lesen, auch die Sonderbeilage mit den neuesten Büchern. Und um sich noch zusätzlich zu quälen, verfasste er einen absolut nichtssagenden Einsatzbericht und lieferte ihn im Pariser Büro von Providence in der Avenue de Messine ab. Er wusste nicht mehr, wie weit er seine Selbstkasteiung noch treiben konnte, als er am zweiten Abend eine SMS erhielt, mit der sie ihm ein Treffen um ein Uhr nachts in einem Hotel in der Nähe der Kirche Saint-Gervais vorschlug. Er sagte natürlich zu und ging hin, hin und her gerissen zwischen Erleichterung und Wut. Wieder hatte sie klargestellt, dass *sie* das Sagen hatte. Sie legte den Tag, die Stunde und sogar den Ort ihrer Begegnungen fest. Im Prinzip hatte Dim nichts dagegen, den passiven Part zu spielen. Er hatte durchaus schon Beziehungen gehabt, in denen er sich führen und überraschen ließ. Aber noch nie hatte er so viel Härte und Zynismus verspürt wie in der Art, wie sie ihn benutzte.

Er ging zu Fuß bis zu dem Hotel, in das Jasmin ihn bestellt hatte. Der Spaziergang entlang der Seine in der lauen Luft beruhigte ihn. Tröstlich war für ihn nur, wie er sich immer wieder sagte, dass er schließlich dienstlich unterwegs war. Er rief sich in Erinnerung, dass Providence ihn nach Paris berufen hatte und er schließlich nur seine Arbeit tat, wenn er sich mit Jasmin traf. Auf diese Art war er wieder am Zug: Indem er ihr gehorchte, verfolgte er schließlich sein eigenes Ziel.

Das Hotel befand sich in einem schmalen Haus im Marais, doch das Zimmer, das Jasmin reserviert hatte, entpuppte sich als kleines, separat gelegenes Apartment. Man erreichte es über einen Innenhof und musste nicht an der Rezeption vorbeigehen, wenn man kam oder ging.

Ursprünglich hatte Dim vorgehabt, eine Erklärung zu verlangen und Jasmin zu fragen, welches Spiel sie mit ihm spielte. Doch als er ankam, war die Tür nur angelehnt, und als er eintrat, rief sie aus dem Nebenzimmer, er solle sich etwas zu trinken einschenken. Es war ein sehr geräumiges Apartment, die Art von Ferienwohnung, die für eine ganze Touristenfamilie konzipiert war, mit einer komplett eingerichteten Küche und mehreren Räumen. Dim hörte im Badezimmer Wasser rauschen. Eine Flasche Coca-Cola und zwei Gläser warteten auf der Hausbar im Wohnzimmer.

Er hatte die Flasche schon in der Hand, um sie zu öffnen, als sein

Blick auf die Handtasche fiel, die Jasmin achtlos auf einen Stuhl geworfen hatte. Es war ein Modell aus dunkelblauem Leder mit einer Kupferplakette, auf die »Dolce & Gabbana« eingraviert war. Sie ließ sich mit einem Lederbändel zuziehen, doch das tat Jasmin nie. Deshalb konnte Dim sehen, dass verschiedene Schriftstücke und ein Terminplaner mit Goldschnitt in der Tasche waren.

Das Wasser in der Duschkabine im Bad lief weiter. Dim zögerte nur kurz. Dann fotografierte er entschlossen und akkurat die sieben letzten, beschrifteten Seiten des Terminkalenders, die einen Zeitraum von zwei Wochen umfassten. Anschließend schaltete er ihr Handy ein und stellte fest, dass er als PIN-Code nur die ursprünglichen vier Nullen des Lieferstatus eingeben musste. Mit Bluetooth kopierte er das Adressbuch. Derlei Dinge hatte er während seiner Ausbildung perfekt gelernt. Dann legte er alles sorgfältig in die Handtasche zurück und griff erneut nach der Colaflasche.

Es dauerte noch eine ganze Weile, bis Jasmin endlich zu ihm kam. Dim merkte, dass er sonderbar erleichtert und froh war. Zum einen hatte es ihm Spaß gemacht, sich als Spion zu betätigen und die Tricks anzuwenden, die er gelernt hatte, ohne zu wissen, ob er sie jemals brauchen würde. Und danach konnte er ohne zu zögern alle Schuldgefühle abschütteln. Wenn er schon nicht wusste, welches Spiel sie mit ihm spielte, fühlte er sich nun zumindest als Herr der Lage, der wusste, was er tat. Er war im Auftrag von Wilkes und Archie hier, und das war Rechtfertigung genug.

Doch als Jasmin auftauchte, nackt, die feuchten Haare nach hinten gekämmt, wurde sein Verlangen so übermächtig, dass alles Denken in den Hintergrund trat. Er konnte sich gerade noch sagen, dass er ein Riesenglück hatte, ihr wenigstens einen Teils ihres Geheimnisses entrissen zu haben.

IV

Dass Archie persönlich in die Räume von Providence gekommen war, verlieh der Einsatzbesprechung eine spezielle Bedeutung: Es war eine Art Krönung, der Zeitpunkt, Ergebnisse zu verkünden.

Archie war die ganze Nacht unterwegs gewesen, im Flieger von Johannesburg hierher. Er betrachtete die Morgensonne, die die Bäume im Park anstrahlte, mit Staunen und Skepsis: Realität oder Fiktion?

Kaum hatten alle Platz genommen, begann er in seinem unnachahmlichen Stil:

»Man erzählt sich, dass Abraham, auf Drängen seiner Gemahlin, seine Konkubine Hagar verstoßen musste. Ah ja! Damals schon ... Die Arme fand sich mit ihrem kleinen Ismael allein in der Wüste wieder, ohne Nahrung und ohne Wasser. Das Baby drohte zu verdursten, als plötzlich unter seinem Köpfchen Wasser sprudelte: Die Mutter hatte ihr Kind unwissentlich an die Stelle gelegt, wo früher eine Quelle, die Quelle Zamzam, entsprungen war. Auf diese Weise waren Mutter und Kind gerettet und mit ihnen die Linie der Araber, die die Abkömmlinge Ismaels sind, wie man sagt.«

Archie putzte sich geräuschvoll die Nase, um seine Geschichte zu unterstreichen.

»Versteht ihr, meine lieben Freunde? Wenn man durch die Wüste irrt und man glaubt, bald sterben zu müssen, kann es durchaus passieren, dass man unter seinen Füßen plötzlich eine Quelle sprudeln sieht. So ist es uns mit der Operation Zam-Zam ergangen ... nicht wahr, Helmut?«

Der operative Leiter war heilfroh, dass er diesmal mit einer kurzen Anekdote davongekommen war. Er kannte Archie als sehr viel ausschweifender.

»Richtig!«, sagte er nun erleichtert. »Ja, es ist ein echtes Wunder, falls Sie das sagen wollten. Wir haben mit fast null Informationen begonnen. Und nun haben wir einen sehr, sehr dicken Fisch an der Angel. Sarah wird uns den aktuellen Stand der Dinge darlegen.«

»Na, endlich ...«, murmelte Sara vor sich hin, der diese Einleitung viel zu langatmig gewesen war. »Ich fasse zusammen: In der nördlichen Sahara gibt es eine bewaffnete islamistische Extremistengruppe, die sich im Jahr 2006 Al-Qaida angeschlossen hat. Diese Bewegung ist auf dem algerischen Territorium in mehrere Camps unterteilt. Doch es gibt einen gemeinsamen Anführer. Und auch wenn sich die Leiter der AQIM, wie sich dieser Ableger des Terrornetzwerkes nennt – Al-Qaida im islamischen Maghreb – auf Bin Laden beruft, sieht die Wirklichkeit wesentlich weniger glorreich aus. Diese Camps schlagen sich in Algerien mehr schlecht als recht durch. Sie sind isoliert, werden polizeilich verfolgt und haben kaum ausreichende Mittel. Sie rekrutieren ihre Leute aus dem umgebenden Ländern, doch ihre Aktionen sind im Wesentlichen lokaler Natur.« Sie drehte den Kopf. »Dan, ist bis hierher alles korrekt?«

Der Experte für internationale Politik nickte höflich, um anzuzeigen, dass er keine Einwände hatte.

»Eine dieser Gruppen lebt unter besonders schwierigen Bedingungen im Herzen der Sahara, zwischen mehreren Ländern, darunter Algerien, Mali, Mauretanien und Niger. Neu ist, dass sie sich nun vom Rest der Bewegung abgespalten hat. Das geschah nach dem missglückten Entführungsversuch der Italiener vor zwei Monaten, als es zu vier Toten kam. Diese Sahara-Gruppe unterhält seit längerem enge Beziehungen zu einem jungen Drogenhändler, einem gewissen Kader Bel Kader.«

Obwohl Archie bei Besprechungen keine Videogeräte mochte – vielleicht aber auch genau *deswegen* – projizierte Sarah eine Großaufnahme von Kader auf den Bildschirm.

»Ein seltsamer Mensch, dieser Kader«, fuhr sie fort. »Eine Art Ehrenganove, intelligent und gebildet, mit Weitblick. Warum ist er in den Widerstand gegangen? Vermutlich, weil er Profit daraus zieht. Das hat man zumindest bisher geglaubt. Aber so einfach ist die Sache vermutlich nicht. Es kann durchaus sein, dass er auch ein überzeugter Muslim ist und dies nun unter Beweis stellen will. Aber er ist ein brillanter Kopf, hatte schon immer große Visionen. Wenn er sich nun mit einem kleinen lokalen Emir verbündet hat, dann nur, um einen groß angelegten Coup zu planen. Er will diese Wüsten-Katiba nicht mehr nur als Splittergruppe sehen, sondern in die wahren Erben von Al-Qaida umwandeln. So ehrgeizig ist er! Folglich wird er demnächst unter Beweis stellen, dass er in der Lage ist, im großen Stil und im fernen Ausland zuzuschlagen: Er will die Ungläubigen, die Feinde des Islams, den Westen treffen. Das Herz. Dieser Ort, der große Feind, die Schlüsselfigur für ihn ist ... *Frankreich*!«

Archie kniff die Augen zusammen. Diese Art lyrischer Gedankenflüge war ganz nach seinem Geschmack. Wurde Providence etwa allmählich zivilisierter? Sarah hüstelte und fand zu einem prosaischeren Ton zurück.

»Natürlich hat er ein Ass im Ärmel. Er ist ein Manipulator. Er kennt viele Leute. Er weiß seine Schachfiguren geschickt zu platzieren. Einige Jahre zuvor hat er in Nouadhibou ein junges Diplomatenpärchen kennengelernt. Klug wie er ist, spürt er die Differenzen zwischen ihnen. Der Ehemann verkörpert das heroische, idealistische Frankreich. Die Frau ist etwas undurchschaubarer. Sie hat ihm von ihrer Abstammung erzählt. Als der Mann stirbt und sie ohne einen Cent in der Tasche dasteht, erfährt Kader davon. Und eines Tages bietet er ihr ein Geschäft an. Sie soll eine Kokain-Lieferung für ihn nach Frankreich schmuggeln. Ein verlockender Vorschlag, denn sie wird gut entlohnt und das Risiko ist minimal, da sie ja den Diplomatenstatus hat. Deshalb sagt sie zu. Und er hat sie in der Hand.«

Inzwischen hatte Sarah neben Kaders Foto auch eines von Jasmin projiziert. Die beiden schönen Gesichter nebeneinander zu sehen, hatte etwas Faszinierendes.

»Sie macht es wieder. Einmal, zweimal. In der Zwischenzeit informiert er sich über sie. Er will nicht, dass sie es aus Angst tut, nur weil er sie in der Hand hat. Doch er muss einen gewissen Druck ausüben, um sie ein letztes Mal nach Mauretanien zu locken. Er organisiert ein Treffen in der Wüste mit dem Imam der Gruppe. Er weiß von den Ressentiments, die Jasmin gegen den Westen hat, von ihrer Bewunderung für den Stiefvater, der im Gefängnis starb. Er weiß genau, auf welche Knöpfe er drücken muss, um sie zu überzeugen. Und es gelingt ihm. Er weiß aber auch, dass es keine Mails und erst recht keine Telefongespräche geben darf, um diese Art von Anschlag vorzubereiten. In dem Bunker in der Wüste, wo sie sich treffen, gibt Kader Jasmin alle Anweisungen für die Operation. Diese soll am 28. Juli stattfinden und gegen den Minister für Erdöl des Emirats Kheir gerichtet sein, den Prinzen Abdullah bin Khalifa al-Thani.«

»Dieses Datum steht in Jasmins Terminkalender, den Dim fotografieren konnte«, fügte Helmut voller Stolz hinzu, um auch am Erfolg beteiligt zu sein.

»Und es deckt sich genau mit dem Datum, an dem sich ein Selbstmordkommando bereithalten soll. Das wissen wir von den Algeriern.«

»Wo sind sie, diese Selbstmordattentäter?«, fragte Archie.

»In Bologna, in Italien. Sie stehen über einen gewissen Moktar mit Kader in Kontakt.«

»Aha! Diesen Namen fanden wir auch im Adressbuch von Jasmin: *Quod erat demonstrandum!*«

Archie tat so, als wolle er applaudieren. Doch dann verharrte er mitten in der Bewegung. »Aber welche Rolle spielt *sie*, wenn diese Leute ein Selbstmordkommando zur Verfügung haben?«

»Sie muss diese Leute einlassen. Die Protokollabteilung, bei der sie arbeitet, ist für die Einladungen, die Akkreditierungen, die Namensschilder zuständig. Dank Jasmin kann das Killerkommando sicher sein, dass die Attentäter ins Innerste vordringen können. Um dort zuzuschlagen!«

»Das ist immer der schwierigste Teil«, merkte Helmut an. »Erinnert ihr euch an die Ermordung von Scheich Massud? Die, die ihn eliminieren wollten, schafften es lange nicht, nahe genug an ihn heranzukommen. Schließlich kamen sie auf eine raffinierte Idee: Sie gaben die Killer als Journalisten aus, die für einen imaginären arabischen Fernsehsender arbeiteten, gefälschte europäische Ausweise hatten und ein Akkreditierungsschreiben vorlegten, das angeblich vom Leiter des Islamic-Observation-Center in London unterzeichnet war.«

Archie erstarrte und hob die Hände, um für Ruhe zu sorgen. Dann erhob er sich langsam.

»Meine Herren!«

Da fiel ihm ein, dass diese Anrede aus einer Zeit stammte, in der eine Dienstbesprechung unter Agenten ausschließlich unter Männern stattfand.

»Meine Damen und Herren!«, korrigierte er sich. »Somit wäre alles klar. Ich gratuliere! Ihr habt ausgezeichnete Arbeit geleistet. Gleich morgen werde ich nach Washington reisen, um diese Ergebnisse unseren Auftraggebern vorzulegen. Sie werden entscheiden, wie und wann wir die Sache in die Hände der offiziellen Behörden legen. Für uns ist die Sache hiermit abgeschlossen.«

Enttäuschung und auch Verblüffung zeichneten sich auf den Gesichtern ab. Man spürte, dass alle Anwesenden dieses Gefühl von Leere verspürten, das eine Gruppe immer befällt, wenn eine Sache, die sie zusammengehalten hatte, plötzlich zu Ende ist. Als Archie es merkte, fügte er im Ton eines Moderators, der eine kurzfristig angesetzte Schleuderpreisaktion in einem Supermarkt ankündigt, hinzu: »Dieses Resultat ist für uns von historischer Bedeutung. Für Providence ist es die Eintrittskarte zu einem Sektor, den wir noch nie zuvor betreten hatten: das vielversprechende Terrain des internationalen, islamistischen Terrorismus.«

Sein erzwungener Enthusiasmus kam nicht gut an. Das spürte er genau. Die beiden Fotos von Kader und Jasmin, immer noch auf Dutzende von Bildschirmen im ganzen Raum projiziert, zogen weiterhin alle Blicke auf sich. Jeder der Anwesenden hatte seit Wochen mehr oder weniger eng mit diesen beiden Personen zu tun gehabt. Und da die Nachforschungen hiermit abgeschlossen waren, fühlte sich jeder irgendwie verwaist.

*

Hobbs zog einen Gartenstuhl herbei und bat Archie, ihm gegenüber Platz zu nehmen. Er saß für drei Tage hier in der Nähe von New York fest, wo er an einem Seminar über die Entwicklung neuer globaler Bedrohungen teilnahm, das im Konferenzzentrum von Pocantico Hills stattfand. Den Treffpunkt hier in den Gärten der Villa Rockefeller hatte *er* vorgeschlagen. Nachdem Archie sich noch nicht mal von seinem Flug von Johannesburg nach Paris erholt hatte und nun gleich von Paris nach New York hatte fliegen müssen, war er froh über diese idyllische Umgebung.

»Gute Arbeit«, sagte Hobbs düster.

Seine Begeisterung hielt sich sichtlich in Grenzen. Archie hatte zwar nicht erwartet, dass er einen Freudentanz machen würde, aber trotzdem!

»Ja, wirklich, Sie können Ihren Leuten gratulieren.«

Archie war empört über diese kühle Reaktion. *Und er, hat er in seinem Leben jemals irgendjemandem gratuliert, dieser Bürokrat?*

»Es bestätigt meine anfängliche Intuition«, fuhr Hobbs fort. »Die Algerier hatten also eine interessante Spur aufgenommen. Es sind sehr kompetente Leute, und ich habe große Hochachtung für sie. Aber die CIA mit ihrer neuen Ausrichtung hätte ihnen natürlich kein Gehör geschenkt. Ein Glück, dass ich damit zu Ihnen gekommen bin ...«

Archie nahm diese Komplimente nach außen hin bescheiden entgegen, während er innerlich bereits nachrechnete, was es ihm einbringen würde. Da Hobbs mit mehreren politischen Stiftungen in Verbindung stand, verfügte er über bedeutende Geldmittel.

»Jetzt, wo wir ihnen die Attentäter quasi auf einem silbernen Tablett servieren«, sagte Archie, »brauchen die offiziellen Geheimdienste nur zuzugreifen. Ich denke, wir können das Dossier nun an die CIA weitergeben.«

Es war eines der ersten Male, dass Archie seinen Auftraggeber nicht vor einem Glas oder einem Teller sitzen sah. Am helllichten Tag sah man Hobbs sein Alter an. Als er zusammengesunken auf dem Eisenstuhl saß, wirkte er wie ein alter Mann.

»Die CIA informieren? Ja, gewiss. Aber das eilt nicht.«

Archie stutzte.

»Wie? Sie wollen ihnen die Sache nicht sofort melden?«

Hobbs deutete mit einer großzügigen Armbewegung auf das Hudson-Tal, das unterhalb des Parks begann.

»Schöne Gegend, nicht wahr? Jetzt, wo ich so alt bin, sage ich mir, dass ich viel zu wenig spazieren gegangen bin. Ich saß ständig am Schreibtisch.«

Archie zog den Bauch ein und setzte sich gerader. Diesen Vorwurf brauchte er sich nicht zu machen.

»Ich möchte nicht insistieren, und Sie werden vermutlich sagen, es ginge mich nichts an, aber ich verstehe nicht, worauf Sie warten wollen. Wir kennen die Zielscheibe, den Tag, die Beteiligten und die Auftraggeber ...«

»Wissen Sie, während der letzten Wochen haben die westlichen Geheimdienste, allen voran unser amerikanischer, immer wieder gemerkt, dass sich dort unten etwas zusammenbraut. Sie verfolgen die Internetseiten auch, das können Sie sich ja vorstellen. Und es gab mehrere Morde an Ausländern, in Nouakchott und in Mali, die sie aufgeschreckt haben.«

»Wollen Sie damit andeuten, dass sie bereits an der Sache dran sind? War unsere ganze Arbeit also *umsonst*? Aber so wie Sie sagten, hatte ich den Eindruck, als würden die sich nicht für den Maghreb interessieren!«

»Das habe ich nicht gesagt. Die amerikanischen Geheimdienste wissen, dass die Terrorgefahr in der Sahara enorm angestiegen ist. Doch sie täuschen sich insofern, als sie glauben, es sei nur von lokaler Bedeutung und betreffe lediglich eine Handvoll Touristen, die sich dorthin verirren.«

Hinter ihnen stand ein großer Bronze-Brunnen mit einer Kopie von Michelangelos *David* in der Mitte.

»Unsere Aufgabe ist es«, redete Hobbs nun weiter, »sie eines Besseren zu belehren. Wir müssen ihnen zeigen, dass diese Gruppierungen durchaus einen langen Arm haben und in der Lage sind, auch uns zu treffen. Und bei dieser Gelegenheit können wir auch gleichzeitig den Beweis liefern, dass die CIA völlig ahnungslos war. Das ist von Vorteil für uns. Für mich und meine Freunde wäre es eine große Befriedigung, diese Niederlage dem neuen Bewohner des Weißen Hauses in die Schuhe schieben zu können, das möchte ich Ihnen nicht verschweigen.«

Archie teilte Hobbs' politische Ansichten zwar, doch auf das Terrain des Rassismus war er ihm nie gefolgt. Er ließ Hobbs' kleinen Scherz unkommentiert und erlaubte sich nur ein schwaches Lächeln, was er sich insgeheim aber als Feigheit ankreidete.

»Was das bedeutet, dürfte klar sein«, präzisierte Hobbs. »Damit Ihre Arbeit richtig verstanden wird und den globalen Charakter der Bedrohung demonstriert, den Al-Qaida im Maghreb für den Westen darstellt, darf das Ergebnis erst … zum richtigen Zeitpunkt präsentiert werden.«

»Das heißt?«

»Nicht zu früh.«

Ein Gärtner mit einer Schubkarre voller Unkraut schlurfte über den Kiesplatz. Eine gute Idee, dieses Treffen im Grünen. Woanders wäre Archie jetzt sicher wütend geworden.

»Sie wollen doch nicht andeuten, dass …«

»Aber nein«, fiel Hobbs ihm ins Wort und wedelte abwehrend mit der Hand. »Keine Angst. Wir lassen sie die Sache keinesfalls … zu Ende führen.«

»Wäre mir auch lieber.«

»Nicht zu Ende, aber doch noch ein Stück weiter.«

Archie kniff die Augen zusammen, nicht nur deshalb, weil Hobbs im Gegenlicht saß. Er musterte dessen Gesichtsausdruck und versuchte die kleinste Falte in diesem schlaffen, zynischen Gesicht zu deuten.

»Ein Stück weiter?«

»Damit will ich sagen, dass bloße Vermutungen nicht ausreichen. Ihre Agentur hat einwandfreie Arbeit geleistet. Die Ergebnisse überzeugen mich absolut, aber …«

Ein kleines Segelboot fuhr am Ufer des Hudson River entlang. Hobbs hob seine Brille hoch, um es besser verfolgen zu können.

»Das erinnert mich an einen Witz, den man sich in Brasilien erzählt«, sagte Hobbs und rang sich ein müdes Lächeln ab. Sie wissen ja, dass sich die Brasilianer gern über die Portugiesen lustig machen. Kennen Sie den Witz von Manuel, einem rechtschaffenen Portugiesen, der befürchtet, dass seine Frau ihn betrügt?«

»Ich glaube nicht.«

»Er ist sich aber nicht ganz sicher, ob seine Frau ihm wirklich Hörner aufsetzt, der arme Manuel. Der Zweifel nagt an ihm. Er weiß nicht, was tun. Schließlich engagiert er einen Privatdetektiv, der seine Frau überwachen soll. Das tut der Mann und erstattet Manuel anschließend Bericht. »Und?« – »Tja, es sieht nicht gut aus.« – »Was haben Sie herausgefunden?« – »Gestern um fünf hat sich Ihre Frau mit diesem Mann getroffen.« – »Und dann?« – »Dann sind sie zusammen in ein Hotel gegangen.« – »Und weiter?« – »Sie haben sich ein Zimmer genommen. Ich konnte das Nebenzimmer bekommen und durchs Schlüsselloch schauen.« – »Und, was war?« – »Sie haben sich ausgekleidet.« – »Und weiter?« – »Sie haben sich aufs Bett gelegt.« – »Und dann?« – »Dann haben sie leider das Licht ausgemacht.« – »Sie haben das Licht ausgemacht!«, ruft Manuel enttäuscht aus. »Das ist ja schrecklich! Jetzt werde ich nie erfahren, was wirklich passiert ist ...«

Hobbs setzte seine Brille wieder auf. Beim Lachen hatten sich seine Gesichtszüge nur leicht bewegt.

»Ersetzen Sie Manuel durch Obama. Das tut dem Witz keinen Abbruch.«

»Eine lustige kleine Geschichte, aber ich sehe keinen Zusammenhang zu unserer Sache.«

»Ist doch ganz einfach. Wenn wir die Operation jetzt verhindern, ist nichts passiert, und unsere Freunde können wie Manuel weiterhin sagen: ›Wir sind nach wie vor im Zweifel‹.«

Es gibt Menschen, die man im Tageslicht besser durchschaut. Bei Hobbs war das Gegenteil der Fall. Archie konnte sein Gesicht studieren, so viel er wollte, er konnte einfach nichts darin lesen.

Dennoch wurde er immer misstrauischer. Eine Stimme in seinem Inneren schrie: »Er verheimlicht dir etwas!«

»Und welchen Beweis brauchen Ihre Freunde, damit sie glauben, dass es tatsächlich zu einem Seitensprung gekommen ist?«

»Lassen wir den Dingen vorläufig ihren Lauf. Observieren Sie diese Leute weiter und halten Sie mich auf dem Laufenden. Wenn der richtige Moment gekommen ist, gebe ich Ihnen Bescheid.«

Archie nickte. Dass er Dim rekrutiert hatte, freute ihn mehr denn je. Mit ihm verfügte er über eine echte Geheimwaffe. Und nun war es an der Zeit, sie einzusetzen!

Er musste unbedingt so schnell wie möglich nach Johannesburg zurück, um mit Wilkes zusammen eine Strategie zu entwickeln.

V

Die Teams von Providence waren so in den Ermittlungen aufgegangen, dass alle dagegen waren, die Operation abzubrechen – ohne so recht zu wissen, was sie davon halten sollten. Und als Archie nach seinem Treffen mit Hobbs verkündete, dass sich die Agentur weiterhin bereithalten sollte, machte sich ein allgemeines Unbehagen breit. Bereithalten wofür? Und vor allem bis wann? Die Phase, die nun begann, war bei weitem nicht so spannend wie die vorhergehende, sondern statisch und beklemmend.

Die telefonische Überwachung, sowohl der Thuraya-Nummern in der Sahara als auch der Handys von Jasmin und Moktar, blieb ergebnislos. Die Protagonisten kommunizierten inzwischen offenbar so wenig wie möglich miteinander.

Howard traf sich regelmäßig mit seinem algerischen Kontaktmann in Brüssel. Er konnte noch immer nicht sagen, woher die radikalen Gruppen kamen, die einen Angriff vorbereiteten. Auf den dschihadistischen Internet-Foren fand sich ebenfalls nichts Neues. Zwei neue Proklamationen des Emirs der Südzone bestätigten zwar, dass ein spektakulärer Anschlag bevorstand, mehr aber nicht.

Bei Providence war eine quälende Zeit des Wartens angebrochen. Einige nutzten sie, um sich nach den hektischen Tagen etwas Ruhe zu gönnen. Doch der Countdown wies inzwischen auf nur noch sechs Tage hin, wenn die Hypothesen bezüglich der Zielscheibe des Anschlags zutrafen.

Was Sarah und ihr Team am meisten störte, war, dass dieser Amateur von Dim nach wie vor der bestplatzierte Mann in diesem brisanten Kontext war. Sie hatte gehofft, er würde nach Abschluss der Ermittlungen nach Johannesburg zurückbeordert werden. Aber Archie hatte noch am gleichen Tag angerufen und ausdrücklich angeordnet, dass sein Einsatz in Paris verlängert werden sollte. Wann wären sie ihn endlich los?

*

Mit seiner staubbedeckten, riesigen Schnauze, den beiden Antennen links und rechts der Motorhaube, die an die Schnurrhaare einer Katze erinnerten, und der im Wind wogenden Plane auf dem Rücken, ähnelte der Lastwagen einer großen Raubkatze, einem Wüstentier, das zwischen dem Sand und der vor Hitze flirrenden Luft dahinglitt und die unendliche Weite nach einer unwahrscheinlichen Beute absuchte.

Alle möglichen Arten von Fahrzeugen durchqueren die Sahara. Einige sind kaum schneller als Kamele, andere können eine gleichbleibende Fahrgeschwindigkeit beibehalten, doch man spürt, dass sie nicht für diese feindliche Umgebung geschaffen sind. Und dann gibt es noch die langen Wüstenkuriere, die sich mit einer aristokratisch anmutenden Selbstsicherheit vorwärtsbewegen und gegen alles resistent sind. Der Lastwagen hier gehörte zu dieser Sorte. Seine Ankunft rief hier am Brunnen, dem in Mali am östlichen gelegenen Brunnen in der Sahara, einhellig Respekt hervor.

Kaders Gruppe hatte hier zwei Männer postiert, die Brüder Dayak, zwei Tuareg, die für ihn die Abgaben kassierten. Die Männer in Blau bemerkten den Lastwagen schon von weitem. Als er näher kam, griffen sie zu ihren Waffen. Der Lkw hielt an, und sie gingen darauf zu. Am Steuer saß ein junger Araber, westlich gekleidet und mit einer Baseballkappe auf dem Kopf, die er mit dem Schild nach hinten trug. Er sprang aus dem Führerhaus und kam auf die beiden Tuareg zu.

»Salem aleikum«, rief er ihnen entgegen.

»Ua-Aleikum Salam.«

»Ist Béchir hier?«

»Kennst du ihn?«

»Ich muss ihm etwas ausrichten. Es handelt sich um die Antwort auf eine Botschaft, die Kader uns durch meinen alten Onkel zukommen ließ.«

»Wer bist du?«

»Der Neffe von Hicham.«

»Sei willkommen.«

Die Tuareg gaben dem Mann zu verstehen, sich mit ihnen in den Schatten eines Lastwagens zu setzen und einen Tee zu trinken.

»Wo ist Kader zurzeit?«

Die Männer in Blau blickten sich an.

»Ihr habt nichts zu befürchten«, sagte der Lastwagenfahrer. »Ich verstehe, dass ihr mir keine Antwort gebt. Sagt mir nur, ob ihr Béchir erreichen könnt.«

»Ja, das können wir.«

»Per Funk?«

»Ja.«

»In diesem Fall sagt ihm nur, dass ein Bote aus dem Osten mit der Antwort gekommen ist, auf die Kader wartet.«

Während ihre Hände mit dem Tee-Ritual beschäftigt waren, überlegten sich die beiden Männer, wie sie reagieren sollten.

»Um fünf Uhr können wir ihn per Funk erreichen«, sagte schließlich einer von ihnen. »Wir werden es ihm sagen.«

*

Helmut wollte Dimitri persönlich anrufen, um ihm die neueste Order mitzuteilen. Er hätte gewettet, dass Archie selbst mit ihm in Kontakt stand, und dieses doppelte Vorgehen gefiel ihm gar nicht. Doch im Unterschied zu Sarah zog er es vor, so zu tun, als hätte er so etwas wie Autorität über dieses freie Elektron. Er begann das Telefonat damit, dass er Dim berichtete, zu welchen Resultaten sie gekommen waren – genau das, was Archie auch Hobbs mitgeteilt hatte.

»Danke, Helmut, dass du mich auf dem Laufenden hältst. Als Agent im Einsatz ist man motivierter, wenn man einen Überblick über den Stand der Dinge hat.«

»Klar doch, Kumpel. Ganz meine Meinung: Man muss offen sein zu seinem Team. Und du gehörst schließlich mit zum Team, nicht wahr?«

Um sich von der Feindseligkeit der anderen Dimitri gegenüber zu distanzieren, legte sich Helmut so ins Zeug, dass er in seinem Eifer sogar ein bisschen übertrieb.

»Und weiter?«, erkundigte sich Dim. »Wie lauten die neuen Anweisungen?«

»Unsere Arbeit ist zu Ende; wir müssten sie demnächst abgeben.«

»Was?!«

Dimitri fiel aus allen Wolken. Seine Entrüstung ließ Helmut schmunzeln. Er dachte an Audreys Bemerkung und merkte, dass sie den Nagel auf den Kopf getroffen hatte.

»Nein, keine Angst: Wir *müssten* abgeben, aber vorläufig machen wir weiter. Archie wird dich sicher demnächst persönlich anrufen, um dir neue Anweisungen zu geben. Hat er es noch nicht getan?«

»Nein, noch nicht. Wie lauten diese Anweisungen?«

»Wir setzen die Überwachung fort und schauen, wie sich die Operation entwickelt.«

»Bis zu welchem Punkt?«

»Das wissen wir nicht.«

»Aber ...«

Helmuts Schweigen bewies, dass alle Hypothesen in Betracht gezogen werden mussten.

»Wenn ich richtig verstanden habe«, sagte Helmut schließlich, »werden nicht *wir* die Sache stoppen. Wir wissen nicht, wer es tun wird. Und auch nicht wann. Fest steht nur, dass wir vorläufig weitermachen.«

»Und ich?«

»Du auch. Du bleibst an deiner Kontaktperson dran.«

Helmut stellte sich kurz vor, zu welchen Witzeleien diese Bemerkung im Besprechungsraum geführt hätte. Er hüstelte.

»Du berichtest uns weiterhin alles, was du hörst, alles, was sie dir sagt und alles, was dir suspekt vorkommt.«

Dim schwieg lange. Es blieb so lange still in der Leitung, dass Helmut schließlich nachfragte.

»Hast du verstanden? Alles okay?«

»Ich denke schon.«

*

Der jüngere der Brüder Dayak überbrachte Hichams Neffen, der solange in dem Führerhaus seines Lastwagens gewartet hatte, die Antwort.

»Wir haben mit Béchir über Funk gesprochen. Er sagt, dass du uns deine Nachricht anvertrauen kannst. Nichts Schriftliches! Wir werden zusehen, dass er die Nachricht erhält. Er will auf keinen Fall, dass du zu ihm kommst.«

»Das hatte ich gehofft! Dann können wir gleich weiterfahren. Wir sind hier in der Gegend nicht sicher.«

Der Lastwagenfahrer kletterte aus der Fahrerkabine. Er entfernte sich mit dem jungen Tuareg ungefähr dreißig Schritte vom Lastwagen. Eine leichte Brise wirbelte den Wüstensand auf und ließ die Säume ihrer Tuniken flattern.

»Hör gut zu. Die Nachricht ist ganz einfach. Es sind nur ein Ort und ein Datum.«

Dayak hob seinen Turban über dem rechten Ohr ein Stück hoch und näherte sich dem Mund des anderen.

»20 47 N und 16 00 O«, flüsterte dieser.

Als Mann der Wüste musste Dayak nicht erklärt werden, dass es sich um Geo-Koordinaten handelte. Er hatte täglich mit Längen- und Breitengraden zu tun.

»Was das Datum betrifft, ließ Kader uns nicht viel Spielraum. Das passt dem anderen zwar nicht, aber da Kader in diesem Punkt nicht mit sich reden lässt ...«

»Richtig, tut er nicht.«

»Also wirst du ihm sagen, dass wir uns für den letzten der von ihm vorgeschlagenen Tage entschieden haben. Um zehn Uhr morgens.«

*

Am Tag nach Helmuts Anruf war Dimitri mit Jasmin verabredet. Erst rückblickend hatte er begriffen, dass er sie um ein Haar nie mehr wiedergesehen hätte. Wenn seine Agentur die Sache an die offiziellen Geheimdienste übergeben hätte, wäre Jasmin eventuell schon am Vortag verhaftet worden. Sie hatte ihn seit ihrem letzten Treffen nicht mehr angerufen. Das hatte ihn nicht gewundert: Sie hatte ihm ja gesagt, dass sie viel Arbeit hatte.

Sie wollten zusammen im La Terrasse, neben der École militaire, zu Mittag zu essen. Jasmin kam eleganter gekleidet denn je, in einem ärmellosen, weißen Leinenkleid. Unter dem Arm, am Brustansatz, sah man einen Hauch hautfarbener Spitze hervorblitzen. Die schlichte Eleganz des Kleides verriet, dass es nur von einem großen Couturier stammen konnte. Ihre schwarzen Haare waren ein Stück kürzer. Dicht wie sie waren, hatten sie so viel Form und Volumen, dass Jasmin weder Spangen noch irgendein Stylinggel brauchte. Dim verspürte ein unbändiges Verlangen, alle zehn Finger darin zu vergraben. Wie üblich hatte Jasmin ihre körperlichen Reize unter die Obhut eines strengen Colliers gestellt.

Als sie eintraf, folgten ihr alle Blicke. Auch während des Essens spürte Dim die Blicke, die immer wieder zu ihr wanderten. Dabei war es wahrlich nicht das erste Mal, dass er mit einem hübschen Mädchen zusammen war. Um ganz ehrlich zu sein, hatte er sogar sehr viel schönere Mädchen gekannt, zum Beispiel dieses Model, mit dem er über sechs Monate in Florida gewesen war und mit dem er dann ohne Gewissensbisse Schluss gemacht hatte. Aber es war das erste Mal, dass er in diesem Maß auf die Reaktion von Menschen achtete, die er gar nicht kannte. Sie waren seine Zeugen, die ihm die Schönheit und Lebendigkeit von Jasmins ganzem Wesen erst richtig vor Augen führten. Als könnten die anerkennenden Blicke so vieler Personen widerlegen, was Roth und Helmut über sie gesagt hatten und was er, Dimitri, einfach nicht glauben wollte.

»Wie geht es dir? Nicht sehr gut, oder?«

Als sie ihm diese Frage stellte, sah er ihre Mundwinkel zucken. Doch ihr Hauptinteresse galt dem Essen. Sie bestellte ein Kotelett medium mit Pommes frites.

»Stimmt etwas nicht? Findest du mein Kleid vielleicht nicht feminin genug?«

Dim hatte damit gerechnet, dass sie einen Scherz dieser Art machen würde.

»Aber nein, iss ruhig! Ich habe keinen Appetit.«

In diesem Moment stellte die Bedienung Brot auf den Tisch, und Jasmin griff sofort zu.

»Ich habe nicht gefrühstückt!«, erklärte sie mit vollem Mund.

Sie hatten sich am Vortag bei Tagesanbruch getrennt. Er ertappte sich bei dem absurden Gedanken, dass sie die letzte Nacht mit einem anderen Mann verbracht haben könnte. Doch er verscheuchte diesen Gedanken sofort wieder aus seinem Kopf.

»Ich denke andauernd an dich.«

Sie schluckte ihren Bissen Brot und nahm einen Schluck Cola, ehe sie ihm antwortete.

»Du arbeitest nicht genug, deshalb.«

Für einen kurzen Augenblick dachte er daran, dass er ja als verdeckter Ermittler arbeitete. Er wusste nicht einmal mehr, was er in Paris angeblich tat. Doch er beruhigte sich schnell wieder. Es interessierte sie sowieso nicht. Und er hatte keine Lust, sich zu konzentrieren.

»Ich bin der Erste, der sich darüber wundert, doch es stimmt: Ich habe mich in dich verliebt.«

Das Essen hatte sie offenbar entspannt. Sie setzte sich gerader hin.

»Das darfst du nicht«, sagte sie lächelnd. »Und das weißt du.«

»Ich hatte es nicht darauf angelegt.«

Sie hob die Schultern. »Tja, dann brauchst du Hilfe, um davon geheilt zu werden. Ich werde dir helfen. Wir sehen uns einfach nicht mehr.«

»Nein!«, rief Dimitri erschrocken. »Das will ich ganz bestimmt nicht!«

»Ob du es willst oder nicht, so ist es nun mal. Ich wollte es dir sowieso vorschlagen. Wegen meiner Arbeit. Ich werde während der nächsten Wochen sehr viel um die Ohren haben, viel verreisen ...«

Im Laufe ihrer Begegnungen hatte Jasmin die eine oder andere Bemerkung über ihren Beruf fallenlassen. Doch es war nichts dabei, was Dimitri nicht bereits gewusst hätte: das Außenministerium, die Protokoll-Abteilung ... Aber zumindest konnte er es nun erwähnen, ohne dass sie misstrauisch geworden wäre.

»Du musst deinen Minister begleiten?«, fragte er aufs Geratewohl, um ihr weitere Details zu entlocken und um zu sehen, in welche Richtung Jasmin ihre Lüge weiterspinnen würde.

»Im Moment bin ich vor allem mit der Vorbereitung eines ausländischen Besuchs beschäftigt.«

»Tag und Nacht?«

»Vor allem nachts«, sagte sie und ihre Augen blitzten. »Hast du noch nie von den wilden nächtlichen Partys im Quai d'Orsay gehört?«

Dim zuckte die Schultern und schwieg. Er ließ sie in Ruhe ihr Fleisch kauen und beobachtete sie schweigend. Sie hatte ihm auf ihre Art bestätigt, was Providence längst vermutete: dass etwas im Gange war, das sie voll und ganz in Anspruch nahm. Und danach würde sie verschwinden. Wie? Durch Flucht, falls ihre Rolle *vor* dem Mordanschlag zu Ende war? Durch Verhaftung? Oder *bei* dem Attentat, falls sie aktiv daran beteiligt war ... Er musterte die fröhliche, unbekümmerte junge Frau mit ihrem gesunden Appetit und ihrer optimistischen Art. Es fiel ihm schwer, sich vorzustellen, dass Jasmin aus freien Stücken dem Leben entsagen und mit voller Überzeugung an einem zerstörerischen Anschlag mitmachen könnte, der sie das Leben kostete. *Es ist völlig unmöglich, dass sie weiß, was sie tut.*

In der Öffentlichkeit enthielt sie sich normalerweise jeder vertraulichen Geste. Nun aber streichelte sie zärtlich über seine Wange und näherte ihren Mund seinem Gesicht. Er küsste sie.

»Unsere Wege trennen sich hier, Dim. Ich wünsche dir alles Gute.«

Nun war *sie* es, die *ihn* eindringlich musterte. Er konnte den Blick ihrer dunklen Augen kaum aushalten. Unwillkürlich stellte er sich die Frage, ob seine blauen, hellen Augen ihr seine Geheimnisse verraten könnten. Hoffentlich ja. Er wünschte sich, dass sie darin lesen könnte, was er ihr leider nicht mit Worten sagen durfte: seine Sorge um sie, sein Wunsch, sie zu warnen und seine Hoffnung, sie zur Vernunft bringen zu können.

Doch dann erhob sie sich so schnell, dass er weder die Zeit noch die Kraft hatte, sie zurückzuhalten. Er starrte auf den roten Rest seines fast leeren Glases und schaute ihr nicht nach, als sie wegging.

VI

Das Gebäude war Anfang der fünfziger Jahre gebaut und oft fotografiert worden. Es war ein Symbol für Skandal und Korruption. Das rote Backsteingebäude stand eingeklemmt zwischen der Bahnlinie und der Autobahn Bologna–Mailand. Es wirkte trostlos und elend. Die Fenster hatten einen Rahmen aus weiß gestrichenem Zement. Doch es gab noch etwas, das dieses Dekor noch trostloser, ja geradezu grotesk-komisch machte: Die Balkone befanden sich nicht vor den Balkontüren, sondern an der glatten Mauer ...

Es war mehrfach diskutiert worden, dieses Monstrum abzureißen. Doch welchen Vorteil hätte das gebracht? Man hätte es nur durch eine Grünfläche ersetzen können. Deshalb war es letztendlich stehen geblieben. Und seit neulich das Autobahnkreuz vergrößert worden war, konnte das Gebäude nicht mehr von Autos angefahren werden. Wer hierher wollte, musste zu Fuß durch einen Tunnel voller Graffiti gehen, in dem es fürchterlich stank. Das verschonte die Bewohner in der Regel vor Besuchen durch die Polizei – was ihnen nur recht war. Denn in sämtlichen Stockwerken wohnten Illegale. Die meisten kamen aus Nordafrika oder Albanien. Lamin, ein alter Guineaner, wohnte im Erdgeschoss und fungierte als Wächter, Vermieter (er kassierte eine kleine Abgabe für den zweifelhaften Eigentümer) und als Polizeispitzel.

Er mochte Saïd und seine Gruppe. Es waren anständige junge Männer und gute Muslime (im Sommer beteten sie im Freien, auf dem ehemaligen Parkplatz, wo Lamin sein Schaf weiden ließ, das er an Tabaski opfern würde). In dieser kleinen Welt, in der Italienisch die gemeinsame Sprache hätte sein sollen, in der aber keiner den anderen verstand, hatte die kleine Gruppe den in Lamins Augen riesigen Vorteil, dass sie recht gut Französisch sprachen. Wenn sich die Polizei für eine Kontrolle ankündigte, schickte er jemanden zu ihnen, der sie warnte, zum Beispiel einen der kleinen Jungs, die den ganzen Tag vor seinem Fenster herumlungerten. Saïd und seine Gruppe fühlten sich hier sicher.

Oft empfingen sie die Neuankömmlinge, die für unterschiedlich lange Zeit hier wohnen würden. Das Gebäude war anonym und so überfüllt, dass niemand Fragen stellte. Der einzige Nachteil war der ständige Lärm. Normalerweise störte er Saïd und Konsorten nicht weiter. Doch für das, was sie im Moment vorhatten, waren die schreienden Megären und Kinder, die dröhnende Musik, die rollenden R's in den Rap-Klängen, eben all das, was den Alltag in diesem Gebäude darstellte, eine einzige Katastrophe. Vor allem weil diese Geräusche leicht zu identifizieren waren. Die Geheimdienste hatten heutzutage Filter, mit denen es vielleicht möglich war, Stimmen zu rekonstruieren und die gesprochenen Sprachen zu identifizieren. Am meisten aber störte sie, dass die Geräuschkulisse in diesem besetzten Haus so gar nicht zu der Feierlichkeit passte, in die sie ihre Botschaft verpacken wollten.

Die beiden zukünftigen Selbstmordattentäter waren in Frankreich geboren worden, was sie zu idealen Kandidaten machte. Hassan und Tahar waren Kinder der *Banlieue*, aus Saint-Étienne der eine, der andere aus Lille. Der übliche Lebenslauf: schulisches Versagen, Dealen, Verhaftung, U-Haft, Begegnung mit einem Prediger, Konvertieren zum Islam und schließlich das Engagement in einer Gruppe von Leuten, die bereit waren, ihr Leben für den Glauben zu opfern. Und auch nachdem die beiden durch das Sieb der salafistischen Ausbildung gepresst worden waren, hatten sie ihre spöttisch-brutale Seite nicht verloren, die provozierend und prahlerisch war und noch aus ihrem Leben in der Vorstadt stammte. Im Moment warteten sie darauf, dass sie endlich die geplante Videoaufnahme machen konnten. Sie hatten die grüne Tunika der Auserwählten angezogen und dabei gescherzt.

»Meine Fresse, steht dir echt gut!«

»Und das Tuch ey, da glotzte!«

Saïd hatte richtig böse werden müssen, damit sie ihren Gossenjargon ablegten. Sie waren Märtyrer, die er Großes tun ließ, keine Vorstadt-Ganoven. Er wollte keinen Klamauk. Es war das dritte Mal, dass er eine Zeremonie dieser Art organisierte. Und er kannte den Fortgang gut genug, um auch die tragische Seite vor Augen zu haben. Er stellte sich vor, in einem Camp in der Wüste zu sein, zur

Zeit der ersten Kalifen, als man am Vorabend einer Schlacht schweigsam und brüderlich zusammensaß.

Die kleine Kamera stand auf einem Stativ. Hassan und Tahar setzten sich im Schneidersitz auf den Boden. Hinter ihnen war ein Transparent in arabischen Schriftzeichen aufgespannt. Die Botschaft darauf war einfach und klassisch: »Gott ist der Größte, und Mohammed ist sein Prophet.«

Hassan war etwas enttäuscht.

»Ich dachte, da stünde etwas mehr drauf. Etwas, das ihnen das Maul stopft, diesen Bastarden, wie bei 'ner tollen Demo.«

Für die Aufzeichnung hatten sie bis um vier Uhr morgens warten müssen. Erst spät in der Nacht verstummten auch die letzten Geräusche, und eine belastende Stille legte sich über das Gebäude. Jemand hatte vergessen, sein Radio auszuschalten. Aber man hörte es kaum.

Saïd hatte den Text sehr sorgsam ausgewählt. Die beiden Jungs frei reden zu lassen, kam nicht in Frage. Die terroristische Ausdrucksweise ist eine literarische Gattung an sich. Auf Arabisch klingt sie am besten. Die Übersetzung betont ihre anachronistische Seite. Das salafistische Universum ist mittelalterlich, aber das auf eine Art, die Westler nicht verstehen können. Sie sehen darin etwas Rückständiges, eine Panne in der Evolution, obwohl es sich im Gegenteil um eine Vorwegnahme der Zukunft handelt. Für die Fundamentalisten fließt die Zeit nicht davon, sie rollt sich zusammen und kehrt zu ihrem Ursprung zurück, zu den Kämpfen des Islams in seinen Anfangszeiten. Es ist der Menschheit bestimmt, diese entscheidenden Stunden erneut zu durchleben, wieder vor denselben Konfrontationen zu stehen. Auf diese Art und Weise werden die Siege verstärkt und wiederholt, die Niederlagen annulliert und gerächt. Es gibt keine aktuelle Situation, die nicht in den heroischen Taten der ersten Anhänger Mohammeds und der großen Männer, die den Islam über die ganze Erde verbreitet haben, ihre Bedeutung und ihre Rechtfertigung fände.

In den Augen der Sunniten sind Selbstmordattentäter Gotteskrieger. Deren Proklamationen dienen dazu, eine Brücke zwischen Gegenwart und Vergangenheit zu schlagen und sie ins Ewige und Körperlose zu bringen, in die fortwährende Glückseligkeit der Märtyrer.

Hassan und Tahar kannten diese Phraseologie gut. Seit sie der »Sache« beigetreten waren, hörten sie sie täglich. Sie waren zwar nicht fähig, sich so gewählt auszudrücken, doch die Worte waren ihnen vertraut. Sie halfen ihnen, sich in einem anderen Universum zu fühlen, das feierlicher und heiliger war. Jedes Mal, wenn sie diese uralten Worte aufsagten, flößten ihnen deren Tragweite, gelassene Feierlichkeit und ehrwürdiger Ursprung Respekt ein und beruhigten sie.

Mit plötzlich tiefer Stimme, in der keinerlei Vorstadtjargon mehr mitschwang, begannen sie zu lesen:

»Wir sind glücklich, dass wir alsbald ins Paradies reisen und siebzig unserer Brüder den Zutritt dort ermöglichen werden. Mögen dem Propheten der Barmherzigkeit Gebete und Heil vergönnt sein. Im wahrhaftigen Hadith wird er von seinen Gefährten gefragt: ›Was ist Feigheit, o Bote Allahs?‹, und er erwidert: ›Das Festhalten am gegenwärtigen Leben und die Angst vor dem Tod‹ ...«

*

Der jüngere der Brüder Dayak saß auf dem Rücken seines Kamels. Das Tier lief, so schnell es konnte, denn er trieb es mit einer Gerte an. Vor ihm erstreckte sich eine gleichförmige, flache Wüstenlandschaft. Die Saison der Sandwinde hatte begonnen, doch am Horizont zeigte sich zum Glück kein verdächtiger Wirbelwind.

Der gefährlichste Feind war die Müdigkeit. Der junge Kamelreiter hatte den Ton seines iPods voll aufgedreht und die Kopfhörer perfekt justiert. Seit er aus Spanien zurückgekehrt war, lebte er ausschließlich mit Rockklängen in den Ohren.

Während der drei Jahre, in denen er in Saragossa Informatik studierte, hatte sich der junge Dayak sehr weit von der Wüste entfernt. Aber irgendwann hatte er beschlossen, zurückzukehren. Er hätte keinen Grund dafür nennen können. Es hatte zwar diese junge Spanierin gegeben, die ihn nicht heiraten wollte, doch er sagte sich, dass das eigentlich nur ein Vorwand gewesen war.

Kurz darauf hatte er Kader kennengelernt, der ihm vorschlug, in seiner Gruppe mitzumachen. Sein Bruder war auch mitgekommen. Er war frei. Und er war glücklich.

Und nun überbrachte er eine Botschaft. Er, der geniale Informatiker, der besser als jeder andere den Flug der Zeichen im virtuellen Raum beherrschte; er, der die Welten mittels elektronischer Botschaften zu durchqueren verstand, tat im Moment etwas, was archaischer nicht hätte sein können – auf die langsamste, aber auch sicherste Art: Er trug die Worte aus dem Munde des einen Mannes ans Ohr eines anderen, als berittener Bote im gestreckten Galopp. Es war Kaders großer Trumpf, dass er gleichzeitig beide Register zu bedienen verstand.

Um drei Uhr morgens sah Dayak das Camp schließlich vor sich.

*

Dim hatte die letzten zwei Tage in einem Zustand völliger Benommenheit hinter sich gebracht, wie ein Zombie. Er irrte durch die Straßen, lungerte auf Parkbänken herum, saß bis zur Sperrstunde in den Cafés. Zwei Tage war es nun schon her, seit Jasmin ihm eröffnet hatte, dass sie ihn nicht mehr sehen wollte. Am Nachmittag des zweiten Tages hatte sein Handy geklingelt, die Nummer des Anrufers war unterdrückt. Mit zitterigen Fingern nahm er das Gespräch an. Es war Archie.

»Ich habe gerade erfahren, was es Neues von Ihnen gibt. Keine Details bitte, oder rufen Sie mich vom Büro aus auf einer sicheren Leitung an. Das Einzige, was mich interessiert, ist, was Sie empfinden.«

Am Vorabend hatte Dim in knappen Worten einen Bericht verfasst, in dem er seine Situation geschildert hatte, ohne ein Blatt vor den Mund zu nehmen. Aber natürlich ohne seine Gefühle zu erwähnen.

»Mir geht es gut, danke.«

»Das möchte ich bezweifeln. Sähe Ihnen nicht ähnlich. Ich wäre sogar ein bisschen enttäuscht.«

Dim hätte ihn am liebsten zum Teufel gejagt. Warum rief Archie an? Um sich über ihn lustig zu machen?

»Ich weiß natürlich, dass einem die Erfahrung von anderen nicht weiterhilft. Besonders wenn man jung ist, und es von einem alten Kauz wie mir kommt. Aber ...«

Dim antwortete nicht gleich, weil er gerade die Rue de Rennes überquerte und um ein Haar überfahren worden wäre. Ein Lastwagen hupte laut.

»... was ist los?«

»Nichts, ich war nur abgelenkt. Sie sagten ...?«

»Ich sprach von der Erfahrung anderer. Von meiner, im vorliegenden Fall. Soll ich Ihnen etwas verraten? Ich habe nie akzeptiert, von einer Frau verlassen zu werden. Nie, verstehen Sie? Ich bin der Meinung, dass das Schlussmachen ein Vorrecht des *Mannes* ist! Da wir das Risiko der Eroberung auf uns nehmen, muss uns auch das Recht zur Trennung zustehen! Das klingt vielleicht etwas altmodisch, ich gebe es zu.«

»Okay, Archie. Sehr interessant. Aber kommen wir jetzt zur Sache: Kann ich etwas Bestimmtes für Sie tun?«

»Werden Sie nicht gleich aggressiv! Ich bin Ihr Freund. Ich möchte Sie nur wissen lassen, dass wir an Sie denken, Ihr Kollege aus Johannesburg und ich. Wir sind im Geiste bei Ihnen.«

»Danke.«

»Wir wissen, welch schmerzliche Entscheidung Sie treffen müssen. Aber Sie werden sicher das Richtige tun.«

»Sehr freundlich.«

»Sie brauchen sich nicht zu bedanken. Es ist aufrichtig gemeint. Auf Wiedersehen, mein Freund.«

Dim setzte seinen Weg fort und vergaß diesen Anruf sofort wieder. Nach der École militaire war er über das Champ de Mars und bis zum Trocadéro hinaufgegangen. Er setzte sich ins Carette, das er kannte, weil er heiße Schokolade liebte. In jeder Stadt, in der er bisher war, hatte er immer herausgefunden, wo es die beste heiße Schokolade gab. Er setzte sich an ein Tischchen auf der Terrasse. Und plötzlich fielen ihm Archies Worte wieder ein. *Welch schmerzliche Entscheidung Sie treffen müssen ...*

Was hatte er damit gemeint? In seiner Lage *konnte* er keine Entscheidung treffen! Jasmin wollte ihn nicht mehr sehen. Das hatte sie klar und unmissverständlich gesagt. Die einzige Entscheidung, die er treffen könnte, wäre ... Dim stutzte und vergaß ganz, weiter seinen Kakao umzurühren. Ja, es war ganz einfach. Hatte Archie wirklich so weit gehen wollen? *Die einzige Entscheidung, die er treffen konnte, war es, Jasmins Entscheidung* nicht *zu akzeptieren.*

Daran hatte er bisher nicht im Traum gedacht, da Jasmin so entschlossen gewirkt hatte. Aber es war sehr wohl eine Alternative. Sich ihr aufdrängen. Sie zu einem Wiedersehen zwingen.

Doch so wie er Jasmin kannte, würde er auf Granit beißen. Sie ließ sich nicht zu etwas zwingen. Dim trank seinen Kakao. Ein Rest bräunlicher Bitterkeit zeichnete sich als Stern auf dem Boden seiner Tasse ab.

»Außer wenn ...«

Er erschrak vor seinen eigenen Gedanken. Archies Stimme klang ihm noch im Ohr. Dieser Mistkerl! *Sie werden sicher das Richtige tun!*

*

Das Pariser Büro ließ Jasmin rund um die Uhr beschatten. Ein vor ihrem Haus geparkter Lieferwagen beobachtete, wann sie kam oder ging, ihr Handy wurde über GSM abgehört. Vor dem Quai d'Orsay war es nicht möglich, unbemerkt jemanden zu postieren. Doch sie wussten schnell, dass Jasmin jeden Morgen an der Metrostation Invalides ausstieg. Das rege Treiben auf der Esplanade bot zahlreiche Möglichkeiten der Tarnung. Ein Pärchen von Obdachlosen hatte es sich auf einer Bank gegenüber vom British Council gemütlich gemacht. Von dort aus hatten sie die ganze Rue Esnault-Peltrie im Blickfeld, zu ihrer Linken sahen sie den Zugang zur Metro. Sie standen ständig mit dem Büro von Providence in telefonischem Kontakt.

Helmut hatte die Operation Zam-Zam wieder in seine Hände genommen. In der Agentur zählte man inzwischen die Tage bis zum Countdown, ausgehend vom mutmaßlichen Tag des Attentats. Vier Tage vor dem Tag X riefen die beiden Obdachlosen im Büro an. Es war fünf Minuten nach neun.

»Hier Paul. Wir haben Dimitri gerade an der Metro-Station gesehen.«

»Was macht er dort?«

»Keine Ahnung.«

»Gut, ich melde mich wieder.«

Das Pariser Büro fragte in der Zentrale von Providence nach und erfuhr, dass Dim für diesen Tag kein Treffen gemeldet hatte. In seinem letzten Memo hatte er die Unterhaltung mit Jasmin im La Terrasse geschildert und erwähnt, dass ihre Beziehung definitiv zu Ende war. Nach der Überprüfung rief der Kontaktmann von Providence die Pseudo-Obdachlosen an.

»Paul, hörst du mich?«

»Ja.«

»Ist Dim noch da?«

»Ja, er tut so, als würde er Zeitung lesen, schielt aber dauernd zur Rolltreppe der Metro.«

»Ruf an, sobald sich etwas tut.«

Um Viertel nach neun meldete sich Paul erneut.

»Es ging sehr schnell. Sie kam aus der Metro und ...«

»Wer kam aus der Metro?«

»*Sie*! Die Frau, die ...«

»Und dann?«

»Er ist zu ihr gerannt. Du hättest ihr Gesicht sehen sollen! Er hat sich ihr einfach in den Weg gestellt. Was er gesagt hat, haben wir nicht gehört, aber vermutlich etwas in der Art: ›Ich muss mit dir reden.‹«

»Wie hat sie reagiert?«

»Sie schaute nach rechts und nach links, nach vorn und nach hinten. Man sah ihr an, dass sie einen Skandal befürchtete, und genau darauf hatte er spekuliert. Schließlich willigte sie ein, mit ihm zu kommen. Sie gingen in Richtung Invalides und nahmen eine Abkürzung über den Rasen.«

»Habt ihr sie aus den Augen verloren?«

»Nein, noch nicht, wir sind hinter ihnen. Aber Françoise, der Hund und ich können nicht so schnell gehen. Wenn wir weiter unsere Rollen spielen wollen, dürfen wir keine Aufmerksamkeit erregen. Wir können nicht durch die Gegend hetzen wie Topmanager auf dem Weg zur Arbeit.«

»Wo sind sie im Moment?«

»Ich sehe sie noch von weitem, sie biegen gerade in die Avenue de La Motte-Picquet ein.«

»Okay, ich schicke den Motorroller los.«

*

Am Ausgang der Metro hatte Dimitri keine andere Wahl gehabt, als alles auf eine Karte zu setzen. Jasmin hatte anfangs protestiert und ihn angefaucht, sie in Ruhe zu lassen.

»Ich dachte, ich hätte es klar und deutlich gesagt: Ich kann mich nicht mehr mit dir treffen!«

Empört machte sie einen Bogen um ihn herum und wollte weitereilen, als er ihr plötzlich nachrief: »Ich weiß alles ... die Sache mit dem Erdölminister.«

Sie blieb wie angewurzelt stehen. Er war selbst überrascht über seine Kühnheit. Er nahm ihren Arm und zog sie zur Esplanade. Dann gingen sie Seite an Seite durch die Avenue de la Motte-Picquet.

»Ich habe ein Zimmer reserviert, in einem Hotel ganz in der Nähe ...«

»Falls es zum Vögeln ist, verschwendest du deine Zeit.«

»Ich will mit dir reden.«

Ihre Miene war undurchdringlich, so feindselig, wie er sie noch nie gesehen hatte. Sie kamen zum Hotel. An der Rezeption saß ein jugendlich wirkender Inder. Wortlos reichte er ihnen den Schlüssel. Die morgendlichen Gäste legten im Allgemeinen Wert auf Diskretion ... Sie nahmen die Treppe. Der Aufzug war eng, und Jasmin legte sichtlich Wert auf Distanz. Das Zimmer führte zum

Markt auf der Rue Cler hinaus. Sie öffnete das Fenster und drehte sich dann zu Dimitri.

»Ich höre.«

Er zögerte. Ehrlich gesagt hatte er sich gar nicht überlegt, wie er vorgehen sollte. Er wusste gerade mal, was er erreichen wollte. Glaubte er zumindest. Aber schon vorhin, an der Metrostation, war er viel zu weit gegangen, als er den Prinzen Abdullah erwähnte.

»Jasmin, hör mal, ich habe gute Gründe zu glauben, dass du in sehr großer Gefahr schwebst ...«

Sie rührte sich nicht und starrte ihn nur an. Ein Obst- und Gemüsehändler unten auf der Straße bot drei Schalen Erdbeeren für zehn Euro an. Dim dachte an Archie und spürte vage, dass er sehr viel mehr ausplaudern würde als er durfte.

»Ehrlich gesagt habe ich dir nicht genau gesagt, was ich tue. Ich bin zwar Arzt, war aber nicht nur im Auftrag einer NGO in Nouakchott. Und ich habe dich nicht zufällig getroffen.«

Er verstummte kurz und fuhr dann fort: »Ich hatte den Auftrag, dich zu überwachen.«

Worauf wartete er? Dass der Lärm der Straße aufhörte, ein Blitz aus heiterem Himmel einschlug oder eine Explosion ertönte? Sein Geständnis kam ihm gewaltig vor und war doch nur ein kleiner schlichter Satz, der nicht mal gut formuliert war. Dim nahm es sich übel und versuchte, zu einem sachlicheren, diplomatischeren Ton zurückzufinden.

»Wir wissen, dass du an den Vorbereitungen zu einem Attentat gegen den Erdölminister eines Golfstaats beteiligt bist.«

Sie zuckte mit keiner Wimper. Ihr Schweigen irritierte ihn so sehr, dass er weiterredete, ohne lange zu überlegen.

»Ich persönlich glaube, dass du gegen deinen Willen in die Sache hineingezogen wurdest. Ich weiß nicht warum oder wie. Ich weiß nur eins: Du kannst keine Terroristin sein. Ich will ... ich wollte ... dich beschützen.«

Er wirkte so hilflos, dass diese letzte Aussage fast komisch war. Sie lächelte ihn an. Er schwieg. Von unten drangen die Stimmen der Marktbesucherinnen und Händler herauf. Nach einer Weile machte Jasmin einige Schritte im Kreis, an der schmalen Stelle zwischen Bett und Fenster. Dann blieb sie vor Dim stehen.

»Komm, setz dich zu mir«, sagte sie leise.

Sie setzten sich dicht nebeneinander auf den Fenstersims. Sie setzte sich etwas schräg, stützte einen Arm auf das Schutzgeländer und lehnte sich mit dem Rücken an den Fensterrahmen.

»Ich weiß, wer du bist, Dim. Ich wusste es von Anfang an. Ich weiß, für wen du arbeitest und warum du mit mir Kontakt aufgenommen hast.«

Sie schaute nach unten auf die grüne Reihe der Markisen und Wachstuchdächer, die die Auslagen der Marktstände schützten. Dann wandte sie sich wieder zu Dim.

»Ich vermute, dass du heute auf eigene Initiative mit mir redest. Die Leute, für die du arbeitest, haben es dir sicher nicht empfohlen, das weiß ich.«

Dim wurde es abwechselnd heiß und kalt zwischen den Schulterblättern, das Herz klopfte ihm bis zum Hals.

»Dann werde ich jetzt auch ganz offen zu dir sein«, fuhr sie fort. »Ebenfalls ohne Erlaubnis.«

Dim bekam plötzlich Angst vor dem, was er hören würde.

»Ich arbeite für den algerischen Geheimdienst«, sagte sie. »Ich bin ebenfalls Agentin. Diese ganze Operation wurde vom DRS aufgezogen. Ich bin der Köder. Tja, klingt nicht sehr schmeichelhaft, ich weiß. Deshalb nennen sie es lieber *Agent provocateur*. Aber in Wirklichkeit bin ich der Wurm, der den Angelhaken verbirgt ... oder die Ente, die an einem Bein angebunden ist und durch ihr Schreien ihre Artgenossen anlockt, die dann abgeschossen werden.«

Dimitri fiel aus allen Wolken. Seine Gedanken überschlugen sich, als er versuchte, sein Bild von Jasmin komplett umzupolen, um es an diese neue Sachlage anzupassen.

»Wann wurdest du rekrutiert …?«

»Das ist eine komplizierte Geschichte, und so viel Zeit haben wir nicht. Ich sage dir nur, dass ich schon lange mit ihnen in Kontakt bin, falls es dich interessiert.«

»Und dein Mann?«

»Nein, ich habe Hugues nie hintergangen. Aber nach seinem Tod habe ich wieder Kontakt zu ihnen aufgenommen. Und dann haben sie mich für diese Operation engagiert.«

Merkwürdigerweise hatte die Anspannung nach dieser Enthüllung nachgelassen. Sie redeten über Fakten und Ereignisse, die nicht in die Welt der Gefühle gehörten, sondern schlichtweg Realität waren.

»Sie baten mich, wieder mit Kader Kontakt aufzunehmen, einem jungen Mann, der in Nouadhibou oft bei uns war. Ich habe Kokain für ihn nach Frankreich geschmuggelt. Das weißt du sicher längst.«

Dimitri nickte.

»Kurz darauf wurde ich auf Empfehlung eines Parlamentariers der französisch-algerischen Freundschaftsgruppe, einem Typ, den das DRS wegen einer Bestechungsaffäre in der Hand hat, im französischen Außenministerium angestellt. Ich habe Kader zu verstehen gegeben, dass ich ihm an dieser Stelle sehr nützlich sein könnte. Ich habe ihm erzählt, dass ich mit hohen Persönlichkeiten zusammenkomme. Wir wussten, dass er außer seinen Schwarzmarktgeschäften auch mit einer islamistischen Katiba in Verbindung steht. Ich habe ihn glauben lassen, dass ich mich für die Sache engagieren wollte. Anfangs war er etwas skeptisch, doch als er von meiner Abstammung hörte, zog er dieselben Schlüsse wie deine Agentur ... Wahrscheinlich dachte er, dass aus mir zwar keine gute Terroristin werden würde, ich aber doch irgendwie nützlich sein könnte.«

Ihre Mundwinkel zuckten spöttisch.

»So kam der Stein ins Rollen. Er rief mich an, als ich in Mauretanien war, um mich dem spirituellen Anführer der Katiba vorzustellen und mir zu sagen, was ich zu tun hatte. Du weißt ja, dass wichtige Informationen bei diesen Gruppen nur von Mund zu Mund weitergegeben werden. Natürlich tat ich so, als sei ich mit allem einverstanden. So, das ist der Stand der Dinge. Jetzt weißt du Bescheid.«

Sie schauten sich an. Dim war so verwirrt, dass er zu keiner Bewegung fähig war. Sie lachte über sein verdutztes Gesicht und er lachte mit. Doch ihre Fröhlichkeit wich sogleich einer kühlen, nüchternen Klarheit auf beiden Seiten.

»Aha«, sagte er schließlich zusammenfassend, »es geht also nur darum, die Islamisten aus der Sahara dazu zu bringen, ein Attentat auf internationaler Ebene zu begehen?«

»Im Großen und Ganzen ja.«

»Und wir, ich meine, meine Agentur – welche Rolle spielen wir in dem ganzen Theater?«

»Das weiß ich nicht genau. Mir wurde nur gesagt, dass ich observiert werden würde und dass das ganz normal sei.«

Dimitri war drauf und dran, sie zu fragen, ob es auch mit zu ihrer Mission gehört hatte, mit ihm zu schlafen. Doch sie kam seiner Frage zuvor.

»Aber es gibt Dinge, zu denen man mich *niemals* zwingen könnte!«

Danach wurde sie wieder sachlich.

»Tja«, sagte sie und schaute ihm in die Augen, »wir sitzen also im selben Boot.«

Und um ihm noch klarer zu machen, was das bedeutete, fügte sie hinzu: »Wenn du aussteigen willst, musst du wissen, dass du ein großes Risiko eingehst.«

»Was meinst du mit ›aus dem Boot aussteigen‹?«

»Sagen wir ... wenn du jemandem erzählst, was ich dir gerade gesagt habe, zum Beispiel.«

»Ist das eine Drohung?«

»Das kannst du sehen, wie du willst. Aber wenn du das, was du jetzt weißt, dazu verwendest, um die Operation zu verhindern, wirst du für die Konsequenzen geradestehen müssen.«

Dimitri dachte an Farid. Sie lächelte ihn liebevoll an. Doch in ihren schwarzen Augen funkelte etwas, das ihm unbekannt war.

»Willst du damit etwa sagen, dass ihr es bis zum bitteren Ende durchziehen wollt? Dass ihr es *wirklich* zulassen werdet, dass mitten in Paris ein blindwütiges Attentat verübt wird?«

»Es wird nicht blindwütig sein.«

Dimitri erhob sich und ging in dem schmalen Zimmer auf und ab. Er überlegte so angestrengt, als müsste er eine Entscheidung treffen. Sie setzte seinem Hin- und Herrennen ein abruptes Ende.

»Hör mir gut zu«, sagte sie in scharfem Ton. »Wenn jemand die Verantwortung auf sich nimmt, die Operation zu stoppen oder nicht, dann sind das weder du noch ich. Es gibt einen Plan, den wir ausführen müssen. Ich kenne weder Details noch Sinn und Zweck des Ganzen. Doch ich weiß, wofür wir kämpfen. Und ich vertraue den Leuten, für die ich arbeite.«

»Es erschreckt mich, was du da sagst.«

Sie zuckte die Schultern. Sie war wieder ruhig, fast sanft. Einen Augenblick lang dachte Dim, sie würde ihn umarmen. Doch dann blickte sie auf ihre Uhr.

»Die Islamisten haben viele Mittelsmänner in Paris. Kann sein, dass sie mich überwachen. Und es ist wichtig, dass sie mir voll und ganz vertrauen. Sollten sie misstrauisch werden, blasen sie die Sache eventuell ab.«

»Sie wissen garantiert, dass wir etwas miteinander hatten. Es würde sie noch misstrauischer machen, wenn wir uns plötzlich nicht mehr treffen würden ... Es gibt keinen Grund für uns, uns nicht mehr zu sehen, wenn wir Lust dazu haben.«

»Und du glaubst, ich hätte Lust?«

»Ja.«

Sie erhob sich, schloss das Fenster und drehte sich zu ihm. »Auf jeden Fall verbiete ich dir, in die Nähe meiner Wohnung oder meiner Arbeitsstelle zu kommen.«

»Gut, dann heute Abend hier. Gegen neun Uhr«, sagte er.

Sie schaute ihn streng an, doch er hielt ihrem Blick stand. Dann drückte sie ihm einen flüchtigen Kuss auf den Mund, schnappte ihre Tasche und verschwand.

Dim blieb lange neben dem Fenster stehen und starrte auf die zitternden Blätter der Robinien auf der Straße. Die Erdbeeren wurden inzwischen zu fünf Euro verhökert.

Plötzlich schoss ihm der Gedanke durch den Kopf, dass er zu viel wusste und deshalb in Gefahr war.

VII

Der Tatsache, dass sie ein Internetcafé ausgesucht hatten, das sich genau gegenüber vom Bahnhof von Bologna befand, lag kein morbider Fanatismus zugrunde. Außerdem war Saïd zu jung, um sich daran zu erinnern, dass dieser Ort in den siebziger Jahren das

Symbol für den blindwütigen Terrorismus der Roten Brigaden gewesen war.

Das Internetcafé bot sich deshalb an, weil es immer ziemlich voll war und vor allem von Ausländern besucht wurde. Saïd rief sofort die Seite der Kleinanzeigen von »Autoflash« auf. Die Angebote waren nach Preis und Marken sortiert. An den Tagen davor hatte er die eintönigen Anzeigenkolonnen schon mehrmals durchgesehen, ohne etwas zu finden. Doch diesmal stieß er fast sofort auf das, was er suchte: »500 bis 7500 Euro. Audi Quattro. Sept. 2001, 11 PS. TÜV neu. Zu besichtigen am 28. Juli, 13 Uhr, Av. Jean-Jaurès 113, 75019 Paris.« Eine Handynummer war auch dabei, aber kein Foto, und das aus gutem Grund.

Saïd war erleichtert. Er ging umgehend nach Hause, um den anderen die frohe Nachricht zu überbringen.

*

»Hier Helmut. Wie geht es Ihnen?«

»Sehr gut, sehr gut. Und selbst?«

Archie vermutete bei dieser Frage immer Hintergedanken und ignorierte sie lieber.

»Immer noch in Johannesburg?«

»Ja, ich habe mit Wilkes einiges zu regeln. Die medizinische Abteilung entwickelt sich prächtig.«

»Einiges zu regeln? Ähm, hat es zufällig mit Dimitri zu tun?«

»Warum fragen Sie das?«

Helmut hatte das kurze Zögern in Archies Stimme bemerkt. Aber bei ihm wusste man nie, woran man war.

»Er hat einen Schritt gemacht, den wir nicht nachvollziehen können. Ich wollte nur fragen, ob Sie ihm zufällig eine Order gegeben haben, ohne uns zu informieren.«

»Was für eine Order?«

»Sich unserer Zielperson *aufzudrängen.*«

»Sich aufzudrängen? Ich bitte Sie! Ich glaube nicht, dass das nötig ist. Er *schläft* mit ihr!«

»Anfang der Woche hat sie mit ihm Schluss gemacht. Ich dachte, das wüssten Sie.«

»Ähm ... ich verfolge diese Operation nicht in allen Details. Und weiter? Was stört Sie daran?«

»Er hat ihre Abfuhr ignoriert und sie wiedergesehen! Wir wissen nicht, was er sich davon verspricht. Wir wissen vor allem nicht, wie er sie überredet hat, ihn wieder zu erhören, nachdem sie ihm den Laufpass gegeben hatte. Wir können nur hoffen, dass er keine unbedachten Äußerungen gemacht hat!«

»Ach, wissen Sie, bei Bettgeschichten gibt es immer Dinge, die uns entgehen ...«

»Kann sein. Aber wenn Sie meine Meinung hören wollen: Es ist nicht nur eine Bettgeschichte. Von seiner Seite aus zumindest.«

»Ich weiß nicht, was Sie damit sagen wollen.«

Wilkes saß neben Archie am Telefon und beugte sich vor, um ihn besser sehen zu können. Wenn Archie eine naive Bemerkung machte, zwinkerte er normalerweise. Doch weil er wegen des Liftings neulich das Lid nicht ganz schließen konnte, zog er stattdessen einen Mundwinkel hoch, um eine Grimasse anzudeuten.

»Dimitri wird unkontrollierbar. Dass er seinen Charme einsetzt, um sich der Zielperson zu nähern, mag ja noch angehen. Aber inzwischen benimmt er sich eindeutig wie ein Mann ... der verliebt ist. Ich gebe zu, dass wir es alle längst bemerkt haben. Dabei ist es in etwa das Schlimmste, was einem Geheimagenten passieren kann.«

Archie warf Wilkes einen weiteren komplizenhaften Blick zu.

»Hören Sie, Helmut, im Prinzip haben Sie absolut recht. Aber wissen Sie, wir hier glauben, dass wir uns auf Dim verlassen können. Er weiß, was er tut. Ich werde versuchen, ihn telefonisch zu erreichen. Er wird es bestimmt erklären können. Sie melden sich im Moment besser nicht bei ihm. Überlassen Sie ihn uns, verstanden?«

Schweigen in der Leitung. Helmut war sicher nicht allein. Archie nahm an, dass seine Antwort das ganze Einsatzteam in helle Aufregung versetzt hatte. *Diese kleinen Bürokraten mögen es gar nicht, wenn ihnen ein Außendienstler entgleitet.* Aber sie konnten ihn nicht daran hindern.

»Verstanden«, brummte Helmut schließlich. »Ich halte mich weiterhin zu Ihrer Verfügung.«

Mit einem sardonischen Grinsen legte Archie auf. Dann sprang er auf und deutete einen kleinen *Coyote-Dance* an, wie immer, wenn er gewonnen hatte. Doch ein akuter Schmerz im Lendenwirbelbereich ließ ihn schnell wieder damit aufhören.

»Machen wir uns wieder an die Arbeit!«, sagte er zu Wilkes.

Dieser wandte sich wieder der Tastatur seines PCs zu und klickte die Audiodatei an. Dimitris Stimme war dank einiger Filter deutlich zu hören.

»Ich persönlich glaube, dass du gegen deinen Willen in die Sache hineingezogen wurdest. Ich weiß nicht warum oder wie. Ich weiß nur eins: Du kannst keine Terroristin sein ...«

Archie schüttelte den Kopf.

»Er ist wirklich ganz schön naiv!«

Sie hörten das ganze Band ab. Jasmins Stimme, obwohl mit einem Softwareprogramm bearbeitet, war nicht so gut zu verstehen, da sie weiter weg war. Die beiden Männer hörten sich ihre lange Sequenz noch zweimal an. Archies Gesichtsausdruck änderte sich, nachdem es ihnen gelungen war, ihr Geständnis zu rekonstruieren. Er gab Wilkes zu verstehen, dass er ausschalten konnte.

»So, so«, sagte er nachdenklich. »Endlich verstehe ich, was Hobbs ausheckt.«

Archie hatte größtes Vertrauen zu Wilkes. Er war der einzige Mensch, mit dem er sich offen über Hobbs unterhielt. Für die anderen war und blieb Hobbs der geheimnisvolle »Auftraggeber«.

»Als Hobbs uns diesen Auftrag gab, hat er behauptet, die Algerier hätten sich an ihn gewandt, weil ihnen rein zufällig etwas zu Ohren gekommen war. In Wirklichkeit haben sie diese Operation gemeinsam ausgeheckt. So ist das! Das Mädchen ist ein *agent provocateur*, und er hat es von Anfang an gewusst! Er lässt uns ermitteln, obwohl er von Anfang an weiß, worum es geht!«

»Warum?«

»Er will, dass es kracht.«

»So weit würde er gehen?«

»Um Obama eins auszuwischen? Sicher. Ich sehe jetzt, worum es ihm geht: Die Algerier sollen wieder als eines der Länder gelten, in denen sich der Krieg gegen den Terror abspielt. Hobbs und seine politischen Freunde wollen, dass sich die neue US-Regierung bis auf die Knochen blamiert, indem sie beweisen, dass Obama keine Ahnung hat, von wo die terroristische Gefahr wirklich ausgeht.«

»Und wir? Welche Rolle spielen wir dabei?«

»Wir? Wir sollen bestätigen, dass es sich sehr wohl um eine Verschwörung handelt. Denn schließlich haben wir sie aufgedeckt!«

»Aber wir können auch bezeugen, dass Hobbs die CIA nicht informiert hat.«

»Er wird behaupten, dass er es versucht hätte, man aber nicht auf ihn hörte. Auf alle Fälle haben wir nun dank Dimitri den Beweis für das, was ich von Anfang an vermutet habe. Nämlich dass Hobbs das Ganze mit seinen algerischen Freunden ausgeheckt hat.«

»Was werden Sie tun?«

»Ich werde ihn damit konfrontieren. Das ist die einzige Möglichkeit, um ihn dazu zu bringen, die Sache wieder abzublasen.«

*

Der junge Dayak hatte Béchir seine Botschaft wortgetreu ausgerichtet. Dieser brach noch in der Nacht im Jeep auf, um zu Kader zu fahren. Nach zwei Stunden auf staubigen Pisten hatte er sein Camp erreicht. Wohl wissend, was ihn erwartete, hatte sich Kader schon auf den Weg gemacht, in den Osten von Nord-Mali, fast an der Grenze zu Niger.

»Und?«

»Sie haben das Datum akzeptiert.«

»Perfekt. Und der Ort?«

»20°47 nördlich, 16° östlich.«

»Hast du überprüft, wo das liegt?«

»An der Nordspitze der Wüste in Tschad, zwischen der Ténéré und dem Tibesti.«

Béchir hatte einen Laptop aufgeklappt und Google Earth aufgerufen. Tschad lag eingeklemmt zwischen Niger, Libyen und dem Sudan. Ein Dreieck aus Sand und erloschenen Vulkanen.

»Westlich des Trou au Natron.«

Dieser schwarze Vulkan sah aus wie ein schlimmer, aufgeplatzter Furunkel auf dem Krebsgeschwür einer Basaltwüste. Eine Sehenswürdigkeit, zu der sich nur wenige Touristen noch wagen. Ein gottverlassener Ort. Keine Dörfer. Nur ein paar Tschad-Garnisonen im Norden, entlang des Aouzou-Streifens.

»Auf kürzestem Weg«, erklärte Béchir, »also Luftlinie, sind es 1500 Kilometer.«

»Gibt es einen Grund, einen anderen als den kürzesten Weg zu nehmen?«

Béchir schaute Kader an und grinste.

»Nein, eigentlich nicht …«

»Gut, vier Tage, das dürfte reichen. Im Morgengrauen brechen wir auf. Alles ist vorbereitet.«

Den Rest der Nacht verbrachte er damit, Notizen zu schreiben und ein paar E-Mails zu verschicken.

*

Dimitri war den ganzen Tag durch Paris gelaufen. Er befürchtete, dass Providence ihm auf den Fersen war und hatte keine Lust, Helmut gegenüber Rechenschaft abzulegen. An den Orten, an denen er sich üblicherweise aufhielt, vor allem in seinem Hotelzimmer, hätte es zu unerwünschten Begegnungen kommen können. Wenn die Algerier wussten, was er von Jasmin erfahren hatte, würden sie eventuell versuchen, ihn zu eliminieren oder bestenfalls einzuschüchtern.

In den Cafés setzte er sich ins Innere, nicht mehr auf die Terrasse. Er hatte den Morgen im La Palette verbracht, später in einer hinteren Ecke des Café Cluny zu Mittag gegessen. Jasmin ging ihm nicht aus dem Kopf, so wenig wie das, was sie ihm erzählt hatte.

Er konnte es noch immer nicht glauben. Nicht, dass es ihn schockiert hätte, dass sie für die Algerier arbeitete. Aber aus demselben Grund, aus dem er nie akzeptiert hatte, in ihr eine Terroristin zu sehen, konnte er sich nun auch nicht vorstellen, dass sie eine eiskalte Geheimagentin war, die Befehle ausführte, ohne sie in Frage zu stellen. Sie war in seinen Augen viel zu freiheitsliebend für diese neue Rolle, die sie angeblich spielte. Er konnte sie weniger denn je verstehen. Die Fragen, auf die er geglaubt hatte, eine Antwort zu finden, hatten weitere, noch irritierendere Fragen heraufbeschworen. Nach dem Mittagessen kaufte er sich ein kleines Heft, um sie alle zu notieren.

Irgendwann kam er zu dem Schluss, dass Archie der einzige Mensch war, mit dem er eventuell reden könnte. Er wartete noch ein paar Stunden, ehe er ihn anrief.

»Sie haben Glück, dass Sie mich erreichen. Ich bin schon am Flughafen. Ich fliege gleich von Johannesburg nach Washington.«

»Hören Sie, die Verbindung ist nicht geschützt ... Ich kann nicht sehr direkt sein. Aber, wissen Sie, es gibt da ein paar Dinge ... die ich Ihnen unbedingt erklären muss ...«

Vor Aufregung kam er ins Stottern. Archie spürte, dass Dimitri nicht wusste, womit er anfangen sollte.

»Ich muss gleich an Bord. Ich kann nicht lange reden. Aber glauben Sie mir, mein Junge: Ich weiß alles. Von Providence haben Sie nichts zu befürchten. Ich werde alles regeln. Und vor allem: Machen Sie weiter so. Alles ist bestens!«

»Sie wissen *alles* ... Was wollen Sie damit sagen?«

»Sobald Sie aufgelegt haben, öffnen Sie das Akkufach Ihres Handys, dann sehen Sie es. Ich lande um zehn, nach Pariser Zeit. Rufen Sie mich dann gleich an!«

Archie hatte aufgelegt.

Dim starrte sein Handy an. Dann klappte er hektisch das Plastikfach auf, holte den Akku heraus, untersuchte die Platine und dann die SIM-Karte. Man musste kein Fachmann sein, um den kleinen Sender zu sehen, der darunter angebracht war.

»Das darf nicht wahr sein«, murmelte er vor sich hin.

FÜNFTER TEIL

I

Saïd und ein Deutscher türkischer Abstammung namens Murat waren mit dem Nachtzug angekommen, die beiden Auserwählten mit dem Morgenzug. Jede der Gruppen hatte ein Zimmer in dem riesigen Hotel Mercure gegenüber vom Ausstellungsgelände Paris-Nord Villepinte vorbestellt. Saïd und Murat waren somit in der Nähe des Flughafens Roissy-Charles-de-Gaulle und konnten gleich nach der Operation verschwinden. Ihr Ticket nach Athen lag schon bereit. Von dort aus würden sie mit einem Reisebus nach Bologna zurückfahren.

Im Hotel hatte niemand auf Hassan oder Tahar geachtet, als sie die Halle durchquerten, um ins Zimmer von Saïd und Murat zu gehen. Sie hatten die demontierten Gürtel im Gepäck. Saïd nahm ihre Taschen und breitete den Inhalt auf dem Bett aus.

Murat war Klempner von Beruf. In der Bologna-Gruppe fungierte er als Bombenbauer. Er hatte Mitte der Neunziger in Bosnien gekämpft und war dann nach Deutschland zurückgekehrt. Dort hatte er bis voriges Jahr mit seiner Frau zusammengelebt. Diese war eine Ostpreußin, fügsam und belastbar, der er ein einsames Leben aufgezwängt hatte. Sie durfte weder arbeiten noch ihre Familie sehen. Eines Morgens, nachdem ihr zweiter Sohn das Haus verlassen hatte, um in Köln ein Internat zu besuchen, war sie einfach verschwunden. Murat hatte Himmel und Hölle in Bewegung gesetzt, um sie zu finden. Ohne Erfolg. In jener Zeit hatte er auf einer Baustelle einen Marokkaner kennengelernt, der ihn für den Dschihad begeisterte. Kurz darauf war er Saïds Gruppe beigetreten, in der Hoffnung, auf diese Weise in den Irak zu kommen.

Er hatte die Gürtel nebeneinandergelegt und setzte sie nun mit seinen Arbeiterhänden Stück für Stück zusammen, wie am Fließband. Der Sprengkörper war halbiert worden, damit er sich nicht unter der Kleidung abzeichnete. Sie hatten beschlossen, ein Kilo pro Gürtel zu verwenden. Das war viel weniger als im Irak, wo es um größere Ziele ging und die Sprengladungen im Freien explodierten. Hier aber würde es sich um einen geschlossenen Raum und um eine ganz bestimmte Zielperson handeln. Vielleicht hätten sogar fünfhundert Gramm genügt. Die am Sprengkörper befestigten Metallteile waren unerlässlich, aber problematisch. Sie würden bei der Explosion die größten Schäden anrichten. Aber sie machten den Gürtel schwerer und für Sicherheitssysteme erkennbar. Als guter Klempner hatte Murat aus Kupferschrauben, Gerüstnägeln und PVC-Splittern, die beim Zersägen von Rohren übrig geblieben waren, eine Legierung zusammengemischt.

Hassan und Tahar standen neben dem Bett und schauten Murat fasziniert zu, als er die einzelnen Puzzleteilchen zusammensetzte. Murats Alter und sein Können nötigten ihnen Respekt ab. Da wurde er plötzlich großspurig und erklärte ihnen mit einer gewissen Herablassung, was er gerade tat.

»Die Batterien. Zweimal neun Volt für jeden Gürtel. Warum zwei? Natürlich um auf Nummer sicher zu gehen! Wir dürfen kein Risiko eingehen.«

Er befestigte die beiden Batterien am ersten Gürtel. Es handelte sich um eine einfache elastische Bandage für Lendenschmerzen, die in jeder Apotheke erhältlich ist und sich mit einem Klettverschluss schließen lässt. Die einzelnen Teile der Bombe waren mit Sicherheitsnadeln und Heftpflaster daran befestigt.

»Wichtig: die Zündkapseln. Ebenfalls doppelt. Um ganz sicher zu sein!«

Hassan und Tahar nickten zustimmend. Es war eine ernste

Sache. Murat förderte ein kleines Knäuel aus Stromkabeln in zwei verschiedenen Farben zutage. Er verband die Klemmen der Batterien mit den Zündkapseln, aber nur auf einer Seite.

»Die Plus-Phase wird erst am Tag X angeschlossen.«

»Verstehe!«

»Jetzt noch der Schalter.«

Er holte zwei olivenförmige Schnurzwischenschalter aus dem Rucksack, von der Art, wie man sie bei normalen Lampen verwendet.

Die beiden jungen Männer schauten etwas enttäuscht drein.

»Oh, das ist alles?«

»Was hast du geglaubt? Dass man einen Joystick nimmt wie beim PlayStation-Spielen?«

»Aber nein!«

Hassans Protest fiel deshalb so vehement aus, weil er sich ertappt fühlte. Vor Verlegenheit boxte er Tahar in die Rippen, als wollte er die Rüge an ihn weitergeben.

»Die Hamas-Leute in Israel verwenden ein anderes System. Sie führen einen Draht durch ihren Ärmel und halten den Zünder in der Hand. Aber sie arbeiten ja auch fast akrobatisch. Sie müssen auslösen können, auch wenn sie auf den Boden gedrückt oder an den Armen festgehalten werden.«

An die Sache mit den zehntausend Jungfrauen und dem Paradies zu glauben, fiel Hassan und Tahar ehrlich gesagt etwas schwer. Doch sie waren Feuer und Flamme, wenn sie von Action hörten, vom Kämpfen, vom hautnahen Kontakt mit Zionisten und der Vorstellung, ihnen in einem Gedränge einen Sprengsatz ins Gesicht jagen zu können, auch wenn sie schon auf dem Boden lagen und die Arme nicht mehr bewegen konnten. Das sprach sie an. Sie wurden richtig aufgeregt.

»Warum kriegen wir nicht auch so was?«

»Genau? Warum? Ich würde voll drauf abfahren, ihnen ins Gesicht zu glotzen und paff! – das Zeug hochgehen zu lassen ...«

Tahar breitete die Arme aus und tat so, als würde er auf den Feind losgehen wie ein japanischer *Zero Fighter* in Pearl Harbor.

»Kommt nicht in Frage! Ihr müsst ganz normal aussehen und die Hände frei haben, um Türen aufzumachen, Papiere vorzuzeigen oder Leute zu begrüßen. Denen könnt ihr nicht sagen, sorry, aber ich kann die Hand nicht groß bewegen, weil ich meine Zündkapsel festhalten muss.«

»Stimmt, das ginge nicht.«

»Also, wo kommt er jetzt hin, dieser Schalter?«

»Hier, auf den Bauch, zwischen Gürtel und Rippen. Da ist etwas Platz unter der Kleidung. Ihr müsst nur aufpassen, dass ihr nicht aus Versehen draufdrückt, aber das dürfte eigentlich nicht passieren.«

Die Gürtel waren zusammengebaut. Sie sahen nicht nach viel aus.

»Können wir sie mal anprobieren?«

»Warum, glaubst du, haben wir sie zusammengebaut?«, fragte Saïd.

Hassan und Tahar zogen ihre T-Shirts aus. Sie waren dünn und muskulös. Tahar hatte eine Narbe auf der rechten Seite, ein Souvenir von einer Messerstecherei auf der Straße, vor einigen Jahren, als er noch kriminell gewesen war. Nun mussten die Gürtel, die offenbar für reife Männer mit Bauch gedacht waren, noch enger gemacht werden. Murat verwendete dazu Stecknadeln, wie ein Schneider. Einmal piekste er Hassan versehentlich, der prompt aufschrie. Sie schauten sich an. Sie hatten dasselbe gedacht. Doch sie blieben stumm.

Die beiden Jungen waren nun ausstaffiert. Sie schritten mit ihrem Gürtel durch den Raum.

»Am Tag X werden wir das Ganze noch mit Klebeband umwickeln.«

Murat hielt eine graue Rolle hoch, mit der man normalerweise Abflussrohre abdichtete.

»Wird ganz schön warm«, sagte Hassan.

»Stimmt, man fühlt sich gut mit dem Zeug, echt cool.«

Tahar drückte die Schultern zurück, klopfte an den Gürtel und betrachtete sich im Spiegel.

»Nicht! Auf den Bauch klopfen ist strikt verboten! Außer im allerletzten Moment. Gut, aber jetzt wiederholen wir das mit dem Anschließen, das müsst ihr aus dem Effeff beherrschen!«

Saïd zog mit einem Finger den Store am Fenster zurück. Die Abendsonne ging hinter dem Parkplatz unter. Ein paar Vögel kreisten am Himmel. Die Leere war mit Gott gefüllt.

»Das hat Zeit bis später, Jungs. Es ist die Stunde des Gebets.«

*

Wer vom Hochland des Adrar des Iforas, einem der wichtigsten Gebirgszüge der Sahara, herunterkommt, sieht einen welligen Wüstenboden vor sich. Das Gelände will offenbar unbedingt einer fruchtbaren Ebene ähneln. Von weitem gesehen, lassen die Hänge und Ebenen beinahe vergessen, dass sie weder von Erde bedeckt noch mit Gras oder Bäumen und Sträuchern bewachsen sind. Es gibt nur Kieselsteine, so weit das Auge reicht. Noch weiter östlich gibt die unermessliche Weite jeden Widerstand auf. Das Felsgestein wird zu Sand, die Hügel werden zu Dünen. Das ist die Wüste Ténéré.

Die Pick-ups waren mit Ölfässern beladen, damit sie auf der Hin- und Rückfahrt autonom waren. Wasser und Lebensmittel vervollständigten die Ladung. Ihre Waffen trugen die Männer am Leib.

Sie wechselten sich am Steuer ab und fuhren zehn Stunden am Tag. Kader hatte als Chef das Privileg, nicht fahren zu müssen. Er hielt sich meist auf der Ladefläche des Pick-ups auf, wo zwischen den an den Seitenwänden vertäuten Kanistern etwas Platz war.

Er spürte, dass sie sich dem Ende näherten. Eine bislang nicht gekannte Begeisterung ließ seine Brust weit werden. Er dachte daran zurück, wie er damals vor zehn Jahren nach Algier gekommen war – wie heute auf der Ladefläche eines Lastwagens. Er war zwanzig gewesen und hatte den Kopf voller Träume gehabt. Er wusste nicht, dass er in der noch unbekannten Stadt seine große Liebe finden würde. Und nie hätte er sich träumen lassen, dass diese Liebesgeschichte so leidenschaftlich mit der Großen Geschichte verquickt sein würde.

Als er Jasmin später in Nouadhibou mit ihrem Franzosen wiedersah, war ihm klargeworden, dass es in seinem Leben immer nur *sie* geben würde.

Beide hatten verborgen, wie sehr dieses Wiedersehen sie aufwühlte. Sie hatten so getan, als seien sie nur gute Freunde, und alle, angefangen bei Hugues, glaubten, dass sie sich zum ersten Mal trafen. Dabei hatte er, so wenig wie sie, nie vergessen, wie leidenschaftlich ihre erste Begegnung in Algier im Jahre 2001 verlaufen war.

Das Leben hatte sie wieder getrennt, aber nun würde sich ihr Schicksal doch noch erfüllen. Was heute passierte, gab ihm die verrückte Hoffnung, dass vielleicht alles an dem Punkt weitergehen würde, wo es damals geendet hatte. Sie würden wieder zusammenkommen.

Er sang in den warmen Wind des Adrar hinein und schrie den Namen der Geliebten.

*

In seinem Alter, sprich: an der Schwelle zur Ewigkeit, glaubte Archie sich von den Zwängen der Zeit befreit. Deshalb war es ihm völlig egal, dass es erst fünf Uhr morgens war. Kaum war er in Washington gelandet, rief er Hobbs auf dem Handy an und erklärte ihm, dass er ihn umgehend sehen wolle.

Um Viertel vor sechs stieg der alte Regierungsbeamte aus einem Taxi und schob sich durch die Drehtür des *Plaza*.

»Was ist in Sie gefahren? Haben Sie den Verstand verloren?«

»Gehen wir einen Kaffee trinken. Ich werde Ihnen alles erklären.«

Die Tür zum Restaurant war noch geschlossen; sie setzten sich in eine Ecke der Bar.

»Erzählen Sie mir keine Märchen mehr«, begann Archie. »Ich weiß alles.«

»*Was* wissen Sie?«

Hobbs hatte Mundgeruch. Offenbar hatte er sich nicht mal die Zeit zum Zähneputzen genommen. Archie lehnte sich etwas zurück.

»Ich will mich kurzfassen: Die ganze Operation wurde vom algerischen Geheimdienst aufgezogen. Eine Provokation, um ihre Islamisten aus ihren Verstecken zu locken und der AQIM eine internationale Bedeutung zu geben. Sie waren von Anfang an eingeweiht! Die Algerier sind nicht zu Ihnen gekommen und haben Ihnen erzählt, dass sie gewisse Vermutungen haben, wie Sie mir erklärt haben. Sie schlugen Ihnen vor, bei diesem Spiel mitzumachen, und Sie sahen sofort Ihren Vorteil. Wir dagegen sollten das Ganze durch unsere Ermittlungen ›aufdecken‹. Pech für Sie, dass wir für Ihre Vorstellungen etwas zu viel herausgefunden haben.«

»Bravo!«, sagte Hobbs unbeeindruckt, als Archie zu Ende war. »Ein Punkt für Sie. Und weiter?«

»Wie – und weiter? Ich erwarte ganz einfach, dass Sie dieses

Spielchen sofort abbrechen. Ich habe nicht die Absicht irgendjemandem zu verraten, welche Rolle Sie bei dieser Farce gespielt haben, und wenn jetzt damit Schluss ist, werde ich es auch nicht tun. Wir bleiben gute Freunde. Wenn das Projekt jedoch durchgezogen wird, sehe ich mich gezwungen, jede Verantwortung abzulehnen. Ich denke nicht im Traum daran, Providence in einen Terroranschlag hineinzuziehen.«

Übermüdet wie Archie war, fiel es ihm nicht schwer, seine Empörung noch ein bisschen zu übertreiben. Hobbs dagegen wurde zunehmend ruhiger und heiter. Er lächelte sogar. Es war natürlich ein böses Lächeln, aber dennoch ein Lächeln, das seine schlaffen Gesichtsmuskeln anhob.

»Mein lieber Archie! Sie sind wirklich ein erstaunlicher Mensch! Wissen Sie, wie ich Sie insgeheim sehe? Nein? Nun, ich halte Sie für ein *barockes* Wesen. Sie wissen schon, die Richtung in der Malerei, die sich die Jesuiten ausgedacht haben, um sich die Reformation einzudämmen. Mit rosa Wölkchen und kleinen Engeln, Fältchen, Farben, verzückten Blicken. Solche Sachen eben. Jawohl, Sie sind ganz und gar barock.«

Und plötzlich – Archie wollte seinen Augen nicht trauen – ging Hobbs so weit, schallend zu lachen. Es klang wahrlich nicht schön und ließ unwillkürlich an das Keuchen eines Mannes denken, der gefoltert wurde.

»Ich begreife nicht, was ... Es ist mein voller Ernst.«

Archie kam vor Entrüstung ins Stottern, was Hobbs noch lauter lachen ließ. Doch dann wurde der Amerikaner auf einen Schlag wieder ernst und richtete seine feuchten Augen auf Archie.

»Haben Sie tatsächlich auch nur eine Sekunde lang gedacht, die Algerier hätten diese ganze Operation nur inszeniert, um uns eine Freude zu machen?«

Hobbs ließ seinem Gesprächspartner nicht die Zeit zum Nachdenken. Er ging auf ihn los wie ein Raubtier, fletschte die Zähne und ballte die Fäuste mit den behaarten Handrücken.

»Glauben Sie etwa, dass sie eine Agentin wie dieses Mädchen opfern und seelenruhig Selbstmordattentäter ins Quai d'Orsay marschieren lassen, nur um hinterher sagen zu können: ›Lasst uns bitte nicht im Stich‹? Glauben Sie das wirklich?«

»Nein«, musste Archie einräumen.

Hobbs tat übertrieben erleichtert und seufzte.

»Bravo! Denn wenn dem so wäre, hätten Sie meine ganze Achtung verloren.«

Er griff nach seiner Kaffeetasse und genehmigte sich einen langen Schluck.

»Um uns zu alarmieren, hätte es wahrlich weniger kostspielige und weniger riskante Möglichkeiten gegeben. Sie hätten nur ein paar beunruhigende Geheimdienst-Informationen vorweisen müssen. Noch einfacher wäre gewesen, einen oder zwei unserer Landsleute aufzuschlitzen, die sich in der Sahara herumtreiben. Wäre leichter und billiger gewesen, nicht wahr?«

Archie hatte sich wieder gefasst. Als er nüchtern über Hobbs' Worte nachdachte, musste er sich eingestehen, dass dieser vermutlich nicht unrecht hatte.

»Falls sie sich die Mühe gemacht haben, diese Sache zu inszenieren, muss mehr dahinterstecken. Sie möchten uns aufrütteln, das steht fest. Aber sie verfolgen noch ein anderes Ziel, das vermutlich ungleich wichtiger ist.«

»Und welches?«

»Weiß ich nicht. Und es interessiert mich auch nicht.«

»Trotzdem ist es ...«

»Lassen Sie mich ausreden. Dieses Ziel betrifft sie ganz allein. Da will ich mich nicht einmischen. Aber ich habe ihnen *eines* versprochen.«

Archie war ungeduldig, doch er hielt sich zurück. Hobbs rührte mit dem Löffel in seiner Tasse.

»Als sie zu mir kamen, um mir diese Operation vorzuschlagen, hielten sie nicht damit hinter dem Berg, dass es für sie um mehr geht. Das hat mich nicht gestört. Ich habe ihren Wunsch nach Geheimhaltung respektiert. Sie stellten nur eine Bedingung: Ich dürfe die Operation auf gar keinen Fall – ich betone: egal was passiert – abbrechen, bevor sie nicht das Signal gegeben haben. Anders gesagt: Ich *kann* die offiziellen Geheimdienste nicht informieren, solange mich die Algerier nicht von meinem Versprechen entbinden.«

»Und das tun sie nicht?«

Hobbs wurde wieder ernst.

»Eines müssen Sie mir glauben: In meiner ganzen Laufbahn habe ich noch nie das Leben Unschuldiger geopfert ...«

Archie wusste, was er davon zu halten hatte. Er wartete auf den Fortgang des Satzes.

»... es sei denn, die Umstände ließen mir keine andere Wahl.«

Die beiden Männer starrten einander lange an, wie zwei alte Raubkatzen.

»Die Lösung liegt auf der Hand«, brach Archie schließlich das Schweigen.

»Ach ja? Und wie sähe sie aus?«

»*Ich* bin durch kein Versprechen gebunden. Und folglich werde *ich* die CIA informieren.«

Der Konzentrationspegel war nun so hoch wie bei einem Schachturnier.

»Nein.«

»Wie – nein?«

»Das tun Sie nicht!«

»Und warum nicht?«

»Weil ich es nicht will. Mein Versprechen erstreckt sich auch auf Sie, da ich Sie mit dieser Mission betraut habe. Sie unterstehen meinem Mandat. Sie arbeiten für mich. Alles, was Sie wissen, haben Sie während der Ermittlungen herausgefunden, mit denen *ich* Sie betraut habe.«

»Verzeihen Sie, aber diese Ermittlungen, mit denen Sie mich beauftragt haben, haben uns gewaltig von der Wahrheit weg und auf den Holzweg geführt. Nur weil ich eigenmächtig darüber hinausging, habe ich aufgedeckt, welcher Art die geplante Operation wirklich ist. Und folglich sehe ich mich als einen Mann, der frei entscheiden kann.«

Hobbs rückte seine Brille zurecht.

»Wagen Sie es ja nicht, Archie! Ich rate Ihnen ausdrücklich davon ab.«

»Was sollte mich daran hindern?«

»Der gesunde Menschenverstand.«

In dem nun folgenden Schweigen glaubte Archie das Ticken einer unsichtbaren Uhr zu hören.

»Ich wüsste nicht, was der gesunde Menschenverstand …«

»Denken Sie nach! Sie würden die CIA informieren. Damit würden Sie die Algerier und auch mich an den Pranger stellen.«

Mitleidig schüttelte er den Kopf.

»Zum jetzigen Zeitpunkt ist noch nichts passiert. Die amerikanischen Geheimdienste würden die Franzosen informieren, die natürlich nichts finden würden. Man würde Erklärungen von mir verlangen. Und dann wäre ich, trotz der Freundschaft, die uns verbindet, gezwungen, alles zu sagen, was ich weiß.«

»Und das wäre?«

»Dass Ihr Mediziner, wie hieß er noch gleich – ach ja, Dimitri, die arme junge Frau manipuliert hat. Er schläft mit ihr, nicht wahr? Mit einer Witwe! Weiß der Himmel, was er ihr versprochen hat.

Und sie würde, ebenso wie die Algerier, bestätigen, dass ihr sie in ein islamistisches Netzwerk hineinziehen wolltet. Sie hat noch den einen oder anderen Kontakt zu Mauretaniern. Auf Dimitris Betreiben hin hätte sie ihnen weisgemacht, dass sie ihnen bei der Durchführung eines Attentats helfen könnte. Im Grunde sei es aber nie sehr ernst gemeint gewesen. Ich würde durchblicken lassen, dass Ihre Agentur in Nöten war, wie etliche der privaten Geheimdienstagenturen in letzter Zeit. Und um Zugang zum lukrativen Markt im Kampf gegen die Bärtigen zu bekommen, hätten Sie diese kleine Inszenierung aufgezogen. Selbstverständlich wird man *mir* glauben und Sie wären für immer diskreditiert. Ganz zu schweigen davon, wie teuer die gerichtlichen Folgen für Sie wären ...«

Archie war ein Kenner. Wenn sein Gegner einen guten Zug gemacht hatte, gab er es zu. Er senkte den Kopf.

»Wie verbleiben wir jetzt?«

Hobbs hob seine Tasse, als wolle er einen Toast aussprechen.

»Wir warten ab. Das ist alles.«

II

Dim war irgendwann eingeschlafen. Als er ein leises Klopfen an seiner Tür hörte, dachte er zuerst, er würde noch träumen. Doch dann ging er öffnen, ganz zerzaust. Sie streckte einen Arm aus, als wollte sie über seinen Wuschelkopf streichen. Doch er trat zurück und machte ein Gesicht wie ein beleidigtes Kind.

»Wie spät ist es?«

»Oh, mehr fällt dir nicht ein, wenn du mich siehst?«

Er zuckte die Schultern. Am Vorabend hatte er ziemlich viel getrunken, um seine Ängste hinunterzuspülen, doch es hatte nichts genützt. Schließlich hatte er sich in den Schlaf geflüchtet und fand nun kaum heraus, wie in einem Schwimmbad mit zu hohen Seitenwänden.

Jasmin war direkt von der Arbeit gekommen, über die Rue Saint-Dominique. Sie trug ein blauschwarzes Kleid aus plissierter Seide, à la Mariano Fortuny. Ihre Brüste drückten sich durch den plissierten Stoff. Solche Details fand Dim normalerweise sehr erregend, und er staunte selbst, dass es ihn heute völlig kaltließ.

»Es ist ja noch kleiner als das letzte, dieses Zimmer! Gibt es wenigstens ein Bad?«

Jasmin stieß die tapezierte Innentür auf und verschwand nach nebenan. Kurz darauf hörte Dim in der Dusche Wasser rauschen. Wie konnte sie nur so unbekümmert sein? Er legte die Kopfkissen aufeinander und setzte sich aufs Bett. Nach und nach wurde sein Kopf etwas klarer. Er sah, dass es fast Mitternacht war. Er streckte sich auf dem Bett aus. Als Jasmin aus dem Badezimmer kam, trug sie den weißen Frotteebademantel des Hotels. Sie legte Handtasche und Kleidung auf einen Sessel und legte sich zu Dim.

Er hatte die Hände hinter dem Kopf verschränkt. Ihre feuchten schwarzen Haare berührten seine Achselhöhle. Er zuckte zusammen. Eine geraume Weile lagen sie stumm und reglos da. Dann fing ihre Hand, die auf seinem Bauch lag, an, ihn zu streicheln. Obwohl er es schön fand, blieb jede Reaktion aus. Er nahm die Arme herunter und ließ den Kopf nach hinten sinken.

»Ich möchte, dass du mir ausnahmsweise mal zuhörst«, begann er. »Ich bin den ganzen Tag wie ein Blödmann durch die Gegend gerannt, während ich auf dich gewartet habe. Die Situation ist mir entglitten, ich fühle mich so was von ohnmächtig ...«

Sie drehte ihm den Rücken zu und bettete den Kopf aufs Kissen.
»Tja, ein typisch männliches Problem«, sagte sie höhnisch.

Er nörgelte weiter, bombardierte sie mit Fragen und Vorwürfen.

Irgendwann wurde es ihr zu viel. Sie richtete sich auf und funkelte ihn wütend an.

»Ich bin nicht dein Babysitter. Wenn du nur Trübsal blasen und in Selbstmitleid baden willst, gehe ich lieber wieder!«

Die offenen Haare hingen ihr wirr ums Gesicht. Ihre Brustspitzen, von einem Windhauch gestreift, der zum halboffenen Fenster hereinkam, richteten sich auf. Instinktiv legte er ihr einen Finger an den Mund, eine Geste, die sie normalerweise bei *ihm* machte, um ihn zum Schweigen zu bringen. Sie lächelte überrascht und begann, zärtlich in seine Finger zu beißen und sie mit ihrem warmen Speichel anzufeuchten. Sein Verlangen kehrte zurück.

Danach blieben sie lange eng umschlungen liegen. Es war nicht ganz dunkel, da ein Lichtstrahl aus dem Badezimmer hereinfiel. Er spürte, dass sie nicht schlief, obwohl sie ruhig und gleichmäßig atmete.

»Jasmin, ich möchte ... dich doch nur verstehen.«

»Sonst nichts?«, entgegnete sie lächelnd.

Ihre Ironie war diesmal zärtlich, ohne jede Spur von Zorn. Sie drehte sich zu ihm und schaute ihn an.

»Ich weiß sehr viel über dich«, fuhr er ebenfalls lächelnd fort.

»Ach ja?«

»Meine Agentur hat dich seit längerem im Visier. Sie haben dich und deine Vergangenheit genau unter die Lupe genommen, glaub mir.«

»Und was haben sie unter dieser Lupe entdeckt?«

»Willst du wirklich, dass ich es dir sage?«

Sie erhob sich, holte ein Päckchen Zigaretten aus ihrer Handtasche und setzte sich im Schneidersitz aufs Bett, mit einem Aschenbecher auf den Knien.

»Im Zimmer ist Rauchverbot, glaube ich«, sagte er aufs Geratewohl.

»Dann mach das Fenster auf!« Sie zog den Bademantel enger um sich. »Also, schieß los!«

Dim begann mit einer umfassenden Schilderung des Profils, das Roth von ihr erstellt hatte. Er beschrieb ihr ihre Kindheit in allen Einzelheiten, berichtete von ihren Eltern, ihre Ausbildung, ihrer Rückkehr nach Algerien.

»Und daraus haben sie geschlossen, dass du den Westen hasst und durchaus fähig wärst, bei einem terroristischen Anschlag mitzumachen.«

Sie hatte weitergeraucht und ihm schweigend zugehört. Anfangs hatte sie noch gelächelt. Doch je mehr er erzählte, desto mehr verschloss sich ihre Miene.

»Sie arbeitet gründlich, deine Agentur.«

Das lange Schweigen, das darauf folgte, machte Dimitri etwas nervös. Er hatte nicht groß auf ihre Reaktion geachtet, sondern einfach drauflos erzählt. Jetzt fragte er sich erschrocken, ob er vielleicht zu weit gegangen war.

»Alles, was ihr über mich herausgefunden habt, trifft zu«, sagte sie schließlich mit tonloser Stimme. »Das Problem mit Profilern ist aber, dass man ein abschließendes Urteil von ihnen erwartet. Folglich müssen sie sich entscheiden: Für sie gibt es nur Schwarz oder Weiß.«

Sie zündete sich die nächste Zigarette am Stummel der alten an. Sie rauchte wie mechanisch und starrte hypnotisiert auf die leuchtende Spitze.

»Der Hass auf den Westen ... ja, das ist gut erkannt. Ich glaube nicht, dass du es nachempfinden kannst ... wie man sich als kleines Mischlingsmädchen vor reinrassigen Franzosen wie meiner Tante fühlt, die mich großgezogen hat. Sie fühlen sich ach so überlegen mit ihrem engstirnigen Spießbürgertum, ihren alten Gemälden, ihren riesigen verlassenen Häusern. Man kann sich nicht vorstellen, wie es ist, Nacht für Nacht dieses tödliche Schweigen zu hören, diese ranzigen Gerüche in der Nase zu haben, den armen Christus am Kreuz anzustarren.«

Sie atmete den Rauch so tief ein, dass sie husten musste.

»Es stimmt, dass ich von Algerien geträumt habe. Dem Land meiner Mutter, der Sonne, der Kinder, dem Duft von Oliven, den kühlen Gassen, dem Frieden des Islam. Wenn ich am Abend im Haus meiner Tante die Augen schloss, kam es vor, dass ich den Muezzin hörte. Dort unten ruft er zum Beten auf, hier aber schien er zum Krieg aufzurufen. Er flüsterte mir ins Ohr, dass der Tag kommen wird, an dem ich frei sein würde. Und je mehr ich meiner Tante, meinen Lehrern und allen gehorchte, desto überzeugter war ich davon, dass er mich eines Tages rächen würde. Ich war fügsam und angepasst. Aber ich spürte, dass ich später dem Verlangen nach Rache und Blut nachgeben würde.«

Sie schaute Dimitri an. Doch ihr abwesender Blick schien über ihn hinauszusehen.

»Aber es gibt auch die andere Seite, mein kleiner Amerikaner. Es gibt immer eine andere Seite. Mindestens *eine*. Man kann alles umdrehen.«

Mit der Spitze ihrer Zigarette malte sie nachdenklich eine Form auf den Boden des Aschenbechers.

»Als ich mit zwölf nach Algerien kam, verkörperte der Islam für mich Hoffnung. Gegen die Profithaie der FLN – der nationalen Befreiungsfront von Algerien, die korrupte Bürokratie, die Polizei, die Händler, half einem die Religion. Doch als ich dann mit zwanzig erneut nach Algerien kam, war alles ganz anders geworden.«

Jasmin verstummte und starrte ins Leere. Dim spürte, dass sie gegen Tränen ankämpfte.

»Meine Mutter ... nach dem Verschwinden meines Stiefvaters ... du kannst dir nicht vorstellen, was sie durchgemacht hat. Man warf ihr vor, dass sie eine Tochter mit einem Franzosen hatte. Sie sprach nicht gut Arabisch. Fünfzehnjährige Flegel hatten im Quartier Brigaden gebildet, um mit vereinten Kräften alle Laster auszurotten. Sie haben sie beleidigt und angegriffen. Einmal wurde sie sogar geschlagen, ich weiß nicht mehr, unter welchem Vorwand. Sie hat mir alles erzählt.«

Es machte Dim betroffen zu hören, dass Jasmin auch schwach sein konnte. Bisher hatte er sie nur als stark und selbstsicher gesehen. Diese plötzliche Zerbrechlichkeit irritierte ihn.

»Und als ich das zweite Mal runterkam, versuchten sie, auch mich fertigmachen.«

Sie lachte nervös.

»Da merkte ich, dass ich zwei Arten von Hass in mir trug. Den auf den Westen, den du schon angesprochen hast. Und dann den anderen, das Negativbild meiner verlorenen Hoffnungen. Hass auf die Heuchelei, die chauvinistische Gesellschaftsordnung, Hass auf die Skrupellosigkeit der kleinen Händler auf dem Bazar, auf alle, die bigott, neidisch, verbittert, ignorant sind. Hass auf die kleinen Ganoven, die sie benutzen, diese Jungs, die noch Schwächere quälen, um sich selbst mächtiger zu fühlen. Hass auf jene, die sich im Schatten verstecken und nichts als Tod säen.«

Der Raum war nun voller Rauch. Dim hatte sich auch eine Zigarette genommen. Jasmin sah aus, als hätte sie einen Heiligenschein um den Kopf.

»Und am 11. September damals begriff ich, dass die Welt geteilt war in zwei Mächte, die ich beide gleichermaßen hasste.«

»Warst du an jenem Tag in Algerien?«

»Ja. Es war komisch. Als ich die Bilder im Fernsehen sah, verspürte ich nichts als Schadenfreude. Ich hatte das Gefühl, als hätte mein Vater, den sie umgebracht hatten, das World Trade Center einstürzen lassen. Ich zitterte vor Freude. Eine großartige Racheaktion, eine Art unverhoffte Gerechtigkeit, so grausam sie auch war. Pervers, hm?«

Im Dunkeln konnte Dim Jasmins Augen nur erahnen, die sicher gerötet waren vom Tabakrauch und vor Emotionen funkelten.

»Aber als ich auf die Straße schaute, sah ich junge Bärtige, die feierten, in Ululationen ausbrachen und tanzten. Unter ihren Djellabas sah man brandneue Nikes. Es waren dieselben Typen, die meine Mutter gedemütigt und auch mich als Hure beschimpft hatten. Da habe ich mir gewünscht, die Amerikaner würden kommen und alle massakrieren. Ich lag acht Tage lang mit hohem Fieber im Bett. Alles hat mich nur noch angewidert.«

»Gab es keine Freunde, mit denen du hättest reden können?«

»Nein, damals noch nicht. Ich war erst seit ein paar Monaten zurück in Algerien. Ich hatte nur meine Mutter.«

»Konntest du mit *ihr* reden?«

»Nicht viel. Aber sie hat gemerkt, dass es mir schlecht ging, sie hat mich angefleht, ihr zu sagen, was mit mir los war. Und da hab ich ihr alles erzählt.«

»Und wie hat sie reagiert?«

»Sie war eine einfache Frau und damals schon sehr schwach. Einige Monate später ist sie gestorben. Aber das weißt du sicher.«

»Nein.«

»Gut, dann erzähl es deinem Profiler!«

Ein Hauch von Ironie schwang in Jasmins Stimme mit, aber keine Kraft. Ihre Müdigkeit und nun auch noch ihre schmerzlichen Erinnerungen hatten sie ausgelaugt. Ihr Knie berührte das von Dim, der im Schneidersitz vor ihr auf dem Bett saß. Sie zitterte.

»Sie hatte für kurze Zeit in einem Frauenhaus gelebt, bevor

sie meinen Vater traf. Gegenüber, in derselben Straße, gab es ein Wohnheim für Männer. Meine Mutter lernte einen großen Senegalesen kennen, der dort wohnte. Er war ein Tukulor, eine Art Marabu. Er gehörte der Brüderschaft Tidschani an, deren Gründer in Algerien geboren wurde, aber in Fez begraben liegt. Er hatte großen Respekt vor unserem Land und nahm meine Mutter unter seine Fittiche. Von ihm hatte sie einen unglaublichen Fundus an afrikanischen Sprichwörtern übernommen. Das war alles, was sie an Bildung hatte, doch es war pointiert und profund. Nachdem ich ihr mein Herz ausgeschüttet hatte, sah sie mich lange an. Dann nahm sie meine Hand, ich sehe sie noch vor mir. Sie sprach sehr leise und lächelte mich an. ›Samba, der Marabu, würde sagen: Ein Hund mag ja vier Beine haben, aber er kann dennoch nicht auf zwei Wegen gleichzeitig gehen.‹ Ich habe ihren Satz stets bei mir getragen. Wie eine Arznei, die man mehrmals am Tag schlucken muss.«

Jasmin erhob sich, um eine Flasche Wasser aus der Minibar zu holen, und kehrte damit zum Bett zurück. Dim spürte, dass ihr etwas leichter ums Herz war.

»Ich hatte immer vier Beine, die mich auf die eine und die andere Seite zogen, doch die Worte meiner Mutter haben mir klargemacht, dass ich mich für einen der beiden Wege entscheiden musste. Danach wäre alles leichter.«

»Und wie hast du es geschafft, eine Entscheidung zu treffen?«

»Es hat einige Zeit gedauert, aber ich war sofort etwas gelassener. Ich sah alles mit größerem Abstand, als könnte ich meine Gefühle von außen betrachten. Das war komisch. Manchmal träumte ich mehrere Nächte am Stück von Landschaften in Frankreich, von der Schönheit gewisser Gemälde und sogar von ganz banalen Sachen wie zum Beispiel einer schnurgeraden Autobahn. Und dann, in der nächsten Sekunde, wenn ich im Fernsehen Bin Laden sah, schmolz ich dahin. Für mich sah er aus wie ein Prinz. Meine Bewunderung für ihn ließ mich die kleinen bärtigen Schwachköpfe vergessen, die sich auf den Straßen herumtrieben. Ich sagte mir, dass alle Anführer auch eine dummdreiste, brutale Soldateska unter ihren Anhängern haben. Das tut ihrer Würde keinen Abbruch. Und er persönlich war mehr als würdevoll. Er hatte uns alle gerächt, mich zuallererst. Dank ihm konnten die Muslime den Kopf wieder hocherhoben tragen.«

»Bist du muslimisch?«

»Ah, das habt ihr nicht herausgefunden, stimmt's? Ja. Zu jener Zeit bin ich konvertiert. Das heißt, ich habe schon als Kind wie meine Mutter gebetet, aber ohne zu wissen, worum es ging. Bei meinem ersten Aufenthalt in Algerien war ich noch zu jung, um den Schleier zu tragen und in die Moschee zu gehen. Ich war nichts. Oder alles. Als meine Tante mich bei sich aufnahm, beschloss sie, dass ich katholisch sein sollte. Ich ging zur Messe und zur Kommunion. Ich sang die faden Kirchenlieder mit, bei denen sich mir der Magen umdrehte. Begriffe wie Mildtätigkeit und Nächstenliebe, o ja! Aber ich wusste, was ich von ihnen zu halten hatte. Liebe deinen Nächsten, gern, aber nur, wenn er so ist, wie man selbst. Wehrt er sich aber, wird er zerstört. Ich habe mich nach außen hin nicht gewehrt. Aber im September 2001 habe ich gespürt, dass ich eine Muslima bin.«

»Bist du es immer noch?«

»Ja, wieso?«

»Oh, einfach so. Erzähl weiter. Wie hast du einen Ausweg aus deinem Dilemma gefunden?«

»Wie bei allen wichtigen Dingen im Leben. Durch Zufall. Wohl wissend, dass es keinen Zufall gibt.«

Sie lachte das heisere Lachen einer Raucherin und zündete die nächste Zigarette an.

»Damals traf ich einen jungen Mann, der aus der Sahara kam. Ich spürte sofort, dass er anders war. Er besaß eine unglaubliche Energie, eine Lebenskraft, der sich niemand entziehen konnte. Ich habe mich Hals über Kopf in ihn verliebt. Die Umstände waren extrem schwierig, doch Gefahren sind bekanntlich Öl im Feuer der Leidenschaft. Jeder Augenblick, den wir dem Schrecken abtrotzten, gab uns ein riesiges Glücksgefühl. Eines Tages kamen wir aus Algerien zurück, er und ich – wir zeigten uns nie gemeinsam in der Öffentlichkeit, er spielte den keuschen Beschützer und ging stets auf Distanz, wenn andere in der Nähe waren. Es war mitten im Ramadan. Eine Bande junger Bärtiger versperrte uns den Zugang zu unserem Stadtviertel. Sie machten ihn dumm an. »Hast du etwas gegessen?« – »Nein.« – »Doch, du hast etwas gegessen!« Sie waren aggressiv. Und arrogant. Sie haben ihn umzingelt. »Hey, Brüder, schauen wir uns seine Zähne an!« – »Ja, zeig uns deine Zähne.« Mein Freund weigerte sich. Da packten sie ihn. Einer hielt seinen Kopf fest, ein anderer steckte ihm die Finger in den Mund, um seine Zähne zu entblößen. Ich weiß nicht, ob du es dir vorstellen kannst. Es war grausam, bestialisch. Aber schließlich ließen sie ihn weitergehen. Am nächsten Tag hat er mir alles erzählt.«

»Was hat er dir erzählt?«

»Dass zwei seiner Brüder an einer falschen Polizeisperre von einer islamistischen Gruppe ermordet wurden. Dass er sie hasst und ein Polizeispitzel ist.«

»Aha, und das gab für dich den Ausschlag?«

»Es ist immer etwas Dummes, eine Entscheidung. Wenn die beiden Waagschalen fast auf gleicher Höhe sind; wenn du weißt, dass der Staat zur Bekämpfung von Verbrechen andere, und ebenso grausame Verbrechen begeht; wenn man ebenso viele Gründe hat, den Westen zu verteidigen wie ihn anzugreifen, sich dem Extremismus anzuschließen wie ihn abzulehnen, reicht ein minimaler Impuls, damit sich die Nadel auf die eine oder andere Seite bewegt.«

»Und in diesem Moment hast du dich engagiert?«

»In diesem Moment habe ich entschieden, wie mein weiterer Weg verlaufen würde. Aber wie ich schon sagte, habe ich mich nicht sofort engagiert. Oh! Hast du gesehen?«

Zum Fenster drang das bleiche Licht der sommerlichen Morgendämmerung herein. Jasmin griff nach ihrer Uhr, die auf dem Nachttisch lag und erschrak. »Oh, gleich sechs!«

Sie stürzte sich ins Bad und schaute in den Spiegel.

»Schrecklich! Ich sehe aus wie achtzig! Und um acht muss ich im Ministerium sein!«

Sie beugte sich über die Badewanne, drehte den Abfluss zu und ließ das Wasser laufen.

»Ich mach mich fertig und verschwinde«, sagte sie, als sie einige Zeit später zu Dimitri zurückkam.

Sie setzte sich auf den Bettrand und beugte sich vor, um ihm einen Kuss zu geben.

»Heute ist ein wichtiger Tag ...«

Seine Miene verfinsterte sich. Er wollte ihre Geschichte zu Ende hören. Er wollte wissen, was aus ihrer großen Liebe geworden war, wer der Mann war. Aber sie würde fortgehen. Wieder würde er gegen Unsicherheit und Warten ankämpfen müssen. Doch in dem Moment, als sie die Tür hinter sich zuzog, fügte sie zu seiner Verwunderung noch hinzu:

»... und ich werde dich brauchen.«

III

Sie allein schon symbolisiert die sowjetische Welt oder das, was von ihr übrig ist. Der Iljuschin Il-76 ist ein buckeliger Adler, der eine Beute von mehreren Dutzend Tonnen tragen kann. Er bewegt sich fort mit Hilfe von zwei Flügeln, die leicht erdwärts zeigen. Diese geben ihm das hilflose Aussehen eines ölverseuchten Vogels. Zu diesen Flügeln kommen ein dicker Bauch und kurze Pfoten, ein spitzer Kopf mit einem gewölbten Sichtfenster, das an ein Insektenauge erinnert. Dieses gewaltige Transportflugzeug besitzt etwas vom Genie jener Welt, die es erschaffen hat: Maßlosigkeit. Es kann selbst auf schlechtesten Pisten landen, bei jedem Wetter fliegen und jede Art von Treibstoff verbrennen. Es ist *das* Flugzeug für große Spezialeinsätze.

Die algerische Armee besitzt elf von ihnen. Mit schöner Regelmäßigkeit werden die Kadaver der älteren Modelle – in Form von Ersatzteilen – an die anderen verfüttert.

Kapitän Messaoud hing sehr an seiner Maschine und wollte, dass sie um jeden Preis überlebte. Bei jeder neuen Mission war er erleichtert, wenn sie sich wieder in die Lüfte erhob. An diesem Morgen hatte er auf dem asphaltierten Rollfeld der Kampfhubschrauber von Biskra voller Stolz das Beladen des Fliegers überwacht. An Operationen dieser Art hatte er schon zweimal teilgenommen. Und jedes Mal, wenn er beim Beladen zuschaute, musste er unwillkürlich daran denken, wie die Mutterschafe seines Vaters in den Hügeln in der Nähe von Tlemcen ihre Lämmer geworfen hatten. Nur dass es hier gerade umgekehrt war: Man schob die Lämmer in den Bauch des Mutterschafs hinein.

Die fraglichen »Lämmer« waren zwei Militärhubschrauber des Typs Mi-19. Die Mechaniker hatten die Räder und die Blätter abmontiert, ebenso die Rotoren und die Seitenrampen, an denen man die Raketen befestigte. Alle Einzelteile lagen im Moment auf beiden Seiten der beiden großen, flügellosen Libellen.

Messaoud ging zum vorderen Teil des Fliegers und kletterte auf den ölverschmierten Stufen ins Cockpit. Sein Flugziel hatte er am Vorabend im Rahmen eines Briefings erfahren. Der Landeort war nicht ganz genau angegeben. Irgendwo im Osten von Nord-Niger, dort, wo die Ténéré-Wüste auf die vulkanischen Gebirgsausläufer des Tibesti stößt. Ein Landstreifen von ungefähr fünfzig Kilometern eignete sich hervorragend zum Landen. Es gab eine flache, glatte Oberfläche ohne störende Sanddünen und auch noch ohne Felsen, und außerdem lag das Gebiet außerhalb der Reichweite der nigrischen Radargeräte. Aber wer käme schon auf die Idee, dort zu landen, nur wenige Kilometer von der Grenze zum Tschad entfernt? Es war ein gottverlassenes Wüstengebiet, in das sich höchstens hin und wieder eine Karawane verirrte oder in dem sich eine Rebellengruppe versammelte, um anderswo ihre Anschläge auszuführen.

Messaoud sollte im Morgengrauen dort eintreffen und die Gegend zuerst im Tiefflug überfliegen, um einen guten Ort zum Landen zu finden, auf dem es keine feststehenden oder beweglichen Hindernisse (wie zum Beispiel Tierherden) gab. Er musste vor allem abschätzen, ob der Sand hart genug war. Auf seiner Landkarte gab es zwar einige geologische Angaben, doch die konnten das menschliche Urteil nicht ersetzen. Das war einer der Knackpunkte dieser Operation und eindeutig der Moment, in dem der Pilot eine entscheidende Verantwortung trug.

Die andere Iljuschin, der ein Stück weiter weg stand, würde die Mechaniker und das bewaffnete Kommando transportieren. Sie würde erst später landen, wenn der erste Flieger heil unten war ...

Als guter Soldat hatte Messaoud keine Frage zum Grund seiner Mission gestellt. Vermutlich handelte es sich um eine neue Episode in dem geheimen Krieg, den Algerien gegen die Islamisten führte. Der zweite Teil der Operation ging ihn sowieso nichts mehr an. In der Wüste mussten die Mechaniker die Hubschrauber wieder zusammenbauen, die sie zuvor demontiert hatten. Danach würden die bewaffneten Kommandos in Aktion treten.

*

Saïd und Moktar hatten sich in der Avenue Jean-Jaurès getroffen, wie es in der Annonce gestanden hatte, und einen langen Spaziergang entlang des Canal de l'Ourcq gemacht. Moktar hatte ihm alle Details der geplanten Operation erklärt. Gemeinsam wiederholten sie anschließend das komplette Szenario des nächsten Tages, Minute für Minute. Gegen neun Uhr abends kehrte Saïd ins Hotel zurück. Er wechselte mehrmals im letzten Moment von einer Metro in eine andere, änderte abrupt die Richtung oder beobachtete in Schaufenstern, was hinter ihm los war, um eine eventuelle Beschattung zu verhindern.

Angesichts der Neuigkeit, die er überbrachte, befürchtete Saïd, dass seine Rückkehr eine Krise auslösen würde.

Hassan und Tahar schauten sich einen Kung-Fu-Film an, als er das Hotelzimmer betrat. Sie waren spürbar nervös.

»Und, ist alles klar für morgen?«

Saïd ließ sich mit der Antwort etwas Zeit. Das machte die beiden jungen Männer noch nervöser.

»Ist doch nicht gestrichen worden, oder?«

»Nein, sagen wir ... es gab eine kleine Programmänderung.«

»Aha, nicht gestrichen aber geändert.«

Die beiden Jungen stürzten sich auf ihn.

»Was? Was gibt's? Nicht hier?«

»Nicht morgen?«

Saïd machte einen Schritt rückwärts und lehnte sich an die Wand.

»Es wird nur einer sein.«

»Einer? Ein *was*?«

»Ein Märtyrer.«

Sie starrten ihn mit offenen Mündern an.

»Was soll das heißen?«

»Und der andere, was soll der tun?«

»Es wird nur eine Bombe geben, keine zwei. Der andere ist ein andermal an der Reihe, diesmal aber kann er sich nicht opfern.«

»Nur eine Bombe? Aber … wer?«

»Tja …« Saïd schaute zuerst dem einen, dann dem anderen in die Augen. »Das werden wir jetzt entscheiden.«

*

Die Vorhut war, wie bei jedem offiziellen Staatsbesuch, schon am Vorabend eingetroffen. Zwei Emiratis und ein Amerikaner. Paris war für sie ein Urlaubsziel. Die Emiratis kamen immer gern in die französische Hauptstadt, zum Shopping und zum Ausgehen. Die Arbeit selbst war eine reine Formalität. Die Franzosen haben den Ruf, sehr kompetent zu sein. Spezialeinheiten wie die Anti-Terroreinheit GIGN – *Groupe d'Intervention de la Gendarmerie Nationale* – hatten sich schon weltweit bewährt, angefangen 1979 bei der Besetzung der Großen Moschee in Mekka. Es gab also keinen Grund zur Sorge.

Der Ordnung halber hatte das Team dennoch alle Räumlichkeiten inspiziert. Doch das Gebäude am Quai d'Orsay flößt jedem Besucher Vertrauen ein. Zwei Weltkriege konnten den vielen Vergoldungen nichts anhaben. Es ist ein Palais, das als Ministerium erbaut wurde. Das unterscheidet es von den Amtssitzen des Ancien Régime, zwischen Hof und Garten gelegen, die zur Unterbringung von Verwaltungsbehörden umfunktioniert wurden. Sie sind so verschachtelt und mit den umliegenden Wohnhäusern zusammengebaut, dass sich jeder X-Beliebige darin verstecken oder über die Dächer und durch die Gärten einschleichen kann. Das Außenministerium hingegen ist ein Bauwerk, das ganz isoliert steht. Es beherrscht das umliegende Terrain, und nur die Assemblée Nationale und die Amtsresidenz des Präsidenten liegen in der Nachbarschaft.

Fast eingeschüchtert hatten die Emiratis unter der Führung einer hübschen jungen Frau die Räumlichkeiten inspiziert. Sie war von der Protokoll-Abteilung und für die Organisation dieses Besuchs zuständig. Sie war eine Französin, die genau dem Bild entsprach, das man sich als Ausländer von einer Französin macht: charmant, fröhlich und elegant, trotz der Schlichtheit ihres Kleides oder vielleicht gerade deshalb, zurückhaltend parfümiert, dezent geschminkt und mit unaufdringlichem Schmuck. Natürlich unterhielten sie sich nur auf Arabisch über sie. Einer der beiden kommentierte ihre Figur und versuchte sich vorzustellen, welche sinnlichen Genüsse sie ihm im Bett bereiten könnte, der andere fragte sich, ob er sie einfach gleich zum Abendessen einladen oder ihr zuerst ein Geschenk schicken sollte. Über all diese Dinge unterhielten sie sich in einem so professionellen Ton, als ginge es um Fragen der Sicherheit.

Jasmin lächelte höflich, und man hätte leicht glauben können, dass sie nichts verstand. Sie hatte sie in den *Salon de l'horloge* geführt, wo der Cocktail serviert werden würde. Dort hob sie einen schweren, scharlachroten Vorhang hoch. Dahinter lag die Europa-Galerie, die zum Park hinausging. Die Tafel würde für zweiunddreißig Personen gedeckt werden, sprich: die beiden Minister und ihre Delegation.

Ein Franzose von der Abteilung für Personenschutz hochrangiger Persönlichkeiten trat zu ihnen. Die Emiratis hatten bereits mit ihm zu tun gehabt. Sie konnten in aller Offenheit reden. Jasmin war bei dem Gespräch dabei. Dann, als sie sich gerade trennen wollten, stieß einer der technischen Berater des Emirats zu ihnen, ein Amerikaner. Irving Bell stammte von der Westküste und hatte breite Schultern und blaue Augen.

Während ihrer Unterhaltung kamen sie auch auf die Drohungen zu sprechen, die die AQIM – oder besser gesagt ein Mann, der sich der Emir des Südens nannte – im Internet gegen Frankreich geäußert hatte. Der Mann vom Personenschutz erklärte schulmeisterlich, dass der Kabinettsausschuss neulich die Alarmstufe im Rahmen des Plans Vigipirate nochmals heraufgesetzt hätte. Es gäbe zahlreiche Zielgruppen, die überwacht würden, genau genommen wären alle öffentlichen Orte betroffen. Er schloss mit einer sehr französischen Abhandlung über die neuen Formen des Terrorismus.

Irving, der Amerikaner, konnte seine Blicke nicht von Jasmin abwenden. Er war es offensichtlich nicht gewöhnt, dass jemand seinen blauen Augen widerstehen konnte. Sie lächelte ihn nachsichtig an, um ihm zu verstehen zu geben, dass er sich besser keine Illusionen machen sollte.

Sie begleitete die Männer bis an den Fuß der Ehrentreppe, die zum Parkplatz der Staatskarossen führt. Sie verabredeten sich erneut für siebzehn Uhr; fünfzig Minuten vor der Ankunft der Gäste. Und eine Stunde vor dem Eintreffen des Erdölministers des Emirats.

*

»Also wirklich, ich verstehe gar nichts mehr.«

Helmuts Stimme klang gequält und hoch, wie immer, wenn er einen schlechten Tag hatte. Archie, am anderen Ende der Leitung, spürte, dass er äußerst vorsichtig sein musste, damit es nicht zu einem Eklat kam.

»Wenn die Zielperson wirklich die ist, die wir identifiziert haben, müsste das Attentat innerhalb der nächsten vier Stunden verübt werden. Aber nichts passiert. Das Leben geht weiter, als wenn nichts wäre. Trotzdem ist das, was wir bis jetzt entdeckt haben, äußerst beunruhigend.«

»Was haben Sie denn entdeckt, mein Lieber?«

Helmut stieß ein kleines, nervöses Lachen aus. Er hätte gewettet, dass Archie mehr darüber wusste als er selbst. Und trotzdem wollte er es nun von *ihm* hören!

»Wir haben alles aufgeboten, was wir haben, wie Sie wissen, personell und technisch gesehen. Auf der technischen Seite herrscht Funkstille. Die Katiba meldet sich nicht mehr. Die mauretanischen Ärzte arbeiten fleißig. Was die personelle Seite betrifft, so konnten wir den berühmt-berüchtigten Moktar lokalisieren, der für Kader die Verbindung zwischen Jasmin und den Selbstmordattentätern hergestellt hat. Es war nicht leicht, aber wir haben ihn aufgespürt. Er wird Tag und Nacht beobachtet. Doch gestern Abend hat er uns abgehängt. Ist einfach verschwunden. Ein echter Profi. Kein Mensch kann an einem Typen dranbleiben, der so raffiniert vorgeht.«

»Was hat er Ihrer Meinung nach gemacht?«

»Wir denken, dass er seine Kumpel mit ihren magischen Päckchen abgeholt hat. Aber wie können wir sicher sein?«

»Das ist alles?«

»Nein, das ist *nicht* alles.«

Helmut verlor die Beherrschung. »Da wären noch die beiden anderen. Aber darüber wissen *Sie* meiner Meinung nach sehr viel mehr als wir.«

»Von wem sprechen Sie?«

»Von Dimitri!«, bellte Helmut. »Dimitri und seiner Freundin, denn die beiden sind ja inzwischen dick verbandelt. Er hat schon wieder eine Nacht mit ihr verbracht. Aber damit erzähle ich Ihnen sicher nichts Neues, oder?«

»Und weiter?«

»Nun, das ist ein echtes Problem, stellen Sie sich vor! Zum einen handelt er ohne Anweisung, richtig? Zum anderen hält er es nicht für nötig, uns zu informieren. Und außerdem haben wir ernsthafte Gründe zu glauben, dass er das, was er weiß, nicht für sich behält. Täusche ich mich?«

»Worauf wollen Sie hinaus?«

»Wir haben kein Vertrauen mehr, Archie, das ist los! Ich will, dass Sie mir zuhören! Ich rede nicht nur für mich, sondern für die ganze Agentur. Wir haben den Eindruck, verarscht zu werden.«

Archie gab sich während der letzten Jahre beachtliche Mühe, um keine ordinären Wörter mehr zu verwenden. Deshalb war er nun schockiert, eines zu hören – ganz ähnlich wie ein ehemaliger Raucher, der sich von Tabakrauch massiv gestört fühlt.

»Es ist schon nicht normal«, fauchte Helmut, »nicht *all* seine Agenten unter Kontrolle zu haben, wenn man wie ich der operative Leiter ist! Aber wenige Stunden vor einem geplanten Attentat nur einen einzigen Mann am Einsatzort zu haben, der es nicht für nötig hält, uns Bericht zu erstatten, ist schlichtweg unerträglich!«

»Mein Freund, mein lieber Freund, Sie müssen sich noch eine Weile gedulden. Das ist alles, was ich Ihnen sagen kann. Die Operation Zam-Zam neigt sich dem Ende zu.«

»Es gibt keine Operation Zam-Zam mehr!«, fauchte Helmut. »Es gibt nur Sie und diesen Kerl, und ihr agiert beide im Alleingang. Und wir, wir warten. Dabei hängen wir voll mit drin. Wenn die Sache schiefgeht, wandern wir alle ins Kittchen, das ist Ihnen doch klar, oder?«

»Voll und ganz.«

Archie hörte andere Stimmen. Offenbar war Helmut von Leuten umgeben, die ihn drängten, noch mehr zu sagen.

»Eigentlich habe ich Sie nicht angerufen, um mich mit Ihnen zu unterhalten ...«

»Nein?«

»Nein. Ich habe Sie angerufen, um Ihnen unsere Entscheidung mitzuteilen. Eine kollektive Entscheidung, einstimmig getroffen vom gesamten Einsatzteam, das im Moment bei mir ist.«

»Und diese Entscheidung lautet?«

»Also ... da offenbar niemand die Absicht hat, etwas zu unternehmen, werden *wir* die Initiative ergreifen und den amerikanischen Geheimdienst ganz offiziell über diese Angelegenheit informieren.«

Helmut hatte Archie auf dessen Handy angerufen. Er dachte, er sei noch immer in Südafrika. Doch Archie war nach seiner Unterredung mit Hobbs in sein früheres kleines Apartment in Virginia in der Nähe von Washington D.C. gefahren, das er immer noch besaß, um sich etwas auszuruhen.

»Tun Sie das nicht, Helmut. Ich bitte Sie darum oder besser gesagt, ich befehle es Ihnen! Tut nichts, bevor ich eintreffe.«

»Wo sind Sie?«

»In Washington. Ich bin hier, um mit unseren Auftraggebern zu reden. Ich war gerade bei ihnen und wollte euch sowieso anrufen.«

Ein erschöpftes Gemurmel kam von der Gruppe bei Helmut.

»Wir werden nicht warten, bis Sie den Atlantik überquert haben, Archie.«

»In maximal zwanzig Minuten kann ich in unserem Büro in Airlington sein.«

Providence hatte eine feste Niederlassung in Washington. Diese war für die laufenden institutionellen Beziehungen mit den amerikanischen Bundesbehörden zuständig. Archie ließ sich dort nur selten blicken, auch wenn er gerade in der Hauptstadt war. Er fand es unter seinem Niveau, sich mit derlei Dingen zu befassen. Aber dieses Büro hatte den Vorteil, dass es zum einen existierte und zum anderen über eine ultramoderne Videokonferenz-Anlage verfügte.

»Informieren Sie den Boss dort, dass er da sein soll, wenn ich komme. Und er soll schon mal eine Videoverbindung zu euch aufbauen. Rufen Sie ab sofort niemand anderen an! Niemanden, verstanden?«

Er schloss mit einem saftigen Fluch. Dieser Verstoß gegen die eigenen Regeln kostete ihn eine gewisse Überwindung, verschaffte ihm aber auch Erleichterung.

IV

Nach einem Tag und zwei Nächten in der Ténéré-Wüste waren Kader und seine Männer wie trunken. Für sie gab es nichts mehr als den beißenden Wind und den flachen Horizont, einen Streifen Himmel und Sand.

In dieser Region im Nordosten Nigers war man vor Militärpatrouillen so gut wie sicher. Und vor Händlern, egal welcher Art oder den Tuareg hatte Kader keine Angst. Dafür bestand die Ge fahr, dass Saïf mit seiner Truppe auftauchte. Vielleicht hatte Hicham ihn doch in eine Falle gelockt! Das hatte Abu Mussa bis zuletzt behauptet. Doch Kader war davon überzeugt, dass *er* recht hatte und nicht von seinem Plan abgelassen.

Trotzdem blieb er vorsichtig. Auf dem ganzen Weg hierher hatte er darauf geachtet, dass seine Männer stets Wache hielten und ihre Waffen in Reichweite hatten. Trotz der langen Strecke hatte er es so arrangiert, dass sie vor dem vereinbarten Zeitpunkt an der Grenze zum Tschad waren. Nur ganz kurze Rastpausen, Tag und Nacht durchfahren – der Mond war günstig – immer mit hoher Geschwindigkeit: Auf diese Weise waren sie schneller am Ziel als geplant.

Die Grenze zwischen Niger und dem Tschad lässt sich in dieser Wüstengegend an nichts festmachen. Man merkt es nur daran, dass man sich dem Tibesti nähert. Die Gebirgskette ragt in der Ferne aus dem Dunstschleier, ein knorriger Erdboden erhebt sich schwerfällig aus der grauen Sandfläche und verformt sich zu Schluchten, Felsvorsprüngen, Steilwänden ...

Im Morgengrauen kamen sie am vereinbarten Treffpunkt an. Kader befahl seinem Konvoi, im Norden einen weiten Bogen zu fahren, um aus einer Richtung zu kommen, von der man sie nicht erwartete. Dort bildete das felsige Vorgebirge ein sanft abfallendes Hochplateau. Als die Fahrzeugkolonne darauf entlangfuhr, gelangte sie zu einer Steilwand, unter der sich eine öde, unermessliche Weite bis an den Horizont erstreckte. Weit und breit gab es nichts, wo man sich hätte verstecken können. Die Männer, die zwei Stunden später zum Treffpunkt kommen würden, müssten sich ohne Deckung nähern. Kader könnte sie mühelos abzählen, ehe er zu ihnen ging ... oder sie konfrontierte.

Mit einem Feldstecher in der Hand wartete Kader vor den in einer Reihe fast direkt am Abgrund geparkten Wagen. Zwanzig

Minuten vor dem vereinbarten Zeitpunkt wirbelte im Südosten eine Staubwolke auf. Ein Fahrzeugkonvoi beschrieb eine langgezogene Kurve, was die Sandwolke in eine andere Richtung trieb. Da erst konnte man erkennen, dass der Konvoi nur aus zwei Fahrzeugen bestand. Als sie näher kamen, konnte Kader die Insassen durch seinen Feldstecher gut sehen. Es waren insgesamt sechs. Also doch keine bewaffnete Gruppe, die ihn in einen Hinterhalt locken wollte! Kader war trotz allem erleichtert.

*

Das Los hatte Hassan bestimmt. Nach der Aufregung am Vorabend musste Saïd die Stimme erheben, damit wieder Ruhe einkehrte. Tahar gratulierte seinem Freund. Hassan wurde sehr ernst. Es würde also sterben. Als er begriff, dass er der Einzige sein würde, wurde ihm doch irgendwie mulmig.

Saïd wunderte sich nicht. Er wusste, dass ein einzelner Selbstmordattentäter mehr seelische Unterstützung brauchte als ein ganzes Selbstmordkommando. Der Gedanke, als Einzelner in den Tod zu gehen, bringt einen auf die verrücktesten Ideen, lässt die Gefühle Achterbahn fahren. Manche, die sich im letzten Moment gedrückt hatten, beschrieben es bei ihren Verhören als das sonderbare Gefühl, bereits tot zu sein. Sie vergessen alles, gehorchen nur ihren Trieben, laufen auf der Straße einem Mädchen nach und verpassen so den großen Moment ihres geplanten Märtyrertods.

Saïd war klar, dass diese Operation großes psychologisches Fingerspitzengefühl erforderte. Er musste zwei Dinge unter einen Hut bringen: Hassan bis zum Ende keine Sekunde allein zu lassen und trotzdem keine auffällige Gruppe zu bilden.

Der Morgen war dem Zusammenbauen und Anlegen des

Sprengstoffgürtels gewidmet. Diesmal war es kein Testlauf mehr. Alles musste sicher befestigt werden. Sie hatten sich für eine Methode entschieden, die Moktar am Vorabend demonstriert hatte und zu der es gehörte, den Sprengstoff noch mehr zu reduzieren: fünfhundert Gramm statt des ursprünglich geplanten Kilogramms. Der Gürtel musste so dünn und unauffällig sein wie nur möglich. Hassan stand mit erhobenen Armen im Zimmer und ließ sich ausstaffieren wie ein Haute-Couture-Model. Saïd und Tahar wechselten sich dabei ab, mit ihm zusammen den Koran aufzusagen. Murat sprach die Gebete langsam vor.

Auch wenn man weiß, dass der Sprengstoff nur unter ganz bestimmten Bedingungen explodieren kann, geht man unwillkürlich vorsichtig damit um. Murat war dafür zuständig, dass der Gürtel direkt am Körper lag und gut befestigt war. Das Klebeband, das er um Hassans Taille wickelte, bildete einen starren Verband und schillerte metallisch. Je öfter er Hassans Oberkörper umwickelte, desto mehr ähnelte das Ganze einer Hemdbrust.

Um ein Uhr waren sie fertig. Nun galt es, den Nachmittag herumzubringen, bis sie endlich aufbrechen konnten. Nach einem besonders langen Gebet machte Tahar den Vorschlag, etwas zu essen. Murat und er gingen in den Supermarkt gegenüber vom Hotel und holten Pizza für alle.

Anfangs aßen sie schweigend. Doch Saïd sah mit Sorge, wie lustlos Hassan die Pizza anstarrte. Kleine Details wie diese können eine Operation platzenlassen. Aber was kümmert einen eine Pizza, wenn man den sicheren Tod vor Augen hat? Essen hat etwas Zukunftgerichtetes, und sei es auch nur die nahe Zukunft. Nahrungsaufnahme hält Leib und Seele zusammen. Aber wozu soll das gut sein, wenn man seinen Leib in wenigen Stunden in die Luft sprengen wird?

Solche Gedanken sind absurd, doch wer dem Tod ins Auge

blickt, ist vielleicht anfällig dafür. Ein wahrhaft frommer Mensch vermutlich nicht. Doch für die jungen Leute ist der Islam eher das Werkzeug der Revolte als ihr Zweck. Ihre religiöse Kultur steht auf tönernen Füßen und ihr Glaubensbekenntnis ist eher intellektueller als spiritueller Natur.

Saïd kannte seine Gruppe: In diesem Stadium war Hass die einzige Kraft, die einen dazu bringen konnte, den Märtyrertod zu sterben. Er kam auf Palästina zu sprechen. Sofort kam Leben in Hassan. Sie sprachen über Saudi-Arabien und über die Rolle von König Abdallah als Sklave Amerikas. Wie konnte er es wagen, zur religiösen Toleranz aufzurufen und sich sogar mit dem Papst zu treffen? Eine lebhafte Diskussion kam in Gang. Auch Tahar beteiligte sich voller Eifer. Das Spiel war gewonnen!

Jetzt ging es nur noch darum, nicht die Zeit zu vergessen. Saïd schielte immer wieder auf seine Uhr. Um fünfzehn Uhr mussten sie aufbrechen.

*

Willy, der alte Maître d'hôtel, überwachte zwei junge Angestellte, die hinter dem Büfett geschäftig hin und her eilten. Am heutigen Abend wurden muslimische Gäste erwartet. Und zwar nicht irgendwelche, sondern von der arabischen Halbinsel, sozusagen dem Stammhaus. Kein Alkohol. Kein Schweinefleisch. Willy beugte sich über die Platten und schnüffelte an den Petits Fours und Canapés.

»Na, auf Trüffelsuche?«

Willy richtete sich mit gekränkter Miene auf. Natürlich – wer konnte es anders sein als Jasmin?

»Glaub ja nicht, dass du dir alles erlauben kannst, nur weil es der erste Empfang ist, den du leitest!«

»Nicht böse sein«, sagte Jasmin und zog Willy am Ärmel. »Sag mir lieber, wie du den Ablauf siehst ...«

Bei militärischen Empfängen und Festveranstaltungen ist alles Minute für Minute genau geplant, nach einer strengen Ordnung. Sie planen sogar, wer wo stehen wird und zeichnen dafür kleine Kreuze auf den Fußboden. Diplomaten versuchen es ebenfalls, aber natürlich ohne allzu offensichtliche Zwänge. Die Kunst des Protokolls besteht darin, die Anwesenden wie geplant zu lenken, aber ohne dass diese es merken.

»Gehe ich recht in der Annahme, dass es zuerst ein Gespräch unter vier Augen gibt?«

»Selbstverständlich.«

»Der Prinz wird also gleich nach seiner Ankunft durch die Halle und das Vorzimmer ins Büro des Ministers gehen. Und danach?«

Sie gingen ein paar Schritte bis zum Salon, der zur doppelflügeligen Tür des Ministerbüros führt. Ein ungewöhnlicher Raum, der zwar wie ein prunkvoller Salon aussieht, in Wirklichkeit aber als Vorzimmer dient. In einer Ecke stehen einige vergoldete Sessel. Die Armlehnen sind abgewetzt – vermutlich von den verschwitzten Handflächen der eingeschüchterten Besucher.

»Hier kommen sie heraus und gehen zum *Salon de l'Horloge* weiter.«

Um die Minister nachzuahmen, schritt Willy feierlich in die fragliche Richtung.

»Du siehst aus wie ein Messdiener bei einer Beerdigung.«

Willy beäugte Jasmin von der Seite. Ihre Scherze machten ihm nichts aus. Aber heute fiel ihm auf, dass sie etwas zu dick auftrug. Vermutlich ist sie einfach nur nervös, sagte er sich.

»Wenn sie dort sind, gibt es zwei Möglichkeiten, um die Anwesenden zu begrüßen: entweder rechts oder links herum. Am besten natürlich rechts. Wenn sie links anfangen, sieht es aus, als stürzten sie sich aufs Büfett.«

»Wäre durchaus verständlich.«

»Du solltest dich etwas beruhigen. Es ist doch nur ein kleiner Empfang, weißt du. Kein Grund zur Aufregung.«

Seine verknautschten Äuglein musterten sie.

»Bevor die Herrschaften eintreten«, fuhr er dann fort, »muss dafür gesorgt werden, dass sich die Anwesenden in einem Halbkreis aufstellen. Die Minister schreiten diesen Halbkreis ab, schütteln die Hände und wechseln mit jedem ein paar Worte.«

Willy ahmte die Szene nach, die er schon hundertmal gesehen hatte. Er bewegte kaum die Lippen. Man spürte, dass er zwar nicht unbedingt selbst Minister geworden wäre, aber durchaus glaubte, es verdient zu haben.

»Anschließend stehen sie dann hier.«

Sie waren am anderen Ende des Salons angekommen, direkt vor dem riesigen Kamin mit der Uhr, nach der der Salon benannt war. Hier stand ein Rednerpult mit einem Mikrophon. Ein Techniker war noch auf allen vieren und überprüfte die Anschlüsse.

»Dann hält jeder seine kleine Rede.«

»Wo wird der Prinz stehen, während unser Minister spricht?«

»Rechts von ihm natürlich.«

Jasmin drehte sich um die eigene Achse und betrachtete den Raum mit zusammengekniffenen Augen. Sie stellte sich vor, wo die einzelnen Gruppen stehen würden und wie sie hierher kämen.

»Alles klar?«

»Ich glaube schon«, murmelte sie.

Ihre Augen hatten wieder ihre normale Größe. Die Gipsbüsten, die Vergoldungen, das Fischgrät-Parkett, die riesigen Kamine mit ihrem etwas klobigen Charme – das ganze Quai d'Orsay glänzte und blitzte in all seiner lächerlichen und ehrwürdigen vergoldeten

Pracht, von spukenden Geistern beherrscht. Jasmin sah Willy an, der steif und würdevoll dastand – fest entschlossen, mit dieser Welt unterzugehen, wenn deren Ende nahte.

»Weißt du was, Willy?«

»Ja, bitte?«

»Ich würde dich schrecklich gern umarmen.«

Er war so verdutzt, dass ihm keine passende Erwiderung einfiel. Denn da hatte sie ihn schon in die Arme genommen und ihm einen Kuss auf seine faltigen Wangen gedrückt. Er fühlte sich so überrumpelt, dass er kein Wort herausbekam. Komischerweise kamen ihm fast die Tränen, und er hatte den Eindruck, dass auch Jasmin gerührt war. Vor Verlegenheit wandte er sich abrupt ab und marschierte, vor sich hin brummend, davon.

*

Die Einsatzzentrale von Providence war voller Menschen. Alle Stühle waren besetzt, einige der Mitarbeiter standen an den Wänden und Fenstern. Auf allen Monitoren war eine statische Einstellung zu sehen: ein Tisch mit einem Mikrophon.

Plötzlich tauchte Archie auf den Monitoren auf, in Begleitung einer jungen Frau vom Washingtoner Büro. Sie half ihm, die richtige Position einzunehmen und verschwand dann wieder. Er hatte offenbar noch kein Bild auf seinem Monitor, denn er blieb stumm und räusperte sich nur. Plötzlich war die Verbindung aufgebaut, und er fuhr zusammen. Er sah sich mit dem ganzen Besprechungsraum von Providence in Belgien konfrontiert, zwei langen Reihen von undurchdringlichen Mienen, feindselig und verzerrt durch das Weitwinkelobjektiv der Kamera.

Archie rang sich ein Lächeln ab. Niemand begrüßte ihn. Eine rostige Welle schwappte ihm entgegen.

»Guten Tag, euch allen«, begann er. »Ihr seid beunruhigt, ich weiß. Aber wir dürfen die Nerven nicht verlieren. In weniger als drei Stunden ist alles vorbei. Im Moment können wir nichts anderes tun als warten.«

Ein missbilligendes Gemurmel ging durch die Reihen. Archie hatte ein langes Plädoyer vorbereitet. Er erinnerte an die Geschichte von Providence, die Anfänge der Operation Zam-Zam, die wichtigsten Ereignisse der letzten Stunden. Und er schreckte auch nicht davor zurück, seinen Joker auszuspielen, den geheimnisvollen Auftraggeber, mit dem nur er in Kontakt war.

»Ihr habt mir stets vertraut«, sagte er abschließend, »und ich denke, dass es für euch nicht von Nachteil war. Deshalb bitte ich euch noch dieses eine Mal, auf mich zu hören und zu mir zu halten.«

Er holte sein BlackBerry aus der Tasche und legte es vor sich.

»Ich bleibe hier sitzen, so lange wie nötig, und möchte euch bitten, dasselbe zu tun. Wir werden die Verbindung aufrechterhalten. Wenn dieses Telefon läutet, dürfen wir handeln. Nicht davor.«

»Und wenn es nicht läutet?«, gab Sarah zu bedenken.

»Vertraut mir!«, sagte Archie mit Nachdruck und starrte auf das grünliche Auge der Webcam. »Es *wird* läuten.«

*

Kader hatte den Fahrern befohlen, die Fahrzeuge nach unten auf die Ebene zu bringen und den ankommenden Fahrzeugen entgegenzufahren. Die beiden Konvois trafen sich am Fuß der Felsen.

Die Neuankömmlinge wurden von Tawfik angeführt, einem Cousin des alten Hicham, den Kader schon mehrmals getroffen hatte. Man erkannte ihn leicht an der Narbe, die seine ganze rechte

Gesichtshälfte entstellte. Angeblich hatte er unter Hekmatyar in Afghanistan gekämpft. Er war der politisch Orientierteste der Familie. Von allen Nationalitäten, deren Pass er hätte verwenden können, war die sudanesische die, die ihm persönlich am nächsten lag.

Kader hatte ihm beim Kauf hochwertiger Informatikgeräte als Vermittler gedient. Der Mann war brutal und jähzornig. Doch bei Geschäften konnte man ihm vertrauen.

Tawfik kam entschlossen auf Kader zu und umarmte ihn feierlich.

»Du hast ja eine beachtliche Eskorte mitgebracht«, sagte Tawfik und deutete auf Kaders Fahrzeuge, die etwa zehn Schritte hinter ihm standen. »Hast du Angst vor uns?«

»Nicht vor euch. Aber in der Wüste ist man vor bösen Überraschungen nie sicher.«

Tawfik lachte mit seiner intakten Gesichtshälfte, die seine Gefühle noch widerspiegeln konnte. Es sei denn, es ist die *andere Hälfte*, die wirklich spiegelt, was er denkt, dachte Kader. Er blieb weiter auf der Hut. Hichams Cousin ließ seine Hand nicht los, auch nicht, als er sich umdrehte und Kader mit sich zu seinem eigenen Wagen zog. Zwei Männer stiegen aus. Einer von ihnen war ein einfacher Kämpfer. Er hielt eine kurze Maschinenpistole in der Hand und entfernte sich respektvoll. Der andere, groß und hager, in einer blauen Safariweste mit Stehbundkragen, hatte sich eine Kufiya vors Gesicht gebunden. Er bewegte sich langsam und mit der Autorität einer Führungspersönlichkeit.

»Kader, mein Freund«, begann Tawfik, während er sich schräg zwischen die beiden Männer stellte, »das ist der Mann, der dich unbedingt treffen wollte. Darf ich vorstellen? Abd Al-Razzaq, über den du sicher schon viel gehört hast.« Er wandte sich an den anderen: »Abd Al-Razzaq, das ist Kader Bel Kader. Er ist der Mann, den du treffen wolltest, nicht wahr?«

Der Mann zog sich das Tuch vom Gesicht und ließ es um den Hals hängen. Er schenkte Kader ein breites Lächeln. Kader reichte ihm die Hand und er drückte sie. Abd Al-Razzaq, der Mythos, nach Bin Laden und Zawahiri der meist gesuchte Mann der Welt! Dabei wirkte er im Moment so bescheiden wie ein einfacher Staatsdiener. Sein Gesicht wies keine auffälligen Züge auf. Nur sein intensiver Blick ließ seine Gewaltbereitschaft erahnen und auch, dass er es gewohnt war, Macht zu haben. Und er hatte keinen Bart – ein typisches Merkmal der gefährlichsten Islamisten, die auf dem ganzen Erdball unterwegs sind und sich auf diese Weise tarnen, um unerkannt zu bleiben.

»Wir haben nur wenig Zeit zum Reden«, erklärte er mit einer tiefen Stimme, die so gar nicht zu seinem hageren Körper passte. »Also fangen wir besser gleich an. Unter vier Augen natürlich.«

Ohne den Blick von Kader abzuwenden, nahm er eine Pistole aus seinem Gürtel und zog den Dolch heraus, der an seinem linken Knöchel steckte. Er legte beide Waffen auf die Motorhaube. Dann breitete er die Arme aus, drehte die Handflächen nach oben und lächelte. Auch Kader entledigte sich seiner Waffen. Er ärgerte sich, dass seine Hände zitterten und versuchte, sie schnell zu verstecken, damit sein Gesprächspartner nichts merkte.

*

Der Verkäufer war auf den Knien und steckte den Hosensaum um.

»Wollen Sie die Hosenbeine vorne etwas kürzer haben?«

»Egal. Viel wichtiger ist mir zu wissen, bis wann die Änderung fertig ist«, sagte Dim.

»Hm ... morgen Nachmittag, wenn's recht ist.«

Dimitri erschrak. »Ganz bestimmt nicht! Ich brauche den Anzug noch heute!«

Er warf einen Blick auf seine Uhr. »In spätestens zwei Stunden.«

»Bedauere, Monsieur, aber das ist völlig unmöglich«, sagte der Verkäufer und erhob sich.

Dimitri betrachtete sich im Spiegel: Der Anzug stand ihm ausgezeichnet. Dunkelblau mit einem sehr zarten Fischgrätmuster, Ton in Ton, war es ein elegantes und gut geschnittenes Kleidungsstück. Sein gebräuntes Gesicht und sein blonder Wuschelkopf bildeten einen interessanten Gegensatz zu dem eher strengen Outfit. Und wenn er sich kämmte, sähe er wie ein Filmstar aus, der sich anschickte, beim Festival von Cannes die Stufen hinaufzuschreiten.

»Für das Kürzen gibt es doch sicher eine Lösung«, hakte er nach.

»Wenn Sie den Anzug nur heute brauchen, können wir die Hosenbeine eventuell nur mit Heftstichen umnähen, und Sie bringen die Hose morgen für das endgültige Kürzen noch einmal vorbei.«

»Eine gute Idee!«

Der Verkäufer rief die Kassiererin herbei, eine stark geschminkte junge Frau mit kastanienbraunen Haaren, die Dimitri zugelächelt hatte, als er das Geschäft betreten hatte. Nach einer kurzen Erklärung des Verkäufers kniete sie sich mit einem Stecknadelkissen neben Dim. Als sie mit großen Augen zu ihm hochblickte und mit den Wimpern klimperte, konnte Dim nicht umhin, ihre sorgfältig epilierten und gebräunten Waden zu bemerken.

»Ich möchte Ihnen nicht weh tun«, sagte sie kokett.

Seit er in Paris war, in der elektrisierenden, sommerlichen Atmosphäre, traf er ständig auf Frauen, die Interesse signalisierten, und zwar meist auf recht direkte Art. Und obwohl er keine Lust zu flirten hatte, trösteten ihn diese Blicke über sein seelisches Dilemma hinweg. Er lächelte zurück.

Geschickt hatte sie den Hosensaum blitzschnell umgesteckt und ging dann zum anderen Hosenbein über. Dabei streifte sie seinen Knöchel.

»So, fertig!«, erklärte der Verkäufer und schickte die Kassiererin weg.

»Ich brauche noch ein Hemd und eine Krawatte.«

»Diese Artikel finden Sie im Erdgeschoss, Monsieur. Ich darf Sie begleiten?«

Dim warf einen Blick auf seine Uhr. Jasmin hatte gesagt, er solle um halb sechs im Außenministerium sein.

*

Aus Sicherheitsgründen hatte Kader einem seiner Fahrer aufgetragen, diskret eine Satellitennummer anzurufen, sobald er selbst mit dem Mann ins Gespräch gekommen war.

Und während Kader mit Abd Al-Razzaq auf die Anhöhe zuging, verzog sich der Fahrer hinter sein Fahrzeug, holte sein Handy heraus und tippte eine Nummer ein. Die Stimme am anderen Ende meldete sich auf Arabisch.

»Sie sind zusammen«, sagte der Fahrer und wiederholte sorgfältig, was Kader ihm aufgetragen hatte.

»Verstanden.«

Der Mann am anderen Ende legte umgehend auf. Der Fahrer schaltete sein Handy aus und kehrte zu den anderen Fahrern zurück, um sich neben ihnen im Schatten auszuruhen.

*

Das Camp mitten in der Wüste glich inzwischen einer Militärbasis. Bis vor wenigen Stunden war hier nur ein von der Sonne verdörrtes Geröllfeld gewesen.

Die beiden Transporthubschrauber des Typs Ilyuschin standen ein Stück abseits, Seite an Seite. Noch mitten in der Nacht hatten die Mechaniker damit begonnen, die Helikopter zusammenzubauen, im Schein großer, von Generatoren betriebenen Scheinwerfer, und es hatte bis zum Morgengrauen gedauert. Die Einsatzkommandos bereiteten sich in einem Zelt des Führungsstabs vor, das in Rekordzeit aufgeschlagen worden war. Im Schutz einer kleineren, khakifarbenen Plane hatte eine Übertragungseinheit eine Standverbindung mit der Kommandozentrale in Algerien eingerichtet.

Eine Stimme aus dem Gerät durchbrach das Knistern in der Leitung.

»Alarm an alle Einsatzkräfte! Anruf erhalten. Zielperson an Ort und Stelle. Sofortiger Aufbruch!«

Der Befehl erging etwas früher als erwartet, doch alles und alle waren bereit. Die Hubschrauber-Besatzungen überprüften ein letztes Mal ihre Checkliste vor dem Start. Die Spezialkräfte kletterten in den Bauch der Flugzeuge, die Rotorblätter begannen sich zu drehen. Beide hoben gleichzeitig ab und wirbelten dabei viel Sand auf.

*

Im Besprechungsraum von Providence ging das Warten derweil weiter. Agenten kamen und gingen. Archie hatte sich eine Sushi-Platte bringen lassen und aß mit sichtlichem Appetit.

Plötzlich stürmte Helmut herein, der den Raum vor einer halben Stunde verlassen hatte. Er setzte sich vor die Kamera und wandte sich an Archie.

»Dan Andreïev, unser strategischer Leiter, war gerade bei mir im Büro.«

»Ja ...?«, brummte Archie und legte seine Wegwerf-Stäbchen weg.

»Wissen Sie, wer dieser Prinz Abdullah Bin Khalifa al-Thani ist?«

»Der Erdölminister des Emirats Kheir, nicht wahr?«

»Und weiter?«

»Worauf wollen Sie hinaus?«, fragte Archie und seufzte gequält.

Helmut rutschte auf seinem Stuhl herum und reckte angriffslustig das Kinn.

»Prinz Abdullah hat in Stanford studiert. Master in Business Administration und nebenbei noch ein Abschluss in Literatur. Er interessiert sich für Poesie, ist ein profunder Kenner von Walt Whitman. Ein großer Freund Amerikas, der dort über ein beachtliches Netz an Verbindungen verfügt. Eher in den demokratischen Kreisen. Bei den letzten Wahlen hat er Obama von den Vorwahlen an unterstützt, und seine finanzielle Unterstützung war mit Sicherheit von entscheidender Bedeutung.«

»Interessant«, sagte Archie und unterdrückte ein Gähnen.

»Sein Rivale im Emirat«, fuhr Helmut nun eine Spur lauter fort, »ist kein anderer als sein jüngerer Bruder Omar. Das genaue Gegenteil von Abdullah. Mittelmäßige Studien, obschon ihm das Geld seines Vaters das eine oder andere Diplom einbrachte. Fasziniert vom Fernen Osten. Fliegt regelmäßig nach Bangkok und genießt dort alles, was Thailand so zu bieten hat.«

»Kommen Sie zu den Fakten, wenn ich bitten darf!«

»Fakt ist, dass dieser Omar vor fünf oder sechs Jahren auch China entdeckt hat. Die Chinesen begriffen sofort, wie sie ihn benutzen können. Sie laden ihn drei- oder viermal pro Jahr ein. Unseren Quellen zufolge haben sie ihn komplett in der Hand. Sollte sein Bruder Abdullah sterben, würde Omar aus Gründen der Tradition und des familiären Gleichgewichts in seine Fußstapfen treten. Dan ist fest davon überzeugt: Sollte Omar an die Macht kommen, kann er machen, was er will, denn der alte Emir hat sich aus gesundheitlichen Problemen zurückgezogen. Dann würde die riesigen Erdölvorkommen des Emirats unter die Kontrolle der Chinesen fallen, und die amerikanischen Gesellschaften gingen leer aus. Ihr Vertrag mit dem Staat Kheir muss nächstes Jahr neu verhandelt werden ...«

Archie spielte mit seiner Serviette herum. Das Providence-Team in Brüssel hatte das Gefühl, dass dieser Punkt eindeutig an Helmut ging.

»Sie wollen ihn aus dem Weg räumen, Archie. Das steht fest. Nur darum geht es!«

Ein langes Schweigen folgte diesen Worten. Archies Blick schweifte ins Leere, und wer ihn durch das Auge der Webcam sah, hätte glauben können, er sei im Halbschlaf. Manche glaubten sogar, er würde gleich zusammenbrechen. Doch dann wurde sein Blick plötzlich wieder strahlend und fest.

»Nein!«, rief er aus und schlug mit der flachen Hand auf den Tisch. »Es ist genau umgekehrt. Das genaue Gegenteil!«

Die Mitarbeiter von Providence, die der Szene beiwohnten, fragten sich unwillkürlich, ob ihr Boss vielleicht den Verstand verloren hatte. Doch schon im nächsten Augenblick wirkte er wieder völlig normal.

»Meine Entscheidung wird durch diese Information nicht beeinflusst, sondern nur bekräftigt. Ich bin mehr denn je der festen Überzeugung, dass wir noch warten müssen.«

Das Telefon lag neben ihm auf den Tisch.

Doch es blieb stumm.

V

»Ich freue mich, dich kennenzulernen, Kader. Abu Mussa und du, ihr leistet gute Arbeit.«

Die beiden Männer hatten sich von den Fahrzeugen entfernt, die sie nun unter sich sehen konnten. Der ansteigende Rand des Plateaus bildete einen runden Steilhang, den sie nun hinaufstiegen. Abd Al-Razzaq kam nicht außer Atem, obwohl er recht schnell ging. Er musterte Kader immer wieder ernsten Blickes, doch seine Worte waren gleichbleibend freundlich.

»Du bist zum richtigen Zeitpunkt gekommen, Kader. Wenn wir unser Werk, die Al-Qaida-Bewegung in der Welt, betrachten, stellen wir fest, dass es fruchtbare Länder wie den Irak, Kaschmir und Yemen gibt. Aber Nordafrika ließ uns fast verzweifeln: zu klein, zu lokal, ohne gemeinsame Vision. Unser Kampf hat hier nicht den Stellenwert, den er verdient. Das ist gewiss auch deine Meinung, nicht wahr?«

Kader antwortete nur einsilbig. Um sein Unbehagen zu verbergen, tat er so, als würde ihn der Anstieg anstrengen. Abd Al-Razzaq war klar, welches Ansehen er bei den islamistischen Gruppierungen besaß. Er wusste, dass er eine lebende Legende war. Das schüchterte Menschen, die ihn zum ersten Mal trafen, natürlich ein. Dennoch fand er es seltsam, dass ein Mann von Kaders Kaliber so leicht zu beeindrucken war.

»Wir haben die Aufrufe des Emirs der Südfront im Internet gelesen«, fuhr Abd Al-Razzaq fort. »Und wir haben gesehen, dass Abu Mussa unter deinem Einfluss endlich zu seiner Freiheit zurückgefunden hat. Das war eine gute Entscheidung. Aber sag mir eines: Was genau bereitet ihr vor? Wie soll diese Operation gegen den Feind in der Ferne aussehen, die ihr im Internet ankündigt?«

Kader spürte, dass Abd Al-Razzaq immer angespannter wurde,

während er diese Fragen stellte. Man kann nicht jahrelang überleben, wenn die mächtigsten Nationen der Welt hinter einem her sind, ohne ein extrem gut entwickeltes Gespür für Gefahren zu haben. Und allem Anschein nach war Abd Al-Razzaqs innerer Alarm angesprungen – kaum wahrnehmbar, unerklärlich. Dennoch war Kader davon überzeugt, dass sein Gegenüber urplötzlich das Gesicht wechseln und sehr gefährlich werden könnte, wenn nicht bald alles vorüber war. Was hatte Abd Al-Razzaq gewittert? Was hatte er begriffen? Die unerwartete und irrationale Angst, die Kader plötzlich fast lähmte, war sicher der Hauptgrund für das Misstrauen seines Gegenübers. Leider hatte Kader seine Gefühle nicht unter Kontrolle. Abd Al-Razzaq schaute Kader nur stumm und eindringlich an. Sein Schweigen und dieser Blick verstärkten Kaders Unbehagen noch mehr und im gleichen Maß das Misstrauen, das gegen ihn gerichtet war.

Sie waren stehen geblieben und standen sich nun gegenüber, gerade mal zwei Schritte voneinander entfernt. Abd Al-Razzaq wich unmerklich zurück und seine Hand glitt zu seiner Weste mit den vielen Taschen.

*

Nach einem halbstündigen Flug landeten die algerischen Militärhubschrauber in der Wüste, schalteten aber weder die Motoren aus, noch stieg die Besatzung aus. Sie warteten mit sich drehenden Rotorblättern. Von hier aus waren sie in weniger als zehn Minuten am Punkt mit den Geo-Koordinaten 20°47'N und 16°00'O. Sie würden sich von Osten her nähern, wo sie dank der Felswand erst im letzten Moment zu sehen sein würden.

Das war die heikelste Phase. Sie setzte voraus, dass bis dahin alles nach Plan gelaufen war und sich die Zielpersonen in zwei getrennte Gruppen aufgespaltet hatten. Leider würden sie das erst im letzten Moment sehen.

Auf ein Signal des Führungsstabs hin gingen die Hubschrauber wieder in die Luft. Die Piloten hatten mehrere Optionen eingeübt, je nach dem, was sie vorfinden würden. Doch je brenzliger eine Situation wird, desto weniger vertragen sich spontane Entscheidung und Action; sie würden sich innerhalb von Sekunden für eines der eingeübten Szenarios entscheiden müssen.

Reglos unter seinem Helm, die Sonnenblende heruntergeklappt, wusste jeder Pilot an seinem Platz, was die anderen dachten. Der Erdboden, etwa fünfzehn Meter unter ihren Hubschraubern, raste vorbei. Sie näherten sich dem Bergrücken und somit dem Moment der Entscheidung.

*

Die ersten Gäste trafen ein. Zwei Flügel des Gittertors zum Quai d'Orsay, rechts vom Denkmal für Aristide Briand, waren geöffnet. Mehrere Polizisten in Paradeuniform waren dort positioniert, um die Einladungen zu kontrollieren. Diese Überprüfung war eine reine Formalität. Die Anweisungen waren klar: Die Kontrollen mussten schnell und zivilisiert vor sich gehen. Das Vorzeigen des Passes oder Personalausweises zur Überprüfung des Namens wurde nur nach dem Zufallsprinzip verlangt. Wer in einem Dienstwagen mit grünem Diplomaten-Kennzeichen eintraf, war sowieso davon befreit. Und wer äußerlich respektabel aussah, ebenso, wie man es von einem offiziellen Gast erwarten durfte, konnte ebenfalls problemlos passieren. Keinesfalls sollte sich auf der Straße eine Schlange von Herren in dunklen Anzügen und Damen in Pelzmänteln bilden. Im Gegensatz zum Élysée, dem Hôtel Matignon oder dem Innenministerium hatte man im Außenministerium bei offiziellen Empfängen relativ einfach Zutritt. Die Sicherheit beruhte vor allem auf der richtigen Auswahl der Geladenen. Die Gästeliste, aufgestellt von der jeweils zuständigen Dienststelle, wurde immer der Protokoll-Abteilung übergeben, die sie dann an die Wachposten weiterleitete. Die Kontrolle fand hauptsächlich nur in der Form statt, dass überprüft wurde, ob der Name auf der Einladung auch auf dieser Liste stand, die den Polizisten gegeben worden war. Und dort stand er nur aufgrund einer von vornherein vertrauenswürdigen Empfehlung. Schließlich bewegte man sich hier in den besseren Kreisen.

Die Sicherheitsbeamten des arabischen Emirats, unter der Leitung eines der Männer, die an diesem Morgen das Gebäude erkundet hatten, hielten sich diskret im Hintergrund, beobachteten die eintreffenden Gäste aber ebenfalls. Sie schauten mit Absicht so grimmig drein. Doch in Gedanken waren sie bereits bei den Rendezvous, die sie sich für später an diesem Abend organisiert hatten. Paris war eben Paris!

*

Tahar war als Späher gekommen. Er hatte sich vor dem Aérogare des Invalides positioniert und las, auf einem Betonpfeiler sitzend, L'*Équipe*, die französische Sport-Tageszeitung. Er sollte auf alles achten, was ihm irgendwie suspekt vorkam, es melden, falls der Minister verfrüht eintreffen würde und genau beobachten, wer das Quai d'Orsay betrat oder verließ.

Murat und Saïd wichen Hassan, dem Erwählten, nicht von der Seite. Sie waren mit ihm in die Schnellbahn RER gestiegen und saßen während der ganzen Fahrt neben ihm. Hin und wieder lächelten sie ihn aufmunternd an. Niemand sagte ein Wort. Hassan bewegte nervös die rechte Schulter, als hätte er Juckreiz. Das Klebeband scheuerte unter der Achsel. Doch in diesem Stadium konnte Murat leider nichts mehr dagegen tun.

In den Gängen der Haltestelle Saint-Michel verstärkten sie die Bewachung. Sie mussten unbedingt verhindern, dass Hassan versehentlich von einem Passanten angerempelt wurde. Unbewusst war da natürlich auch die Angst, er könnte es sich im letzten Moment anders überlegen, seine Schutzengel abschütteln und fliehen.

Saïd war schweißgebadet. Der Schweiß rieselte ihm in den Nacken und wurde von seinem Hemd aufgesaugt. Die Baumwolle fühlte sich eiskalt an.

*

In der Zentrale von Providence dösten inzwischen alle vor sich hin. In Washington starrte Archie voller Abscheu auf seinen Starbucks-Becher, in dem ein schlechter Kaffee kalt wurde.

Aber dann plötzlich begann das Telefon, das vor ihm auf dem Tisch lag, zu läuten.

*

Mit seinem dunkelblauen Anzug, der gestreiften Krawatte und einem Hemd mit dem Haifisch-Kragen konnte Dimitri nicht unbemerkt bleiben. Er hatte sich die Haare gewaschen und glatt nach hinten gekämmt. Doch der warme Wind hatte sie rasch getrocknet und nun standen sie wieder wild nach allen Seiten ab.

Er hatte beschlossen, den Weg zu Fuß zurückzulegen. Das Wetter war herrlich. In seiner eleganten Aufmachung fiel er inmitten der vielen Shorts natürlich auf. Er sah aus, als käme er gerade vor einer Erstkommunionsfeier oder einer Hochzeit. Die Mädcher und Frauen trugen Sommerkleider. Er lächelte ihnen etwas verlegen zu. Das Liebespaar, das ihm folgte, seit er aus dem Hotel getreten war, bemerkte er nicht.

Unten am Boulevard Raspail zog er sich die Jacke aus und ließ sie an einem Finger über die Schulter hängen. Er pfiff vor sich hin. Doch dann fiel ihm plötzlich ein, wohin er ging, und seine Miene verfinsterte sich. Unter diesem strahlend blauen Himmel war ein Terroranschlag einfach unvorstellbar. *Dabei werden die meisten Attentate in Ländern verübt, wo das Wetter immer schön ist.*

Gleich darauf fand er, dass dieser Gedanke dumm war.

Eine junge Frau, die er von hinten sah, erinnerte ihn an Jasmin. Als er sie überholte, schaute er zu ihr hinüber. Es war natürlich nicht sie. Der Boulevard Saint-Germain war voller Schatten. Als er unter den Platanen in Richtung Solférino ging, war ihm fast kühl.

*

Irving, der amerikanische technische Berater, hatte bei einem befreundeten Ehepaar zu Mittag gegessen. Die Frau stammte aus Venezuela, der Mann aus Texas. Er arbeitete für das CIA-Büro in Frankreich. Irving hatte bei ihnen einiges getrunken. Er nahm sich ein Taxi zum Außenministerium.

Der offizielle Besuch in Paris war eine lästige Pflicht. Eine weitere! Irvings letztes Jahr seiner Dienstzeit im Emirat Kheir hatte begonnen, und er hoffte, dass er nach dieser nicht enden wollenden Wüstentortur endlich wieder in der Zentrale arbeiten konnte.

Die französischen Polizisten hielten ihn am Eingang auf, und er musste seinen Dienstausweis vorzeigen. Die Geladenen waren schon auf den Stufen. Wie nicht anders zu erwarten, waren viele Araber unter ihnen. Schöne Frauen, aber auch etliche, die sich mit Schmuck behängt hatten, um die Schäden des Alters zu vertuschen. Es gab nur eines, worauf Irving sich freute: Er würde die hübsche Brünette aus der Protokollabteilung wiedersehen. Er hatte sie nicht mal nach ihrem Namen gefragt! Daran waren die Emirate schuld! Er verlor allmählich seine Reflexe. Was für entbehrungsreiche Jahre! Diese verschleierten Frauen. Er hatte die Nase voll.

*

Dim zeigte seine Einladung vor. Eine Praktikantin der Protokollabteilung stand hinter den Hütern der Ordnung.

Dim war nicht ganz wohl in seiner Haut. Der Polizist gab dem Mädchen diskret zu verstehen, dass es ein Problem gab. Sie baten ihn zur Seite. Nachdem das Mädchen erneut die Liste überprüft hatte, entfernte es sich, um auf ihrem Handy jemanden anzurufen.

Jasmin hatte ihm die Einladung erst am Morgen gegeben. Er hatte sie sich genau angeschaut. Sie sah ganz normal aus, abgesehen davon, dass oben rechts mit Bleistift ein kleines Kreuz an den Rand gemacht worden war.

Er fragte sich, ob er nicht besser abhauen sollte.

*

Kader und Abd Al-Razzaq standen sich noch gegenüber, als der erste Hubschrauber am Himmel auftauchte. Bis zuletzt vom Berg versteckt, sahen sie ihn erst, als er fast über ihnen war, ohne dass sie etwas gehört hätten.

Der Hubschrauber flog über sie hinweg ohne anzuhalten. Abd Al-Razzaq warf sich sofort auf den Boden. Kader blieb stehen. Die Angst sprang nun von ihm auf den anderen über, allerdings langsamer, als Kader gedacht hätte. Er fühlte sich immer noch total benommen und zitterig.

Der Pilot des ersten Hubschraubers flog nun eindeutig auf die Gruppe der Wagen und Rebellen zu. Zwei Raketen zerfetzten die Luft. Tawfiks *Command-Car* explodierte und auch einer der Toyotas, mit denen Kader gekommen war. Und in dem Moment, als der Hubschrauber seine Raketen abwarf, fielen die ersten Schüsse eines Scharfschützengewehrs.

Abd Al-Razzaq stutzte kurz, als der Hubschrauber den Konvoi und nicht Kader angriff. Die Armee war also auch hinter dem Mann her, mit dem er sich verabredet hatte. Doch da tauchte über dem Berg noch ein zweiter Hubschrauber auf, der direkt oberhalb des Plateaus verharrte. Kaders Angst verflog auf einen Schlag. Er musterte Abd Al-Razzaq mit einem hämischen Grinsen. Da begriff sein Gegenüber, dass er verraten worden war.

Er machte erneut Anstalten, nach dem Dolch zu greifen, der unter dem Revers seiner Weste steckte. Doch Kader stürzte sich auf ihn, stieß ihn zu Boden und rang ihm die Waffe ab. Er legte ihm einen Arm über die Gurgel. Doch Abd Al-Razzaq war sehr erfahren im Nahkampf. Es gelang ihm, sich zu befreien. Die beiden Gegner rollten, ineinander verkeilt, über die Erde, unweit des Abgrunds.

*

Während im Palais des Außenministeriums (das man auch »Hôtel du ministre« nennt) der Empfang stattfand, ging in den anderen Gebäuden des Ministeriums der normale Arbeitstag weiter. Es gab einen speziellen Eingang, neben dem Place des Invalides gelegen, der den Bediensteten vorbehalten war, die zum Arbeiten in ihre Büros gehen wollten, und dem Publikum, das hier etwas zu erledigen hatte.

Tahar wartete gegenüber von diesem Eingang, in der Nähe der Haltestelle der Flughafenbusse von der Air France. Er sah sie schon von weitem – Hassan mit seinen beiden Schutzengeln, die am Bahnsteig entlang auf ihn zukamen. An der Ampel überquerten sie die Straße und kamen auf das Ministerium zu.

Das Treffen mit Tahar verlief ganz natürlich. Sie schüttelten sich die Hände wie alte Freunde, die sich wiedersahen. Sie wechselten ein paar Worte. Tahar bestätigte, dass der Empfang schon angefangen hatte, der Prinz noch nicht eingetroffen war und alles ganz normal aussah. Jetzt war der Augenblick gekommen. Sie schauten Hassan an. Murat klopfte ihm auf die Schulter.

»Allah Akbar«, sagte er leise.

Die drei anderen wiederholten die Formel. Hassans Miene war undurchdringlich, entschlossen, fast ekstatisch.

»Geh!«, sagte Saïd.

Hassan schaute ihn an, irgendwie verstört. Dann drehte er den Kopf zum Eingang des Ministeriums und straffte die Schultern. Wortlos ließ er die Gruppe stehen und überquerte die Straße.

Saïd hielt gespannt die Luft an, bis Hassan im Inneren war. Dann erst entspannte er sich. Er hatte Tahar nicht gesagt, dass er vorsichtshalber eine Pistole in der Tasche hatte, für den Fall, dass Hassan umgekehrt wäre …

Sie warteten noch einen Moment ab, um ganz sicherzugehen, dass Hassan nicht mehr herauskam. Dann schlenderten sie davon und ließen diesmal Murat Wache stehen, mit Zigaretten.

*

Gerade als Dim die Flucht ergreifen wollte, kam die junge Frau zurück.

»Entschuldigen Sie bitte«, sagte sie und gab ihm seine Einladung zurück. »Ihr Name wurde nachträglich hinzugefügt. Deshalb konnten wir ihn auf der Hauptliste nicht finden. Treten Sie doch bitte ein!«

Dim nahm das Kärtchen wieder an sich, bedankte sich und ging auf die Stufen zu.

*

Am Eingang für die Bediensteten und normalen Besucher gibt es drei Empfangsschalter hinter Panzerglas. Die Hostessen kommunizieren mit dem Publikum über ein Mikrophon. Jeder Besucher muss den Namen der Person angeben, die er zu sehen wünscht. Die Hostess ruft dann die fragliche Person an, und wenn ihr bestätigt wird, dass der Besucher erwartet wird, verlangt sie seinen Ausweis und gibt ihm dafür einen Eintritts-Button.

Staatsangehörige aus aller Herren Länder kommen ins Außenministerium. Einige davon – Regimegegner, Reporter, Rebellen – halten ihre Identität lieber geheim. Andere sind Einwanderer, Flüchtlinge oder Asylbewerber. Die Vielfalt und die große Zahl der Besucher machen es schwierig, die Ausweispapiere, die sie vorlegen, immer gründlich zu überprüfen.

Das Empfangspersonal nimmt den Ausweis entgegen, den man ihm reicht, und betrachtet das Foto (sofern es eines gibt), um zu überprüfen, ob es mit der Person übereinstimmt, die ihn vorlegt. Falls dem so ist, holen sie den »Besucher«-Button aus einem kleinen Fach und ersetzen ihn durch den Ausweis. Beim Verlassen des Gebäudes wird der Button an seinen Platz zurückgelegt und der Besucher bekommt seinen Ausweis zurück.

Hassan stellte sich ans Ende der kurzen Warteschlange vor dem Schalter. Jetzt, am Nachmittag, war nur eine Hostess im Dienst – eine Frau von den Antillen, die ihre Haare in viele dünne Zöpfchen geflochten hatte. Hassan hielt den Blick gesenkt, auch als er an der Reihe war und vor ihr stand.

»Zu wem wollen Sie bitte?«

Hassan blickte noch immer nicht auf.

»Sprechen Sie Französisch?«

»Wer ... wie? Hä? Klar doch.«

Sie hatte ihn aus seinen Gedanken gerissen, und er war unvermittelt in seinen Vorstadtjargon zurückgefallen.

»Gut, dann sagen Sie mir bitte, zu wem Sie wollen!«

»Ähm ... Madame Lacretelle ... vom Protokoll.«

Die junge Farbige schaltete das Mikrophon aus und sagte etwas zu einem Amtsdiener, der ihr den Hof machte und im Moment hinter ihr saß. Sie lachten. Dann wurde die Frau wieder ernst.

»Ihren Ausweis bitte.«

Hassan reichte ihr den gefälschten sudanesischen Pass, den er von Saïd bekommen hatte. Das Foto darin war aber tatsächlich von ihm. Das war das Wichtigste. Die Empfangsdame legte den Button in das Schiebefach unter der Panzerglasscheibe.

»Madame Lacretelle wird gleich kommen. Warten Sie bitte dort drüben, danke.«

*

Dim folgte dem Strom der geladenen Gäste die Stufen zum imposanten Portal hinauf. Er ließ sich von der Menge in Richtung der Garderobe schieben, einem kleinen, offenen Raum neben der Treppe, in dem man die Mäntel und Taschen abgeben kann. Da erst merkte er, dass er nichts auszuziehen hatte. Auf den hochnäsigen Blick der Garderobenfrau hin murmelte er ein paar entschuldigende Worte und ging weiter zu den Salons.

Es war ein großer Empfang: mindestens fünfhundert Menschen.

Doch nur wenige von ihnen hatten anschließend noch die Ehre, am Diner teilnehmen zu dürfen. Dim betrat die Salons. Trotz ihrer Größe vermitteln die Empfangsräume des Quai d'Orsay mit ihren gewienerten Parkettböden und den Ölgemälden in den vergoldeten Rahmen ein Gefühl von Behaglichkeit. Als Besucher fühlt man sich hier oft schnell wohl, sofern genügend Leute da sind. Das merkt man an den regen Unterhaltungen. Der Ort zwingt einem kein Schweigen auf, sondern regt im Gegenteil zu lautem Reden und Gelächter an.

Der Sonne des späten Nachmittags beschien das gegenüberliegende Ufer und ließ die Seine funkeln. Dim hielt nach Jasmin Ausschau. Außer ihr kannte er niemanden. Doch sie war nicht da. Er fragte sich, wie er sie finden könnte. Das hatte sie ihm nicht verraten.

*

In der Eingangshalle, in der Hassan wartete, gab es automatische Schranken für die Bediensteten. Alle Angestellten des Ministeriums hatten ihre persönliche Magnetkarte, die ihnen die Schranke öffnete, genau wie in der Metro.

Die Besucher mussten durch eine etwas breitere Spezialtür gehen, die nur von dem Polizisten geöffnet werden konnte, der auf der anderen Seite stand. Auf ein Zeichen der Person hin, zu der der Besucher wollte, entriegelte er die Glastür mit einem Schalter. Mitgebrachte Taschen mussten auf ein Rollband gelegt werden. Nachdem die Besucher ein Röntgenportal passiert hatten, konnten sie ihre Sachen auf der anderen Seite wieder an sich nehmen.

Jasmin trat zu dem Polizisten. Er kannte sie gut und begrüßte sie mit einem Lächeln.

»Jemand wartet auf mich«, sagte sie.

Sie blickte durch die Glastür in die Eingangshalle und erkannte Hassan sofort. Sie hätte ihn unter Tausenden erkannt, ihn und seinesgleichen.

Der Polizist ließ die Glastür aufschwingen.

»Ich bin Madame Lacretelle«, begrüßte sie den jungen Mann.

Hassan trat ein und kam auf sie zu, ohne ihr die Hand zu reichen.

*

Durch das Lächeln am heutigen Morgen ermutigt, hatte Irving überall nach Jasmin Ausschau gehalten, doch ohne Erfolg. Aus Trotz hatte er zwei Whiskys in sich hineingeschüttet. Er hatte das dritte Glas bereits in der Hand und stellte sich damit in die Türöffnung. Das Fenster stand halb offen. Ein frischer Luftzug wehte herein. Irving wischte sich über die Stirn.

Da vibrierte das Handy in seiner Tasche. Er ging dran. Es war sein Kollege von der CIA, bei dem er zu Mittag gegessen hatte.

»Hallo, Keith. Es war toll bei euch heute Mittag. Du ... okay, pardon, ich höre ...«

Er wollte gerade das Glas zum Mund führen, als er wie vom Blitz getroffen zusammenzuckte.

»Was?«, stammelte er. »Was sagst du da?«

Er verschüttete die Hälfte seines Whiskys auf den teuren Teppich des großen Salons.

*

Das Dröhnen der Hubschrauber war ohrenbetäubend. Es übertönte sogar die Detonationen, die von der anderen Seite kamen

Kader und sein Kontrahent lagen noch immer auf dem Boden ineinander verkeilt. Kader schielte zu dem stählernen Bauch des Fliegers über ihnen. Gut, die Trosse senkte sich bereits herab. Abd Al-Razzaq nutzte diesen kurzen Augenblick der Unachtsamkeit, um Kader einen Fausthieb zu verpassen, der ihm für einen Moment den Atem raubte. Dann sprang er auf und wollte fliehen, als mehrere Maschinengewehrsalven ihm den Sand um die Ohren peitschten. Da begriff er, dass sie ihn lebend haben wollten. Das Messer, das ihm aus den Fingern gefallen war, lag im Sand, keine zwei Schritte vor ihm. Er bückte sich danach. Sein Entschluss stand fest: Er würde es gegen sich selbst richten. Doch in dem Moment, als er sich die Klinge in den Bauch rammen wollte, traf ihn ein kräftiger Schlag im Nacken, und er fiel bewusstlos auf den Boden.

*

Dimitri, der am anderen Ende desselben Salons wie Irving stand, bekam ebenfalls einen Anruf.

»Nichts sagen, Dim!«, sagte Archies Stimme eindringlich. »Tun Sie genau, was ich Ihnen sage! Suchen Sie sich einen auffälligen Punkt, in dem Raum, in dem Sie sind: den Kamin, ein Bild, ein Wandteppich, was weiß ich. Fertig?«

»Ja.«

»Stellen Sie sich davor.«

»Okay, gemacht.«

»Wo stehen Sie?«

»An dem großen runden Marmortisch vor dem Amtszimmer des Ministers.«

Archie legte die Hand über die Sprechmuschel. »Haben Sie es notiert, Helmut?«, fragte er und wandte sich dann wieder an Dim.

»Gut. Gleich wird Sie ein Typ mit blauen Augen und texanischem Akzent ansprechen. Er heißt Irving. Tun Sie, was er sagt. Verstanden? Auch wenn Sie nicht genau wissen, worum es geht, tun Sie so, als seien Sie voll im Bilde. Ist das klar?«

»Okay.«

Archie hatte schon aufgelegt.

Dim hörte von der Straße eine Sirene, die zunehmend lauter wurde. Aha, der Prinz aus dem Morgenland und seine motorisierte Eskorte trafen ein.

VI

Jasmin führte den jungen Mann in ihr Büro im zweiten Stock. Er folgte ihr wortlos.

Sobald sie in dem Zimmer waren, musterte sie ihn eindringlich und er erwiderte den Blick, ohne die Augen niederzuschlagen. Es war schwer zu sagen, was in diesen Blicken lag: Herausforderung, Verachtung, Hass und vielleicht auch, unterschwellig, eine Brüderlichkeit, die Emotion und Mitleid auslöste.

»Ich muss noch schnell etwas machen«, sagte Hassan. »Dabei dürfen wir nicht gestört werden.«

Jasmin öffnete die Tür zum Nebenzimmer, in dem die Sekretärinnen der Dienststelle saßen. Doch um diese Uhrzeit war es fast leer. Die Assistentin der Direktors, eine Asiatin, räumte gerade ihre Sachen zusammen. Jasmin verabschiedete sich von ihr und machte die Tür wieder zu.

»Du kannst anfangen«, sagte sie.

Hassan schob sein Hemd hoch. Er versuchte, die beiden Drähte zusammenzuführen, die die Plus-Pole der Batterien mit der Zünd kapsel verbanden. Die nackten Enden ragten aus dem Klebeverband seines Flastrons. Sobald sie angeschlossen waren, würde ein Griff zum Schalter genügen ...

Jasmin sah, dass er es nicht allein schaffte und bot ihm ihre Hilfe an. Zuerst lehnte er ab, dann ließ er es zu. Sie schob sein Hemd noch ein Stück höher und legte die ganze Vorrichtung frei.

»Eine Praktikantin wird mich anrufen, sobald der Prinz durch das Gittertor fährt«, erklärte ihm Jasmin. »Dann gehen wir nach unten.«

Genau in dem Moment, als sie die Drähte angeschlossen hatte, begann ihr Handy zu vibrieren.

»Sie sind da«, sagte sie.

*

»Wenn Sie sich ganz sicher sind, dass diese Info stimmt«, flüsterte Irving, die Hand über das Mikrophon seines Handys gelegt, »lassen wir den Saal räumen und durchsuchen alle.«

Die Dienstwagen parkten auf dem Innenhof. Ein Heer von Amtsdienern, Polizisten und Sicherheitskräften umringten den Wagen des Ministers.

»Okay, verstehe. Geht nicht mehr. Sie sind da.«

Irving wandte sich zu den Salons. Sein Blick überflog die eleganten Herren und die geschmackvoll gekleideten Damen. *Die Killer sind bereits unter ihnen.*

»Sie sind schon da«, wiederholte er für sich selbst.

Er klemmte sich das Handy wieder ans Ohr.

»Ja«, sagte er, »ich höre.«

*

Dimitri wollte sich nicht bewegen. Doch in dem allgemeinen Gedränge fiel es ihm schwer, seinen Platz zu behaupten, als der Prinz mit seinem Gefolge ins Vorzimmer trat. Den Prinzen selbst konnte Dim nur flüchtig sehen. Er war größer und jünger, als er gedacht hatte. Genau wie die Schar seiner Höflinge trug er eine weiße Dschellaba und eine Kufiya. Sein Bart war perfekt geschnitten, der Übergang von der hellen Haut zu den dunklen Barthaaren war so auffällig wie der Rand eines Kieswegs, der an ein Rasenstück grenzt. Ein mechanisches Lächeln umspielte seinen Mund, das auch auf schlechte Laune hindeuten konnte.

Da bewegten sich die geladenen Gäste auf den Prinzen zu und entzogen ihn Dims Blicken. Er konnte nichts mehr sehen, bis plötzlich beide Flügel der Tür zum Dienstzimmer des Außenministers weit geöffnet wurden. Doch wegen der vielen Menschen konnte Dim nicht sehen, wie sich die beiden Minister begrüßten.

Er hätte sich gern nach vorn gedrängt, bis zum Mittelpunkt des Geschehens, doch Archie hatte ihm eingeschärft, sich nicht von der Stelle zu rühren. Deshalb blieb er an dem runden Marmortisch stehen. Und plötzlich zuckte er zusammen. Jemand hatte ihn am Arm berührt. Dim fuhr herum und erblickte einen Mann, der von der Seite zu ihm getreten war. Der Typ hatte noch kein Wort gesagt, doch er entsprach haargenau Archies Beschreibung.

»Irving?«

»Ja.«

Sie beäugten einander kritisch.

»Diese Info«, begann Irving mit seinem karikaturistischen Akzent, »kommt sie von Ihrer Agentur?«

Tun Sie so, als seien Sie voll im Bilde. Dim hatte Archies Stimme noch im Ohr.

»Richtig.«

»Bravo! Ich bekam gerade einen Anruf von Ihrem Büro in Paris

Ihr Kollege hat mir alles in groben Zügen erklärt. Wie entsetzlich!«

Dim nickte wortlos und bemühte sich um Bescheidenheit.

»Es ist zu spät, um die französische Polizei zu informieren. Sie können das Gebäude nicht mehr stürmen, wenn die Killer bereits hier sind und nur auf einen Knopf drücken müssen ...«

»Stimmt. Was schlagen Sie vor?«

»Ich werde versuchen, den Kollegen zu informieren, der zum Gefolge des Prinzen gehört. Hoffentlich ist er nicht draußen bei den Wagen geblieben.«

Irving stellte sich auf die Zehenspitzen und versuchte, über die Köpfe hinweg etwas zu sehen.

»Da ist er! Ich komme.«

Er machte einige Schritte und packte einen dunkelhaarigen Mann mit einem kurz geschnittenen Lockenkopf am Ärmel. Er war kleiner als Irving, hatte aber einen kräftigen, muskulösen Körperbau und einen breiten Stiernacken. Während Irving ihn mit sich zu Dim zog, flüsterte er ihm etwas ins Ohr. Dim sah, wie der Mann die Augen aufriss und seine Gesichtszüge entgleisten.

»Okay, das ist Jason.«

»Hallo, ich bin Dimitri.«

Es gab kein Händeschütteln und keine weiteren Worte. Der neue Agent hatte sichtlich Mühe, die Information zu verdauen.

»Sind Sie bewaffnet?«

»Nein«, antwortete Dimitri.

»Wir ja. Sobald wir die Typen identifiziert haben, schlagen wir zu.«

Die Ankunft des arabischen Prinzen hatte die Menge elektrisiert. Der Geräuschpegel war angeschwollen. Alle warteten darauf, dass die beiden Minister wieder heraustraten und die Menge begrüßten.

»Haben Sie sie lokalisiert?«, fragte Irving.

Dim konnte lange so tun, als sei er im Bilde, doch auf diese Frage wusste er leider keine Antwort.

»Nein, noch nicht.«

Archie hatte ihm diese beiden Typen sicher geschickt, damit sie ihm das Eingreifen abnahmen. Und das war gut so, denn trotz seiner Ausbildung wusste Dim nicht wirklich, wie man einen Selbstmordattentäter unschädlich machte. Vorläufig konnten sie aber gar nichts tun, da er so wenig wie die beiden CIA-Männer wusste, wonach sie suchten.

Dim blickte suchend über die Menge, die sich in die Salons drängte.

*

Die vielen Menschen, die in den Korridoren des Außenministeriums unterwegs sind, haben leicht Zugang zum Hôtel du Ministre. Bis vor kurzem gab es eine öffentlich zugängliche Treppe, über die man von den Verwaltungsräumen zu den Amtsräumen des Kabinetts gelangt. Neuerdings aber gibt es hier eine Sprechanlage. Die Bediensteten haben dank ihres Buttons freien Zutritt. Für sie ist der Weg frei. Die Pförtner, deren Dienstzimmer sich oben an der Treppe befindet, führen nur sehr rudimentäre Kontrollen durch. Wenn jemand sich verlaufen hat, erklären sie ihm den rechten Weg. Aber es genügt, mit einigen Dossiers unter dem Arm anzukommen und sehr geschäftig zu tun, notfalls den Namen eines der Berater des Ministers zu nennen, und schon kann man unbehelligt ins Allerheiligste vordringen.

Es ist ein abrupter Übergang. Innerhalb weniger Meter lässt man die grau verputzten Wände der Verwaltungsgebäude hinter sich und findet sich in einer eleganten Umgebung mit Vergoldungen und Wandteppichen wieder. Es gibt keinen Wachposten mehr, der diesen Durchgang hütet.

Mit Hilfe ihres Dienstbuttons öffnete Jasmin die Glastür zum Palais. Auf der Treppe ging sie vor Hassan her, grüßte den zeitungslesenden Pförtner und führte ihren Begleiter zu den großen Salons, in denen der Empfang stattfand.

Um dorthin zu gelangen, muss man durch einen Korridor gehen, in dem mehrere Wandschränke mit Zierleisten nebeneinander stehen. Eine Radierung hinter Glas stellt den Wiener Kongress dar.

»Warte hier!«

Brav schloss Hassan die Augen, als wolle er dem Stimmengewirr entfliehen, das aus den Salons drang. Er lehnte sich an das Porträt von Metternich.

»Wenn die Minister aus dem Büro kommen, hole ich dich ab. Wenn jemand fragt, sag einfach, dass du mit mir zusammen bist. Aber ich denke nicht, dass man dich anspricht.«

Hassan gab ihr keine Antwort. Sie hatte den Eindruck, dass er betete.

*

Während er dafür sorgte, dass Abd Al-Razzaq weiterhin bewusstlos blieb, griff Kader nach der Trosse, die vom Hubschrauber herabhing. Sie endete mit einer großen gepolsterten Schlinge, die er um Abd Al-Razzaqs Oberkörper legte. Dann hob er ihn ein Stück hoch und gab dem Piloten ein Zeichen. Sofort wurde der Bewusstlose mit einer Winde nach oben gezogen. Die Trosse kam ein zweites Mal herab, und Kader vertäute sich selbst daran. Nun war er an der Reihe, nach oben gezogen zu werden. Der Helikopter ging wieder höher, machte einen Kurvenflug und flog dann davon. Der andere Hubschrauber hatte seine Aufgabe auch fast erledigt. Die Fahrzeuge auf dem Boden brannten, die meisten Männer waren erschossen. Ein paar Flüchtige rannten in die Wüste. Der Schütze im zweiten Hubschrauber erschoss einige von ihnen, überließ die letzten dann aber ihrem Schicksal und machte sich ebenfalls auf den Rückweg.

*

»Sieh an, die Kleine vom Protokoll!«

Irving hatte Jasmin erspäht, in der Nähe der Tür, die zum Gang des Kabinetts führte.

»Ach, Sie kennen sie?«, sagte Dim.

»Wir sind uns heute früh über den Weg gelaufen. Natürlich ist sie mir aufgefallen«, sagte der Amerikaner mit einem süffisanten Grinsen. »Leider hatte ich nicht die Zeit, sie zu fragen, ob sie heute Abend schon etwas vorhat.«

Dim wäre ihm am liebsten an die Gurgel gesprungen.

»Warten Sie«, sagte er aber nur mit einem schiefen Grinsen »Rühren Sie sich nicht von der Stelle! Ich werde sie fragen.«

Noch bevor Irving darauf reagieren konnte, eilte Dim auf Jasmin zu. Als er vor ihr stand, taten sie beide überrascht, wie alte Freunde, die sich zufällig trafen. Sie umarmte ihn.

»Er ist allein«, teilte sie ihm lächelnd mit. »Ich hole ihn gleich Die Bombe ist um seinen Bauch gebunden. Und sie ist bereits scharfgemacht.«

Nach diesen Worten und immer noch mit ihrem strahlenden Lächeln umarmte sie ihn erneut und ging weiter. Dim führte seinen Rundgang zu Ende und kehrte zu Irving zurück.

»Sie kennen sie auch?«

»Ja, und sie hat heute Abend schon was vor.«

»Wir haben keine Zeit für dumme Scherze. Was hat sie gesagt?

Die Tür, hinter der sich die beiden Minister befanden, war noch immer geschlossen. Wegen der vielen anwesenden Menschen war es im Raum warm geworden. Einige der Damen fächelten sich Luft zu.

»Wir bleiben hier stehen«, verkündete Dim großspurig, ohne die Tür aus den Augen zu lassen, durch die Jasmin in den Korridor zurückgekehrt war. »Der Typ kommt gleich.«

Die Minuten vergingen wie in Zeitlupe, das Warten war unerträglich. Jason hatte eine Hand unter der Achsel und spielte nervös mit seiner Waffe herum.

»Ist Ihre Agentur schon lange an dem Fall dran?«, fragte Irving, um sich von seiner Ungeduld abzulenken.

»Seit einigen Monaten.«

»Ihr hättet uns früher informieren können!«

»Das war nicht meine Entscheidung.«

Dim hatte nur mit halbem Ohr zugehört. Er reckte den Hals, um die Tür nicht aus den Augen zu verlieren. Und dann plötzlich sah er Jasmin mit einem jungen Mann eintreten. Sie blieben auf der Schwelle stehen. Der Typ kniff die Augen zusammen, als wäre das Licht und das Stimmengewirr für ihn ein Schlag ins Gesicht. Er flüsterte Jasmin etwas ins Ohr. Dann stellte er sich vor sie, und sie schien seine Worte zu wiederholen. Er nickte, und sie trat einen Schritt von ihm weg.

Der junge Mann betrat den Salon. Er war wirklich sehr jung, hatte pechschwarze Haare und dunkle Haut. Sein Blick war starr. Man spürte, wie unwohl und unsicher er sich in dieser Umgebung fühlte. Er machte nur langsame Gesten und bewegte dabei die Lippen.

»Irving, sehen Sie den jungen Mann dort?«

Im selben Moment wurde die doppelflügelige Tür zum Ministerbüro geöffnet. Wegen der vielen Menschen, die ihm den Weg versperrten, konnte Dim nur einen flüchtigen Blick auf die weiße Seiden-Dschellaba des Prinzen erhaschen.

»Ja.«

»Das ist er.«

Irving und Jason verständigten sich blitzschnell auf Englisch.

»Okay, Leute«, sagte Dim, »jetzt seid ihr dran.«

»Wo wollen Sie hin?«

Dim antwortete nicht. Er schob sich durch die Menge, in Richtung der Fenster. Irving wollte ihn festhalten, doch es war schon zu spät. Da schob er eine Hand unter seine Jacke und machte Jason ein Zeichen, ihm zu folgen. Sie kamen nur langsam vorwärts, da sie sich gegen den Strom bewegen mussten.

Der Selbstmordattentäter zögerte. Im Schein der Kronleuchter glänzten die Vergoldungen und der Schmuck. Dieses Konglomerat aus teuren Parfüms, geschminkten Gesichtern, eleganter Kleidung und prunkvollen Uniformen machte ihn benommen. Er war sichtlich gespalten zwischen seinem Wunsch, sich dem Prinzen zu nähern und der Angst, sich in die Menge zu begeben, die ihn umstellt hatte. Er ließ sich ein Stück zurückdrängen. In der Ecke, in der er nun stand, war das Gedränge etwas erträglicher. Die geladenen Gäste begannen, in die anderen Salons auszuschwärmen. Sobald es etwas ruhiger geworden war, fasste sich Hassan wieder. Er wollte gerade vortreten, als er undeutlich jemanden ganz dicht hinter sich spürte. Instinktiv ging seine Hand zum Auslöser.

*

Im Hubschrauber hatten zwei Agenten der algerischen Spezialeinheit Abd Al-Razzaq unschädlich gemacht. Sie hatten ihm die Hände mit Handschellen auf den Rücken gefesselt, ein Klebestreifen verschloss ihm den Mund.

Kader saß am anderen Ende der Kabine, auf einem Metallbügel, der im Rhythmus der Turbine vibrierte, den Kopf nach hinten gelehnt.

Nach und nach kam er wieder zu Sinnen. Seine Gefühle kehrten zurück. Er holte tief Luft. Einer der Soldaten legte ihm eine Hand auf die Schulter. Er nickte, zum Zeichen, dass mit ihm alles in Ordnung war.

Aber wie jeder, der einen lang ersehnten Augenblick erlebt hat, fühlte er sich leer und nackt.

Als der Helikopter in der Nähe der Iljuschins landete, kämpfte Kader mit den Tränen.

*

Dimitri wurde am Fenster von einer Gruppe von Militärattachés in Galauniform eingezwängt und versuchte, die Tür zu dem Gang zu sehen, durch den der Selbstmordattentäter hereingekommen war. Zwischen den Offiziermützen konnte er einen flüchtigen Blick auf Jasmin werfen. Sie stand wieder an der Stelle, zu der sie den Terroristen gebracht hatte, auf der Schwelle zu den Salons. Sie sah in Dims Richtung, und er hatte das Gefühl, dass sie ihn anschaute. Später war er davon überzeugt, dass sich ihre Lippen bewegten, als wollte sie ihm trotz der Distanz noch etwas sagen.

Ohne lange zu überlegen, rannte er zu ihr und stieß alle zur Seite, die ihm im Weg standen. Die unsanft zur Seite Gestoßenen protestierten lautstark. Empörte Aufschreie und selbst Verwünschungen waren zu hören. Doch Dim achtete nicht darauf und kämpfte sich weiter durch. Meter um Meter schaffte er es schließlich bis zu der Tür, unter der Jasmin eben noch gestanden hatte. Doch als er dort ankam, war sie verschwunden.

Er schaute sich um: In den Salons war sie nicht. Also stürmte er in den Korridor. Von hier aus nahm er den erstbesten Gang, der abzweigte, den verwinkelten Gang für die Bediensteten mit den schmucklosen, grauen Wänden. Er endete im Dienstzimmer der Pförtner. Auf dem Schreibtisch brannte eine Lampe, doch das Zimmer war leer. Eine lange, gerade Treppe führte hinunter ins dämmerige Erdgeschoss. Dim zögerte kurz, rannte dann aber hinunter. Dort gab es einen Portalvorbau, von dem aus Dim zum Eingang fürs Personal und die Besucher gelangte. Da endlich sah er Jasmin, die gerade über den Hof eilte. Mit ihrem Dienst-Button war sie problemlos durch die Schranke gekommen.

Er aber hatte keinen Button.

Kurz entschlossen ging er auf den Polizisten zu, der den Durchgang bewachte, und bemühte sich, sich seine Aufregung nicht anmerken zu lassen.

»Würden Sie mich bitte hinauslassen?«

Dim zeigte auf die Glastür, durch die Hassan vor kurzem erst hereingekommen war.

An den Ausgängen wird wesentlich weniger streng kontrolliert als an den Eingängen. Die Zuständigen gehen davon aus, dass jemand, der das Gebäude verlässt, beim Hereinkommen bereits überprüft worden war. Dim war gut gekleidet, sein Lächeln wirkte vertrauenswürdig. Er durchwühlte seine Taschen, um seine Einladung hervorzukramen, doch da streckte der Polizist bereits der Arm aus, um den Türöffner zu betätigen.

Genau in diesem Moment ertönte ein lauter Knall, dessen Echo durch die unzähligen Gänge in diesem Ameisenhaufen aus Büroräumen hallte.

*

Hassan war so überrascht über diesen Mann, der plötzlich vor ihm stand, dass er im ersten Moment nicht reagierte. Und ehe er wusste, wie ihm geschah, wurde er von hinten gepackt. Jemand riss ihm die Hände nach hinten und drückte sie an seinen Rücken.

Er hatte nicht die Zeit, zu begreifen, was vor sich ging: Die Kugel traf ihn aus nächster Nähe. Sie kam aus Irvings 9-mm-Pistole und drang seitlich, oberhalb des Augenbrauenbogens, in seinen Schädel ein. Irving hatte so gezielt, dass der hinter dem Selbstmordattentäter stehende Jason nicht getroffen wurde. Unbeschadet, aber voller Blutspritzer, hielt der Agent den jungen Mann fest, als er zusammensackte. Er nahm ihn an den Schultern und bettete ihn behutsam auf dem Rücken auf dem Boden.

*

Der Mann, den der Polizist vor einer Sekunde noch für einen gewöhnlichen Besucher gehalten hatte, wurde plötzlich höchst suspekt. Seine Ungeduld, die Art, wie er fieberhaft nach draußen blickte, all das ließ ihn nach diesem Schuss in einem ganz anderen Licht erscheinen. Was war im Gebäude passiert? Instinktiv griff der Polizist nach seiner Waffe.

»Nicht bewegen!«, befahl er. »Zwei Schritte zurück und Hände hoch!«

Dim zögerte. Durch die Gitterstäbe am Fenster sah er Jasmin über die Straße hasten. An der Haltestelle des Flughafenbusses wartete ein Wagen. Sie stieg auf den Rücksitz, und der Wagen fuhr davon.

Dim musterte den Polizisten und begriff, dass er nichts Unüberlegtes tun durfte. Also hob er die Hände und murmelte: »Schon gut. Ich kann alles erklären.«

*

Der Schuss hatte die Besucher in Panik versetzt. Die Leibwächter des Prinzen öffneten Kevlar-Protektoren und führten ihren Minister unter wirrem Geschrei aus dem Raum. Französische Polizisten in Galauniform, behindert durch ihre Achselschnüre und ihre verstärkten Jacken, liefen von allen Seiten herbei. Hysterische Schreie hallten durch das Gebäude. Die Anwesenden starrten wie benommen auf die Leiche. Irving hatte eine Pistole in der Hand – und alle wichen vor ihm zurück. Er bückte sich, hob das Hemd des Toten hoch und zog die Drähte heraus, um den Sprengstoffgürtel zu entschärfen. Ein Kreis aus verschreckten Blicken sah die grau-metallische Bandage, die der Selbstmordattentäter um den Bauch trug. Und jeder begriff, mehr oder weniger schnell, je nachdem, ab wann er wieder klar denken konnte, dass er das zweifelhafte Privileg hatte, noch lebend den eigenen Tod zu sehen.

VII

Mitten im südlichen Winter war der Tafelberg von einem kalten Dunstschleier umhüllt. Die Seilbahn fuhr durch die Wolken auf- und abwärts. Das tief unter ihr liegende Kapstadt war nur stückweise zu sehen, wann immer sich eine Lücke in den Nebelschwaden auftat. Jenseits des Hafens, auf dem grauen Panzer des Meeres erhob sich Robben Island, Mandelas ehemaliges, düsteres Gefängnis, wie aus einem schottischen Loch aus der Tafelbucht.

So liebte Archie die Stadt am meisten. Er trug eine gelbe Regenjacke und spürte, wie sein Gesicht von der Luft feucht wurde. Da Eisengeländer war kalt. Und es gab weit und breit keinen einziger japanischen Touristen!

Er blickte auf seine Uhr, zog den Reißverschluss seiner Regenja cke bis zum Hals zu und ging den Panoramaweg entlang. Da er zu früh dran war, konnte er Dimitri ruhig ein Stück entgegengehen. Der Junge hatte nicht die Seilbahn nehmen wollen, da er fand, dass er träge geworden war, seit er wieder in Johannesburg war. Deshalb wollte er den steilen, beschwerlichen Wanderpfad heraufkommen, der durch die Skeleton Gorge führte.

Nach ungefähr fünf Minuten stieß Archie auf ihn. Dim hatte nasse Füße; die Haare waren vom Regen und Schweiß an den Kopf geklatscht. Aber dafür hatte er gerötete Wangen und ein fröhliches Gesicht. Er öffnete seinen kleinen Rucksack und nahm eine Trinkflasche und ein trockenes Polohemd heraus. Er trank und zog sich um.

»Wollen Sie noch ein Stück wandern oder gleich ins Lokal gehen?«

»Ich würde gern noch ein Stück gehen.«

Sie blieben auf dem Wanderweg. Der Gipfel des Tafelbergs ähnelt einem Heideland mit sanften Hügeln, Tümpeln und kleinen Anhöhen. Die Wege verzweigen sich endlos. Wanderer mit Kapuzenjacken waren hierhin und dorthin unterwegs.

»Seit dem Ende der Operation Zam-Zam habe ich Sie kaum noch gesehen. Wie lange ist das jetzt her?«

»Zwei Wochen.«

»Schon? Tja, wie doch die Zeit vergeht!«

Archie hatte sich einen ausziehbaren Spazierstock besorgt. Damit unterstrich er seine Schritte und auch seine Worte, indem er mit der Gummispitze an die Felsen am Wegrand klopfte.

»Sie waren so beschäftigt. Die Vernehmungen, die Interviews. Eine Riesensache. Sie haben sich sehr gut geschlagen.«

»Danke.«

»Im Ernst, ich gratuliere Ihnen. Sie haben ein ausgezeichnetes Bild von Providence abgegeben: der junge Ermittler, der mit ein paar wenigen Indizien startet und ein großes Komplott aufdeckt. Sie haben die junge Frau absolut kohärent geschildert. Es ist Ihnen sicher nicht leichtgefallen, sich an das von Roth ausgearbeitete Profil zu halten: eine zerrissene Frau auf der Suche nach ihrer Identität, die den Westen ablehnt und sich in die Arme der Islamisten wirft. Und sogar so weit geht, ihre Komplizin bei einem Attentat zu werden! Doch wie dem auch sei, alle haben diese Version geschluckt.«

Ein Pärchen kam ihnen entgegen, das alle Mühe hatte, seinen Labrador an der Leine festzuhalten. Der Hund war pitschnass, Herrchen und Frauchen hatten gerötete Gesichter und waren außer Atem. Archie ließ sie angewidert passieren.

»Für Providence bedeutet es jedenfalls volle Bücher. Wir können uns kaum noch retten vor Aufträgen. Ich musste mich sogar dazu herablassen, einige Interviews zu geben.«

Was das Sich-Herablassen betraf, so war Archie eine Woche lang kaum noch aus Fernsehstudios herausgekommen, weil er zu sämtlichen Sendungen ging, zu denen er eingeladen wurde – von den großen bis hin zu ganz kleinen Sendern.

»Zum Glück konnte dieses Medienspektakel das Wichtigste verschleiern: Niemand hat zwischen dem Attentatsversuch in Paris und der Verhaftung von Abd Al-Razzaq eine Verbindung gesehen.«

Für Archies Geschmack ging Dim etwas zu schnell. Er war außer Atem. Die Wolkendecke war tiefer gesunken. Auf dem Plateau des Tafelbergs dagegen war es sonnig. Archie steuerte eine der Bänke an, die entlang des Panoramawegs aufgestellt waren.

»Setzen wir uns kurz, Sie haben doch nichts dagegen, oder?«

Archie wühlte in seinem Rucksack und holte eine Packung Schokokekse heraus. Eigentlich hatte ihm sein Arzt Süßigkeiten verboten. *Aber hier in den Bergen ...*

»Die Algerier haben sich natürlich gehütet, ihren Erfolg an die große Glocke zu hängen. Sie taten so, als hätten sie Abd Al-Razzaq rein zufällig gefangen genommen. Dass sie ihn in eine Falle lockten, ließen sie unter den Tisch fallen. Fürs Erste erregte seine Gefangennahme also keine große Aufmerksamkeit bei den Medien. Dabei war seine Festnahme sehr viel bedeutender als der Attentatsversuch im Außenministerium.«

»Ah ja?«, kommentierte Dim halbherzig.

»Abd Al-Razzaq Al-Libi *alias* Abu Qotb *alias* Kacem El-Fouat und so weiter und so fort. Das fehlende Glied in der Kette. Der Mann, der als Verbindungsmann zwischen der Führungstruppe von Al-Qaida und allen Avataren weltweit fungierte! Da ist Ihnen wirklich ein sehr dicker Fisch ins Netz gegangen!«

»Ich dachte, Al-Qaida sei eine spontane Bewegung geworden«, brummte Dim. »Der sich jeder anschließen kann, der Lust hat …«

»Tja, das ist die Version für die Weltöffentlichkeit. Die Realität sieht ganz anders aus. Es gibt natürlich spontane Gruppen, klar. Aber es gibt immer eine Führungselite. Und Abd Al-Razzaq gehörte dazu, sogar zum inneren Zirkel. Ein seltsamer Typ, dieser Abd Al-Razzaq. Hat am Polytechnikum in Zürich sein Ingenieursdiplom gemacht und ist mit einer Australierin verheiratet. Bin Laden hat er in Riad kennengelernt, wo er für eine amerikanische Firma arbeitete. Er ist einer seiner ältesten Gefolgsleute. Während der Bombardierung Afghanistans hat er sich mit ihm in die Grotten von Tora Bora zurückgezogen, anschließend in die Stammesgebiete von Pakistan. Seit sich Bin Laden versteckt hält, hat Al-Razzaq eine wichtige Funktion übernommen: Er war der Einzige aus seinem Gefolge, der weiterhin herumreiste. Er hat den Kontakt mit den lokalen terroristischen Gruppen aufrechterhalten.«

»Warum wurde er nicht früher geschnappt?«

»Die Indonesier hätten ihn nach dem Attentat in Bali beinahe erwischt. Er wurde mehrfach an verschiedenen Orten weltweit lokalisiert, konnte aber immer im letzten Moment fliehen. Er ist ungeheuer clever und hat eine enorme Erfahrung darin, vom Untergrund aus zu agieren.«

Die Wolke erstreckte sich nun auch über das Kap, wie ein verbeulter Deckel. Der Tafelberg dagegen lag im Sonnenschein. Archie öffnete seine Regenjacke und hielt sein Gesicht in die Sonne.

»Um ihn zur Strecke zu bringen, gab es nur eine Möglichkeit: Man musste einen Agenten einschleusen, ihn absolut gut tarnen und so fundamentalistisch auftreten lassen, dass Abd Al-Razzaq auf ihn aufmerksam werden musste. Und ihn dann in eine Falle locken. Das haben die Algerier ganz toll hingekriegt. Ihr Plan war gut konzipiert und perfekt ausgeführt. Dieser Kader ist ein großartiger Agent. Sein Cover wurde über Jahre hinweg aufgebaut.«

Dimitri blieb stumm. Archie musterte ihn von der Seite. Dims Miene war verschlossen, seine Augen blicken finster. Bei der Nennung des Namens Kader hatte er sich verkrampft. Archie fragte sich, was er genau wusste. Er zog es vor, das Thema zu wechseln.

»Letzte Woche war ich noch mal in Washington, um mit unserem Auftraggeber zu reden. Er hat mir einen höchst interessanten Mann vorgestellt. Den Mann, der die ganze Operation konzipiert und geleitet hat. Er hat sich mir als Bou Reggane vorgestellt. Das ist natürlich ein Pseudonym, aber was soll's? Dieser Typ sieht echt nach nichts aus, glauben Sie mir. Aber er ist ein Meister. Ein wahrer Meister!«

Genüsslich und geräuschvoll knabberte Archie an seinem Keks. Dim blickte hinaus auf die Bucht.

»Er hat damals einen jungen Mann namens Kader Bel Kader rekrutiert, der aus Liebeskummer zum Militär gegangen war.«

Robben Island zeichnete sich grasgrün zwischen zwei Wolken ab. Ein Windstoß trug die leere Kekspackung davon. Ein Pärchen unbestimmten Alters rannte los, um sie aufzuheben, schrecklich froh darüber, damit zur Rettung des Planeten beitragen zu können. Archie beobachtete sie schulterzuckend.

»Bou Reggane hat Kader an die Hand genommen und ausgebildet. Kader hasste die Islamisten und hatte ein bisschen für die Polizei gearbeitet, ohne aber dazuzugehören. Davon abgesehen wusste er nicht so genau, was er wollte. Sein großer Traum war es zu studieren, aber dann merkte er, dass ihn das auch nicht glücklicher machte. Bou Regganes Talent besteht darin zu wissen, was aus einem Agenten herauszuholen ist. Die Großen in diesem Metier erkennt man an dieser Eigenschaft. Er hat sofort gesehen, dass Kader ein Wüstentier ist, ein Mann des Unendlichen, Absoluten, der Freiheit. Der ideale Kandidat sowohl für Liebeskummer als auch dafür, sich voll und ganz einer Sache zu verschreiben.«

Er schielte zu Dim, um zu sehen, ob sein Agent die Ironie dieser Konklusion mitbekommen hatte.

»Bou Reggane setzt Kader in der Wüste ein. Innerhalb von drei Jahren baut er sich dort aus dem Nichts ein kleines Imperium auf. Er weiß alles, sieht alles. Und als sich die Islamisten in der Sahara ausbreiten und ihre Basislager einrichten, ist Kader schon vor Ort und kann sie mühelos unterwandern.«

Eine große Schar von Touristen, vom plötzlichen Sonnenschein ermuntert, hatte den Anstieg hinter sich gebracht und tauchte auf dem Gipfel auf. Um ihnen zu entkommen, machten sich Archie und Dim auf den Weg zu dem Lokal unterhalb der Bergstation. Das Lokal war brechend voll, doch sie konnten noch einen kleinen Tisch in der Nähe des Fensters ergattern.

»Eines Tages sieht Kader Jasmin zufällig in Nouadhibou wieder, erzählt es seinem Führungsoffizier und ...«

»Wissen Sie, warum sie ihn beim ersten Mal verlassen hat?«, fiel Dim ihm ins Wort.

Er war blass und Archie spürte, dass das Gespräch drohte, sich in eine sentimentale Beichte zu verwandeln.

»Jasmins Mutter war krank und starb kurz darauf. Ihre Tochter musste ihr versprechen, nicht in Algerien zu bleiben, sondern noch einmal zu versuchen, sich in Frankreich zu integrieren. Also ist Jasmin zurückgereist. Wenn das große Glück zu früh kommt, kennt man seinen Preis noch nicht.«

Herrje, wo nehme ich nur solche Weisheiten her? Archie betupfte sich mit seiner Serviette die Stirn. Die Kellnerin, eine *coloured*, müde und eher unfreundlich, brachte ihnen die Karte. Es war kein Ort, an dem man länger als nötig bleiben wollte.

»Kurzum, sie treffen sich zufällig in Nouadhibou wieder«, ergriff Archie wieder das Wort. »Das hat Kader Bou Reggane erzählt.«

»Der ihm sagt, er solle den Diplomaten-Gatten ausspionieren …«, fiel Dimitri ihm verächtlich ins Wort.

»Da täuschen Sie sich aber gewaltig, junger Mann. Bou Reggane ist ein Meister seines Fachs, das sagte ich bereits. Ein wahrer Meister macht nie einen zu offensichtlichen oder zu leichten Zug.«

Die Bedienung kam, um ihre Bestellung aufzunehmen, ohne die beiden Männer eines Blickes zu würdigen. Archie tat sein Bestes, um noch unfreundlicher zu sein als sie.

»Kader, Jasmin und wie es scheint auch Hugues, ihr Mann, sind leidenschaftliche Menschen und auf ihre Weise auch rein. Das hat Bou Reggane richtig gesehen. Keiner von ihnen hätte sich zu einem Verrat herabgelassen. Nein, Bou Reggane tut gar nichts. Er wartet ab, wie sich die Beziehung weiterentwickelt. Er weiß, dass Kader Jasmin von seinem freiwilligen Militärdienst erzählt hat. Als sie noch zusammen waren, arbeitete er schon ein bisschen für die Polizei, aus Hass auf die Islamisten, und das hat sie gewusst. Auch wenn es nicht ganz den Tatsachen entsprach, dachte sie, dass das, was er im Moment tat, ähnlich gelagert war wie seine frühere Verpflichtung. Und dabei ließen sie es bewenden.«

Die Bedienung kam mit den bestellten Getränken und stellte sie auf das fleckige Tischtuch. Das Bier, bleich und ohne Schaum, war so unappetitlich wie das ganze Lokal.

»Doch eines Tages, zur allgemeinen Überraschung, stirbt Hugues Montclos an einer plötzlichen Erkrankung. Niemand außer dem lieben Gott kann etwas dafür. Wir haben es überprüft und die Algerier haben es uns bestätigt.«

An diesem Punkt legte Archie eine unmerkliche Pause ein. Er sank ein Stück in sich zusammen, rutschte auf dem Stuhl nach vorn und streckte den Hals vor. Diese Haltung war typisch für ihn, wenn er sich anschickte, etwas Vertrauliches zu sagen, zum Kern der Sache zu kommen.

»Das war der Moment, in dem Bou Reggane sein ganzes Genie ausspielt. Urteilen Sie selbst! Er erfährt von seinen Spionen von der Erkrankung und dem anschließenden Tod des Konsuls. Er lässt Jasmin diskret in Paris beobachten. Sie versucht, sich allein durchzuschlagen. Doch alle Türen verschließen sich vor ihr. Sie verliert den Boden unter den Füßen. Bou Reggane sieht sofort, welchen Nutzen er daraus ziehen kann. Ende des Jahres 2008 ist Kader sein Hauptproblem. Dieser ist nach wie vor mit Abstand sein bester Agent, wird den Islamisten aber allmählich zu mächtig. Abdelmalek Drukdal, der Anführer von Al-Qaida in Nordafrika, will nichts mehr von ihm wissen: zu viele Drogengeschäfte, zu unabhängig, zu undurchschaubar. Er befiehlt Abu Mussa, seinem Emir im Süden, den Kontakt mit ihm abzubrechen. Dann aber hätte Kader keinen Nutzen mehr für Bou Reggane. Folglich tüftelt Bou Reggane einen genialen Plan aus.«

Die Bedienung stellte die Teller auf den Tisch. Archie faltete seine Serviette auseinander und griff nach dem Besteck.

»Er inszeniert ein Selbstmordattentat im Herzen eines großen französischen Ministeriums. Er rekrutiert Jasmin als Köder. Geduldig bastelt er eine Biographie für sie. Ihre Reisen nach Mauretanien untermauern den Verdacht, dass sie für Kader als Drogenkurier arbeitet und erpressbar ist. Danach sorgt Bou Reggane dafür, dass ein Parlamentarier der Freundschaftsgruppe ihr eine Stelle im Außenministerium besorgt. Damit hat Kader ein Wahnsinns-Ass im Ärmel, um Abu Mussa zu beweisen, dass er islamischer als die Islamisten und weiterhin seines Vertrauens würdig ist. Ein ohne Kaders Mitwirkung organisierter Entführungsversuch endet in einem Blutbad. Offenbar war einer der Mörder der Italiener bestochen worden und ließ die Operation absichtlich platzen. Kader sitzt wieder fest im Sattel. Zumindest vorläufig. Aber natürlich denkt Bou Reggane nicht im Traum daran, bis zum Ende zu gehen und die Bombe platzen zu lassen. Er verfolgt immer noch dasselbe Ziel wie schon seit Jahren: Abd Al-Razzaq in die Finger zu bekommen. Lebend. Sie wissen ja, wie ihm das gelungen ist.«

Wie ein Orchesterdirigent fuchtelte Archie mit seinem Besteck herum, um seine Worte zu unterstreichen.

»Die Sache endete mit einem umwerfenden Erfolg. Erstens: Die Amerikaner sind mehr denn je davon überzeugt, dass Nordafrika im Allgemeinen und Algerien im Besonderen massive Hilfe brauchen, um mit der absolut realen Terrorgefahr fertigzuwerden. Obama hat sich blamiert und muss wohl oder übel zugeben, dass Afghanistan nicht das A und O im Kampf gegen den Terrorismus ist. Und dass die Gefahr in der Sahara vermutlich am schnellsten anwächst. Zweitens: Die Franzosen haben begriffen, dass sie sich in Sicherheitsfragen auf die Amerikaner verlassen müssen, denn sie waren es, die den Selbstmordattentäter im Außenministerium zur Strecke gebracht haben. Alle, die Sarkozy seine pro-atlantische Politik vorwerfen, von der NATO bis hin zu Afghanistan, sind auf die Nase gefallen. Und drittens: Die Algerier haben Abd Al-Razzaq endlich gefasst. Das ist für sie eine Trumpfkarte, eine Informationsquelle allererster Ordnung, um die alle Welt sie beneidet. Genau deshalb kann ich nur wiederholen, dass es ein Geniestreich war. Wie schmeckt Ihre Keule?«

»Geht so.«

»Mein Kotelett ist ungenießbar. Aber natürlich werde ich mich hüten, es dieser Bedienung zu sagen.«

»Woher haben Sie gewusst, dass sie rechtzeitig eingreifen würden? Wir sind nur um Haaresbreite an einer Katastrophe vorbeigeschrammt. Die Sache hätte schwer ins Auge gehen können.«

»Erdöl«, sagte Archie mit vollem Mund. »Wegen des Erdöls!«

Mit diesen verfluchten neuen Zähnen konnte er längst nicht so schnell essen wie früher. In seiner Hast schluckte er das Fleisch unzerkaut hinunter.

»Als ich erfuhr, dass die Amerikaner einen wichtigen Erdöllieferanten verlieren würden, wenn der Prinz Dingsda ums Leben käme, war mir klar, dass Hobbs die Sache rechtzeitig abbrechen würde. Er besitzt eine Menge Anteilscheine an der Firma Oil-Arabian, die die Ölfelder im Emirat betreibt ...«

Er kniff die Augen zusammen, um den Scharfsinn seiner eigenen, logischen Schlussfolgerungen zu würdigen.

»Ich behaupte nach wie vor, dass es ein böses Ende hätte nehmen können«, sagte Dim mit Nachdruck.

»Und Sie haben recht. Diese Leute sind ein paarmal mit knapper Not um eine Katastrophe herumgekommen. Sie mussten auch einige Bauern opfern, wie bei einem Schachspiel.«

Dim rümpfte die Nase. Archie bereute seinen Vergleich.

»Wen?«

»Nun ja ... Ein Mann aus Kaders Umfeld stürzte sich in einer Oase in den Brunnen, um nicht gefangengenommen zu werden.

Er war ein Agent, den die Algerier schon vor längerem in Abdelmaleks Katiba eingeschleust hatten. Er sollte so tun, als habe er es auf Abu Mussa, Kaders Verbündeten, abgesehen, damit es so aussah, als sei dieser bedroht. Das hätte Kader glaubwürdiger gemacht. Der Typ wusste nicht, was ihm blühte, aber ihm war eingeschärft worden, sich auf gar keinen Fall lebend gefangen nehmen zu lassen.«

Angewidert schüttelte Dim den Kopf.

»Und Farid? Gehörte er auch dazu?«

»Der Medizinstudent aus Nouakchott? Ja, er wurde umgebracht, weil er Jasmin wiedererkannt hatte. Außerdem war Kader davon überzeugt, dass er sie in Nouadhibou zusammen überrascht hatte. Hätte er geredet, wäre die ganze Sache gefährdet gewesen.«

»Und deshalb haben sie ihn umgebracht?«

»Sein Tod hatte noch einen weiteren Vorteil. Er hat Abu Mussa und den anderen Medizinern gezeigt, dass sie nicht mehr zurück konnten. Im Kampf gegen Saïfs Gruppe ging es um Leben und Tod. In Wirklichkeit hatte sich Saïf längst zu Abdelmalek in den Norden geflüchtet und weder die Absicht noch die Mittel, irgendwas zu unternehmen.«

Dim schob seinen Teller zur Seite. Dabei war der noch zu drei Vierteln voll.

»Und ich, bin ich auch ein Bauer, den Sie geopfert haben?«

»Was wollen Sie damit sagen?«

»Hatte Jasmin den dienstlichen Befehl, mit mir ins Bett zu gehen?«

Dim schämte sich für diese Frage, aber gleichzeitig war er auch froh, dass er sie ausgesprochen hatte. Archie nahm sich die Zeit, sein Besteck wegzulegen, einen langen Schluck Bier zu trinken und sich dann den Mund abzutupfen. Erst dann antwortete er gelassen: »Niemand konnte vorhersehen, was passieren würde, mein

Junge. Jasmin ist ein impulsives Geschöpf. Was sie mit Ihnen gemacht hat, war allein ihre Sache.«

Dim zuckte die Schultern. Ihm war klar, dass er sich wie ein schmollender kleiner Junge benahm, aber er kam nicht dagegen an.

»Es stimmt aber auch, dass mir eure Liaison wie gerufen kam, das gebe ich zu. Ich habe Sie ermutigt, sie in Paris wiederzusehen und ihr zu beichten, welche Rolle Sie wirklich spielen. Ich musste die Wahrheit erfahren, verstehen Sie?«

Der Tür des Lokals ging auf und eine Touristenschar strömte herein. Offenbar hatte es wieder angefangen zu regnen. Die Touristen schüttelten ihre Hüte und Kappen aus und ließen ihre Schirme abtropfen.

»Die Algerier waren stocksauer, dass sie es Ihnen erzählt hat. Sie hatten Angst, dass Sie zu anhänglich werden, wenn ich es mal so ausdrücken darf. Aber Jasmin ließ sich nicht dreinreden. Letztendlich haben sie Ihretwegen das Szenario abgeändert. Ursprünglich sollte der Selbstmordattentäter das Ministerium durch das große Gittertor betreten, wie Sie, und direkt vor dem Palais von CIA-Agenten festgenommen werden, die Providence benachrichtigen würde. Bei dieser Inszenierung wären wir mehr im Hintergrund geblieben. Die Algerier glaubten, dass wir Sie ins Finale eingeschleust haben, um mit an vorderster Front zu stehen. So war es zwar nicht, aber letztendlich haben wir davon profitiert. Und was will man mehr?«

Um die Neuankömmlinge unterzubringen, brauchte die Bedienung Platz. Ohne lange zu fragen, brachte sie die Rechnung. Archie bezahlte und sie verließen das Lokal.

Draußen wehte ein stürmischer Wind, der den Regen durch die Gegend peitschte. Aber die Wolken waren höher gestiegen. Das ganze Kap lag unter einem klaren Himmel. Das Gewitter ließ die Stadt in einer bleiernen Farbe glänzen. Die Gondel der Seilbahn war leer beim Hinunterfahren. Sie warteten, auf die Ellbogen gestürzt, bis sich die Türen schlossen, ganz in den Anblick des Panoramas versunken.

»Und jetzt?«, sagte Dimitri nach einer Weile. »Wo ist sie jetzt?«

Mit dieser Frage hatte Archie gerechnet. Im Grunde die einzige, die zu diesem Treffen geführt hatte. Der Zeitpunkt war gekommen, alle Fakten auf den Tisch zu legen.

»Kader hatte *eine* Bedingung gestellt, bevor er sich zu dieser Operation mit all ihren Risiken bereit erklärte.«

»Und die wäre?«

»Dass Bou Reggane ihn aus seinen Diensten entlässt, wenn die Operation erfolgreich verläuft.«

»Und hat er es getan?«

Die Gondel schloss sich und schwebte langsam ins Leere.

»Ja, er hat Wort gehalten.«

»Und ... und Jasmin?«

»Sie wird weltweit als Komplizin von Al-Qaida gesucht. Sie braucht eine neue Identität, eine andere Lebensgeschichte und eine andere Staatsbürgerschaft. Aber die Algerier sind sehr geschickt auf diesem Gebiet.«

Gemächlich kamen die grünen Dächer von Kapstadt näher. Im Zentrum sah man die Grünfläche des Botanischen Gartens der Indienkompagnie. Früher kamen die Seefahrer hierher und deckten sich mit Zitrusfrüchten und anderem Obst ein, um sich vor Skorbut zu schützen.

»Sie leben zusammen, aber natürlich darf niemand wissen, wo. Es ist jetzt ihre Geschichte. Sie haben lange darauf gewartet. Ich könnte mir vorstellen, dass sie glücklich sind.«

»Und viele Kinderlein bekommen«, ergänzte Dim höhnisch.

Der Wind rüttelte an den Kabeln der Seilbahn, und die Gondel schwankte immer mehr, je näher sie dem Erdboden kamen.

»Hören Sie, Dim. Sie hat eine letzte Unvorsichtigkeit begangen. Bevor sie untertauchte, rief sie mich noch an und bat mich, Ihnen etwas auszurichten.«

Archie war froh, dass er wegen der vielen chirurgischen Eingriffe keine Grimassen mehr schneiden konnte. Denn ehrlich gesagt kostete ihn diese Rolle große Überwindung.

»Ich soll Ihnen ausrichten, dass sie Ihnen gegenüber immer aufrichtig war. Doch immer wenn sie sich ganz einlassen will, fühlt sie sich … von der anderen Seite angezogen. Alles in allem ist sie sehr gespalten.«

Zu sagen, dass Archie es kaum erwarten konnte, diesen Punkt bald hinter sich zu haben, war noch stark untertrieben. Seine Wangen waren rot marmoriert.

»Ach ja, sie sagte auch etwas von einem Sprichwort und meinte, Sie würden es verstehen.«

»Ein senegalesisches Sprichwort?«

»Ja, ich glaube schon.«

In diesem Augenblick schwebte die Gondel schaukelnd in das Häuschen der Talstation ein. Archie holte tief Luft. Endlich hatten sie wieder festen Boden unter den Füßen.

Nachwort

Dieses Buch ist ein Roman, ein rein fiktives Werk.

Die Ereignisse, von denen ich erzähle, spielen sich nicht in dem Land ab, in dem ich tätig war und sie entspringen auch nicht meiner persönlichen Erfahrung. Sie haben sich nicht so zugetragen, wie ich sie schildere, und ich habe auch keine der vertraulichen Informationen verwendet, zu denen ich während meiner Amtszeit Zugang hatte. Die geschilderten Ereignisse sind Früchte meiner Phantasie. Das bedeutet, dass eventuelle Ähnlichkeiten mit Fakten oder Personen rein zufällig sind. Doch auch Dinge, von denen man behaupten kann, dass sie heute noch nicht real sind, können es morgen schon sein …

Um konkreter zu werden: Ich kann zum Beispiel sagen, dass die Rolle, die ich Algerien in diesem Roman spielen lasse, absolut frei erfunden ist. Ich empfehle, es lediglich als Würdigung von Algeriens ausgezeichneter Diplomatie und der Kompetenz seines Geheimdienstes zu sehen.

Die Geheimdienstagentur Providence entstand schon, als ich meine aktuellen Funktionen noch gar nicht innehatte. Ich habe sie und auch ihren Gründer Archie schon 2007 für meinen Roman *100 Stunden* erschaffen. Und was die Person Hobbs betrifft: Er verkörpert die Reaktion einer Randgruppe der amerikanischen Öffentlichkeit gegenüber Obamas Politik – ein Phänomen, deren Realität und Heftigkeit jeder selbst ermessen kann, wenn er zum Beispiel den Fernsehsender *Fox News* einschaltet.

Trotzdem kann ein Schriftsteller nicht ignorieren, was er der Realität verdankt. Er beobachtet, speichert Gefühle und Bilder. In dem Gebäude, das er im Geiste errichtet, bestimmt er zwar das Gerüst, und seine Arbeit bildet den Zement, doch die Bausteine selbst liefert ihm das Leben. Folglich kann es nicht ausbleiben, dass sich im Rahmen der frei erfundenen Handlung im Buch viele Elemente wiederfinden, die der Erfahrung entstammen. Ich muss jedoch erneut betonen, dass diese Elemente niemals »unbehauen« sind. Im Unterschied zu einem Historiker, für den Fakten heilig sind und mit einem gewissenhaften Respekt betrachtet werden müssen, muss der Schriftsteller ihnen »untreu« werden, um seinen Spaß (und vielleicht auch einen Nutzen) zu haben. Details aus ihrem Kontext zu lösen, mit anderen Details zu vermischen, die nichts damit zu tun haben, sie als Sprungbrett für die Phantasie zu verwenden und zu diesen erfundenen Handlungssträngen authentische Fakten hinzuzufügen, sind einige der Methoden, mit denen der Schriftsteller die Wirklichkeit verändert und zu einem Stoff seiner Träume macht. Man kann also durchaus sagen, dass die meisten Details dieses Romans real sind und gleichzeitig mit Fug und Recht behaupten, dass sie nichts mehr mit den Umständen zu tun haben, denen sie entnommen und somit unkenntlich gemacht wurden.

Ich möchte drei Beispiele für diese Art von »Untreue« nennen. An Weihnachten im Jahr 2007, spät am Abend, empfing ich in Dakar den einzigen Überlebenden eines Attentats, dem eine französische Familie im Süden Mauretaniens zum Opfer fiel. Was ich im Gespräch mit diesem verletzten, leidenden Mann empfand, der eine bewundernswerte Würde ausstrahlte, werde ich wohl nie vergessen. Als er mir schilderte, was er erlebt hatte, war ich sehr betroffen. Später hat er es noch vielen weiteren Personen erzählt, so dass diese Fakten schließlich öffentlich wurden. Aber vielleicht wegen der zeitlichen Nähe (das Ganze war erst wenige Stunden zuvor passiert), vielleicht weil der Mann noch Hoffnung hatte und ich wusste, dass sie vergeblich war (das Opfer hatte noch nicht begriffen, dass seine Reisegefährten umgekommen waren, und wir erzählten es ihm erst am nächsten Morgen), vielleicht aufgrund des quälenden Wartens, das der Bergung des Verletzten vorausgegangen war, an der ich mich mit großem Eifer beteiligte, hat sich diese Schilderung als einer der intensivsten Momente meines Lebens in mein Gedächtnis eingebrannt. Durch diesen direkten persönlichen Kontakt wurde das Phänomen Terrorismus für mich zu einer konkreten und fast intimen Realität. Dadurch, dass ich eine ähnliche Episode an den Beginn dieses Romans stellte, wollte ich einen Teil der Gefühle wiedergeben, die dieser Mann, der wie durch ein Wunder überlebt hatte, in mir wachrief und um auf diese Weise seinen Kummer zu würdigen. Allerdings sind die Umstände und die Details in meinem Roman völlig anders gelagert als die an jenem Weihnachtsabend, an dem vier Franzosen ums Leben kamen.

Eine weitere »Untreue« dieser Art betrifft die Figur Jasmins. Diese Lebensgefährtin eines Konsuls, die nach dem Tod ihres Lebenspartners ohne Mittel und ohne Unterstützung dasteht, an alle Türen klopft und überall abgewiesen wird, habe ich tatsächlich getroffen. In ihrer Verzweiflung sprach sie unter anderem auch bei mir vor. Ich war zu jenem Zeitpunkt Direktor einer NGO, konnte ihr zu meinem großen Bedauern allerdings nicht helfen. Erst sehr viel später bekam sie einen Posten ... in einer Protokollabteilung. Ich habe ihre Geschichte nie vergessen. Sie ging mir immer wieder durch den Kopf und hat, wie es zu befürchten war, meine Phantasie beflügelt. So kam es, dass ich mir Ereignisse ausdachte, die selbstredend nichts mit dem wirklichen Leben dieser tapferen Frau zu tun haben. Ich überlegte mir, was geschehen wäre, wenn die Frau in ihrer Verzweiflung und in ihrem berechtigten Groll gegen Frankreich, das sie so schmählich im Stich ließ, jemanden getroffen hätte, der ihr das Einzige abkaufen wollte, was sie noch besaß (nämlich ihre Ehre), um sie zu einer kriminellen Tat anzustiften. Diese Hypothese entbehrt selbstverständlich jeder Grundlage in der Realität. Reine Gedankenspiele, wenn man über den Ausdruck »zu allem bereit« nachsinniert, was gern über Menschen gesagt wird, die im Leben in eine Sackgasse geraten sind. Man könnte sich auch fragen, ob es nicht eine bizarre Parallele gibt zwischen Jasmins Geschichte, die (letztendlich) ein glückliches Ende nahm, und den tragischen Meldungen, die man manchmal in der Zeitung liest, wenn zum Beispiel ein nach außen hin ehrbarer Rentner am Zoll festgenommen wird, weil sein Wohnmobil voller Drogen ist ...

Und zu guter Letzt – und hier liegen Realität und Fiktion noch weiter auseinander – stehe ich auch bei meinem Freund Michel Nourreddine K. in der Schuld, und das ist das dritte Beispiel meiner »Untreue«. Als Sohn eines algerischen Vaters und einer französischen Mutter hatte er mir viel von seiner doppelten Kultur erzählt. Ihm verdanke ich die folgende Anekdote, und ich bin mir sicher, dass er nichts dagegen hat, dass ich sie hier schildere. In der Pariser Metro wird er Zeuge einer Szene, die ihn in große Bedrängnis bringt. Ein betrunkener Nordafrikaner beschimpft die anderen Fahrgäste, nennt sie dreckige Christen; er beleidigt die Frauen, schimpft auf Frankreich und die Franzosen. Ihm gegenüber sitzt ein junger Angestellter, der immer ungehaltener wird. In seinem Blick liegen Verachtung, Empörung aber auch eine gewisse Überheblichkeit. Der Betrunkene schwankt. Er kann sich nur mit Mühe auf den Beinen halten. An der nächsten Haltestelle packt ihn der junge Franzose am Arm und zieht ihn mit sich nach draußen, auf den Bahnsteig. Michel K. kann es nicht länger mit ansehen und steigt ebenfalls aus. Die Metro fährt weiter. Vor ihm stehen der betrunkene Araber und der Mann, der ihn aus dem Waggon gezogen hat. Michel wendet sich zuerst an den Nordafrikaner. Er will ihn beschimpfen, ihm sagen, dass er eine Schande für sein Volk ist, dass er sich wie ein Dummkopf und Feigling benimmt, dass er sein Leben in die Hand nehmen und den großen Vorbildern nacheifern soll, die es in der muslimischen Welt zuhauf gibt. Er möchte ihm von Saladin, Abd El-Kader und den Märtyrern des Algerienkriegs erzählen. Doch er findet keine Worte. Da dreht er sich zu dem jungen Grünschnabel. Er will ihm sagen, dass er die Schwäche eines alten Mannes nicht ausnutzen soll, um sich selbst überlegen zu fühlen. Er will ihn anschreien, dass man ihm seinen Rassismus in den Augen ablesen kann, und dass der Alte genau wegen solcher Blicke den Halt verloren hat und an den Rand der Gesellschaft abgerutscht ist. Kurzum, er will ihn anbrüllen, dass er ein kleiner Schwachkopf ist, der vom Leben und vom Leiden keine Ahnung hat. Doch wieder kommt kein Laut über seine Lippen. Er schaut nur stumm von einem zum anderen. In seinem Kopf überschlagen sich die Gedanken, doch er bekommt keinen Ton heraus. Daraufhin wendet er sich einfach ab und ergreift die Flucht.

Ein Mensch zwischen zwei Welten – das ist auch Jasmin.

ENDE